国家社会科学基金项目（14BZW093）

文学地理学学科建设

曾大兴　著

商务印书馆
创于1897　The Commercial Press

图书在版编目（CIP）数据

文学地理学学科建设 / 曾大兴著. — 北京：商务印书馆，2022
ISBN 978-7-100-21053-9

Ⅰ.①文… Ⅱ.①曾… Ⅲ.①文学－地理学－学科建设－文集 Ⅳ.①I0-05

中国版本图书馆CIP数据核字（2022）第065552号

权利保留，侵权必究。

文学地理学学科建设

曾大兴　著

商　务　印　书　馆　出　版
（北京王府井大街36号　邮政编码 100710）
商　务　印　书　馆　发　行
三河市尚艺印装有限公司印刷
ISBN 978－7－100－21053－9

2022 年 10 月第 1 版	开本 880×1230　1/32
2022 年 10 月第 1 次印刷	印张 14　1/4

定价：88.00 元

致广大而尽精微，极高明而道中庸
——曾大兴教授《文学地理学学科建设》序

曾大兴教授在文学地理学领域成果斐然，仅在商务印书馆就已先后出版了四部专著，现在他又将历年所撰写的有关文学地理学学科建设的22篇论文和8篇序言、3篇访谈、2篇自述编辑在一起，题为《文学地理学学科建设》，交付商务印书馆出版。承曾教授青眼，我得以提前拜读本书全稿，不揣浅陋谈点体会。

曾教授是国内最早有文学地理意识的学者之一，早在1989年就以扎实的统计数据为基础发表了《中国古代文学家的地理分布》一文，并以此为基础，1995年出版了更为扎实的专著《中国历代文学家之地理分布》。该书将谭正璧《中国文学家大辞典》收录的六千多名文学家分时代梳理其籍贯分布数据之后，重点论述了各时代文学家的分布格局、重心、特点及有关成因，该书以地理分布统计文学事实的研究方法令人耳目一新，运用这种方法得出的结论多为各种中国文学史所未见。此后，以文学家地理分布数据为基础的研究路子在中国学术界流行开来，其中夏汉宁研究员团队调整了数据源，对宋代江西文学家作了细致、全面的梳理，推出了一系列成果，是这种研究路子的扎实、成功范例；梅新林教授 2006 年出版的《中国古代文学地理形态与演变》在参考了曾教授的研究方法之后，提炼出"流域轴线""城市轴心""文人流向""区系轮动"几个要点对中国古代文学家的地理分布与演变的面貌作了新颖的描述。

而曾教授本人 1995 年完成文学家地理分布的研究之后，更进一步深入到文学作品的地理研究。1999 年他在中国文联出版社出版的《英雄崇拜与美人崇拜》选取古代民歌和当代流行歌曲为对象，古今对举，对中国文学南北差异的具体内涵作了生动的阐释。这是以作品为中心的"文学地域性"研究的新路子。事实上，在地方文学史书写带动下，地域文学研究早已开始，但早期的地域文学研究并没有清晰的地理意识，没有将研究聚焦到"地域性"上，用的依然是传统文学史研究的那套观念和方法，只是将研究对象用某个地区名加以限定而已。曾教授《英雄崇拜与美人崇拜》一书开启了聚焦地域精神、紧扣文学作品的地理研究之路，具有一定的示范性。此书出版之后，曾教授注意到地理与文学作品之间有一个重要连接口是文化地理学中已在研究的景观，于是他分别主持了"广东历代文学家的地理分布及相关文学景观调查"（2004）和"广州历代文学家的地理分布及相关文学景观调查"（2005）两个研究项目，从文学景观的调查开始了新的研究。此后他写了多篇论文，从理论上论述了文学景观的概念、识别、分类，阐明了文学景观研究的意义，以赤壁、寒山寺、黄鹤楼等个案作了文学作品中景观分析的精彩示范。在研究方法上，文学景观研究，除了在大量文献调研基础上的文本细读之外，实地考察也非常重要，亲身到文学作品的现场感受，并适当地借助一些地理测量等工具进行现地研究，完全可能对某些作品产生新的认识。而从文学景观的调查入手，以较开阔的文化视野，包括从地方文化建设的视角来审视文学景观，再反过来研究文学作品、文学现象，曾教授更是现身说法，特别是在中央电视台"百家讲坛"讲"中华名楼"系列，拓宽了文学景观研究的视野，并把它推向了成熟境界。曾教授为讲"中华名楼"到各地调研、考察，以及讲授的成功，已成为文学研究为地方文化建设提供智慧支持的重要案例，显示了文学地理学的独有魅力。而关于文学地理学作品研究，曾教授的思考还在继续，后来在《文学地理学概论》第四章中他给出了较完整的思想。他认为文学地理学要研究文学作品的地理空间，包括以地理形象、地理意象、地理景观为基础的空间形态，如乡村空间、都市空间、山地空间、大海空间、高原空间、盆地空间等等，研究者要研究作品中的空间结构，从中理解作家的情感意蕴。这样的认识无疑是具有很强指导意义的。

随着研究的深入，曾教授感到文学地理学研究必须探讨的更基本的问题还在于"人—地—文关系"的作用机制，其中地理这一端如何影响到人、再影响到文学，背后的奥秘何在，这显然是文学地理学基本而重大的问题。这个问题解答不好，文学地理学的根基就不坚实。对此问题，曾教授依然选择从一个点进入。他认为在地理环境的诸多因素中，气候可能是最为关键的一项，于是，他从地理学、气候学、哲学和中国历代典籍中寻找线索大量阅读，终于发现：特定地理环境中的气候，会形成特定的物候，物候感染人，使人产生特定的生命意识，文学家生命意识影响到他对生活与写作环境的选择，影响到文学家的气质与文学作品的风格，影响到文学家的灵感触发机制，进而影响到文学作品的主题、人物、内部景观等等。这样，由生命意识这个中介，就很清楚地说明了地理因素作用于人,进而作用于文学的具体机制。此项研究涉及的虽然只是气候这一种地理要素,但是由于研究扎实,结论可靠,令人信服,朱寿桐教授认为此结论"证实了甚至可以以自己名字进行命名的那种文学的地域性定律"(朱先生对"曾大兴定律"命名的提议是否能得到各界附议,曾教授自己并不在意),而其他地理要素作用于人、文的具体情形虽然与气候会有不同,但研究的方向是大致明确的,抓住一个地理要素,参照曾教授的研究路子,是完全可能同样得出可靠的结论来的。

以上这些研究由于都是带着明确的文学地理意识,都由问题驱动,由一个个具体的点展开,又始终围绕着文学地理学学科建设的中心,一路做来,一个文学地理学的学科体系实际上就呼之欲出了,所以,2017年3月,学界期盼已久的《文学地理学概论》即正式推出。此书出版之后,在学术界反响甚佳,我认为这是"第一部全面、系统的文学地理学理论著作",它建构了"一个完整而逻辑自洽的学科知识体系"。这个观点,也是学术界较普遍的认识。可以说,曾教授建立文学地理学学科的宏愿已基本达成。当然,第一,曾教授这部书为文学地理学学科理论建设留下了不少空间,此后梅新林、葛永海《文学地理学原理》出版,观点互有异同,曾教授有必要对自己建构的理论体系作些补充说明;第二,曾教授的文学地理学研究处于本领域的最前沿,学术界理解或接受他的观点还有一个过程。为此,曾教授把自己有关文学地理学学科建设的零散论文、序言、访谈、自述汇集起来,编成这部《文学地理学学科建设》还是很有必要的。这部书我觉得可以视为《文学地理学概论》的补编,全书第一部分七篇文章和三篇访谈两篇自述是直接论述学科建构的,其他十五篇文章和八篇序言各从一个特定角度补充了《概论》的观点，两相参照，文学地理学科体系显得更为丰满。

这些年，我先后拜读了曾教授文学地理学的多部大作，现在再集中学习这部书稿，脑子里不觉浮想起《中庸》中所说的两句话："致广大而尽精微，极高明而道中庸。"因为围绕着"人—地—文关系"的文学地理观念虽然中国和西方自古就有，但是文学地理学学科却从来没有过，曾大兴在金克木先生1986年发表《文艺的地域学研究设想》一文之时才二十八岁，却敏锐地把握住了这一问题，适时进入，经过长期的思考和研究，他形成了开阔的视野、清晰的理论意识。他逐渐意识到：世界上几乎所有的人文社会科学学科，都有时间和空间这两个维度，既有史，也有地理。例如历史学有通史、断代史、专门史，也有历史地理；语言学有语言学史，也有语言（方言）地理；军事学有军事史，也有军事地理；经济学有经济史，也有经济地理。那么，为什么文学之下，只有文学史，而没有文学地理呢？而研治古代文学出身，又使他养成了从细小处着手的研究特点，他从文学家的地理分布开始做基础工作。可贵之处在于，做基础工作的时候，心里始终不忘文学地理学的全局问题。大处着眼，小处着手，大问题落实到细微的层面，小的观测点经过深入的钻研之后上升到全局高度。从文学家的地理分布到文学作品的空间要素分析，从文学与地理的一般性思考，发展到从文学景观的角度切实地研究文学与地理之间的互动关系，再深入到气候、物候等地理因素对文学家、文学作品的作用机制，问题的难度越来越大，路子却越走越宽。曾教授的文学地理学研究由具体问题驱动，大多始于实证研究，但又有鲜明的理论建构意识，面向社会、服务地方的实践品格，因此他的论文、论著大多概念清晰，论述明快、简明，他一直在高校教学、科研第一线，但所著却毫无学院派的艰涩、缠绕之弊。"致广大而尽精微，极高明而道中庸"，用来概括曾著的特色，的确是没问题的。

我从 2011 年参加中国文学地理学首届年会以来，受到曾教授和与会诸君的影响，写了一些文学地理学理论思考的论文，取得的成绩虽然很有限，却蒙曾教授一再鼓励和肯定。这次曾教授新著梓行前夕，我有机会先睹为快，非常高兴地把自己粗浅的学习体会分享给广大读者，衷心希望在曾教授的引领下，文学地理学学科快速成长，早日成熟。

杜华平
2021 年 6 月 19 日于江西师范大学

目　录

一、学科建设 1
建设与"文学史"双峰并峙的"文学地理学" 3
建设与文学史学科双峰并峙的文学地理学学科
　　——文学地理学的昨天、今天和明天 8
中外比较视野下的文学地理学学科建设 24
文学地理学的学科建构 30
文学地理学学科在中国初步建成 61
文学地理学对地理学的贡献 67
推动文学地理学研究重心由外部研究向内部研究转变 87

二、思想与视角 95
《文心雕龙》的文学地理学思想 97
文学家的静态分布与动态分布 103
文学接受的地域差异 111
文学地理学视野中的乡愁 117
词学史研究的空间视角 128
媒体工作者需要了解和学习一点文学地理学 135

三、文学景观 141

中国境内著名文学景观之地理分布 143

丝绸之路上的文学景观 165

文学的误会与成全

——湖北境内的两个赤壁 169

姑苏城外寒山寺 182

芳草萋萋鹦鹉洲

——关于崔颢《黄鹤楼》的文学地理学批评 194

四、地域文学 201

"地域文学"的内涵及其研究方法 203

朱敦儒在岭南的生活与创作 218

从文学地理学的角度看《粤讴》 236

粤讴的价值及其研究 258

五、序言 273

《明末清初西湖小说研究》序 275

《明清白话短篇小说的文学地理研究》序 281

《地域·民族·文学——明清云南回族
　　文学研究》序 286

《"黄河"对话"长江"：地域文化与20世纪中国文学中的
　　河流书写》序 289

《花都祠堂风韵》序 293

《文学地理学概论》韩文版序 300

《中华名楼》（第一部）自序 306
《中华名楼》（第二部）自序 310

六、访谈 317

文学地理学的学科建设
——曾大兴教授访谈录 319

文学地理学的几个主要问题
——曾大兴教授访谈录 342

从文学地理到艺术地理
——曾大兴教授访谈录 365

七、自述 401

从实证研究到学科建设
——个人从事文学地理学研究的经历和体会 403

《文学地理学概论》写作前后
——个人从事文学地理学研究的主要经历 427

后　记 441

一、学科建设

建设与"文学史"双峰并峙的"文学地理学"

世间万事万物，都是在特定的时间（时代背景）和空间（地理环境）产生并发展的，文学并不例外。古人在考察文学现象的时候，从来不乏地理的眼光。周朝人把《诗三百》中的"国风"按照不同的王国和地区来分类，所用的就是文学地理的眼光；《左传·襄公二十九年》所载吴公子札对"国风"的评价，也是用的文学地理的眼光。再后来，班固写作《汉书·地理志》，干脆就把某些地区的自然和人文地理环境与《诗经》中的某些作品联系起来进行考察。宋代以后的许多文学流派，习惯于以地域来命名，例如"江西诗派"、"永嘉四灵"、"公安派"、"竟陵派"、"桐城派"、"常州派"等等，通过这样的命名，来彰显流派或多或少具有地域色彩的文学主张或创作倾向。至于那些以地域命名的诗、文、词总集，例如《会稽掇英总集》、《河汾诸老诗集》、《成都文类》、《粤西诗载》、《湖州词征》等等，更是不可胜数。还有许多诗话、词话，在讲到某些作家、作品的时候，也习惯于和当地的地理环境联系起来。例如胡应麟的《诗薮·外编》把明初诗坛分为吴诗派、越诗派、闽诗派、岭南诗派和江右诗派，实际上就是根据诗人的地理分布以及诗歌的地域特点所作的划分。可以说，古人在文学地理学研究方面做了不少基础性的工作，只是他们还没有文学地理学这个概念，还没有文学地理学的学科意识而已。

真正把古人的那些关于文学地理的片断的言说，发展为较有条理的文章的人，是近代的刘师培、王国维、顾颉刚和汪辟疆等人。刘师培的《南北文学不同论》（1905）、王国维的《屈子文学之精神》（1907）、顾颉刚的《孟姜女故事研究》（1927）和汪辟疆的《近代诗派与地域》（1934），可以说是文学地理学方面的专文，直到今天还有一定的学术价值。

遗憾的是，文学地理学这个学科却没有像文学史学科那样，在100年的时间里，发展为一门成熟的学科。原因在于：刘师培、王国维等人当年并没有像林传甲、谢无量等人写作《中国文学史》那样，写出一本有系统的文学地理学著作，从某种意义上讲，他们只是浅尝辄止。而新中国成立之后的头三十年，"地理环境"、"地域性"这类概念，都成了非常敏感的字眼。在人文社会科学领域，谁要是讲这些东西，谁就有可能被扣上"地理环境决定论"的帽子。因此，那个年代的文学研究，就只有"时代性"这一个维度。

这种单向的、一维的、片面的研究，使得一代学者几乎是耗费了毕生的精力，而对文学史上的许多问题还是没有找到正确的答案。例如：同是周朝的文学，为什么楚地文学和中原文学的差异如此之大？同是汉赋名家，为什么司马相如和扬雄的赋是那样的恢宏瑰丽，而班固和张衡的赋却是那样的质朴典雅？同是唐诗巨擘，同样经历唐王朝由盛而衰的历史巨变，为什么李白的诗歌是那样的飘逸洒脱，而杜甫的诗歌却是那样的沉郁顿挫？同是一代戏曲，为什么产生于永嘉（今温州）一带的南戏是那样的轻柔婉转，而产生于大都（今北京）一带的杂剧却是那样的激昂劲切？实际上，类似这样的诸多问题，并不是时代的差异造成的，也并不是文学的时代性研究所能解决的，这里面显然涉及到文学的地域性问题，必须使用文学地理学的方法才能获得真正的解决。

值得欣慰的是，20世纪80年代中后期，随着国家的改革开放，学术文化环境开始变得宽松一些，文学研究开始走向理性，走向多元化，文学地理学的研究终于被人们重新拾起。

20多年来，文学地理学的研究逐渐成为文学研究的一个热门。据笔者的不完全统计，这20多年里，仅在我国大陆发表的相关论文至少在900篇以上，所出版的相关著作不下于200种。这是文学研究走出一维的、单向的思路和模式，朝着多维的、多学科交叉的方向发展的一个重要表现，它的成绩有目共睹。这些成果，同20世纪前期刘师培、王国维、顾颉刚、汪辟疆等前辈学者的有关成果相比，可以说在实证研究方面做了更多的工作。无论是对文学家的地理分布的考察，还是对文学作品的地域特征的描述，多以具体的考证、统计和文本细读为基础，其视角予人以耳目一新之感，其结论也颇具说服力。不少成果不仅被文学界的同行所引述，还被历史地理学界的学者所吸收。文学地理学研究借鉴地理学的人地关系理论，研究各种文学要素的地理分布、组合与变迁，描述各种文学现象的地域特点及其差异，揭示文学与地理环境之间的关系。这种研究，不仅为传统的文学研究提供了一种全新的视角和方法，解决了传统的文学研究所不能解决的诸多问题，丰富和深化了人们对文学家、文学作品、文学理论和各种文学现象的认识和理解，展示了文学研究的诱人前景，也为人文地理学等相关学科的发展提供了新的素材和思路。因此，这项研究的价值和意义正在被越来越多的人士所认可。

正是在这样的背景之下,文学地理学才作为一个独立学科被正式提出,并且得到越来越多的学者的重视和响应。文学地理学这个学科的任务,就是通过文学家(包括文学家族、文学流派、文学社团、文学中心)的地理分布及其变迁,考察不同的自然地理环境和人文地理环境对文学家的气质、心理、知识结构、文化底蕴、价值观念、审美倾向、艺术感知、文学选择等等构成的影响,以及通过文学家这个中介,对文学作品的体裁、形式、语言、主题、题材、人物、原型、意象、景观等等构成的影响;还要考察文学家(以及由文学家所组成的文学家族、文学流派、文学社团、文学中心等等)所完成的文学积累(文学作品、文学胜迹等等),所形成的文学传统,所营造的文学风气等等,对当地的人文环境所构成的影响。文学与地理环境的关系是一个互动关系。文学地理学必须对地理环境(自然环境和人文环境)与文学要素(文学家、文学作品、文学读者)之间的各个层面的互动关系进行系统的梳理,找出它们之间的内在联系及其特点,并予以合理的解释。

文学地理学研究的目标之一,就是建立一门与文学史双峰并峙的文学地理学。文学史这个学科的建立大约花了一百年,文学地理学的建立不会用上这么长的时间。第一,这项研究从20世纪80年代中后期到现在,已经在实证研究方面积累了许多成果。今后的任务,就是在继续进行实证研究的同时,加强它的理论研究和应用研究,尤其是要建立它的学术体系、概念体系和方法体系。第二,现在的学术环境,虽然存在这样那样的一些问题,但是比新中国成立之后的前三十年还是好多了,至少是宽松多了。有许多老一辈学者的大力支持，有越来越多的中青年学者的加盟，我相信，大约再用十年左右的时间，这门学科就可以建立起来了。

（原刊《中国社会科学报》2011年4月19日）

建设与文学史学科双峰并峙的文学地理学学科
——文学地理学的昨天、今天和明天

一、文学地理的意识和方法源远流长

"文学地理"这个概念虽然是近代学者梁启超先生提出的(见《中国地理大势论》)[1],但是它的渊源,却可以追溯到我国第一部诗歌总集《诗三百》编辑成书的年代。春秋时代的学者把《诗三百》中的"国风"按照不同的王国和地区来分类,所体现的就是文学地理的意识。成书于战国早期的《左传》,在"襄公二十九年"这一部分,记载了吴公子札对"国风"的评价,这一段话所体现的,也是文学地理的意识。

东汉的班固在《汉书·地理志》中,在讲到"故秦地"的雍州、梁州,以及天水、陇西、安定、北地、上郡、西河一带的自

---

[1] 曾按:在梁启超之前,德国学者康德在《自然地理学》一书中最早提出"文学地理学"这个概念,但是康德讲的"文学地理学"包含了科学、艺术、哲学、政治等诸多方面,实际上相当于后来的"人文地理学",而梁启超所讲的"文学地理"则是纯粹的"文学地理",他在文章中是与"政治地理"并举的。

然和人文环境时，一再援引《诗经》"秦风"、"豳风"中的某些篇章和诗句加以印证。如果说，班固的这种方法，可以称为"以诗证地"的话，那么，南宋的朱熹在《诗集传》里，则大量使用了"以地证诗"的方法。朱熹明确指出：看诗，要"看他风土，看他风俗"。所谓"看他风土"、"看他风俗"，就是考察文学所赖以形成的自然和人文地理环境。用今天的眼光来看，"以诗证地"的方法可以说是人文地理学的方法，"以地证诗"的方法则可以说是文学地理学的方法。

在班固之后，朱熹之前，还有南朝的刘勰，唐朝的魏征，都有过文学地理方面的言论。刘勰的《文心雕龙·物色》，讲到了文学与"山林皋壤"即地理环境的关系，并且提出了"江山之助"这一命题。魏征的《隋书·文学传序》，则把"江左"的文学与"河朔"的文学进行比较，他所使用的方法正是今天的文学地理研究经常使用的方法。

宋代以后的许多文学流派，习惯于以地域来命名，例如"江西诗派"、"永嘉四灵"、"公安派"、"竟陵派"、"桐城派"、"常州派"等等，通过这样的命名，来彰显流派或多或少具有地域色彩的文学主张或创作倾向。至于那些以地域命名的诗、文、词总集，例如《会稽掇英总集》、《河汾诸老诗集》、《成都文类》、《湖州词征》、《粤西诗载》等等，更是不可胜数。还有许多诗话、词话，在讲到某些流派的时候，也习惯于和当地的地理环境联系起来，例如胡应麟的《诗薮·外编》把明初诗坛分为吴诗派、越诗派、闽诗派、岭南诗派和江右诗派，实际上就是根据诗人的地理分布以及诗歌的地域特点所作的划分。可以说，古人已经具备明确的文学地理意识，也经常使用文学地理的研究方法，只是他们还没有文学地理这个概念，还没有文学地理学的学科意识而已。

20世纪初期，随着西方现代学术思想和方法引进到中国，以刘师培、王国维、汪辟疆等为代表的前辈学者，开始把古人关于文学地理的片断的言说，发展为较有条理的文章。刘师培的《南北文学不同论》（1905）、王国维的《屈子文学之精神》（1908）和《元剧之时地》（1915）、汪辟疆的《近代诗派与地域》（1934），都是较有价值的文学地理方面的论文。虽然他们也没有使用文学地理这个概念，但是他们的研究本身，实际上开启了20世纪文学地理研究之先河。

遗憾的是，一个世纪以来，文学地理并没有像文学史一样，发展为一个成熟的学科。原因在于：第一，国外没有文学地理这个学科，所以刘师培、王国维等人也没有像林传甲、谢无量等人写作《中国文学史》那样，写出一本《中国文学地理》，他们无从借鉴；第二，中华人民共和国成立之后的头三十年，由于受苏联的影响，人文地理学科被当作资产阶级学术而遭到批判，除了边疆地理之外，人文地理的其他学科几乎全被打入冷宫。在中国大陆的人文社会科学领域，"地理环境"、"地域性"这一类的概念，都成了非常敏感的字眼，谁要是提这些东西，谁就有可能被扣上"地理环境决定论"的帽子。因此，自从汪辟疆的《近代诗派与地域》发表之后，文学地理的研究中断了半个世纪。

二、文学地理研究成为当今文学研究之热门

20世纪80年代中后期以来，随着国家的改革开放，学术文

化环境开始变得宽松一些，文学研究开始走向理性，走向多元化，文学地理的研究终于被人们重新拾起。20多年来，文学地理的研究逐渐成为文学研究的一个热点。据我们统计，从1984年至2011年，这27年里，在我国大陆公开发表的相关论文达821篇，在大陆和台湾两地出版的相关著作达225种。

20多年来的文学地理研究，主要在以下几个方面展开：

一是对文学家的地理分布的研究，如曾大兴的专著《中国历代文学家之地理分布》[1]、胡阿祥的《魏晋本土文学地理研究》[2]、梅新林的《中国古代文学地理形态与演变》[3]等；

二是对文学作品的地域特点与地域差异的研究，如严家炎主编的《二十世纪中国文学与区域文化丛书》[4]、陶礼天的《北"风"与南"骚"》[5]、曾大兴的《英雄崇拜与美人崇拜》[6]、曹道衡的《南朝文学与北朝文学研究》[7]、戴伟华的《地域文化与唐代诗歌》[8]等；

三是对文学家族的研究，如刘跃进的《门阀士族与永明文学》[9]、程章灿的《世族与六朝文学》[10]、丁福林的《东晋南朝的谢氏

---

[1] 曾大兴：《中国历代文学家之地理分布》，国家社会科学基金项目（1990），湖北教育出版社1995年版。

[2] 胡阿祥：《魏晋本土文学地理研究》，南京大学出版社2001年版。

[3] 梅新林：《中国古代文学地理形态与演变》，复旦大学出版社2006年版。

[4] 严家炎主编：《二十世纪中国文学与区域文化丛书》（六种），湖南教育出版社1995年版。

[5] 陶礼天：《北"风"与南"骚"》，华文出版社1997年版。

[6] 曾大兴：《英雄崇拜与美人崇拜》，中国文联出版社1999年版。

[7] 曹道衡：《南朝文学与北朝文学研究》，江苏古籍出版社1999年版。

[8] 戴伟华：《地域文化与唐代诗歌》，中华书局2006年版。

[9] 刘跃进：《门阀士族与永明文学》，生活·读书·新知三联书店1996年版。

[10] 程章灿：《世族与六朝文学》，黑龙江教育出版社1998年版。

文学集团》[1]、李浩的《唐代三大地域文学士族研究》[2]等；

四是对地域性文学流派的研究，如杨义的《京派海派综论》[3]、陈庆元的《文学：地域的观照》[4]、沙先一的《清代吴中词派研究》[5]等；

五是对地域性文学史的研究，如陈永正主编的《岭南文学史》[6]，王齐洲、王泽龙的《湖北文学史》[7]，吴海、曾子鲁主编的《江西文学史》[8]等。

以上这些研究，虽然多数没有使用文学地理这个概念，也没有文学地理学的学科意识，但是就其研究对象来讲，都属于文学地理的研究范围。这些研究与20世纪前期刘师培、王国维、汪辟疆等前辈学者的同类研究相比，可以说在实证研究方面做了更多、更扎实的工作。无论是对文学家的地理分布的考察，还是对文学作品的地域特点的描述，多以具体的考证、统计和文本细读为基础，其视角予人以耳目一新之感，其结论也颇具说服力。不少成果被文学研究界的同行所引述，有的成果还被历史地理学界的学者所吸收。[9]

---

[1] 丁福林：《东晋南朝的谢氏文学集团》，黑龙江教育出版社1998年版。
[2] 李浩：《唐代三大地域文学士族研究》，中华书局2002年版。
[3] 杨义：《京派海派综论》，中国社会科学出版社2003年版。
[4] 陈庆元：《文学：地域的观照》，上海远东出版社2003年版。
[5] 沙先一：《清代吴中词派研究》，人民文学出版社2004年版。
[6] 陈永正主编：《岭南文学史》，广东高等教育出版社1993年版。
[7] 王齐洲、王泽龙：《湖北文学史》，华中理工大学出版社1995年版。
[8] 吴海、曾子鲁主编：《江西文学史》，江西人民出版社2005年版。
[9] 如曾大兴著《中国历代文学家之地理分布》被华林甫编《中国历史地理学五十年》（学苑出版社2001年版）引述，被蓝勇编著《中国历史地理》（高等教育出版社2002年版）大量引用。

20多年来的文学地理研究,借鉴地理学的"人地关系"理论,研究文学家的地理分布与迁徙,探讨文学作品的地域特点与地域差异,揭示文学与地理环境之间的关系。这种研究,不仅为传统的文学研究提供了一种全新的视角和方法,解决了传统的文学研究所不能解决的诸多问题,丰富和深化了人们对文学家、文学作品、文学理论和各种文学现象的认识和理解,展示了文学研究的诱人前景,也为人文地理学、历史地理学等相关学科的发展提供了新的素材和思路。因此,这项研究的价值和意义正在被越来越多的人士所认可。

正是在这样的背景之下,文学地理学才作为一个独立学科被正式提出,并且得到越来越多的学者的重视和响应。2011年11月11日至13日,由江西省社会科学院文学研究所和广州大学中文系共同主办的"中国首届文学地理学暨宋代文学地理研讨会"在南昌举行,来自全国各高校和社会科学院的60多位专家学者联名倡议建立"中国文学地理学会",并按照有关程序,选举产生了"中国文学地理学会筹备委员会"。《南昌晚报》、《中国社会科学报》等多家媒体对会议作了报道。[1] 这次会议的成功举行,以及"中国文学地理学会筹备委员会"的成立,标志着文学地理学这个新兴学科得到学术界的正式认可,也标志着文学地理学的学科建设从此进入一个自觉的阶段。

---

[1]《首届中国文学地理学暨宋代文学地理研讨会在南昌举行》,《南昌晚报》2011年11月13日;《文学地理学开拓研究新思路》,《中国社会科学报》2011年12月1日。

三、建设与文学史学科双峰并峙的文学地理学科

梁启超先生在 20 世纪初期最早使用"文学地理"这个概念，但是他并没有对这个概念的外延和内涵加以任何界定。也就是说，在他那里，"文学地理"还不是一个学科的概念。这是因为他还没有文学地理学的学科意识。事实上，无论是他，还是刘师培、王国维、汪辟疆，以及他们同时代的其他学者，都没有文学地理学的学科意识，所以他们这一代人，虽然开启了 20 世纪文学地理研究之先河，但是不可能建立文学地理学这个学科。

一个学科能不能建立，关键在于它有没有自己独特的研究对象。笔者认为，文学地理学的研究对象，简要地讲，就是一句话，即文学与地理环境的关系。再具体一点，就是三句话：文学要素（包括文学家、文学作品和文学读者）的地理分布、组合与变迁，文学要素及其整体形态的地域特性与地域差异，文学与地理环境的相互关系。文学地理学的研究对象是非常明确的。文学与地理环境之间的关系这个问题，不是别的任何学科所能解决的，必须有一个专门的学科来解决这个问题。

文学地理学的研究对象，规定了它的研究任务，这就是：通过文学家（包括文学家族、文学流派、文学社团、文学中心）的地理分布及其变迁，考察不同的自然地理环境和人文地理环境对文学家的气质、心理、知识结构、文化底蕴、价值观念、审美倾向、艺术感知、文学选择等等构成的影响，以及通过文学家这个中介，对文学作品的主题、题材、人物、原型、意象、景观、体裁、形式、语言、风格等等构成的影响；同时考察文学家（以及由文学家所组成的文学家族、文学流派、文学社团、文学中心等）所完成的文

学积累（文学作品、文学胜迹等等），所形成的文学传统，所营造的文学风气等等，对当地的人文环境所构成的影响。文学与地理环境的关系是一个互动关系，文学地理学的任务，就是对地理环境（包括自然环境和人文环境）与文学要素（包括文学家、文学作品、文学读者）之间的各个层面的互动关系进行系统的梳理，找出它们之间的内在联系及其特点，并给予合理的解释。[1]

文学地理学研究的目标之一，就是建立一门与文学史学科双峰并峙的文学地理学科。没有文学地理这个二级学科的文学学科是一个不完整的学科。世间万事万物，都是在一定的时间和空间产生并发展的，文学也不例外。几乎所有的学科，既有解释其时间关系的分支学科，也有解释其空间关系的分支学科。例如历史学有通史、断代史、专门史，也有历史地理；语言学有语言史，也有语言（方言）地理；军事学有军事史，也有军事地理；经济学有经济史，也有经济地理；植物学有植物史，也有植物地理……为什么文学有文学史，而不能有一门文学地理呢？

文学地理学的研究对象、任务和使命，使它应该是、而且必须是一个可以和文学史双峰并峙的独立学科。有了文学地理，文学这个学科才算完整。

有人认为，文学地理只是一种研究方法，不是一个学科。笔者对此不表赞同。如上所述，文学地理作为一种研究方法，实际上古已有之。这个方法用到2004年，至少也有2500年的历史了。这2500年间，中国学者研究文学，并非没有使用文学地理的方

---

[1] 详见曾大兴：《建设与"文学史"双峰并峙的"文学地理学"》，《中国社会科学报》2011年4月19日。

法，可是文学地理的研究并没有达到成熟之境，根本的原因，就是这种方法并没有达到成熟之境。而这种方法之所以没有达到成熟之境，就因为它没有一个独立的，有自己的内涵、品质和规范的学科做支撑。

文学地理的研究，必须上升到一个学科的水准。任何一个没有学科内涵、学科品质、学科规范的方法，永远都是一种不成熟的方法。例如我们大家研究文学，通常会使用文艺学的方法、美学的方法、历史学的方法、哲学的方法、心理学的方法、人类学的方法、民俗学的方法等等，试问这些方法，有哪一个不是一个成熟的方法？又有哪一个不是出自一个独立的，有自己的内涵、品质和规范的学科？文学地理作为一个方法，必须有自己的学科做支撑。

还有人认为，文学地理作为一个学科，有它成立的理由，但不能与文学史双峰并峙。如果文学地理与文学史双峰并峙，那么文学批评和文学理论的位置又如何摆呢？其实这是一个很简单的问题。文学史研究文学与时代的关系，考察文学的纵向发展和演变；文学地理研究文学与地理环境的关系，考察文学的横向分布与特点。一个是时间维度，一个是空间维度，只有文学史和文学地理，才有可能双峰并峙。虽然文学地理在今天还只是一个新兴学科，还未达到成熟之境，还比较矮小，但是在不远的将来，它就可以和文学史双峰并峙、比肩而立了。文学批评的研究对象是具体的作家作品。如果从历史的角度研究作家作品，它就成了文学史的研究；如果从地理的角度研究作家作品，它就成了文学地理的研究。文学理论的研究对象，不是具体的作家作品，也不是具体的文学史或文学地理，而是在文学批评、文学史、文学地理的基础之上，抽象出某些理论、原理或者规律。如果它抽象出来的理论、原理或者规律，属于文学批评方面的，那就是文学批评的理论；属于文学史方面的，那就是文学史的理论；属于文学地理方面的，那就是文学地理的理论。文学批评是一个最基础的二级学科，文学史和文学地理是两个并列的较高级的二级学科，文学理论是一个最高级的二级学科。图示如下：

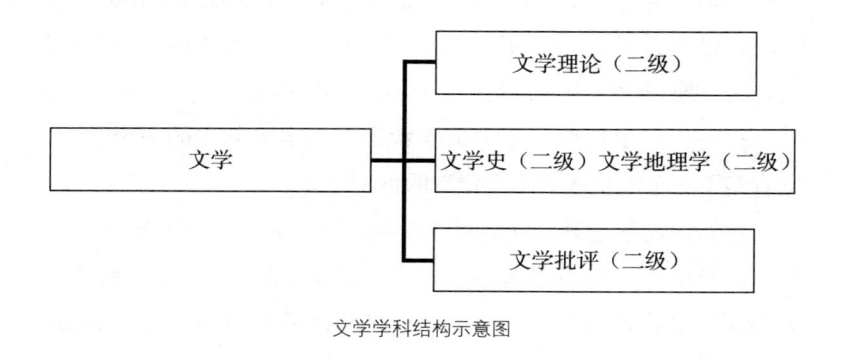

```
                  ┌── 文学理论（二级）
        文学 ─────┼── 文学史（二级）文学地理学（二级）
                  └── 文学批评（二级）
```

文学学科结构示意图

四、今后的文学地理学研究

文学史这个学科在20世纪初期从西方和日本引进，到20世纪后期成为一个成熟的学科，也就是中国文学史这个学科，前后花了100年的时间。成千上万的学者，为了这个学科的最终建成，付出了巨大的心血。中国文学史这个学科的建成为什么要花上这么长的时间？原因固然很多，但是有一个最根本的原因，就是它是从国外引进的，它必须完成一个漫长的"本土化"的过程。而文学批评、文学理论这两个二级学科，可以说直到今天，也还没有完成"本土化"的过程。

文学地理学这个学科的最终建成,不需要 100 年。从刘师培 1905 年发表《南北文学不同论》,到 1934 年汪辟疆发表《近代诗派与地域》,文学地理学作为一个学科,已经走过了 30 年的路程;从 1986 年金克木发表《文艺的地域学研究设想》,到 2011 年"中国首届文学地理学暨宋代文学地理研讨会"的召开,文学地理学这个学科又走过了 25 年的路程。也就是说,文学地理学作为一个学科,已经有了 55 年的建设史。笔者认为,再有 10 年左右的时间,文学地理学这个学科就可以建成了。理由是:

第一,文学地理学是中国学者在中国本土创立的一个学科,它省略了一个漫长的"本土化"的过程。

第二,文学地理学作为一个学科,它的正式研究从刘师培算起,已经走过了 55 年的岁月,在实证研究方面已经有了比较丰富的积累。当代许多学者,为文学地理学的研究付出了许多心血,做出了许多贡献。虽然有些学者可能还没有使用"文学地理学"这个概念,可能还没有意识到自己是在从事文学地理学的研究,但是这没有关系,我们可以用文学地理学的理论框架,把大家的相关成果归纳和整合进来。从这个意义上讲,文学地理学研究所取得的成果还是比较可观的。

第三,文学地理学的研究队伍,汇集了当代中国学术界老、中、青三代一批具有创新精神的学者。老一辈学者如金克木、曹道衡、章培恒、余恕诚、霍松林、王水照、袁行霈、严家炎、王学泰、黄霖、陈庆元、杨义、赵昌平先生,都写过这一方面的论文。中年学者中,研究文学地理学的人就很多了,这一代人实际上成了文学地理学研究的中坚力量。许多青年学者也加入了文学地理学研究的行列，尤其是许多博士、硕士的学位论文，多以文学家族和地域性文学流派作为自己的研究对象。一个学科能够得到老、中、青三代学者的普遍支持，能够汇聚当代中国这么多的优秀学者，那么它的最后建成就是指日可待的事了。

第四，学术环境相对宽松。今天的学术环境虽然存在这样那样的一些问题，但是比起20世纪50—70年代，还是好多了，至少是宽松多了。20多年来，我们的文学地理学文章和著作问世之后，能够受到比较普遍的关注和肯定，并且能够收获一些富有建设性的意见，就是一个很好的例子。

由于具备这样一些有利条件，所以笔者预计，大约还需要10年左右的时间，文学地理学这个学科就可以建成了。也就是说，文学史这个学科从引进到建成，大约花了100年，文学地理学从创建到建成，大约只需要60—70年。它比文学史的建成少了三分之一的时间，因为它省略了一个"本土化"的过程。

今后10年的文学地理学研究，应该在以下几个方面进一步努力：

第一，要进一步丰富和细化实证研究。文学地理学的实证研究虽取得了比较可观的成绩，但是由于这项研究所涉及的内容太多太复杂，现有的学术积累仍然不够，许多工作需要我们在正确的文学地理学理论指导之下，有系统、有步骤地进行，许多方面甚至需要从头做起。例如：一个文学家的籍贯（出生成长之地）究竟在哪里？祖籍、郡望在哪里？迁徙之地又在哪里？他的一生究竟到过哪些地方，居住时间究竟有多长？其籍贯、祖籍、郡望和迁徙之地对其文化心理构成究竟产生过哪些影响？这些影响又是如何影响到他的创作的？影响到何种程度？是不是同一地域的文学家都会受到该地域文化的影响，这其间有没有轻重大小之别？差别又是如何形成的？一种文体究竟是在哪个地域产生的？在它流行的过程中，又接受了哪些地域文化的影响？一种文体是如何由地域的文学演变为时代的文学的？在这个演变的过程中，时代因素究竟起了多大的作用？为什么有的文体能够由一种地域的文学演变为一种时代的文学，有的则不能，只能在某一地域自生自灭？制约一种地域的文学不能演变为时代的文学，不能被更多的地域、更多的作者和读者所接受和喜爱的原因是什么？一种文体通行既久、染指遂多，日渐僵化或衰落之后，一种新的文体就会在某一个特定的地域产生，是什么原因促成了这种新文体的产生？等等，像这样的一些问题，都需要做深入、细致的实证研究。只有充分的、深入细致的实证研究成果，才能真正让学术界和读者广泛接受，一切浮光掠影的认识、浅尝辄止的探讨和主观武断的结论，都有可能败坏文学地理学的形象，从而延缓它成为一个独立学科的进程。

第二，要切实加强理论研究。目前研究文学地理学的学者，多数是研究古代文学出身的。研究古代文学的学者，长处在实证研究，短处在理论研究。由于许多认识尚停留在知性阶段，没有上升到理论高度，这就使得文学地理学的研究直到今天，仍然缺乏应有的理论色彩或理论品格。面对这一现状，有两个解决办法：一是研究古代文学出身的文学地理学学者要加强理论修养，尤其是加强地理学、人文地理学、文学理论方面的修养；二是吸引更多的现当代文学学者、外国文学学者和文学理论学者从事文学地理学的研究。我国的现当代文学学者、外国文学学者和文学理论学者，尤其是20世纪五六十年代及其以后出生的学者，在中国古代文学、中国古代史、中国历史地理方面的积累一般是不够的，这就使得他们的文学研究，难以达到文史结合与古今通观之境。他们的理论修养一般比古代文学学者要好，但是实证研究的功夫有所欠缺。最好的办法是两路学者联起手来，各用所长，各补所短，共同从事文学地理学的研究。就目前的情况来看，建议就下列问题展开进一步的理论探讨，例如：国家统一背景下的文学地域性问题，全球一体化背景下的文学地域性问题，文学的时代性与地域性之关系，文学与地理环境的互动关系，文学家的静态分布与动态分布之关系，文学士族与文学庶族之关系，中国文学的南北之别与东西之别，等等。因为这些问题都是文学地理学研究所迫切需要解决的问题。

除了上述这些具体的理论问题，文学地理学研究还必须加强自身的学术体系的探索。一个独立的学科必须有自己的学术体系，没有自己的学术体系的学科不能算是成熟的学科。一个成熟的学科往往不只一个学术体系，但是无论哪一种学术体系，都必须与这个学科的研究对象和任务相适应。一个学术体系如果不能与该学科的研究对象和任务相适应，那么这个学术体系无论多么新颖，无论多么"有板有眼"，也只能是个花架子，一推就倒。

第三，要创新研究方法。文学地理学的研究方法可以有多种，但是无论哪一种方法，都要有地理的思维，都要有地理意识或空间意识。20世纪90年代以来，在我国出现了多种地域性的文学史，例如《东北文学史》、《山西文学史》、《吴越文学史》、《上海近代文学史》、《湖北文学史》、《江西文学史》、《岭南文学史》、《福建文学发展史》等等，这些文学史著作虽然以"地域文学"为研究对象，其实离真正的文学地理学研究还有一段距离。其中一个最重要的原因，就是这种研究都不过是把传统的《中国文学史》

按照不同的省、区、市来进行切割，其思维仍然是时间（历史）维度的，极少转换到空间（地理）维度，更谈不上把时间（历史）和空间（地理）这两个维度结合起来。例如岭南这个地方为什么会产生张九龄？张九龄对岭南后来的文学又有哪些影响？从唐代的张九龄到清代的屈大均，这一千多年间，岭南的地理环境（包括自然环境和人文环境）有没有发生变化？这些变化对文学家的创作究竟有什么影响？再如四川这个地方，为什么在汉代能产生司马相如，在唐代能产生李白，在宋代能产生苏轼，而在宋代以后，就不能产生像他们这样的全国第一流的文学家了？究竟是自然环境变了还是人文环境变了或者两者都变了？又比如在现代的浙江绍兴，为什么能够产生鲁迅和周作人这样的兄弟文学家？为什么同样的地理环境，同样的家庭环境，甚至同样的留学经历，而兄弟两人的文学风格会有如此大的差别？绍兴的地域文化究竟包含了哪些要素？他们兄弟二人各自在哪个层面上接受了绍兴地域文化中的哪些要素的影响？是什么原因使得他们接受了同一地域文化中的不同要素的影响？类似这样的一些问题，我们在同类的地方性文学史著作中几乎是找不到答案的。严格说来，这些著作的作者，不过是选择了一个文学地理学的研究对象，来作文学史的叙述罢了。如果我们把这些书稍微整合一下，就是一部多卷本的《中国文学史》。

　　文学地理学研究虽然要借鉴自然地理学和人文地理学的某些理论和方法，但是它的目的，还是为了解决文学的问题，也就是说，它的出发点和落脚点，都是文学，不是地理。文学地理学研究必须以文学为本位，以文学作品为本位。我们考察文学家的地理分布（包括静态分布与动态分布），是为了搞清楚文学家所接受的地理环境方面的影响；我们考察文学家所接受的地理环境方面的影响，是为了搞清楚文学作品的地域特点和地域差异，从而搞清楚文学的多样性与丰富性。如果我们的研究只是停留在文学家的"籍贯与流向"这一个层面，不去考察文学作品本身，那么这项研究与人文地理学的研究又有什么区别呢？

文学地理学研究既不同于文学史研究，也不同于人文地理学研究，虽然它和二者的关系很密切，但是它有自己的研究对象、任务和目标，也有自己的研究方法。

结　语

文学史的建成，汇集了成千上万学者的智慧和心血，文学地理学的建成，也需要这样。文学地理学的研究队伍应该具有广泛的代表性。目前研究文学地理学的学者，从数量上讲，以古代文学学者居多，现当代文学学者其次，文学理论学者再其次，外国文学学者则比较少。这四路学者在学术积累、学术视野方面各有所长，也各有所短，应该携起手来，相互取资，形成合力，以中国文学地理学会为平台，有计划、有步骤地开展相关研究。

文学地理学的建成，不仅可以帮助人们更好地认识文学的地域性和多样性，不仅可以完善文学的学科建设，还可以在批评和创作这两个层面，恢复文学同大自然的联系，建设文学的良好生态。它的意义是多方面的。让我们为了这一目标的实现而不懈努力！

（原刊《江西社会科学》2012年第1期）

中外比较视野下的文学地理学学科建设

近年来，中国学术界正在努力创建文学地理学学科，这是具有重要意义的。或许有人不以为然，认为国外早已有文学地理学学科。但实际情形并非如此。

诚然，"文学地理学"这个概念最早是由德国学者康德在《自然地理学》（1802）一书中提出的，而中国学者梁启超在《中国地理大势论》（1902）一文中首次使用"文学地理"这个概念，要比康德晚100年。有人因此认为，梁启超"所提出的'文学地理'的概念极有可能就是康德《自然地理学》中的'文学地理学'概念"[1]。笔者对此表示怀疑。第一，梁启超虽曾著有《近世第一大哲康德之学说》一文，在文中也曾提到康德在大学里讲授过《伦理学》、《人理学》、《地理学》等课程，但是并没有确切证据表明梁启超一定读过康德的《地理学》（又名《自然地理学》）；第二，康德并没有对"文学地理学"这个概念的内涵作任何界定。[2] 就其《自然地理学》全书来看，他所讲的"文学地理学"虽然包

---

[1] 钟仕伦:《概念、学科与方法：文学地理学略论》,《文学评论》2014年第4期。
[2] 〔德〕康德:《自然地理学》,李秋零主编:《康德著作全集》第9卷,中国人民大学出版社2010年版,第162页。

含了文学，但远不止于文学，而是包含了科学、艺术、哲学、政治等诸多方面，实际上相当于后来的人文地理学，而梁启超所讲的"文学地理"则是纯粹的"文学地理"，它是与"政治地理"并举的。[1]

更重要的是，在梁启超使用"文学地理"这个概念之前，中国的文学地理思想已经有了2400年的历史（中国最早的文学地理学批评是《左传·襄公二十九年》所载吴公子札对"国风"的评价，襄公二十九年即公元前544年），而在康德提出"文学地理学"这个概念之前，西方只有法国18世纪的启蒙思想家孟德斯鸠在《论法的精神》（1748）一书中有过近似文学地理学的言论[2]，其历史不过50多年。吴公子札之后，中国的文学地理思想经过司马迁、班固、刘勰、魏征、朱熹等历代学者的探索和阐发，至20世纪初期已经有了较丰富的积累。20世纪初期，刘师培、王国维、顾颉刚和汪辟疆等先后发表《南北文学不同论》、《屈子文学之精神》、《孟姜女故事研究》和《近代诗派与地域》等较有系统性的文学地理学论文，可以说在理论上、方法上为半个世纪以后文学地理学学科在中国的诞生奠定了较好的基础。而在孟德斯鸠之后的西方，虽然也有玛蒙台尔（法国）、斯达尔夫人（法国）、丹纳（法国）、赫尔德（德国）、黑格尔（德国）、蒂博岱（法国）、迪布依（法国）和费雷（法国）等人先后发表过若干文学地理学的或与文学地理学有关的言论或论著，但是在理论上和方法

---

[1] 梁启超：《中国地理大势论》，《饮冰室文集》之十，中华书局1989年版，第87页。
[2] 〔法〕孟德斯鸠：《论法的精神》上册，张雁深译，商务印书馆1959年版，第272—273页。

上并没有达到中国学者已有的水准。[1]可以肯定地说，在20世纪50年代以前，中国的文学地理学研究水平遥遥领先于西方。

20世纪50年代以后，中国的文学地理学研究由于受苏联学术的影响而中断，西方的文学地理学研究则由于受现代主义和后现代主义文学与文学批评的影响，基本上处于停滞状态。20世纪80年代中后期，随着国家改革开放与文化学术环境的逐渐宽松，中断了30多年的文学地理学研究在中国再度兴起。20世纪90年代以后，由于受地理学的"文化转向"与哲学等学科的"空间转向"的影响，西方的文学地理学研究也再度兴起。

有人认为，中国20世纪80年代中后期以来的文学地理学研究是受了西方学术"空间转向"的影响，这话需要具体分析。事实上，在20世纪80年代中后期中国较早从事文学地理学研究的一批学者如赵昌平、萧兵、金克木、余恕诚、章培恒、王学泰、袁行霈、曾大兴等人的论著中，根本就没有西方学术"空间转向"的影子。恰恰相反，他们从事这项研究是受了中国传统的文学地理学研究的影响，尤其是受了梁启超、刘师培、王国维、顾颉刚和汪辟疆等人的直接影响。他们的文学地理学论著问世之后，西方学术的"空间转向"才逐渐为中国学者所知晓，这已经是21世纪的事情了。当然，西方学术的"空间转向"对中国21世纪的文学地理学研究是有影响的。也正是由于受到中国古代、现代的文学地理学研究与西方学术"空间转向"的双重影响，中国21世纪的文学地理学研究得到蓬勃发展，进而导致了文学地理学学科在

---

[1] 参见曾大兴：《文学地理学学术史略》，《文学地理学》第五辑，中山大学出版社2015年版，第90—150页。

中国本土的诞生。

陶礼天教授指出:"就当前中国文学地理学的研究现状而言,用一句话概括:已成显学。涌现出大量研究成果,提出了文学地理学学科建构框架,确立了文学与地理尤其是与文化地理关系的新的研究视角,'人地关系'(Man-land relationship)已经被认可为文学地理学研究的科学基础和立论前提,各种文化地理学与传统的文学研究法得以新的综合运用和考量,从而产生出一套新的研究方法、研究路径,相关研究的各种'称谓'已趋向于统一到'文学地理学'的名下。"[1] 相比之下,国外的文学地理学研究虽然也取得了一些成绩(尤其是法国学者波特兰·维斯特法尔所著《地理批评:真实与虚构的空间》一书与美国学者罗伯特·泰利主编的《地理批评探索:空间、地方以及绘制文学文化研究地图》一书,可以说是代表了当代西方文学地理学研究的最新水平),但是这些成绩并未受到应有的重视。诚如陶礼天所言,"尽管西方学界提出'文学地理学'并出版了专著,但西方主流文学理论批评界并没有认可'文学地理学'"[2]。

21世纪的西方文学地理学研究的成绩主要体现在"地理批评"这一块。所谓"地理批评",也就是对文本进行"空间分析"。客观地讲,西方的"地理批评"在理论和实践两个方面都值得中国借鉴。如果西方学者能够以"地理批评"为基点,往前移至作家研究(作家生活、写作与地理空间之关系),往后延至读者研究(文学的接受、传播与地理空间之关系),进而全面而深入地

---

[1] 陶礼天:《试论文学地理学的过去、现在和未来》,《中国文论研究丛稿》,学苑出版社2011年版,第139页。
[2] 陶礼天:《试论文学地理学的过去、现在和未来》,《中国文论研究丛稿》,第145页。

探讨文学地理学的其他理论和实践问题,那么文学地理学作为一个学科在西方诞生也不是没有可能的。遗憾的是,当代西方的文学地理学研究基本上就停留在"地理批评"这一块。这是有些狭窄的,因为文学地理学研究并不只是分析文本。由于"西方主流文学理论批评界并没有认可'文学地理学'",加之西方的文学地理学研究又基本停留在"地理批评"这一块,并没有进行更全面、更系统、更深入的开拓,所以建立文学地理学学科的任务就历史地落在了中国学者的肩上。

当然,文学地理学这个学科在中国诞生,还有其他一些更重要的条件。一是中国地域辽阔而地理环境又非常复杂,二是中国文学历史悠久而积累又特别丰厚。也就是说,中国早就具备了建立文学地理学学科的地理条件、历史条件和文学条件。更重要的是,中国学术自古以来就有一个"天人合一"、"时空并重"的传统。中国第一部文学总集《诗三百》(后名《诗经》)中的"风诗"是按地域编排的,而"颂诗"则未按时代编排(先"周颂"后"商颂"),这说明中国古人关于文学的空间思维其实是早于时间思维的,并不存在"重时间而轻空间"的问题。而西方人对于文学的空间思维则比中国晚出 2200 多年。由于中国的文学地理学研究有一个悠久的传统,中国古今文学的地域色彩又特别突出,所以中国学者一旦提出建立文学地理学学科,就得到文学界和地理学界的广泛支持。这些条件都是西方所不具备的。

一门学科的建立需要具备三个条件:首先要有明确的研究对象。文学地理学的研究对象在中国已经明确,并且得到多数学者的认可,这就是"文学与地理环境之关系"。第二要有一套相应的基本理论、基本概念和话语体系。在这方面,中国学者曾大兴、杨义、邹建军等在《文学地理学研究》(2012)、《文学地理学会通》(2012)、《江山之助》(2014)等专著中均有比较系统而深入的探索。其他学者如陶礼天、杜华平、李仲凡、钟仕伦等人则在相关论文中做了富有建设性的补充。文学地理学的学术体系和知识体系的建立指日可待。第三要有相应的学术研究机构、学术团队、学术交流平台和专门人才培养机制。在这方面，中国文学地理学界也做了不少工作（例如每年召开一次"中国文学地理学会年会"，每年出版一本《文学地理学》辑刊，开设"中国文学地理"、"文学地理学概论"、"文学地理学批评"等课程，通过多种方式培养年轻的文学地理学学者等），取得了较显著的成效。

当然，作为一门新兴学科，文学地理学还在成长之中，还有许多问题需要解决或完善。作为一门在中国本土产生的新兴学科，它虽然省略了一个"本土化"的过程，但还有一段漫长的"国际化"的道路要走。它的基本理论、基本概念、话语体系都是中国式的，要通过主动的、持续不断的国际学术交流，使这些理论、概念和话语逐渐为国际学术界所认可，所接受。文学地理学学科建设前景光明而任重道远，需要我们大家共同努力！

（原刊《中国社会科学报》2015年10月28日，标题由编辑改为《文学地理学：历史与路径》，本书恢复原标题）

文学地理学的学科建构[*]

20世纪80年代中后期以来,文学地理学的研究在中国蔚然成风。这项研究,不仅仅是解决了传统的文学研究未曾解决的诸多问题,刷新了人们对文学与文学研究的认识,更重要的是初步建构了一个文学地理学学科。早在八年以前,陶礼天就撰文指出:"就当前中国文学地理学的研究现状而言,用一句话概括:已成显学。涌现出大量研究成果,提出了文学地理学学科建构框架,确立了文学与地理尤其是与文化地理关系的新的研究视角,'人地关系'(Man-land relationship)已经被认可为文学地理学研究的科学基础和立论前提,各种文化地理学与传统的文学研究法得以新的综合运用和考量,从而产生出一套新的研究方法、研究路径,相关研究的各种'称谓'已趋向于统一到'文学地理学'的名下。"[1]八年以后,文学地理学的学科建构又取得了重要进展,用李仲凡的话来

---

[*] 本文系作者主持的国家社会科学基金项目"中国文学地理研究"(14BZW093)的部分成果。
[1] 陶礼天:《试论文学地理学的过去、现在和未来》,《中国文论研究丛稿》,学苑出版社2011年版,第148—149页。

讲,"比以往任何一个时候都更为接近学科的建成"[1]。文学地理学这个学科是如何在中国初步建构的?它的基本内容和特点是什么?它由一种研究视角或方法上升为一门学科,原因何在?意义何在?作为一门在中国本土产生的新兴学科,它所面临的挑战在哪里?这些都是学术界非常关切的问题。本文试就这些问题作一探讨。

一、文学地理学学科建构的基本内容及其特点

早在 1986 年,金克木先生就发表了《文艺的地域学研究设想》一文,指出"我们的文艺研究习惯于历史的线性探索,作家作品的点的研究;讲背景也是着重点和线的衬托面;长于编年表而不重视画地图,排等高线,标走向、流向等交互关系",倡导"作以面为主的研究,立体研究,以至于时空合一内外兼顾的多'维'研究",他称之为"地域学(Topology)研究"。他为这种研究设想了"四个方面":一是分布,二是轨迹,三是定点,四是播散。[2] 这"四个方面"的设想,虽然彼此之间的层次感和逻辑关联性还有所欠缺,甚至不乏交叉、重复之处,但他所讲的"文艺的地域学",实际上已包含文学地理学的四大要素:地理环境、文学家、文学作品、文学传播,可视为中国学者关于文学地理学学科建构的最初设想。陈一军指出:"1986 年,金克木发表学术随笔《文艺的地域学研究设想》,中国大陆学术界从地理空间维度研

---

[1] 李仲凡:《从苏轼的〈食荔枝〉到文学地理学》,《博览群书》2017 年第 10 期。
[2] 金克木:《文艺的地域学研究设想》,《读书》1986 年第 4 期。

究文学并谋求建立新学科的实践活动便有意识地展开了。"[1]

在金克木先生发表此文的第二年,袁行霈先生出版了《中国文学概论》一书,此书第三章即为"中国文学的地域性与文学家的地理分布"。袁先生虽未提及学科方面的设想,但他倡导文学的"地域研究",并首次归纳了文学地域性的两种表现与文学家地理分布的三种情形[2],对后来的文学地理学学科建构也是有重要启发的。正如马晶在讲到金、袁二位时所言:"这些学者已经越来越清晰地认识到要从地理空间的角度对文学的各种现象和问题进行探究,也就是找出文学之所以表现出如此特色的地理因素以及文学本身体现出的地理空间特征。这种文学地理学研究的思路几乎成为国内对文学地理学学科进行建构的基础。"[3]

一般认为,一门学科的成立取决于三个条件:一是要确定这门学科的研究对象,二是要有学科的基础理论,三是如 R. J. 约翰斯顿所说的"要有提供该学科专业培训的教育机构",也就是专业人才的训练平台。[4] 其中第二个条件尤为重要,既是第一个条件的扩充,也是第三个条件的理论准备。30 多年来,中国的文学地理学学科建构,主要就是围绕这三个方面展开的。

1997 年,陶礼天提出了关于"文学地理学学科"的初步构

---

[1] 陈一军:《文学地理学学科创建的原因、意义及关键问题》,曾大兴、夏汉宁、高人雄主编:《文学地理学》第四辑,中山大学出版社 2015 年版,第 8 页。
[2] 袁行霈:《中国文学概论》,香港三联书店 1987 年版。
[3] 马晶:《学科定位:文学地理学基本理论问题研究》,《西安石油大学学报》(社会科学版)2014 年第 3 期。
[4] 钟仕伦:《概念、学科与方法:文学地理学略论》,《文学评论》2014 年第 4 期;〔英〕R. J. 约翰斯顿:《地理学与地理学家》,唐晓峰、李平、叶冰、包森铭等译,唐晓峰校,商务印书馆 2010 年版,第 64 页。

想。他认为文学地理学"是介于文化地理学与艺术社会学之间的一门文学研究的边缘学科,致力于研究文学与地理之间多层次的辩证的相互关系"[1]。2002 年,胡阿祥提出了关于"中国历史文学地理学科"的构想,他认为"中国历史文学地理,研究中国历史文化中的文学因子之空间组合与地域分异规律,可以视作中国历史文化地理学的组成部分;同时,中国历史文学地理学以其研究对象为文学,所以也是中国古代文学的一个重要分支"[2]。2006 年,梅新林也提出了关于"文学地理学学科"的构想,他认为文学地理学是一门"融合文学与地理学研究、以文学为本位、以文学空间研究为重心的新兴交叉学科或跨学科研究方法,其发展方向是成长为相对独立的综合性学科"[3]。2008 年,邹建军提出把文学地理学"作为中国比较文学建设的一个新的分支"来建构,指出文学地理学"有其特定的研究对象,那就是文学中的地理空间问题"[4]。2011 年,曾大兴提出"建立一门与文学史双峰并峙的文学地理学",认为文学地理学的研究对象,就是"借鉴地理学的人地关系理论,研究各种文学要素的地理分布、组合与变迁,描述各种文学现象的地域特点及其差异,揭示文学与地理环境之间的关系"[5]。2012 年,杨

---

[1] 陶礼天:《北"风"与南"骚"》,华文出版社 1997 年版,第 11 页。
[2] 胡阿祥:《魏晋文学地理论纲》,《历史地理》第十八辑,上海人民出版社 2002 年版,第 235 页。
[3] 梅新林:《中国古代文学地理形态与演变》,复旦大学出版社 2006 年版,第 2 页。
[4] 刘遥:《关于文学地理学的研究方法与发展前景——邹建军教授访谈录》,《世界文学评论》2008 年第 2 期。
[5] 曾大兴:《建设与"文学史"双峰并峙的"文学地理学"》,《中国社会科学报》2011 年 4 月 19 日,第 7 版。

义提出"文学地理学是一个极具活力的学科分支",认为文学地理学是一门"会通之学","要会通文学与地理学、人类文化学以及民族、民俗、制度、历史、考古诸多学科"[1]。这些学者的提法和表述虽各有差异,但是已达成三点重要共识:一是主张把文学地理学作为一个学科来建构,而不仅仅是把它作为一个研究视角或方法来运用;二是坚持文学地理学必须以文学为本位,而不是以地理为本位;三是地理学的"人地关系"理论被确立为文学地理学的科学基础和立论前提,从而明确了文学地理学的研究对象,就是文学与地理环境之间的关系。

2011年11月11日至13日,由夏汉宁、曾大兴发起,在江西南昌召开了"中国首届文学地理学暨宋代文学地理研讨会"(这次会议后来被称为"中国文学地理学会第一届年会"),来自中国社会科学院、江西省社会科学院、复旦大学、武汉大学、华中师范大学、南京师范大学、苏州大学、广州大学、西北民族大学等50余家科研单位的60多位学者一致联名倡议成立"中国文学地理学会"。会议明确了"文学地理的研究目标之一,就是建立一门与文学史双峰并峙的文学地理学科"[2]。这次会议之后,"中国文学地理学会"连续召开了八届年会,编辑出版了八本《文学地理学》辑刊,刘扬忠、蒋凡、杨义、朱寿桐、周尚意、戴伟华、曾大兴、刘川鄂、邹建军、杜华平、李仲凡、陈一军等,都曾在该刊发表论文,探讨文学地理学的基本理论和学科建构问题。与此同时,

---

[1] 杨义:《文学地理学的三条研究路径》,《杭州师范大学学报》(社会科学版)2012年第4期。
[2] 刘双琴:《文学地理学开拓研究新思路》,《中国社会科学报》2011年12月1日,第2版。

梅新林、钟仕伦、颜红菲、马晶等人也在国内其他刊物上发文探讨相关问题。[1]

正是在文学界和文化地理学界众多学者的启发、推动和支持之下，2017年3月，曾大兴在商务印书馆出版了《文学地理学概论》一书。此书虽是作者"多年来从事文学地理学的实证研究与理论研究的一个总结"，但也多方吸收了国内外学者的相关研究成果。李仲凡评论说："《文学地理学概论》作为一部开创性的文学地理学导论性质的著作，涵盖了文学地理学主要的、基本的研究领域"，"为文学地理学学科的理论体系搭建起了基本的框架"。"该书第一章'文学地理学的研究对象与学科定位'讨论了研究对象、学科定位、知识体系、意义等文学地理学的核心内容，作为全书的理论基础和逻辑起点。第二章到第五章分别为'地理环境对文学的影响''文学家的地理分布''文学作品的地理空间''文学扩散与接受'，从不同的侧面对文学各要素的地理规律进行了详细的论述，属于文学地理学最核心的四大研究领域。第六章、第七章的'文学景观''文学区'，则是文学地理学对文化地理学等地理学科概念的移植与借鉴，属于文学地理学中更具地理色彩的部分。具体到文学地理学知识的某一部类，该书也都有相当周全的考虑与安排，会把所有重要的问题都照顾到。如文学地理学的研究方法，该书的罗列与分类就是目前笔者见到的学术界对文学地理方法最完备的总结与归纳。""《文学地理学概论》

---

[1] 梅新林:《文学地理学：基于空间之维的理论建构》,《浙江社会科学》2015年第4期；钟仕伦:《概念、学科与方法：文学地理学略论》,《文学评论》2014年第4期；马晶:《学科定位：文学地理学基本理论问题研究》,《西安石油大学学报》(社会科学版) 2014年第3期。

的问世……使得文学地理学比以往任何一个时候都更为接近学科的建成。"[1]

诚然，国外也有文学地理研究，但是国外的文学地理研究主要集中在"地理批评"（文本批评）这一块，并未形成一个体系。马晶指出："相较国内对文学地理学学科体系建构的思考，国外在这方面表现似乎并不明显，而是更多地在具体案例分析中探讨地理学和文学之间的关系。"[2] 国外的文学地理研究以法国为最早，成果也相对最多，但是文学地理在法国并未形成一个学科。陶礼天指出："尽管法国学界提出'文学地理学'并出版了专著，但西方主流文学理论批评界，并没有认可'文学地理学'。"[3] 早在1958年，法国著名文学社会学家罗贝尔·埃斯卡皮就曾这样讲："几年来，流行着文学地理学。也许不应对它提出过高的要求：强调地理学，会迅速滑向地方主义，而从地方主义，又会滑到种族主义。"[4] 半个多世纪过去了，文学地理学在法国的地位仍然没有得到提高。2009年10月，法国巴黎第三大学的文学地理学者米歇尔·柯罗教授来北京师范大学讲学时指出："文学地理学可能成为文学史的补充，也可能是竞争。现在文学史在法国大学仍是统治性的学科。"[5] 这说明文学地理学在法国仍然不是一个独立学科。

---

[1] 李仲凡：《从苏轼的〈食荔枝〉到文学地理学》，《博览群书》2017年第10期。
[2] 马晶：《学科定位：文学地理学基本理论问题研究》，《西安石油大学学报》（社会科学版）2014年第3期。
[3] 陶礼天：《试论文学地理学的过去、现在和未来》，《中国文论研究丛稿》，第145页。
[4] 〔法〕罗贝尔·埃斯卡皮：《文学社会学》，于沛选编，浙江人民出版社1987年版，第26页。
[5] 〔法〕米歇尔·柯罗：《文学地理学》，http://video.chaoxing.com/serie_400001067.shtml，2009年11月30日。

随着文学地理学研究对象的明确，一套相对完整的理论体系的建立，以及大批青年文学地理学学者的涌现，文学地理学学科在中国初步建成。这个学科具有以下三个突出特点：

一是以实证研究为基础的理论架构。中国的文学地理研究自班固、颜之推以来，即已形成一个"征实"的传统。[1] 20世纪80年代以后，中国较早从事文学地理研究的一批学者又多是古代文学学者，古代文学研究深受乾嘉考据学派的影响，而地理学本身又是一门"实学"，因此中国学者的文学地理研究就带有比较浓厚的实证色彩。实证研究就是讲求证据，就是"拿证据来"，一切靠证据说话。这种治学风格也影响了后来加入到文学地理研究行列的其他学者。

中国学者的文学地理研究，不仅是对作家的出生成长之地与迁徙之地、作品的产生与刊刻传播之地、作品中的地名、地景（景观）、地理意象等的研究带有比较浓厚的实证色彩，即便是对理论问题的探讨也具有实证色彩。中国文学地理学学者的理论研究多是通过大量的实证研究得出一个结论，再根据大量的结论提炼出一个观点、概念或者理论，最后由这些观点、概念或者理论来建构文学地理学的学科理论体系。也就是说，中国的文学地理学学者不是从一个观点（概念、理论）推导出另一个观点（概念、理论），不是用演绎法，而是用归纳法。例如文学地理学中的"文学区"这个概念，并不是由文化地理学中的"文化区"这个概念推导出来的，更不是对"文化区"这个概念的套用，它是通过大量的实证研究、通过长期酝酿确立的一个概念。最初是袁

---

[1] 曾大兴：《文学地理学概论》，商务印书馆2017年版，第375页。

行霈先生在《中国文学概论》（1987）一书中介绍了"邹鲁"、"荆楚"等12个文学区，然后是曾大兴在《中国历代文学家之地理分布》（1995年初版，2013年修订版）一书中对"齐鲁"、"荆楚"等12个文学区的作家之分布及其成因作了深入的考察，再后来是胡阿祥在《魏晋本土文学地理研究》（2001）一书中考察了"河淮"、"河北"等10个文学区，还有刘跃进在《秦汉文学地理与文人分布》（2012）一书中考察了"三辅"、"三楚"等10个文学区。这四本书都没有使用"文学区"这个概念。最早使用"文学区"这个概念的是陈玲和刘运好，但是他们也没有对这个概念予以定义。[1] 直到曾大兴写作《文学地理学概论》（2017）这本书时，才根据多位学者的考察结果，同时参考文化地理学的有关理论，对"文学区"这个概念予以定义，并概括了"文学区"的六个特征，提出了"文学区"的三种类型和三个划分标准。[2] "文学区"这个概念从酝酿、提出到界定，实际上经历了近30年的实证过程。

中国学者的实证研究，与西方的"实证主义思潮"有某些相通之处，它"沿着预定的路线积累知识"，因此"是一种稳健的过程"[3]。"实证主义思潮的主要诱惑力是数量化：以数学或统计学的形式，即以一种意味着精确、可重复性以及确定性（孔德的确定）的方式表达研究成果。"[4] 如曾大兴的《中国历代文学家之地

---

[1] 参见陈玲、刘运好：《浅论"本土"视野下的北朝关陇文学区》（《西北工业大学学报》（社会科学版）2010年第3期；陈玲：《浅谈北朝山东文学区文风的嬗变》，《河南教育学院学报》（哲学社会科学版）2010年第4期；陈玲、刘运好：《论漠北文学区的"本土"文学》，《民族文学研究》2011年第6期。
[2] 曾大兴：《文学地理学概论》，第255—267页。
[3] 〔英〕R. J. 约翰斯顿：《哲学与人文地理学》，蔡运龙、江涛译，商务印书馆2014年版，第45页。
[4] 〔英〕R. J. 约翰斯顿：《哲学与人文地理学》，蔡运龙、江涛译，第52页。

理分布》、胡阿祥的《魏晋本土文学地理研究》、刘跃进的《秦汉文学地理与文人分布》等,就有大量的统计数据,用具体的、可重复的、确定性的数据来描述文学家的分布格局,总结其分布特点和规律。但是,中国学者的文学地理学研究与学科建构同时也避免了西方"实证主义思潮"的"长于事实而短于理论"的弊端,它讲求实证,但同时也非常注重理论的探讨,并未"消除形而上学"。尤其是在分析文本的地理空间时,充分注意到了文学的虚构、想象和形而上的特征。中国学者既提出了"版图复原"、"场景还原"等概念[1],也提出了文学地理批评中的"有限还原"原则,强调"文学作品的地理空间有写实的一面,也有虚构的一面;有故乡的一面,也有'非故乡'的一面;有地域的一面,也有'超地域'的一面。写实的、故乡的、地域的一面是可以还原的,虚构的、'非故乡'的、'超地域'的一面是没法还原的,也没必要还原"[2]。

二是初步创建了一套中国式的话语体系。所谓话语体系,就是思想理论体系和知识体系的表达形式。"话语是统一的陈述(无论怎样表达)体系","是一系列共同遵守的规则,它们控制着规则遵守者们的叙述和谈论"[3]。20世纪初期以来,在中国流行的现代意义上的学科都是从西方引进的,因此这些学科的话语体系也是西方式的。文学地理学不一样,它是在中国本土建构的一个新兴学科,它的理论体系和知识体系是中国式的,它用来表达这个

---

[1] 梅新林:《中国古代地理形态与演变》,第13页。
[2] 曾大兴:《文学地理学概论》,第348页。
[3] 〔英〕R.J 约翰斯顿:《地理学与地理学家》,唐晓峰、李平、叶冰、包森铭等译,唐晓峰校,第46—47页。

理论体系和知识体系的概念也是中国式的。例如"地理物象"、"地理事象"、"本籍文化"、"客籍文化"、"文学家的静态分布"、"文学家的动态分布"、"瓜藤结构"、"虚拟性文学景观"、"实体性文学景观"、"系地法"[1]、"现地研究法"[2]、"场景还原"、"版图复原"[3]、"边缘活力"[4]、"地理叙事"、"地理基因"[5]等一系列概念,在国外的文学地理学论著中是找不到的,都是中国学者的原创。中国学者用这种中国式的概念,表达中国式的理论体系和知识体系,并为这种表达建立了一系列的规则,从而创建了一套初具规模的文学地理学学科的中国式话语体系。

诚然,个别概念如"文学扩散"、"文学源地"、"文学区"、"文学景观"的创立,确实借鉴了某些西方智慧,但绝不是对西方文化地理学中的"文化扩散"、"文化源地"、"文化区"、"文化景观"等概念的简单套用,而是同时汲取了中国智慧,再根据文学与文化之间的从属关系,根据文学自身的特点和内涵而创立的。以"文学景观"为例。"文学景观"的全称即"文学地理景观",英国学者迈克·克朗最早使用"文学地理景观"这个概念,但是他并没有对这个概念予以定义。[6]讲"文学景观"必然联系到"文化景观"。西方研究"文化景观"的成果很多,但西方学者对"文

---

[1] 曾大兴:《文学地理学概论》,第73—307页。
[2] 简锦松:《唐诗现地研究》,台湾中山大学出版社2006年版,第1—6页。
[3] 梅新林:《中国古代地理形态与演变》,第13页。
[4] 杨义:《文学地理学会通》,中国社会科学出版社2012年版,第5、403页。
[5] 邹建军:《江山之助——邹建军教授讲文学地理学》,中央编译出版社2014年版,第100—134页。
[6] 〔英〕迈克·克朗:《文化地理学》,杨淑华等译,南京大学出版社2005年版,第39—53页。

化景观"的界定是很宽泛的,例如美国学者 H. J. 德伯里就把"文化景观"分为"物质文化景观"和"非物质文化景观"。"物质文化景观"不言而喻,"非物质文化景观"是指什么呢? H. J. 德伯里认为,是指那些"不可见的",但是"其它感官也能感觉到"的景观,例如音乐,还有"戏剧、舞蹈、表演和曲艺、艺术(绘画)、饮食习惯、嗜好和禁忌、法律、法律制度以及语言和宗教"等。[1] 很显然, H. J. 德伯里是把"文化景观"和"文化特征"等同起来了,这原是两个不同的概念。事实上,虽然"文化景观"是由各种"文化特征"集合构成的,但它本身并不等同于"文化特征"。有些"文化特征"是可见的,有些是"不可见的"。"不可见的""文化特征"怎么能称为"景观"呢?在汉语里,"景观"这个词是由作为名词的"景"与作为动词的"观"这两个单词组成的。陶礼天曾对汉语中"景观"一词的来龙去脉做过细致梳理,他指出:"我国'景观'这个概念,在'成词'前,是密切与风景的'景'和观看的'观'联系在一起的,汉语'景观'一词,从开始就包含了'观看'的意思。"[2] "景观"既然包含了"观看"的意思,就表明它必须具有可视性,这是它的一个最根本的特点。因此,"不可见的""文化特征"是不能称为"文化景观"的。曾大兴在定义"文学景观"这个概念时,就吸收了陶礼天的研究成果,而摒弃了 H. J. 德伯里的混乱。[3] 中国学者在界定"文学景观"这个概念的同时,也为"文学景观"的识别、分类和研究等创建

---

[1] 〔美〕H. J. 德伯里:《人文地理——文化、社会与空间》,王民等译,北京师范大学出版社 1988 年版,第 168 页。
[2] 陶礼天:《试论文学地理学的过去、现在和未来》,《中国文论研究丛稿》,第 152 页。
[3] 曾大兴:《文学地理学概论》,第 227—237 页。

了一套可以共同遵守的规则。

三是形成了以青年学者为骨干的专业人才格局。 由于是一个新兴学科，文学地理学尚未进入教育部的《专业学位授予和人才培养目录》，因此文学地理学专业人才的培养尚未纳入国家教育计划。为此，文学地理学学者采取了多种办法来培养专业人才。一是在高等院校开设文学地理学方面的选修课和专题讲座，二是利用现有学科平台培养文学地理学研究方向的博士和硕士，三是利用一年一度的"中国文学地理学会年会"、"文学地理学硕博论坛"和一年一辑的《文学地理学》年刊来扶持青年学者。其中第三点最具特色。多次出席年会的青年学者杨雄东总结说："年会最大的亮点，无疑是老中青三代同台亮相，展示学术观点，互相交流、碰撞，激发思想的火花。""中国文学地理学会的参与者不以职称、资历论英雄，而以自发的追求与主动的追求为聚合剂。""青年学者的积极性越来越高，特别是在校博士研究生与硕士研究生。"[1] 据统计，1990 年以来在中国发表的文学地理学论文中，有三分之一是青年学者的学位论文[2]，如果再加上他们的非学位论文，以及其他青年学者的论文，那么至少有一半的论文是青年学者撰写的。青年学者无疑成了文学地理学研究队伍的骨干力量。学术史上的无数事实证明：一个学科只有赢得广大青年学者的青睐，它才会有一个光明的前景。

---

[1] 杨雄东：《文学地理学人才队伍培养模式初探》，《才智》2014 年第 33 期。
[2] 李伟煌、曾大兴：《文学地理学论著目录索引（1905—2011）》，曾大兴、夏汉宁主编：《文学地理学》第一辑，人民出版社 2012 年版，第 344—421 页。

二、文学地理学学科在中国初步建立的原因和意义

文学地理学学科在中国初步建立，是 20 世纪以来一个很重要的学术文化现象。陈一军指出："在世界现代学术史上，一门学科总是由西方人创建，中国学者仅仅是借鉴运用。现在，中国学者试图打破这一魔咒，破天荒由自己创建一门新学科——文学地理学，这实在是颇费思量、发人深省的。"[1] 关于文学地理学学科在中国初步建立的原因，学术界是有所思考的，只是还缺乏深入的探讨。不过也有几种观点值得注意：

第一种观点认为，文学地理学学科在中国初步建立，与 20 世纪 80 年代人文地理学的复兴和"文化热"的兴起有关。[2] 人文地理学产生于 19 世纪的西方，20 世纪初期传到中国。20 世纪 50 年代以后，由于受苏联学术界的影响，人文地理学在中国受到批判，相关研究也先后停止。1979 年底至 1980 年初，中国地理学会第四届代表大会在广州召开，"会上以李旭旦、吴传钧为代表的老一辈地理学家率先提出尽快复兴人文地理学的建议，得到与会代表的热烈响应，为复兴人文地理学揭开了序幕"[3]。人文地理学的复兴及相关研究成果的陆续问世，启发了许多具有地理意识的文学学者，使得 20 世纪初期以来以刘师培、王国维、顾颉刚和汪辟疆等为代表的中国现代文学地理研究在中断了半个多世纪之后被重

---

[1] 陈一军：《文学地理学学科创建的原因、意义及关键问题》，曾大兴、夏汉宁、高人雄主编：《文学地理学》第四辑，第 10 页。

[2] 钟仕伦：《概念、学科与方法：文学地理学略论》，《文学评论》2014 年第 4 期；朱寿桐：《〈气候、物候与文学——以文学家生命意识为路径〉序》，商务印书馆 2016 年版，第 1 页。

[3] 邹逸麟：《〈中国历史人文地理〉前言》，科学出版社 2001 年版，第 10 页。

新拾起。[1]与此同时，兴起于20世纪80年代的"文化热"也起了推波助澜的作用。20世纪80年代的"文化热"主要包含两项内容，一是对西方19世纪以来的思想文化理论的译介和出版，二是对中华传统文化的反思与批判。"对中华文化的反思与批判，很快就延伸为中西文明的比较和争论。"正是在这种比较和争论中，出现了一股"反传统"的声浪。但是，正如孙丹所言，"在'反传统'声浪高涨之时，并未淹没思想文化界对传统文化的理性思考，这为90年代以后传统文化作为重要文化资源参与中华文化的创新发展，做了思想和学理上的重要准备"[2]。1981年，著名哲学家任继愈先生发表《中国古代哲学发展的地区性》一文，首次探讨中国古代哲学的地区差异。[3]1986年，著名历史地理学家谭其骧先生发表《中国文化的时代差异与地区差异》一文，分六个时段指陈中国文化的时代差异，又从五个方面指陈中国文化的地区差异。谭先生指出："自五四以来以至近今讨论中国文化，大多数学者似乎都犯了简单化的毛病，把中国文化看成是一种亘古不变且广被于全国的以儒学为核心的文化，而忽视了中国文化既有时代差异，又有其地区差异，这对于深刻理解中国文化当然极为不利。"[4]任先生和谭先生这两篇文章对后来的"地域文化研究热"产生了重

---

[1] 参见刘师培：《南北文学不同论》，《国粹学报》1905年第10期；王国维：《屈子文学之精神》，《教育世界》1906年第24期；顾颉刚：《孟姜女故事研究》，《现代评论》第二周年增刊（1927年2月）；汪辟疆：《近代诗派与地域》，《文艺丛刊》1934年第2期。
[2] 孙丹：《回眸20世纪80年代的"文化热"》，http://www.cssn.cn/，2017年1月19日。
[3] 任继愈：《中国古代哲学发展的地区性》，《中华学术论文集》，中华书局1981年版，第465页。
[4] 谭其骧：《中国文化的时代差异与地区差异》，《复旦学报》2016年第6期。

要影响。1990—1995 年,辽宁教育出版社率先推出一套《中国地域文化丛书》,多达 24 册。中国的地域文化研究由此全面展开并不断升温。而地域文化研究本身既包含了部分地域文学研究,更启发了专门的地域文学研究。1995—1997 年,湖南教育出版社率先推出一套由著名学者严家炎先生主编的《二十世纪中国文学与区域文化丛书》,共 10 册。中国的地域文学研究也由此全面展开并不断升温。但是,"地域文学"只是文学的一种题材类型或风格类型,"地域文学研究"只是一种研究视角,它本身并不是一种研究方法,也不是一种理论,更不是一个学科。"研究'地域文学',应该有一套科学的理论和方法。"[1] "地域文学"是在特定的地理空间产生的文学,"地域文学研究"所提出的根本问题,实质上就是文学与地理环境的关系问题。于是,中国学者关于建立一门以文学与地理环境的关系为研究对象的文学地理学学科的构想就应运而生了。可以说,正是 20 世纪 80 年代人文地理学的复兴和"文化热"中关于中国文化之地区差异的思考,促成了中国的"地域文化研究热";正是中国的"地域文化研究热",带动了中国的"地域文学研究热";正是这两股相互激荡、相互交融的研究热潮,成为催生文学地理学学科构想的重要原因之一。

第二种观点认为,文学地理学学科在中国初步建立,与中国传统文化中的"实用理性"有重要关系。陈一军指出:"中国文化是以传统儒家文化为中心的。儒家文化奉行的是'实用理性'原则。"这种实用理性"在中国古代的文学批评中得到了充分表现",例如班固的"以诗证地"、朱熹的"以地证诗"等,"都在有意无

---

[1] 曾大兴:《"地域文学"的内涵及其研究方法》,《东北师范大学学报》2016 年第 9 期。

意把文学作品往现实实在的层面靠拢"。"所以,近些年中国学术界热衷于建构文学地理学学科,表层与继承和发展中国传统的治学方式有关,深层却受到中国传统文化中的实用理性的影响。"而西方正好相反。"19世纪,西方在斯达尔夫人、丹纳等人的努力下,也由于现实主义、自然主义文学创作的兴盛以及围绕这些创作所展开的文学批评的活跃,空前凸显了地理环境在文艺批评中的意义。但是,这一势头并没有持久保持下去。随着自然主义文学创作和批评的消歇,文学与地理环境的关系就不那么引人注目了。20世纪初期,形式主义批评在西方兴起,西方文艺评论界开始着重关注文学的内在形式问题;到了英美新批评流行的阶段,则明确主张文学批评要把文本的内部世界和外在环境区分开来。而结构主义批评一心着力于发掘文学文本的内部结构。西方批评界之所以这样做,是因为西方文化中一直强调文学的虚构性,强调文学的'游戏'性质和表现心灵世界的自由创造功能。20世纪上半叶,当现代主义文学让西方文学更多承担起思考人类命运的哲学重任时,西方文学愈加显示出'抽象思辨'的特点,可谓'玄而又玄'。这样的文学实践和与此相关的评论显然与斯达尔夫人、丹纳等人的文学批评渐行渐远。所以,西方人面对着与中国人颇为不同的文学传承,而在西方的大文化传统中,从古希腊开始的注重哲理思辨的特质就一直是其文化的轴心,当20世纪西方文学与现代哲学愈益合流的情况下,指望在西方的文学批评实践中产生文学地理学这样的学科显然是不切实际的。"[1] 这个观点是大体正确的,需要补充和强调的是,一如上文所述,中国的文学

---

[1] 陈一军:《文学地理学学科创建的原因、意义及关键问题》,曾大兴、夏汉宁、高人雄主编:《文学地理学》第四辑,第11—12页。

地理学学科建构虽以实证研究为基础,但是并非"长于事实而短于理论",并未"消除形而上学",只是不似西方现代主义文学批评那样"玄而又玄"而已。

第三种观点认为,文学地理学学科在中国初步建立,与西方学术的"空间转向"有关。[1] 所谓"空间转向",就是西方后现代主义空间理论的兴起。有人说:"1974年,列斐伏尔《空间的生产》一书发表,在西方学术界吹来一股强劲的东风,开启了文化思想领域令人瞩目的'空间转向'(spacial turn),极大地挑战和颠覆了传统的思维模式,带来了思想范式的重大转型。"[2] 这个说法颇具代表性,中国许多学者也是因列斐伏尔这本书的初版时间而把"空间转向"的起始时间定在20世纪70年代。但是,据法国利摩日大学哲学系教授波特兰·维斯特法尔(即《地理批评:真实与虚构空间》一书的作者)介绍:"列斐伏尔70年代在法国写作的《空间的生产》是在一个小出版社Anthropos出版的。甚至很长时间很难在书店里找到这本书。是美国人重新发现了列斐伏尔。在美国的影响下,列斐伏尔开始流行起来。美国后现代主义城市地理学家爱德华·索雅重新解读了列斐伏尔,特别是在他的《第三空间》里,用了列斐伏尔的理论来解读洛杉矶。"[3] 朱立元教授也认为:"法国理论包括福柯、德里达等人的后现代主义理论基

---

[1] 颜红菲:《当代中国的文学地理学批评》,《世界文学评论》2011年第1期;梅新林:《文学地理学:基于"空间"之维的理论建构》,《浙江社会科学》2015年第3期;陈一军:《文学地理学学科创建的原因、意义及关键问题》,曾大兴、夏汉宁、高人雄主编:《文学地理学》第四辑,第13页。
[2] 蔡晓惠:《空间理论与文学批评的空间转向》,《石河子大学学报》(哲学社会科学版)2014年第4期。
[3] 骆燕灵:《关于"地理批评"——朱立元与波特兰·维斯法尔的对话》,《江淮论坛》2017年第3期。

本上都是通过美国的接受再走向世界的，列斐伏尔的《空间的生产》也是直到1991年才被译成英语先在美国出版，后来才发生世界性的影响的。"[1] 由此看来，后现代主义空间理论虽然诞生于20世纪70年代，但是它在西方发生影响，则是90年代以后的事情；这个理论传到中国，则是21世纪以来的事情。例如米歇尔·福柯的《规训与惩罚》、爱德华·索雅的《第三空间——航向洛杉矶以及其他真实与想象地方的旅程》、戴维·哈维的《后现代的状况——对文化变迁之缘起的探究》等后现代主义空间理论的代表作，都是2003年以后才有中译本的。[2] 西方后现代主义空间理论传入中国的时间比中国学者开始构建文学地理学学科的时间要晚20年左右，在此之前，包括从事中西文化与文学比较研究的金克木先生在内，中国提出文学地理学学科构想的学者并未受这个理论的影响。直到2012年以后，也就是中国文学地理学会第一届年会（2011）召开，文学地理学的学科建构成为学会的明确目标之后，陈舒劼、刘小新、颜红菲、梅新林等才在相关论文中引述西方后现代主义空间理论。[3] 也就是说，中国学者最初建构文学地理学的学科理论，主要是受传统的人文地理学的影响。需要指出

---

[1] 骆燕灵：《关于"地理批评"——朱立元与波特兰·维斯法尔的对话》，《江淮论坛》2017年第3期。

[2]〔法〕米歇尔·福柯：《规训与惩罚》，刘北成、杨远婴译，生活·读书·新知三联书店2003年版；〔美〕爱德华·索雅：《第三空间——航向洛杉矶以及其他真实与想象地方的旅程》，王志弘、张华荪、王玥明译，台北桂冠出版社2004年版；〔美〕戴维·哈维：《后现代的状况——对文化变迁之缘起的探究》，阎嘉译，商务印书馆2003年版。

[3] 陈舒劼、刘小新：《空间理论兴起与文学地理学重构》，《福建论坛》2012年第6期；颜红菲：《开辟文学理论研究的新空间——西方文学地理学研究述评》，《武汉大学学报》（人文科学版）2014年第6期；梅新林：《文学地理学：基于"空间"之维的理论建构》，《浙江社会科学》2015年第3期。

的是，西方学术的"空间转向"，是指哲学和社会理论的"空间转向"，它"实际上隐含着三个不同的方面：其一是在当代社会批判过程中重视对空间现象的分析，其二是在哲学层面对'什么是空间'进行重新反思，其三是试图建构关于社会系统的空间（以及时间）构成理论"[1]。因此，这个"空间"与地理学所讲的"空间"是不一样的，前者是普遍的，后者是具体的。地理学的"空间""不仅有确切的地理坐标，更有该地具体的自然地理环境和人文地理环境"[2]。还需要指出的是，受"空间转向"影响而兴起的西方后现代主义"空间批评"与文学地理学的"空间批评"也不一样，前者所针对的是抽象的空间，并且只分析文本的空间结构，后者所针对的是具体的空间，除了分析文本的空间结构，还要联系文本内外的自然和人文地理空间之特点来探讨文本的意义。[3]因此，西方学术的"空间转向"对文学地理学学科建构的影响到目前为止还是很有限的，今后会有多大的影响尚需观察。但是有一点可以肯定，"空间转向"增强了中国学者的信心。因为文学地理学的研究与学科建构本身，就是为了实现文学研究与学科建设的"空间转向"，只是文学地理学所讲的"空间"不似西方后现代主义所讲的"空间"那么泛化而已。

无论是20世纪80年代人文地理学的复兴和"文化热"的兴起，还是中国传统文化中的"实用理性"的作用，乃至西方学术的"空间转向"所给予的信心，都只是文学地理学学科建构的外因，而外因是需要通过内因才能起作用的。这个内因就是文学地

---

[1] 冯雷：《理解空间——20世纪空间观念的激变》，中央编译出版社2017年版，第2页。
[2] 周尚意等编著：《文化地理学》，高等教育出版社2004年版，第259页。
[3] 曾大兴：《文学地理学概论》，第335—339页。

理研究的自身需要。中国的文学地理研究源远流长，早在春秋晚期"季札观乐"时就有了它的滥觞，后来经过司马迁、班固、刘勰、魏征、朱熹、王世贞、王骥德、厉鹗等古代学者的研究，还有20世纪前期刘师培、王国维、顾颉刚、汪辟疆等现代学者的研究，尤其是20世纪80年代中期以后大批当代学者的研究，文学地理的实证研究成果已经比较丰富了[1]，但是实证研究中提出的问题也因此而非常迫切。例如：什么是文学地理？它的研究对象是什么？它的基本理论、基本概念、基本规则、研究方法有哪些？等等，这些都不是单纯的实证研究所能解决的问题，也不是简单地套用人文地理学的某些理论和方法就能解决的问题。文学地理研究的可持续发展，要求有一套自己的理论和方法，而这一套理论和方法的创立，又必须有一个关于文学地理学的顶层设计，这个顶层设计，就是文学地理学的学科构想。也就是说，没有文学地理学的学科建构，就没有文学地理学的理论和方法；没有文学地理学的理论和方法，就没有文学地理研究的可持续发展。因此，文学地理学学科在中国初步建立的内因，是文学地理研究在中国蓬勃开展的现实及其可持续发展的需要。

文学地理学学科在中国初步建立的意义是多方面的，这里简要讲三点。

第一，为文学地理的研究提供了一套相对完整的具有现代学术品格的理论、方法和规则。杨义讲：文学地理研究，"说到底就是为了使文学研究'接上地气'"，"使我们确确实实回到自己生于斯长于斯的这块土地上，体验'这里'有别于'那里'的文化遗

---

[1] 曾大兴：《文学地理学概论》，第367—413页。

传和生存形态";"回到时间在空间中运行和展开的现场,关注人在地理空间中是怎么样以生存智慧和审美想象的方式来完成自己的生命的表达,物质的空间是怎么样转化为精神的空间"[1]。这些话都很精辟,可以说是生动地概括了文学地理研究的价值和意义。但是,如上所述,文学地理研究自春秋晚期至20世纪80年代中期以后,相关成果已经比较丰富了,可是文学地理研究的理论水平并没有得到应有的提升。可以说,许多人的认知还停留在魏征的《隋书·文学传序》的水准上。这其中最根本的原因,就是历时2500多年的文学地理研究一直没有一套自己的理论、方法和规则来支撑。而文学地理学学科的建构,就为文学地理研究提供了一套相对完整的具有现代学术品格的理论、方法和规则,使"文学地理"的研究真正成为"文学地理学"的研究。

第二,健全和完善了文学这个一级学科。在现有的文学这个一级学科或学科大类中,无论中外,都没有文学地理学这个分支学科。而在人文社会科学领域,多数学科都有时间和空间这两个维度,也就是说,既有描述其时间历程的分支学科,也有描述其空间结构的分支学科,既有"史",也有"地理"。例如历史学有通史、断代史、专门史,也有历史地理;语言学有语言史,也有语言地理或方言地理;经济学有经济史,也有经济地理;军事学有军事史,也有军事地理……,为什么文学有文学史,而不能有一门文学地理呢?时间和空间,是物质运动的两种基本形式,文学作为一种精神存在,同样不能例外。因此,没有文学地理学的文学学科是一个不完整的学科。学科不完整,它的知识结构就不

---

[1] 杨义:《文学地理学会通》,第3—6页。

合理，它的功能就得不到很好的发挥，它所面对的许多问题也得不到合理的解决。文学地理学作为一个新兴学科，正是在文学这个一级学科现有的其他二级学科不能解决文学与地理环境的关系这个根本问题的背景下产生的。它的产生，一方面解决了别的二级学科所不能解决的问题，一方面又可以健全、完善文学这个一级学科，推动这个一级学科的创新与可持续发展，尤其是可以对文学理论（文艺学）这个二级学科形成某种"倒逼"之势，促使它正视并注意吸收文学地理学的研究成果，从而丰富自己的理论内涵，提升自己的实践品质，用杨义的话来讲，就是使文学理论的研究"接上地气"。

第三，为应对全球化、保护和弘扬地域文化、增强人们的地方感与家园感提供了新的思路和策略。任何一门真正的学科都是世界性的学科，学科无国界。作为一门世界性的学科，它必须立足于解决世界性的问题。20世纪90年代以来，世界所面临的突出问题之一，就是全球化对地域文化的侵蚀，并由此而产生的人类文化同质化的危机。这个问题已经引起世界各国的高度重视。有人认为，全球化就是西方化，甚至就是美国化，是美国霸权话语对其他国家和民族地域文化的侵蚀。[1]这种认识未免狭隘。事实上，美国的地域文化也在遭受全球化的冲击，美国人也意识到了这种冲击。因此他们比以往任何一个时期都更加热爱和珍惜自己的地域文化，更加重视彰显、保护和弘扬自己的地域文化。以文学为例。早在19世纪后期和20世纪20年代，在美国就曾经

---

[1] 蓝爱国：《游牧与栖居：当代文学批评的文化身份》，中国社会科学出版社2005年版，第60—61页。

盛行一种"文学地域主义"（literary regionalism），又称"地域文学"（regional literature），产生了像亨利·大卫·梭罗、马克·吐温、辛克莱·刘易斯、威廉·福克纳和薇拉·凯瑟等一批杰出的"文学地域主义"作家。近些年来，随着全球化的持续，一场全国性的地域文化复兴运动正在美国如火如荼地展开，沉寂了几十年的"文学地域主义"再度成为人们关注的焦点。[1]而"文学地域主义研究"热潮的出现，则缘于全球化时代人们对经典地域文学的眷念与推崇。美国文学研究专家刘英指出："在全球化时代重读经典地域文学，会对乡土和田园意象有全新的体认：乡土承载了当下现实所匮乏的东西，成了一个思念的美学对象、一种回忆、一个灵魂归宿的符号。于是，'我的安东尼亚'，一声轻轻的呼唤，不仅代表薇拉·凯瑟对家乡、对自然的深深思念，也同样表达了全球化时代人们对宁静、安全、简单、质朴生活的无限怀念。"[2]"我的安东尼亚"这"一声轻轻的呼唤"所流露的，正是全球化时代美国人的乡愁。而美国人之所以"眷念与推崇"经典地域文学，就是因为经典地域文学是可以帮助人们来感受和认识乡愁的。事实上，乡愁作为一种普遍的人类情感，它是需要具体的地理空间来承载、来延续的。通过经典地域文学来感受和认识乡愁，既要有时间感，更要有空间感，也就是说，要善于通过作品所描写的地理空间及其空间要素如地名、地景（景观）、地理意象等来感受和认识乡愁。而文学地理学正是文学的一个富有地理空间感的学科，它可以运用自己的理论和方法，帮助人们感受和

---

[1] 刘英：《文学地域主义》，《外国文学》2010年第4期。
[2] 刘英：《全球化时代的美国文学地域主义研究》，《国外文学》2010年第2期。

认识文学的地理空间及其结构、要素、功能与意义，感受和认识文学作品中的乡愁，进而达到保护乡愁所赖以承载、赖以延续的地理空间，增强人们的地方感和家园感之目的。[1] 从这个意义上讲，文学地理学学科的建构，可以说是为人类应对全球化对地域文化的侵蚀、增强人们的地方感与家园感提供了一种新的思路和策略。

三、文学地理学学科建构面临的挑战

当然，文学地理学学科在中国只是初步建成，尚未达到成熟之境。著名地理学家竺可桢先生讲，衡量一门学科是否成熟，要从五个方面来看："一要有一大批高素质的专业科学家；二要有学科本身的理论体系；三要应用具有本门学科特点的方法；四要在为国民经济服务中发挥非其他学科所能替代的作用；五要有大量本门学科的成果资料的积累。"[2] 按照这五个标准来衡量，中国的文学地理学学科建构只是在第二、三、五方面初步达到了，在第一、四方面还比较欠缺。因此，文学地理学的学科建构还需继续努力，尤其是在社会服务方面需要加强。事实上，文学地理学是文学的各个二级学科中实践性最强的一个学科，它在环境保护、文化生态建设方面，尤其是在文学景观的开发利用与人们的地方感、家园感的提升等方面是可以大有作为的。

---

[1] 曾大兴：《文学地理学视野中的乡愁》，《文史知识》2017年第11期。
[2] 引自吴传钧：《〈中国人文地理丛书〉序》，邹逸麟主编：《中国历史人文地理》，科学出版社2001年版，第2页。

同文学史这个成熟的学科相比，文学地理学还是一门成长中的学科，尚未达到与文学史双峰并峙的高度。但是，文学史这个学科自 20 世纪初期引进到中国，经过了近 100 年的本土化过程，直到 20 世纪后期才成熟起来。文学地理学由于是在中国本土产生的，它省略了一个漫长的本土化过程，从始建到成熟，它是不需要 100 年的。

文学地理学的学科建构真正面临的挑战，主要来自以下两个方面。

首先是全球化空间的出现对文学构成的影响。"全球化空间建立在现代交通、通讯技术的基础上。由于飞机等交通工具的发达，人员和货物可以实现快速、大量的全球化移动。建立在卫星、光缆、计算机高速处理和网络化基础上的发达的通讯手段，使信息可以瞬间传遍世界每个角落，同时也加速了资金的周转速度。时间的长度已经缩短到几乎感觉不到，所以人们说现代人已经处在一个共时性的世界。""这种空间存在方式对于人类是一种新的挑战"[1]，对于作为人类的精神存在形式的文学也是一种新的挑战。

文学活动包括三个阶段：文学创作、文学扩散（传播）、文学接受。具体来讲，全球化空间的出现对文学创作并未构成大的挑战。因为全球化空间只是一种新的社会空间，而社会空间无论新、旧都只能是从属于自然空间（即地理空间），不可能对应于自然空间，更不可能消灭自然空间。正如冯雷所言："自然时空不是借助于社会时空才得以成立的，相反，社会时空是依赖于自然时

---

[1] 冯雷：《解读空间——20 世纪空间观念的激变》，第 13 页。

空才得以成立的。"[1] 每个作家都携带着他在自己熟稔的自然和人文地理环境中形成的地理基因，无论他在什么样的社会空间写作，这种地理基因都会由于相应的地理环境的作用而对他的写作构成一定的影响。一个不争的事实是，在全球化的背景之下，许多作品的地域性不仅没有减弱，反而增强了。诗人西川讲："无论是赞成全球化的人还是反对全球化的人，实际上都赞成文化的地方性。先说赞成全球化的人：前些年法国作过一个美术展览，这个美术展览的题目很有趣，叫作'全球共享异国情调'——我享受你的异国情调，你享受我的异国情调。这个东西是全球化的一个产物；那么从反全球化的角度来看呢，反全球化实际上就是捍卫本地出产，捍卫本地文化，捍卫本地的遗产。那么这又是一种反全球化对于地方性的维护。所以地方性这个说法真是左右逢源。"[2] 因此，文学作品的地域性将会长期存在，文学与地理环境的互动关系将会长期存在，"人地关系"作为文学地理学学科的立论前提不会动摇。但是，全球化社会空间的文学地域性与传统社会空间的文学地域性还是有差异的，主要原因不在于自然环境是否有了变化，而在于作家的视野有了变化，读者的需求也有了变化。这就要求文学地理学的研究与学科建构必须面对全球化的现实，发现和解答新的问题。

全球化空间的出现对文学扩散构成的挑战更大一些。正如文化地理学者所言："在以陆地和海洋交通工具为信息传递工具的文化扩散中，地理环境对文化扩散的影响最为明显。崇山峻岭、无垠的沙漠都是阻碍陆路交通发展的自然环境，而那些信息沟通好

---

[1] 冯雷：《解读空间——20世纪空间观念的激变》，第2页。
[2] 西川：《全球化视野中的"诗歌地理"问题》，《文艺争鸣》2017年第9期。

的地区往往是自然条件利于大规模人口定居的地方。"[1]但是，在全球化时代，由于"建立在卫星、光缆、计算机高速处理和网络化基础上的发达的通讯手段，使信息可以瞬间传遍世界每个角落"，自然环境对文学扩散的阻碍大为降低。文学扩散在时间上大为缩短，在空间上则几乎无远弗届。文学扩散似乎已经没有明确的中心与边缘之分了。这就为文学地理学的文学扩散研究提出了新的问题。

但是，由于文学的接受者毕竟是人，无论处于什么样的社会空间，人的地理基因始终存在，并且要在文学接受过程中发生一定的作用，也就是说，文学扩散的地域差异虽然大为减弱，文学接受的地域差异仍然明显存在。有一篇名为《中国人的读书地图》的文章清晰表明：在全球化时代，中国各地读者的阅读取向还是有显著的地域差异的。[2]当然，这篇文章所讲的阅读是指传统的纸质阅读，不是指网上阅读，其所阅读的书籍也不限于文学，因此未能反映全球化时代文学作品的网上阅读现状。在国外，文学阅读的主要形式仍然是传统的纸质阅读，而在中国，尤其是年轻一代，文学阅读的主要形式已为网上阅读所替代，但是关于这种阅读的地域差异问题，学术界尚未展开相关调查和研究。因此文学地理学的文学接受研究应该面对这一现实，形成新的问题意识，探索新的调查取证路径和研究方法。

总之，在全球化的社会空间，无论是文学的创作还是文学的扩散与接受，都出现了一些新的特点，这就要求文学地理学的研

---

[1] 周尚意等编著：《文化地理学》，第186页。
[2] 周作鬼：《中国人的读书地图》，《新周刊》2016年11月9日。

究与学科建构必须有新的思路和方法。诚如英国当代著名人文地理学家 R. J. 约翰斯顿所强调的那样:"如果一门学科不能对变化着的环境做出反应,它就会停滞不前。"[1]

文学地理学的学科建构所面临的第二个挑战,就是国际学术界同行的广泛认可。文学地理学学科是在中国本土产生的,它虽然省略了一个漫长的本土化的过程,但是也面临一个国际化的过程。如上所言,真正的学科是没有国界的。只有国际学术界同行广泛认可这个学科,文学地理学的学科建构才算完成。在此之前,它只能称作"初建",不能称为"建成"。

笔者认为,一个学科能不能被国际学术界同行所广泛认可,取决于四个条件:一是学科本身的创新品质、理论水平和实践精神,二是该学科是否具有全球视野与国际适用性,三是国际性的学术交流是否具有相应的规模、力度和效果,四是学科的故乡(所在国度)在国际上是否具有较大的话语权和影响力。

"中国文学地理学会年会"从第二届开始即有韩国、日本的学者参加,后来又有新加坡、美国等国的学者参加,其中第五届年会还是应邀在日本福冈召开的,可以说从学会建立伊始就很重视与国际学术界的交流。但是,到目前为止,这种交流的覆盖面仍然小,力度仍然不够,影响力仍然有限。今后应进一步扩大和加强国际性的学术交流。为此,笔者提两点建议供国内同行参考:

第一,要进一步加强文学地理学的理论研究,丰富和完善它的理论体系。一个成熟的学科往往不只一个理论体系,而目前的

---

[1] 〔英〕R. J. 约翰斯顿:《地理学与地理学家》,唐晓峰、李平、叶冰、包森铭等译,唐晓峰校,第 450 页。

文学地理学学科只有一个初步成型的理论体系，这个理论体系本身还有待完善。因此文学地理学的理论研究只能加强，不能放松。在加强理论研究的同时，还要开展相关的应用研究，发挥它的实践功能，使之较好地为社会服务。只有国内学术界和广大社会普遍认可这个学科，它才有足够的底气走向世界。

第二，要注重学科的国际适用性，要有全球视野。20世纪初期以来，中国从西方引进了许多学科，有的学科已完成本土化的过程，有的历经上百年迄今仍未完成。这里面的原因不难寻找，或是某些学科本身缺乏广泛的适应性，所谓"橘生淮南则为橘，生于淮北则为枳"，它们不服中国的水土；或是有关领域的中国学者自身存在教条主义倾向，不能较好地联系中国实际合理吸收西方的学科理论与方法，生搬硬套，削足适履。中国的文学地理学学者需要认真总结和汲取这方面的经验与教训，在创建有关理论和方法时，要充分考虑它的国际适用性。要认真听取国际学术界同行的意见，随时纠正自己的偏差，同时注意合理吸收国际学术界的最新研究成果，使这个学科具有广泛的国际适用性。就当前和今后一个时期来讲，尤其要有全球视野，要提出和解决全球化空间的出现给文学创作、文学扩散与文学接受带来的新问题。

诚然，文学地理学学科能否为国际学术界同行所广泛接受，既取决于文学地理学研究与学科建设自身的水平，也取决于中国在国际上的话语权和影响力的提升。但是，就文学地理学学者本身来讲，最重要的还是要提出和解决具有全球性的文学地理问题，使这个学科具有广泛的国际适用性。任何一个学科，不管它产生在哪个国度，如果不能提出和解决具有全球性的相关问题，如果没有广泛的国际适用性，无论它的祖国在国际上的话语权和影响力有多大，它仍然是难以被国际学术界所广泛接受的。希望大家共同努力，使这个在中国本土产生的新兴学科早日成熟起来，早日达到国际化的目标！

（原刊朱立元主编《美学与艺术评论》第19辑，山西教育出版社2019年12月版）

文学地理学学科在中国初步建成

　　文学地理学的研究在中国由来已久，但明确将其作为一个学科来建设发展，则是20世纪90年代后期的事。经过20余年的发展，文学地理学学科在中国已初步建成。

　　1997年，陶礼天提出了关于"文学地理学学科"的初步构想，认为文学地理学是"一门文学研究的边缘学科"，"致力于研究文学与地理之间多层次的辩证的相互关系"（《北"风"与南"骚"》）。2006年，梅新林也提出了关于"文学地理学学科"的构想，认为文学地理学是一门"融合文学与地理学研究、以文学为本位、以文学空间研究为重心的新兴交叉学科或跨学科研究方法，其发展方向是成长为相对独立的综合性学科"（《中国古代文学地理形态与演变》）。2008年，邹建军提出把文学地理学"作为中国比较文学建设的一个新的分支"来建设，指出文学地理学"有其特定的研究对象，那就是文学中的地理空间问题"（《关于文学地理学的研究方法与发展前景》）。2011年，笔者提出"建立一门与文学史双峰并峙的文学地理学"，认为文学地理学的研究对象就是"文学与地理环境之间的关系"（《建设与"文学史"双峰并峙的"文学地理学"》）。2012年，杨义提出文学地理学是一门"会通之学",要会通"文学与地理学、人类文化学以及民族、民俗、制度、历史、考古诸多学科"(《文学地理学的三条研究思路》)。

上述学者的提法和表述虽各有差异,但已形成三点重要共识:一是主张把文学地理学作为一个学科来建设,而不仅仅是把它当作一个研究视角或方法;二是坚持文学地理学必须以文学为本位,而不是以地理为本位;三是地理学的"人地关系"理论被确立为文学地理学的科学基础和立论前提,从而明确了文学地理学的研究对象就是文学与地理环境的关系。

2011年11月,"中国首届文学地理学暨宋代文学地理研讨会"在江西南昌召开,与会学者联名倡议筹建"中国文学地理学会",会议明确了文学地理的研究目标之一,就是"建立一门与文学史学科双峰并峙的文学地理学科"(《文学地理学开拓研究新思路》)。此后,"中国文学地理学会"连续召开了八届年会,编辑出版了八本《文学地理学》辑刊,积极探讨文学地理学的学科建设和基本理论问题。

正是在文学界和文化地理学界众多学者的启发、推动和支持下,2017年3月,笔者出版了《文学地理学概论》一书。此书是笔者"多年来从事文学地理学的实证研究与理论研究的一个总结",也多方吸收了国内外学者的相关研究成果。李仲凡评论说:"《文学地理学概论》作为一部开创性的文学地理学导论性质的著作,涵盖了文学地理学主要的、基本的研究领域","为文学地理学学科的理论体系搭建起了基本的框架","《文学地理学概论》的问世……使得文学地理学比以往任何一个时候都更为接近学科的建成"(《从苏轼的〈食荔枝〉到文学地理学》)。2017年12月,梅新林、葛永海出版《文学地理学原理》一书。二书体例不同,但基本立场是相通的：一是"以文学为本位"，二是"以文学空间研究为重心"，均体现了作者为建立文学地理学学科的理论体系所做的多方面探索。

综观中国学者的文学地理学学科建设，有三个突出特点。第一是以实证研究为基础的理论架构。中国学者的文学地理研究从一开始就带有比较浓厚的实证色彩。实证研究就是讲求证据，一切靠证据说话。中国学者的文学地理研究，不仅是对作家的出生成长之地与迁徙流寓之地，作品的产生之地与刊刻传播之地，作品中的地名、地景（景观）、地理意象等的研究带有比较浓厚的实证色彩，即便是对理论问题的探讨也具有实证色彩。其中多是通过大量的实证研究得出一个结论，再根据大量的结论提炼出一个观点、概念或理论，最后由这些观点、概念或理论来建构文学地理学学科的理论体系。也就是说，不是从一个观点（概念、理论）推导出另一个观点（概念、理论），不是用演绎法，而是用归纳法。中国学者的实证研究，与西方地理学的"实证主义思潮"有某些相通之处，它"沿着预定的路线积累知识"，因此"是一种稳健的过程"。"实证主义思潮的主要诱惑力是数量化：以数学或统计学的形式，即以一种意味着精确、可重复性以及确定性（孔德的确定）的方式表达研究成果。"（R. J. 约翰斯顿：《哲学与人文地理学》）同时，中国学者的文学地理学研究与学科建构也避免了西方"实证主义思潮""长于事实而短于理论"的弊端。它讲求实证，但也注重理论探讨，并未"消除形而上学"，尤其是在分析文本的地理空间时，充分注意到了文学的虚构、想象和形而上的特征。

第二是中国式的话语体系。所谓话语体系，就是思想理论体系和知识体系的表达形式。20 世纪初期以来，在中国流行的现代意义上的学科多是从西方引进的，因此这些学科的话语体系也是西方式的。但文学地理学不同，它是在中国建构的一个新兴学科，其理论体系和知识体系是中国式的，用来表达这个理论体系和知识体系的概念体系也是中国式的。例如，"地理物象"、"地理事象"、"本籍文化"、"客籍文化"、"文学家的静态分布"、"文学家的动态分布"、"瓜藤结构"、"虚拟性文学景观"、"实体性文学景观"、"系地法"、"现地研究法"、"边缘活力"、"地理叙事"、"地理基因"等一系列概念，都是中国学者的原创。中国学者用这种中国式的概念体系，来表达中国式的理论体系和知识体系，并为这种表达建立了相应的规则，从而创建了一套初具规模的文学地理学学科的中国式话语体系。诚然，个别概念如"文学扩散"、"文学源地"、"文学区"、"文学景观"的创立，确实借鉴了某些西方智慧，但绝不是对西方文化地理学中的"文化扩散"、"文化源地"、"文化区"、"文化景观"等概念的简单套用，而是同时汲取了中国智慧，根据文学与文化之间的从属关系、文学自身的特点和内涵等创立的。

第三是以青年学者为骨干的专业人才格局。中国的文学地理学研究与学科建设，一直得到文学界和文化地理学界老中青三代学者的大力支持。20世纪90年代以来，文学地理学界形成了以青年学者为骨干的专业人才格局。据统计，1990年以来发表的文学地理学论文，有三分之一是青年学者的学位论文（《文学地理学论著目录索引》），如果再加上他们的非学位论文，及其他青年学者的论文，那么至少有一半的论文是青年学者撰写的。近30年来，文学地理学发展迅速，影响广泛，这与广大青年学者的积极参与是分不开的。学术史上的无数事实证明：一个学科只有赢得广大青年学者的青睐,它才会有光明的前景。

一般认为,一个学科的成立取决于三个条件:一是要有学科的研究对象,二是要有学科的基础理论和研究方法,三是要有一批从事这方面研究的专业人员。按照这三个条件来衡量,可以说,文学地理学这个学科在中国已初步建成。

诚然,国外也有文学地理研究,但是国外的文学地理研究主要集中在"地理批评"(文本批评)上,并未形成一个学科。马晶指出:"相较国内对文学地理学学科体系建构的思考,国外在这方面表现似乎并不明显。"(《学科定位:文学地理学基本理论问题研究》)

国外的文学地理研究以法国为最早,成果也相对较多,例如法国学者迪布依和费雷分别出版过《法国文学地理学》(1942)和《文学地理学》(1946),但是文学地理学在法国并未建成一个学科。陶礼天指出:"尽管法国学界提出'文学地理学'并出版了专著,但西方主流文学理论批评界并没有认可'文学地理学'。"(《试论文学地理学的过去、现在和未来》)早在1958年,法国文学社会学家罗贝尔·埃斯卡皮就曾这样讲:"几年来,流行着文学地理学。也许不应该对它提出过高的要求:强调地理学,会迅速滑向地方主义。"(《文学社会学》)半个多世纪过去了,文学地理学在法国的地位仍然没有得到提高。2009年10月,法国巴黎第三大学的米歇尔·柯罗在北京师范大学演讲时说:"文学地理学""可以为在法国大学界仍占统治地位的文学史研究提供补充。"(《文学地理学、地理批评与地理诗学》)这说明文学地理学在法国仍然只是文学史研究的一个"补充",而不是一个独立学科。

在美国学界,似乎连"文学地理学"这个概念都极少出现,他们用的是"地理批评"或"地理诗学"这两个概念,也是侧重于文本批评。因此可以说,文学地理学作为一项研究,中外都有;但作为一个学科,只有中国初步建成。

(原刊《中国社会科学报》2020年9月7日,标题由编辑改为《中国文学地理学研究与学科建设》,本书恢复原标题)

文学地理学对地理学的贡献

文学地理学借鉴地理学的"人地关系"理论，建立了一个以"文地关系"为逻辑起点的新的分支学科，即文学地理学，这是事实；需要指出的是，文学地理学在理论上对地理学也是有贡献的，这也是事实。我这里只讲三点。

一、为地理学贡献了一个新的分支学科

很早以前，人们就注意到地理环境对文学是有影响的，就中国而言，有春秋时"国风"的搜集整理者，有吴公子季札，还有汉代的司马迁和班固，南朝梁代的刘勰，唐代的魏征，南宋的朱熹、王象之、祝穆，元代的元好问，明代的胡应麟、王世贞、王骥德、李东阳，清代的厉鹗、黄定文、曹溶、郑方坤，近现代的梁启超、刘师培、王国维、王葆心、顾颉刚、汪辟疆等；就外国而言，有法国的孟德斯鸠、玛蒙台尔、斯达尔夫人和丹纳，有德国的康德、赫尔德、黑格尔，但是这些学者都不可能有文学地理学的学科意识，虽然康德最早使用了"文学地理学"这个术语，

但是他所讲的"文学地理学"实际上相当于后来的人文地理学，并非真正的文学地理学。[1]

20世纪40年代以来，法国的A.迪布依、A.费雷、米歇尔·柯罗、波特兰·维斯特法尔，英国的迈克·克朗、希拉·霍内斯，美国的罗伯特·塔利、艾瑞克·普瑞托、斯坦·帕兹·莫斯兰德、弗朗蒂，日本的久松潜一、杉浦芳夫、前田爱、小田匡保，韩国的许世旭、赵东一等学者有过一些文学地理学方面的或者与文学地理学有关的研究，但是他们也未曾提出过要建立一个文学地理学学科。

把文学地理学作为一个学科来建设，是中国学者的首创。中国学者自20世纪90年代开始构建文学地理学的学科理论，从本体论和方法论等维度，探讨和明确文学地理学的定义、研究对象、学科定位、价值、意义、研究内容、研究方法与批评原则等，经过20多年的努力，这个学科在中国本土基本建成。成都理工大学外国语学院院长刘永志教授指出："中国学者在国内外首次从本体论、方法论等维度原创性地建立了文学地理学的学科理论体系。这一理论体系集中反映了中国文学地理学研究所取得的最新理论成果，它显著地区别于以英国希拉·霍内斯（Sheila Hones）为代表的学者所倡导的文学地理学研究（literary geographies）——通过文学地理学研究实现人文地理学和社会学的研究目标，也有别于以美国罗伯特·塔利（Robert Tally）为代表的学者所说的文学空间研究（spatial literary studies），从而解决了西方文论未能解决

---

[1] 康德：《自然地理学》，李秋零主编：《康德著作全集》第9卷，中国人民大学出版社2010年版，第162页。

的诸如文学发生学、文学传播学、文学区域变迁和演化等一系列重大问题。"[1]

文学地理学虽然强调文学本位的立场,但它仍然可以成为地理学的一个分支学科,它的贡献体现在两个方面:一是对文学的贡献,一是对地理学的贡献。也许还有少数地理学者不承认文学地理学是地理学的一个分支学科,但是难以否认文学地理学对地理学的贡献,因为已有大量的研究成果可以证明。

事实上,中国的文化地理学者一直是非常支持和认可文学地理学的,他们早已把文学地理学当作文化地理学的一个分支,例如在周尚意等主编的《文化地理学》这本书里,就专门辟有"文学地理学"这一节。[2]

需要指出的是,许多学者(包括上引《文化地理学》的编著者)习惯于把文学地理学与音乐地理学、美术地理学、书法地理学、电影地理学等相提并论,但是事实上,音乐地理学、美术地理学、书法地理学、电影地理学等,都没有自己的一套学科理论,没有自己的概念体系和话语体系,它们远没有成为一个学科。

地理学是一个覆盖面非常广的基础性学科,在所有的学科中,只有历史学可以和它相比,因为任何学科都有历史(时间)维度,也都有地理(空间)维度。每个学科都有它的历史,每个学科也都有它的地理。但是在文学、音乐、美术、书法、电影等主观性较强的领域,要想建立一门相应的地理学分支,难度是很大的,因为地理学的客观性是很强的,它是一门"实学"。如何才能找到

---

[1] 刘永志:《文学地理学的空间概念及相关问题》,《中国文学地理学会十周年·江西高端论坛论文集》,南昌,2021 年 5 月 22 日。
[2] 周尚意、朱竑、孔翔主编:《文化地理学》,高等教育出版社 2011 年版。

客观的地理学与主观的文学、音乐、美术、书法、电影等学科之间的联系呢？换句话说，地理环境通过什么途径、什么机制来影响文学、音乐、美术、书法和电影等呢？如果不能找到地理环境影响文学、音乐、美术、书法、电影等的途径和机制，那么地理环境对它们各自的影响就是"或然的"，或者有，或者没有，而在"或然性"的基础上是不可能建立一个学科的。文学地理学这个学科之所以能够成立，一个最根本的原因，就是找到了地理环境影响文学的途径和机制，而设想中的音乐地理学、美术地理学、书法地理学、电影地理学等则迄今并没有找到地理环境影响音乐、美术、书法和电影等的途径和机制。

二、找到了地理环境影响文学的途径和机制

地理环境通过什么途径和机制来影响文学？这是古今中外的地理学者从未提及的问题，更谈不上解决。这个问题是由文学地理学者提出并解决的。

地理环境是一种物质现象，文学是一种精神现象，地理环境通过什么来影响文学？当然只能是通过文学家。文学家有物质的一面，也有精神的一面，地理环境通过文学家的哪个层面来影响文学？当然只能是通过其精神层面。这个精神层面，就是文学家的生命意识。[1]

---

[1] 曾按：地理学中的"人地关系论"认为，心理因素是人地关系的媒介。参见刘敏、方如康主编：《现代地理科学词典》"人地关系论"，科学出版社2009年版，第3页。

1. 地理环境影响文学的途径 —— 文学家的生命意识

说到文学家的生命意识，首先得讲一讲什么是生命意识。所谓生命意识，是指人类对于生命所产生的一种自觉的情感体验和理性思考，它包含两个层面的内容：一是对生命本身的感悟和认识，例如对生命的起源、历程、形式的探寻，对时序的感觉，对死亡的看法，对命运的思索等等，可以称为"生命本体论"；一是对生命价值的判断和把握，例如对人生的目的、意义、价值的不同看法，可以称为"生命价值论"。

人的生命意识的形成，是与人的时间意识同步的。时间是无限的，人的生命却是有限的。如果说时间是一条流淌不息的长河，那么人的生命则是长河中的一朵转瞬即逝的浪花。人所面临的最大问题，就是无法摆脱时间对生命的限制，无法获得生命的真正自由，所谓"感性命之不永，惧凋落之无期"[1]，因此人在内心深处是既无奈又不甘。面对有限生命和无限时间的矛盾，人们采取了各种各样的应对方式，建立了各种各样的思想和学说，形成了各种各样的"生命本体论"和"生命价值论"。所以人的生命意识问题，从本质上来讲，乃是一个时间问题。

生命意识并不是多么玄乎的东西，只要是一个思维健全的人，有一定自我意识的人，都会有自己的生命意识，只是不同的人，对生命有着不同的感受、思考和体认罢了。文学家的生命意识之所以值得关注，是因为文学家对时间、对生命的感受更敏锐，更

---

[1] 石崇：《金谷诗序》，《全上古三代秦汉三国六朝文》（四），河北教育出版社1997年版，第346页。

强烈，更细腻，也更丰富。文学家能够把自己的生命意识通过生动的文学形象表现出来，而一般人则做不到。文学是一种生命现象。文学作品所描写的对象，无论是人，还是动、植物，都是生命；文学作品所描写的事件，都是以生命个体为中心的事件；文学作品所描写的社会，都是以生命个体为元素的社会。这些对象、事件、社会等，无不反映了生命的种种状态，无不体现了文学家对于生命状态的种种感受、体验、观察、思考和评价。古往今来，没有哪一部文学作品是与生命无关的。文学家的生命意识，就包含在他们对所有生命状态的种种感受、体验、观察、思考和评价之中。区别只在于，有些作品的生命意识要强烈一些，鲜明一些，有些作品的生命意识则要平和一些，含蓄一些。正因为文学家的生命意识如此重要，所以无论是自然地理环境对文学的影响，还是人文地理环境对文学的影响，总要通过文学家的生命意识这一途径才能实现。

2. 触发文学家生命意识的媒介——地理物象与地理事象

时间的流逝是悄无声息的。一般人对时间的流逝过程，通常是浑然不觉的。在多数情况下，人们之所以能够意识到时间的流逝，之所以会有某种时间上的紧迫感或危机感，进而触发其生命意识，是因为受到某些生命现象的启示或警惕。这些生命现象主要包括两个方面：一是人类自身的生老病死[1]，一是环绕在人类周

---

[1] 索甲仁波切云："接近死亡可以带来真正的觉醒和生命观的改变。"索甲仁波切：《西藏生死书》，郑振煌译，浙江大学出版社2011年版，第35页。

围的某些地理现象。[1]这些地理现象具体是什么呢？一是地理物象，一是地理事象。正是这两种地理现象，成为触发文学家的时间感进而触发其生命意识的媒介。

所谓地理物象，简要地讲，就是出现在地表上的地理形象，有自然类的，也有人文类的。自然类的如山、水、动物、植物等，人文类的如路、桥、房屋、田野、水库等。所谓地理事象，简要地讲，就是发生地表上的事情或者事件，也有自然类和人文类之分，自然类的如动物的觅食、迁徙、繁殖、死亡，植物的发芽、抽青、开花、结果、落叶等，人文类的如种植、垦殖、渔猎、狩猎、采伐、采矿、修路、架桥、建房、衣食住行、婚丧嫁娶等。总之，地理物象，是指地表上的实物；地理事象，是指在地表上进行的实事，两者都不能离开地表，两者都是接地气的。

因地理物象和地理事象而触发生命意识，在文学家来讲，既是一种思维习惯，更是一个审美传统。陆机《文赋》云：

> 遵四时以叹逝，瞻万物而思纷。悲落叶于劲秋，喜柔条于芳春。[2]

这几句话的意思，就是讲文学家因春夏秋冬四季的更替而感叹时光的流逝，而思绪万端，而或"悲"或"喜"，这不就是生命

---

[1] 弗雷泽指出："在自然界全年的现象中，表达死亡与复活的观念，再没有比草木的秋谢春生表达得更明显了。"〔英〕弗雷泽：《金枝》，徐育新、江培基等译，大众文艺出版社1998年版，第489页。

[2] 陆机：《文赋》，郭绍虞主编：《中国历代文论选》第1册，上海古籍出版社1979年版，第170页。

意识吗？那么，触发这种生命意识的具体媒介是什么呢？就是秋天的"落叶"和春天的"柔条"，这是两种很典型的物候，也是两种常见的地理物象。刘勰《文心雕龙·物色》云：

> 若乃山林皋壤，实文思之奥府；略语则阙，详说则繁。然屈平所以能洞监风骚之情者，抑亦江山之助乎？[1]

刘勰所讲的"江山之助"，其实就是地理环境之助，说得具体一点，就是地理物象的触发和启示。

中国古代诗人和诗评家把诗的书写传统归纳为"赋"、"比"、"兴"三种，他们对"赋"、"比"、"兴"的解释，尤其是对"比"和"兴"的解释，都离不开一个"物"字。如朱熹云："赋者，敷陈其事而直言之者也。""比者，以彼物比此物也。""兴者，先言他物以引起所咏之情也。"[2] 他认为除了"赋"可以不假于"物"而直陈其事、直言其情之外，"比"和"兴"都离不开"物"。而李仲蒙则云："叙物以言情，谓之赋，情物尽者也；索物以托情，谓之比，情附物者也；触物以起情，谓之兴，物动情者也。"[3] 他认为无论是"赋"，还是"比"或"兴"，都离不开"物"，都必须借助"物"来书写或表达。这个物在多数时候就是自然景物，或曰"物色"，用文学地理学的术语来讲，就是地理物象，有时候也指地理事象。

---

[1] 詹锳：《文心雕龙义证》，上海古籍出版社 1989 年版，第 1761 页。
[2] 朱熹：《诗集传》，上海古籍出版社 1980 年版，第 3、4、1 页。
[3] 引自胡寅：《斐然集·崇正辩》，岳麓书社 2009 年版。

3. 地理环境影响文学的机制 —— 应物斯感与缘事而发

那么，地理物象或地理事象、文学家的生命意识和文学作品这三者之间如何互动呢？这就涉及到它们的生成机制问题了。

事实上，它们的生成机制也是存在的。中国古代文论中有两个很重要的概念，一个叫"应物斯感"，一个叫"缘事而发"。这两个概念，适好用来概括地理物象或地理事象、文学家的生命意识和文学作品这三者之间的两种生成机制。

我们先看"应物斯感"这个概念的出处及其内涵：

人禀七情，应物斯感。感物吟志，莫非自然。[1]

所谓"七情"，即《礼记·礼运》所云"喜怒哀惧爱恶欲"也。[2]《礼记·乐记》又云："凡音之起，由人心生也。人心之动，物使之然也。感于物而动，故形于声。……乐者，音之所由生也。其本在人心之感于物也。……夫民有血气心知之性，而无哀乐喜怒之常，应感起物而动，然后心术形焉。"[3]《礼记》这几句话，可以说是刘勰所本。

所谓"民有血气心知之性"，是说人都是有血气、有感觉、有知觉的，这是人的本性，是先天的；"而无哀乐喜怒之常"，是说哀乐喜怒并非人的常态。人之所以会有"哀乐喜怒"，是因为受

---

[1] 刘勰：《文心雕龙·明诗》，范文澜：《文心雕龙注》，人民文学出版社 1958 年版，第 65 页。
[2] 《礼记·礼运》，阮元刻《十三经注疏》（三），中华书局 2009 年版，第 3080 页。
[3] 《礼记·乐记》，阮元刻《十三经注疏》（三），第 3310、3311、3327 页。

了"物"的刺激或触发，所谓"应感起物而动"。音乐就是这样生成的。正常的人都会发出声音，但声音并不是音乐。只有当人的内心受到某种"物"的刺激或触发，有所感动，才会发出具有"哀乐喜怒"的声音。人们把这种具有"哀乐喜怒"的声音配上节奏和旋律，于是音乐就生成了。"人心"是生命意识，"物"是媒介，"乐"是生成结果，"感于物"是生成机制。

按照刘勰的观点，文学也是这样生成的。人的"七情"是生命意识，"物"是媒介，"应物斯感"是生成机制，"感物吟志"的结果是文学作品。这是文学作品的一种生成机制，是因"物"而生成的。

再看"缘事而发"这个概念的出处和内涵：

> 自孝武立乐府而采歌谣，于是有代赵之讴，秦楚之风，皆感于哀乐，缘事而发，亦可以观风俗，知厚薄云。[1]

"感于哀乐，缘事而发"这八个字，可以说是很完整地揭示了文学作品的生成过程。在这个过程中，情感（哀乐）是生命意识，"事"是媒介，"缘事而发"是生成机制，"歌谣"（代、赵之讴，秦、楚之风）是生成结果，即文学作品。这是文学作品的另一种生成机制，是因"事"而生成的。

需要说明的是，文学家的生命意识虽然具有时间属性，但是触发文学家生命意识的地理物象和地理事象却具有空间属性，正是通过"应物斯感"和"缘事而发"这样的生成机制，才使得文学作品具有了双重性质：既具有时间上的普遍性，又具有空间上

---

[1] 班固：《汉书·艺文志》，浙江古籍出版社2000年版，第596页。

的差异性，即地域性。

如果两个或两个以上的文学家在同一时令或季节来到同一地域，受到同样的地理物象和地理事象的触发，而他们的生命意识又具有某种普遍性，在这种情况下，他们的作品风格会不会出现雷同呢？事实证明是不会的。因为还有文学家的气质、人格等个人因素在起作用。文学地理学者考察地理物象与地理事象对文学家生命意识的触发作用，考察文学家生命意识在地理环境与文学之间的中介作用，考察"应物斯感"与"缘事而发"这两种运行机制等，但是并不忽视文学家的气质、人格等个人因素。可以说，正是地理环境（地理物象、地理事象）、文学家的生命意识、文学家的个人气质与人格、文学作品这四大要素，构成了地理环境影响文学的完整序列。图示如下：

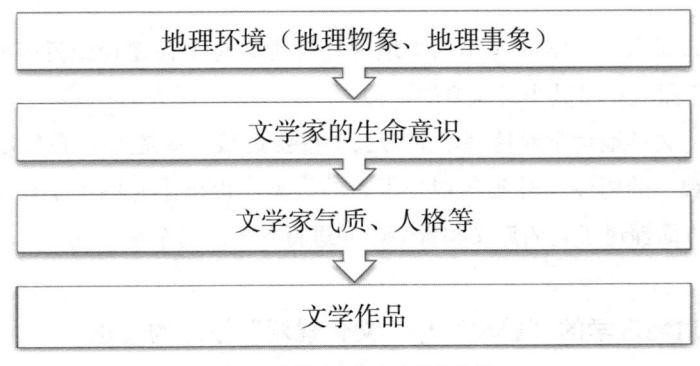

```
┌─────────────────────────────────┐
│   地理环境（地理物象、地理事象）   │
└─────────────────────────────────┘
              ↓
┌─────────────────────────────────┐
│        文学家的生命意识          │
└─────────────────────────────────┘
              ↓
┌─────────────────────────────────┐
│       文学家气质、人格等         │
└─────────────────────────────────┘
              ↓
┌─────────────────────────────────┐
│            文学作品              │
└─────────────────────────────────┘
```

地理环境影响文学之完整示意图

地理环境影响文学的途径和机制，就是文学地理学的基本原理。文学地理学的逻辑起点，就是"文地关系"，即文学与地理环境的关系，这种关系表现为两个向度：一是地理环境影响文学，一是文学作用于地理环境。讲文学地理学的基本原理，如果不涉及、不解决地理环境影响文学的途径和机制问题，不涉及、不解决文学对地理环境的作用问题，那么这种所谓的"文学地理学原理"就没有理论价值可言。

有人讲文学地理学的原理，既不讲地理环境是如何影响文学的，也不讲文学是如何作用于地理环境的，也就是说，不讲"文地关系"。实际上，文学地理学的基本原理，就是"文地关系"，就像地理学的基本原理就是"人地关系"一样。离开"文地关系"，怎么可能讲得清楚文学地理学的原理呢？

三、界定"文学景观"，并将其作为重要研究对象

那么，文学如何作用于地理环境呢？有多种途径或者媒介，文学景观就是其中最重要的一种。

文学地理学对地理学的第三个重要贡献，就是界定了"文学景观"的内涵与外延，划分了它的类型，提出了它的识别标准，多方面探讨了它的意义和价值，并进行了大量的个案研究。

1. 对地理学的"景观"与"文化景观"概念的修正

文学景观的全称是"文学地理景观"。英国地理学家迈克·克朗较早使用"文学地理景观"这个概念[1]，但是他并没有对

---

[1] 参见〔英〕迈克·克朗：《文化地理学》，杨淑华等译，南京大学出版社2005年版，第39—53页。

这个概念的内涵和外延予以界定。"文学景观"是由"景观"和"文化景观"这两个概念延伸而来的，文学地理学者在对"文学景观"这个概念予以界定之前，修正了西方地理学者关于"景观"和"文化景观"的界定。

地理学对"景观"的研究是很多的，在西方地理学家中，甚至还有一个"景观学派"。在他们的著作中，"'景观'一词似乎取代了'地理'一词，景观似乎包含了窗外所有的事物，包括了环境整体。把'地理'换成'景观'，这是景观学派的一个习惯做法"[1]。

"文化景观"这个概念最早是由德国地理学家O.施吕特尔提出的，他在1906年提出了文化景观与自然景观的区别，并要求把文化景观当作从自然景观演化来的现象加以研究。美国地理学家C. O.索尔则是文化景观论的积极倡导者，并被公认为文化景观学派的创立者。他在1925年发表的《景观的形态》一文中，把文化景观定义为由于人类活动添加在自然景观上的形态，认为人文地理学的核心是解释文化景观。1927年，他又发表了《文化地理的新近发展》一文，提出了关于文化景观的经典定义，即文化景观是附加在自然景观上的人类活动形态。

美国学者H. J.德伯里所著《人文地理——文化、社会与空间》是一本讲文化景观的书，他把文化景观分为"物质文化景观"和"非物质文化景观"。所谓"物质文化景观"，是指那些有形的、可见的景观，其中"最重要的构成要素是建筑，包括公共的、家庭的、商业的、宗教的和纪念性的建筑等"，另外还有"农田、

---

[1] 唐晓峰：《文化地理学释义》，学苑出版社2012年版，第199—200页。

畜栏、篱笆、公墓以及大量其他要素（包括人的装饰品）"[1]；所谓"非物质文化景观"，是指那些"不可见的"，但是"其他感官也能感觉到"的景观，例如音乐，还有"戏剧、舞蹈、表演和曲艺、艺术（绘画）、饮食习惯、嗜好和禁忌、法律制度以及语言和宗教等"[2]。H. J. 德伯里这一观点的实质，就是把"文化景观"和"文化特征"等同起来了。

文学地理学者讲"景观"和"文化景观"，虽然借鉴了西方的某些成果，但是更多的是汲取了中国智慧。第一，文学地理学者所讲的景观不同于西方"景观学派"所讲的景观，即不把"窗外所有的事物"都当作景观，只把土地以及土地上的那些具有形象性或可观赏性的物体当作景观；第二，由于强调景观的形象性或可观赏性，因此不认同 H. J. 德伯里所谓的在景观中还有"不可见的""非物质文化景观"这一说法。诚然，"有些文化特征是不可见的，既不能出现在照片上，也不能显示在一般的地图上"，例如"音乐及音乐爱好"，但这只是一种文化特征，并非一种文化景观。文化景观是由各种文化特征集合在一起构成的，它本身并不等同于文化特征。有些文化特征是可见的，有些文化特征是不可见的。不可见的文化特征怎么能称为景观呢？在汉语里，景观这个词是由"景"和"观"这两个单词组成的。中国学者陶礼天曾对景观一词的来龙去脉做过一番细致的梳理，他指出："我国'景观'这个概念，在'成词'前，是密切与风景的'景'和观看的'观'联系在一起的，汉语'景观'一词，从来就包含了'观看'

---

[1] H. J. 德伯里：《人文地理——文化、社会与空间》，王民等译，北京师范大学出版社 1988 年版，第 8 页。
[2] H. J. 德伯里：《人文地理——文化、社会与空间》，王民等译，第 168 页。

的意思。"[1] 景观既然包含了"观看"的意思,就表明它必须具备可见性,这是它的一个最根本的特点。因此,不可见的文化特征是不能称为文化景观的。

文学地理学者认为,无论是讲景观,还是讲文化景观,都不可能不参考西方学者的有关表述,但是要注意避免两种倾向:一是把"景观"等同于"地理",二是把"文化景观"等同于"文化特征"。

2. "文学景观"的定义、分类与识别标准

文学地理学者给"文学景观"下的定义是:"所谓文学景观,就是指那些与文学密切相关的景观,它属于景观的一种,却又比普通的景观多一层文学的色彩,多一份文学的内涵。简而言之,所谓文学景观,就是指那些具有文学属性和文学功能的自然或人文景观。"[2] 文学地理学者不仅首次界定了"文学景观"的内涵和外延,还首次对它进行了分类,认为文学景观就其存在形态来讲,可以分为两种:一种是虚拟性文学景观,一种是实体性文学景观。所谓虚拟性文学景观,是指文学家在作品中所描写的景观,大到一山一水,小到一亭一阁,甚至一草一木。虚拟性文学景观有植物类,动物类,地理类,也有人文类。总之,大凡能够让文学作品中的人物看得见、摸得着,具有可视性和形象性的土地上的景、物和建筑,都可以称为虚拟性文学景观,简称虚拟景观,也可以

---

[1] 陶礼天:《试论文学地理学的过去、现在和未来》,《中国文论研究丛稿》,学苑出版社 2011 年版,第 152 页。
[2] 曾大兴:《文学地理学概论》第六章"文学景观",商务印书馆 2017 年版。

称为文学内部景观。所谓实体性文学景观，是指文学家在现实生活中留下的景观，包括他们光临题咏过的山、水、石、泉、亭、台、楼、阁，他们的故居，后人为他们修建的墓地、纪念馆等等。总之，大凡能够让现实中人看得见、摸得着，与文学家的生活、学习、工作、写作、文学活动密切相关，且具有一定观赏价值的自然和人文景观，都可以称为实体性文学景观，简称实体景观，也可以称为文学外部景观。

实体性文学景观是地理环境与文学相互作用的结果，是文学的一种地理呈现，是刻写在大地上的文学。实体性文学景观可以分为三种类型：一是人文类文学景观，这类景观大多是以历史建筑为载体的，如文学家的故居、墓地，曾经就读过的学校，曾经工作过的场所，曾经品题赋咏过的亭、台、楼、阁和其他建筑物等等；二是自然类文学景观，这类景观大多是以自然风景为载体的，但是都经过文学家的品题赋咏；三是综合性文学景观，这类景观既有自然风景，又有历史建筑，是上述两种景观的综合体。

文学地理学者还首次提出了实体性文学景观的识别标准：第一，是否经过著名文学家的书写？包括诗、词、文、赋、联、题字等多种形式；第二，是否留下一件以上脍炙人口的文学作品？或者至少一个流传久远的文学掌故？第三，是否具有较丰富的文化内涵或普遍意义？第四，是否具有一定的观赏性，一定的审美或艺术价值？第五，是否在古今游人或读者中拥有比较广泛的影响？第六，在遭到自然或人为的损毁之后，是否还具有重建的必要？

3. "文学景观"的多重意义与多重价值

文学地理学者认为，文学景观既是一个客观的物质存在，又是一个具有多义性的象征系统。在当今世界，纯粹的自然景观已经很少了，凡是人迹能至的自然景观，都留下了人类活动的印痕，都成了大大小小各色各样的人文景观，都被赋予了人文意义。不同的人，由于个人感受、情感、思想、文化积淀、生活经历、价值观念、审美趣味等方面的差异，以及时代、民族、地域、宗教信仰等方面的差异，往往会赋予景观以不同的意义；甚至同一个人，由于观景的时间（时令）、角度、方式和心境的不同，也会赋予景观以不同的意义。

在所有的文化景观中，又以文学景观的意义最为丰富，因为文学景观是可以不断地被重写、被改写的。越是历史悠久的文学景观，越是著名的文学景观，其所被赋予的意义越丰富。尤其是那些著名的文学景观，可以说是人类思想的一个记忆库。文学地理学者把文学景观研究作为一项重要内容，就是提倡从不同的层面、不同的角度去审视、去观照、去解读、去开采、去丰富这座人类思想与意义的富矿。由于文学景观的意义是由不同的作家和读者（含研究者）在不同的时间和环境所赋予、所累积的，因而也是难以穷尽的。

北宋庆历年间的岳州知州滕宗谅在《与范经略求记书》中讲过这样一段话：

窃以为天下郡国，非有山水瑰异者不为胜，山水非有楼观登览者不为显，楼观非有文字称记者不为久，文字非出于雄才巨卿者不成著。[1]

这段话的意思是：一个郡国（地方），如果没有瑰丽奇异的山水，则不能称为胜地（风景优异之地），这是讲自然景观；有胜地，如果没有楼观（亭台楼阁）供人登览，则不能彰显（为人所知），这是讲人文景观；有楼观，如果没有文字（诗词文赋联）称颂和记载，则不能传之久远，这是讲文学景观；有文字，如果不是出自雄才巨卿（大家、名家）之手，则不能成著（天下闻名），这是讲著名文学景观。

这段话表明，景观可以分为四个层级：一是自然景观，即"山水瑰异者"；二是人文景观，即"有楼观登览者"；三是文学景观，即"有文字称记者"；四是著名文学景观，即文字"出于雄才巨卿"者。四个层级的景观，一个比一个高级。只有自然山水而没有人文内涵的景观，是初级水平的景观；有人文内涵而没有文学内涵的景观，是中级水平的景观；既有自然山水，又有人文内涵，更有文学内涵的景观，才是高级水平的景观；既有自然山水，又有人文和文学内涵，更有优质的文学内涵，则是最高级的文学景观。

景观具有多个层级，因而具有多重价值。有地理的价值，历史的价值，以及哲学的、宗教的、民俗的、建筑的、雕塑的、绘画的、书法的价值，有的甚至还有音乐的价值，如江西湖口县的石钟山。但是这些价值都不及文学的价值。如果没有文学的价值，

---

[1] 滕子京：《与范经略求记书》，载《湖南通志》第34卷《地理志》，清光绪十一年刻本。

景观往往无由彰显。这是因为文学的形象性、多义性和感染力，不仅超过了地理、历史、哲学、宗教和民俗，也超过了建筑、雕塑、绘画、书法和音乐。一个著名的文学景观，其价值往往是多方面的，但其最重要的价值还是文学的价值。

凡是著名的文学景观，都有很大的旅游价值和经济价值。它既是人们的一个登临游览之所，一个引发思古之幽情的地方，一个激发文学的灵感与才情的地方，也是一个吸引旅游开发和投资的地方。

文学地理学者还认为，文学景观是地方文化的一个重要标识，是人们怀念故国、寄托乡愁的一个重要媒介和载体。通过文学景观，人们可以找回在全球化、城市化的浪潮中迷失的自己，可以找到回家的路。

文学景观研究是文学地理学的一项重要内容，它的意义主要体现在两个方面：一是为传统的文学研究开辟了一个全新的领域，使文学研究在路径、方法、运用上与地理学学科有了更好的交流、对话的通道，成为最快被地理学界所认可的领域；二是为文化地理学的研究开辟了一个全新的领域，它所挖掘出的大量的文学地理资源，是各地历史文化遗存中最有魅力的部分，其成果不仅被文化地理学、旅游地理学所借鉴，也引起了各地政府和旅游企业的关注和重视。

结　语

文学地理学虽然是地理学的一个分支学科，但是它在本质上和地理学还是有区别的。这种区别不仅体现在本体论上,也体现在方法论上。本文只是在本体论上讲了文学地理学对地理学的贡献,至于在方法论上对地理学的贡献,留待以后有机会时再讲。未当之处,敬请批评。

(原刊朱立元主编《美学与艺术评论》第23辑,
山西教育出版社2021年12月版)

推动文学地理学研究重心由外部研究向内部研究转变

一

文学地理学的研究内容可以分为两大块，一是外部研究，一是内部研究。

所谓外部研究，就是对文学所赖以产生的地理环境的研究。我们考察文学家的地理分布，包括静态分布（出生成长之地的分布）和动态分布（迁徙流动之地的分布），考察文学作品的产生地，考察文学作品中出现的某个地名或者景观的位置等，这都属于外部研究。

所谓内部研究，就是对文学作品本身进行的研究，也就是文本研究，包括研究文学作品的题材、主题、思想、情感、人物、情节、场景、意象、典故、语言、文体、叙述方式、艺术风格等。

但是，外部研究和内部研究是不可分割的。这主要表现在两个方面：

第一，外部研究是为了内部研究。考察文学家的地理分布，考察文学作品的产生地，目的是为了考察文学家所受到的地理环境的影响，这种影响最终在哪里体现？只能在文学作品中体现。离开了作品本身，外部研究就显得比较空泛。

第二，内部研究离不开外部研究。研究文学作品的题材、主题、思想、情感、人物、情节、场景、意象、典故、语言、文体、叙述方式、艺术风格的时候，我们常常会遇到这一类的问题：作家为什么要写这个题材？为什么会中意这个主题？为什么会有这种思想和情感？作品中为什么会出现这样的人物、情节和场景？作家为什么会钟情于某种文体、某个意象？为什么要使用某个典故？为什么是这样一种语言、这样一种叙述方式？作品为什么会是这样一种风格？等等，这其中当然会有许多原因，但是，有没有地理方面的原因？他（她）这样写，和他（她）所处的地理环境有没有关系？和作品的写作地（产生地）有没有关系？因此，对内部研究的深入，往往会联系到外部研究。离开了外部研究，内部研究往往找不到应有的答案。

我们讲文学地理学的研究对象，就是文学和地理环境的关系。这里有三个关键词：文学、地理环境、关系。

"文学"，就是指文学作品；对"文学"的研究，就是内部研究。"地理环境"，就是指作者曾经生活过的或者当时所处的地理环境，对"地理环境"的研究，就是外部研究；"关系"，就是讲"文学"和"地理环境"的关系，既然是关系，就是相互作用的。这里有两层意思：第一，地理环境影响文学，文学也影响地理环境。第二，在研究文学的时候，既要从地理环境延伸到作品，也要由作品追踪到地理环境。以前我对第一层意思强调得比较多，现在我要强调的是第二层意思。

有人讲文学地理学，就是讲地理环境对文学的影响，这是

"影响论"。我们讲文学地理学，则讲文学和地理环境的关系，这是"关系论"。"影响论"是单向的、片面的，讲多了，讲过了头，就有可能滑向饱受诟病的"地理环境决定论"；"关系论"是双向的、全面的，怎么讲都不可能滑向"地理环境决定论"。

地理环境和文学之间既然是一种关系，既然是互动的，那么我们研究文学地理学，就要注意这个关系，就要注意它们的互动性。我们既不能只讲地理环境而不讲文学，也不能只讲文学而不讲地理环境。有人讲，文学地理学批评就是文本批评，我认为这样讲还是有片面性，因为文学地理学批评不能不涉及环境。我给文学地理学批评下的定义是："文学地理学批评，是一种运用文学地理学的理论和方法，以文本分析为主，同时兼顾文本创作与传播的地理环境的文学批评实践。"

考察地理环境，目的在解读文本；解读文本，最终要追溯到地理环境。

二

中国20世纪80年代中后期以来的文学地理学研究，也就是近三十年多来的文学地理学研究，在最初的十多年里，主要是外部研究，包括我的《中国历代文学家之地理分布》（1995），胡阿祥的《魏晋本土文学地理》（2001），还有梅新林的《中国文学地理形态与演变》（2006），都是一种外部研究。在接下来的十多年里，则出现了不少内部研究的成果，这是应该予以肯定的。

但是总体来讲，外部研究的成果还是相对较多。这里可能有多种原因，但是有三点值得注意：

一是地理学者参与文学地理学的研究。地理学者爱好文学地理学，参与文学地理学的研究，这是好事。他们懂地理，可以扩大文学地理学的影响。但是也有一个问题，就是多数的地理学者并不了解文学。我这里所说的了解不是指一般的了解，而是指专业的了解，是指专业造诣。对文学的专业了解，要具备以下几个条件：第一，要有文学的问题意识；第二，要熟悉和掌握文学研究的基本理论和基本方法；第三，要懂文学作品的鉴赏和分析；第四，要懂一点文学创作，知道一首诗、一篇散文、一篇小说、一部戏剧等是如何写出来的。

用这四个条件来衡量，可以说，无论中国还是外国，多数从事文学地理学研究的地理学者是不怎么了解文学的。第二、三、四点姑且不论，这里只说第一点，也就是文学的问题意识。他们不了解文学研究的历史，不了解有关的学术史，怎么可能会有文学的问题意识呢？他们的问题从何而来？事实上，他们的问题，还是地理的问题，而不是文学的问题。

由于没有文学的问题，他们研究文学地理学，就是以地理为本位，借文学的材料、文学的角度来解决地理的问题，例如研究文学家的籍贯，研究文学家的行迹，绘制文学家的行迹图，等等，而这一类的研究，从文学地理学的角度来看，就是外部研究；从地理学的角度来看，就是历史地理或文化地理的研究。

二是一部分文学学者往历史地理学的方向走了。中国传统的学术，讲"经、史、子、集"，"经"是五经，"史"就是历史，"子"是诸子，"集"是"经"、"史"、"子"以外的所有文集，包括文学，或者说，主要就是文学。"史"不仅排在"子"的前边，更排在"集"的前边，所以"史"的地位高过"集"，高过文学。在中国传统的学术研究中，专门研究文学的著作是不多的，例如《文心雕龙》，说起来是一部伟大的文学理论、文学批评著作，但是它所研究的，也不单是文学。近代以来的许多著名文学批评家，例如王国维、胡适等，也不专门研究文学。

20世纪80年代后期以来的一些从事文学研究的学者，尤其缺乏文学的自信，缺乏文学的本位意识，他们坚持认为，历史学的地位高于文学，因此打着"大文学"、"杂文学"的旗号，把自己的文学研究搞成了历史学的研究，甚至搞成了考古学的研究、谱牒学的研究、编年史的研究、地志学的研究，等等。由于有这样一种价值观念和思维惯性，一旦他们染指文学地理学的研究，就对文学家的籍贯、行迹，对作品的产生地等问题的考证特别热衷，也就是对外部研究特别热衷。

三是在文学地理学学者当中，也有一些既重视外部研究，也重视内部研究的学者，但是比较而言，他们的外部研究成果要多一些，影响也要大一些。就我本人而言，早期就是从事外部研究的。我的《中国历代文学家之地理分布》（湖北教育出版社1995年初版，商务印书馆2013年修订版）这本书，就属于外部研究。我从事内部研究始于1990年，我的《农桑为本与舍本逐末——中国南北方民歌比较研究之一》（《中南民族学院学报》1991年第6期，《高等学校文科学报文摘》1992年第2期）这篇论文，就是90年代初期发表的。90年代后期，我把"中国南北方民歌比较研究"这个系列（一共五篇论文）收进了《英雄崇拜与美人崇拜》（中国文联出版社1999年版）一书。但它在学术界的影响就远远不及《中国历代文学家之地理分布》这本书。这样就给某些人一个印象，以为文学地理学的研究，就是研究文学家的地理分布，就是研究文学家的"籍贯"与"流动"，就是做"行迹图"，就是一种外部研究。

三

我在这里要重申一下：文学地理学研究，是以文学为本位的，它所要解决的问题是文学的问题。既然是以文学为本位，既然要解决文学的问题，最终还是要回到文本，还是要以文本研究为重心。

对于以往的外部研究的优秀成果，我们要肯定。对于今后的外部研究的优秀成果，我们要欢迎。因为文学地理学的内部研究，需要借鉴、使用外部研究的成果。这一点是毫无疑问的。但是，我们不能满足于此。我们要把文学地理学研究的重心由外部研究转向内部研究。理由有二：第一，我们不能给外界一个误解，以为文学地理学的研究就是外部研究；第二，我们要解决文学自身的问题。

文学地理学的研究，如果不能解决文学自身的问题，不能解决文学研究的其他理论和方法所不能解决的问题，那它还称得上一门别开生面、别具一格的学科吗？

当然，学术乃天下之公器，没有什么"独门秘籍"，但是，学术研究的方法，是可以有、而且应该有自己的个性的。文学地理学作为一个学科之所以能够成立，就在于有自己的理论和方法，有自己的独到之处，能够解决别的理论和方法所不能解决的问题。

这个独到之处何在呢？当然不是在外部研究方面，不是在地理环境研究方面，不是在作家的籍贯与行迹研究方面，也不是在地图绘制方面，在这些方面，用地理学、地图学的方法就可以解决问题了。这个独到之处，就是用文学地理学的理论和方法来研究文本。

用文学地理学的方法来研究文本，可以有多种路径或者步骤，我这里只谈几点，供大家参考。

一是分析文本中的地理要素和非地理要素。这种分析，是以文学研究中的"文本细读"为前提的。而在分析的过程中，则会涉及到地理学的一些基本知识，也会涉及到文学和其他学科的一些基本知识。

二是以文本中的地理要素和非地理要素为基础，分析文本的时空结构。所谓时空结构，就是既有时间维度，更有空间维度，要把这两者结合起来，做到"时空并重"。

三是在要素分析和结构分析的基础上，结合文本的文体、语言、修辞、叙述方式、抒情方式等，发掘、总结和描述文本在艺术上、审美上的地域特征。

四是在要素分析和结构分析的基础上，结合文本所描写的人物、景观、事件、情节等，探讨文本在情感、思想和意义方面的地域性。这种情感、思想和意义是文本自身所包含的，只要仔细研究文本自身即可获得，因此这种探讨可以称为"还原"。

五是联系作者和读者所处的时空环境，结合文本内部的时空结构，探讨文本所可能有的情感、思想和意义。这种情感、思想和意义，不是作者所赋予的，而是读者或研究者通过想象、联想而获得的，已经超越了文本，因此这种探讨可以称为"延伸"或者"发挥"。到了这一步，完全可以借鉴西方空间批评和地理批评的理论与方法，也就是说，文学地理学批评既是文学批评，也可以具有社会批评、文化批评的功能。

第一、第二步，可以说是分析和探讨文本的时空结构；第三、第四步，是还原文本的艺术和思想空间；第五步，是重建文本的意义空间。

最后强调一点，要加强文本研究方面的理论和方法研究，使文学地理学的文本研究不同于其他的文本研究，并且高于、优于其他的文本研究。

（原刊《中国社会科学报》2020年9月30日，题为《回到文本：文学地理学的研究转向》，本书恢复原题）

二、思想与视角

《文心雕龙》的文学地理学思想

刘勰（466？—537？）的《文心雕龙》作为一部博大精深的文学理论和批评著作，包含了重要的文学地理学思想，值得很好地总结和借鉴。笔者认为，《文心雕龙》的文学地理学思想主要体现在以下三个方面：

一是为文学地理学奠定了哲学基础和逻辑起点。《文心雕龙》开篇即云：

> 文之为德也大矣，与天地并生者何哉？……日月叠璧，以垂丽天之象；山川焕绮，以铺理地之形：此盖道之文也。仰观吐曜，俯察含章，高卑定位，故两仪既生矣。惟人参之，性灵所钟，是谓三才；为五行之秀，实天地之心。心生而言立，言立而文明，自然之道也。（《文心雕龙·原道》）

刘勰所称"天地"，实即人类赖以生存和发展的空间，而"文"（含文学）既"与天地并生"，可见它的空间性是与生俱来的，所谓"自然之道也"，这就把"文"（含文学）的空间性提到了哲学本体的高度。因此我们研究文学，就不能不重视它的空间性。刘勰这段话可与司马迁在《报任少卿书》里讲的"究天人之际,通古今之变,成一家之言"这三句话联系起来看。所谓"究天人之际",就是考察人和环境之关系;所谓"通古今之变",就是考察古今演变之迹。前一句讲空间维度,后一句讲时间维度。完全意义上的文学研究,就应该具备这样两个维度,也就是时空并重。而文学地理学的实质,就是考察文学与地理空间之关系,也就是"究天人之际"。因此"究天人之际"这句话,可以视为文学地理学的哲学基础和逻辑起点。有学者指出:当代西方文学地理学的思想渊源与逻辑起点是"地理环境决定论"和"后现代空间批评学说",中国文学地理学的思想渊源与逻辑起点则是"天地人合一"的思想(参见卢建飞《当代中国文学地理学研究的本土逻辑》,中国文学地理学会第九届年会论文,2019)。这个"天地人合一"的思想渊源与逻辑起点,可以说是始于司马迁的《报任少卿书》,成于刘勰的《文心雕龙·原道》。司马迁只讲到"天人合一",刘勰则发展到"天地人合一"。这个"地",就是文学地理学所讲的"地理环境"。因此,从文学地理学的角度来讲,刘勰的理论比司马迁的更具体,更完整,更具有针对性。

二是揭示了文学与自然环境之关系,进而提出了"江山之助"这一重要命题。《文心雕龙·物色》云:

> 春秋代序,阴阳惨舒,物色之动,心亦摇焉。盖阳气萌而玄驹步,阴律凝而丹鸟羞,微虫犹或入感,四时之动物深矣。若夫珪璋挺其惠心,英华秀其清气,物色相召,人谁获安?是以献岁发春,悦豫之情畅;滔滔孟夏,郁陶之心凝;天高气清,阴沈之志远;霰雪无垠,矜肃之虑深。岁有其物,

物有其容;情以物迁,辞以情发。一叶且或迎意,虫声有足引心。况清风与明月同夜,白日与春林共朝哉!

所谓"春秋代序",即指"四时"之更替;所谓"阳气"、"阴律",即指气候;所谓"物色",即指物候。刘勰这段话,其实就是在讲四时气候、物候与文学的关系,即四时气候的变化(春秋代序,阴阳惨舒)引起物候的变化(岁有其物,物有其容),物候的变化触发文学家的生命意识(物色之动,心亦摇焉),文学家的生命意识被触发之后,就有了文学作品的产生(情以物迁,辞以情发)。这几句话可以说是揭示了文学创作的一个基本机制。(详见曾大兴《气候、物候与文学——以文学家生命意识为路径》,商务印书馆2016年版,第3—7页)

《文心雕龙·物色》在讲过气候、物候对文学的影响之后,又讲到了地貌、水文和生物对文学的影响:

若乃山林皋壤,实文思之奥府……然屈平所以能洞监《风》《骚》之情者,抑亦江山之助乎?

所谓"山林皋壤",实际上包含了山脉、土壤、植物这三个要素,它们和气候、物候一样,都属于自然地理的范畴。所谓"奥府",本是指物产聚藏之所,这里比喻文思或灵感之渊源。刘勰认为,正是"山林皋壤"这一类的自然地理环境,激发了文学家的文思或灵感,从而催生了相关的文学作品。刘勰这段话与上面那段话一样,都是讲自然地理环境对文学作品的催生作用,他将这种作用称之为"江山之助"。"江山之助"是文学地理学的一个重要命题,它的实质,就是首次揭示了地理环境对文学的影响。所谓"江山之助",实际上包括两个方面:一是地理环境对文学家的文思或灵感的激发,二是地理环境为文学创作提供了取之不尽、用之不竭的材料。虽然刘勰还没有找到地理环境影响文学的途径和机制(这个工作是由后人来完成的),但是刘勰的这个命题,无疑对后人有重要启发。

三是运用"区域比较法"开展文学地理学的批评。《文心雕龙·时序》云:

> 春秋以后,角战英雄,六经泥蟠,百家飙骇。方是时也,韩魏力政,燕赵任权;五蠹六虱,严于秦令;唯齐楚两国,颇有文学。齐开庄衢之第,楚广兰台之宫。孟轲宾馆,荀卿宰邑;故稷下扇其清风,兰陵郁其茂俗。邹子以谈天飞誉,驺奭以雕龙驰响;屈平联藻于日月,宋玉交彩于风云。观其艳说,则笼罩风雅。故知炜烨之奇意,出乎纵横之诡俗也。

又《文心雕龙·辨骚》云:

> 自风雅寝声,莫或抽绪,奇文郁起,其《离骚》哉!固已轩翥诗人之后,奋飞辞家之前。岂去圣之未远,而楚人之多才乎!昔汉武爱骚,而淮南作传,以为:"国风好色而不淫,小雅怨诽而不乱。若《离骚》者,可谓兼之。蝉蜕秽浊之中,浮游尘埃之外,皭然涅而不缁,虽与日月争光可也。"

这两段评论可以称为典型的文学地理学批评,其所使用的方法，即可称为"区域比较法"，也就是把不同区域的文学进行比较。刘勰在《时序》里拿战国时的韩、魏、燕、赵、秦五国与齐、楚两国进行比较，在《辨骚》里则拿《诗经》的"国风"、"小雅"与《离骚》进行比较。这种"区域比较法"与季札和班固等人的"区域研究法"相比，可以说是一个新的进步。因为后者只是分区域进行评论，并没有进行比较，而前者则有了比较。只有进行比较，文学的区域特性与区域差异才能看得更清楚。因此刘勰的这个"区域比较法"对后世有着深远的影响，可以说是一直沿用到今天。

事实上，刘勰的文学地理学思想与研究方法不仅超越了季札、司马迁和班固等前贤，不仅代表了中国古代文学地理学研究的最高水平，也远远早于西方学者。据笔者的考察，西方最早的文学地理学言论，应是来自法国18世纪的启蒙思想家孟德斯鸠（1689—1755）的《论法的精神》（1748）这本书。孟氏在讲到气候对文学艺术的影响时说："气候是用纬度加以区别的，所以我们多少也可以用人们感受性的程度加以区别。我曾经在英国和意大利观看一些歌剧；剧本相同，演员也相同，但是同样的音乐在两个国家却产生了极不同的效果：一个国家的观众是冷冷淡淡的，一个国家的观众则非常激动，令人不可思议。"（孟德斯鸠《论法的精神》上册，张雁深译，商务印书馆1959年版，第272—273页）孟氏这段话所涉及的实际上就是文学艺术的接受和传播地理。同样的剧本（文学）、演员和音乐在两个国家产生了不同的效果，他觉得"不可思议"。但是在中国人看来，这个问题乃是一个常识性的问题。从这个意义上讲，刘勰的文学地理学理论要比西方的文学地理学理论早1200年，他的理论高度也不是古代的西方人所能企及的。文学地理学作为一个学科为什么产生在中国而不是在西方？或者说，为什么西方只有文学地理学的研究，但是没有文学地理学的学科理论，其中有一个很重要的原因，就是中国有一个历史悠久的文学地理学的思想传统。有人认为，中国的文学地理学研究是受了西方"后现代空间批评学说"的影响，这是一个误解。这个误解的产生，就是不了解中国文学的空间批评，实际上早在季札所处的先秦时期就形成了。而刘勰的《文心雕龙》一书，则把这种空间批评上升到了一个哲学的高度。

（2019年10月22日写于广州）

文学家的静态分布与动态分布

　　我对中国历代文学家的地理分布的考察始于1987年。1989年12月在《社科信息》上发表了《中国古代文学家的地理分布》一文。这篇文章发表之后，随即被人大报刊复印资料《中国古代、近代文学研究》转载，在学术界产生较好的反响。1990年6月，我以"中国历代文学家的地理分布"为题申报国家社会科学基金项目，获得批准（社科1990基字第528号）。据我所知，这是国家社会科学基金批准的第一个文学地理学类项目。1995年10月，这个项目的最终成果由湖北教育出版社出版，书名为《中国历代文学家之地理分布》。拙著的主要内容，是把自先秦至民国的6388位有籍贯可考的、在历史上比较有影响的文学家的地理分布，分时段、分地域、分家族做了一个全面的考察和统计，然后归纳其分布特点，探讨其分布成因，总结其分布规律。拙著出版之后，被称为"我国第一部文学地理学研究方面的专著"，受到地理学界和文学研究界的关注和好评。著名历史地理学家葛剑雄教授和华林甫教授在《二十世纪的中国历史地理研究》和《中国历史地理学五十年》等论著中一再提到拙著，著名历史地理学家蓝勇教授在"面向21世纪课程教材"《中国历史地理》一书中，将拙著列为"学习参考论著",并多次引用拙著的观点和材料,该书第十五章第二节"历代文学家的分布变迁",即是根据拙著的有关内容改写而成。在文学研究界,引用和评介拙著的论著更多。著名学者黄霖教授甚至认为,"曾大兴的研究相当宏观和富有条理,与明确建构'中国文学地理学'实差一步之遥"(黄霖《文学地理学的理论创新与体系建构》,《文学评论》2007年第5期)。为此,我在拙著《文学地理学研究》(商务印书馆2012年版)的"自序"中有过一个回应:

> 我很感激历史地理学界和文学研究界的专家以及广大读者对我这项研究的认可,感激大家对文学地理学这门新兴学科的支持。事实上,拙著《中国历代文学家之地理分布》"与明确建构'中国文学地理学'"这门学科的距离,并非"一步之遥",而是还有一半的路程。

我这样讲,并非故作谦虚。因为我们考察文学家的地理分布,是为了弄清楚文学家所接受的地理环境方面的影响,进而弄清楚地理环境通过文学家的中介作用对文学作品所构成的影响。完整、系统的文学地理学研究,应该是通过文学家的地理分布,来考察文学作品的地域性与空间结构,而拙著只是考察了文学家的地理分布,对文学作品的地域性与空间结构则很少涉及。这是文学地理学研究的阶段性目标和拙著的体例所决定的。后来有学者根据拙著的统计结果,对中国古代文学家的"籍贯与流向"(地理分布)做了某些归纳,同样未涉及文学作品的地域性与空间结构,就匆忙地宣布"完成了中国文学地理学学术体系的建构"。学术界对这种做法是颇不以为然的，有多篇文章提出质疑，我也写过一篇商榷文章在《中国社会科学报》（2011 年 11 月 8 日）上摘要发表。这篇文章的完整版后来收进了拙著《文学地理学研究》一书，读者诸君若有兴趣，可以找来一阅。

2013 年 11 月，《中国历代文学家之地理分布》由商务印书馆出版了修订版。修订版纠正了初版中的某些文字错误，增补了"中国历代文学家族之地理分布"这一章，并在"修订版前言"中回答了读者提出的几个问题，篇幅比初版增加了 8 万余字。

在交待了《中国历代文学家之地理分布》一书的写作、初版、再版情况与学术反响之后，我想重点讲一讲文学家的静态分布与动态分布的区别及其意义。

文学家的地理分布有两种状态，一种是静态分布，一种是动态分布。静态分布即其出生、成长之地的分布，也就是籍贯的分布；动态分布即其流寓、迁徙之地的分布，也就是客居之地的分布。静态分布与动态分布是相对而言的。一个文学家只有一个出生地，而出生地与成长地在多数情况下又是重合的，不重合者只是少数。文学家的流寓和迁徙之地则不一样。流寓和迁徙都是客居异地，都是流动，但流寓是短期的流动，不用迁户口；迁徙则是长期的流动，要把户口从原籍迁到异地。一个文学家往往有多个流动之地。也就是说，文学家的出生成长之地要相对少一些，集中一些，单纯一些，文学家的流寓迁徙之地则相对多一些，分散一些，复杂一些。文学家在出生成长之地的生活要相对平静一些，一旦流寓迁徙，即表明原来相对平静的生活已被打破，人生更具动态感。由于这个原因，可称前者为静态分布，称后者为动态分布。

文学家的静态分布与动态分布都很重要。静态分布之所以重要，是因为"籍贯与生长地往往是二而一，所以从人物的籍贯分布又可以窥见环境对于人的影响"（周振鹤《中国历史文化区域研究·序论》，复旦大学出版社1997年版，第8页）。动态分布之所以重要，是因为多数的文学家都有过或多或少的流寓迁徙的经历，这种经历使得他们有机会接受不同的地域文化的影响，这种影响对于文学家的生活与创作来讲也是很重要的。籍贯地的文化，可称为本籍文化；客居地的文化，可称为客籍文化。无论是本籍文化还是客籍文化，都会对文学家及其创作产生影响，都应该予以重视。

文学家的流动性是比较大的。一般来讲，成年以前，他们在家乡接受基础教育，学习基本的生活技能；成年以后，他们就会离开家乡，求学、应试、入职，寻求个体生命空间的拓展与社会价值的实现。文学史上真正"安土重迁"的文学家是很少的，即便是像陶渊明、孟浩然这样的以"隐逸诗人"著称的文学家，也曾有一段时间在外地游历、做官或者求仕，至于像李白、杜甫、苏轼这样的人，可以说是足迹遍于大江南北，一生都在行走当中。就文学史上的多数文学家来讲，流动往往是其常态，"安土重迁"反而是其异态。

文学家的流寓迁徙有多重意义。一是可以扩大他们的生活与写作的空间，丰富他们的地理体验，使他们有机会领略不同的地域文化，从而提高自己的思想认识水平。二是可以通过他们的创作或文化活动，影响流入地的文化环境。三是可以促进文学的传播。以文体为例。一种文体在其兴起之初，往往是一种地域文学样式，然后才逐渐成为一种新的时代文学样式。在其由地域文学向时代文学的转变过程中，文学家的流寓迁徙行为往往起了很重要的作用。文学家的流寓迁徙，有利于文体摆脱地域的局限，打破地域的阻隔，达成与不同文体、不同作者、不同读者、不同环境之间的交流，使之成为可以被广泛接受和运用的文体，并最终成为一种时代的文学样式。

需要指出的是，文学家的流寓迁徙虽然很重要，但也不能将其意义绝对化。有人认为，文学家的"动态分布"比他们的"静态分布"更重要，这个意见是值得商榷的。我们承认文学家的"动态分布"的重要性，但是我们不认为其"动态分布"的重要性大过其"静态分布"的重要性。

诚然，一个文学家一生所接受的地域文化的影响往往是丰富多彩的，有本籍文化的影响，也有客籍文化的影响，不可简单而论。但是有一点我们要明确，在他所接受的众多的地域文化的影响当中，究竟哪一种地域文化的影响才是最基本的、最主要的与最强烈的呢？无数的事实证明，是他的本籍文化。本籍文化是他的"原乡文化"，是他作为一棵文学之树得以萌生和成长的地方。他长大成人之后，要离开故土，去寻求个体生命空间的拓展与社会价值的实现，这样就会接受客籍文化的影响。但是，他从哪一个角度、哪一个层面去接受客籍文化的影响？他如何选择、吸纳和消化客籍文化？这都受他早年所接受的本籍文化的支配。换句话说，他早年所接受的本籍文化，培育了他的基本的人生观、基本的价值观、基本的文化心理结构和基本的文化态度。这些东西构成了他这棵文学之树的"根"和"本"，构成了他生命的"原色"，而客籍文化则只能丰满、粗壮着他的枝叶。

一个文学家流动迁徙到一个新的地方，自然会在一定程度上受到新的地理环境的影响，自然会对新的所见、所闻、所感，作出自己的理解、判断或者反应，并把这一切表现在自己的作品当中。问题是，这种理解、判断、反应和表现，并不是被动的，而是要经过他自己意识中的"先结构"的过滤的，因而其理解、判断、反应和表现本身，就带上了本籍文化的色彩，也即生命的原色。

我们不妨以唐代两位最伟大的诗人李白、杜甫为例。李白祖籍陇西成纪（今甘肃秦安），生于安西碎叶（今吉尔吉斯斯坦共和国之托克马克市），五岁左右随父迁入绵州彰明（今四川江油），25岁左右才"仗剑去国，辞亲远游"。他是在绵州彰明一带的地理环境中成长起来的。这里既是一个道教气氛浓郁的地方，也是一个任侠之风弥漫的地方。李白18岁左右的时候，还曾隐居大匡山，从赵蕤学习纵横术。因此，在李白的文化心理结构中，就有着浓厚的神仙道教的色彩、纵横家的气质和侠士的遗风。尽管此后的他曾经漫游大江南北，而且再也没有回过绵州彰明，但是，他早年在这里所接受的本籍文化的熏陶，以及由此而形成的文化心理结构，实实在在地影响了他一生的价值观念、行为选择和文学创作。他的诗歌所体现的那种独立不羁的精神、豪迈洒脱的风格和自然真率的品质，在很大程度上就是得益于他的本籍文化的沾溉。杜甫适好相反。郡望京兆杜陵（今陕西西安），祖籍襄州襄阳（今湖北襄阳），生长于河南巩县（今河南巩义）、洛阳一带。他的家庭从西晋以来就是一个奉儒守官之家，他所生长的巩县、洛阳一带，更是弥漫着儒家文化的浓重气息。这样一种地域文化，对于他的以忠君恋阙、仁民爱物思想为核心的文化心理结构的形成，无疑有着巨大的影响。尽管他也曾经漫游大江南北，而且47岁以后，一直到死，都生活在南方。但是，他早年所接受的本籍文化的熏陶，以及由此而形成的文化心理结构，也是实实在在地影响了他一生的价值观念、行为选择和文学创作。他的精神世界一直都被儒家文化所牢笼。他的诗歌所体现的那种忠君爱民的精神、沉郁顿挫的风格和严谨求实的品质，在很大程度上就是得益于他的本籍文化的沾溉。

故乡的影响对于一个文学家来讲是刻骨铭心的。尤其是青少年时代所接受的故乡的影响，总是如影随形般地伴随着他的一生。这是他一生中所接受的最重要的、也是最基本的影响。俄罗斯作家 K. 巴乌斯托夫斯基把这种影响当作是一种"最伟大的馈赠"。他指出："对生活，对我们周围一切的诗意的理解，是童年时代给我们的最伟大的馈赠。如果一个人在悠长而严肃的岁月中，没失去这个馈赠，那他就是诗人或者作家。"（K. 巴乌斯托夫斯基《金蔷薇》，漓江出版社 1997 年版，第 25 页）

当然，文学家对本籍文化和客籍文化的感受、认识和表现是比较复杂的。一个文学家到了异地，往往会对异地风物表现出浓烈的兴趣，其浓烈程度甚至远远超过本地文学家。换句话说，本地文学家对本地风物，通常是熟视无睹的，所谓"熟悉的地方无风景"。因此在许多文学家的作品中，我们都能看到他们对异地风物的兴趣盎然的描写。这是一个事实，谁也否定不了。但是，当一个文学家由写实而进入虚构之境时，真正对他产生重要影响的，往往是他从小就熟稔于心的本地风物，而不是异地风物。这也是一个事实，也是谁也否定不了的。无数的事实表明，虽然陌生的客籍文化往往能够引起文学家更大的兴趣和表现欲望，但是真正能够对文学家的思想和艺术构思产生深刻影响和长久作用的，还是他的本籍文化。

由于本籍文化的影响实际上大过客籍文化的影响，因此文学家的静态分布的重要性实际上就要大过动态分布的重要性。

（原刊《博览群书》2016年第8期）

文学接受的地域差异

地理环境对文学的影响包括作家、作品、接受三个部分，关于地理环境对作家、作品的影响，学术界近年来多有探讨，但是在地理环境对接受的影响这一方面，有关探讨还相当缺乏。事实上，早在战国时期，著名思想家荀况就讲过这样的话："越人安越，楚人安楚，君子安雅。"（《荀子·荣辱》）"居楚而楚，居越而越，居夏而夏。"（《荀子·儒效》）"雅"就是"夏"，古代所谓"雅言"就是"夏言"，主要指不同于东西南北各少数民族语言的中原华夏民族的语言。荀子的意思是说：一个人到了某个地方，就要适应当地的自然和人文地理环境，学习当地的语言，不然就很难与当地人交流，也很难欣赏当地的文学艺术。

在西方，也有不少学者讲到文学接受的地域差异问题。例如法国 18 世纪的启蒙思想家孟德斯鸠在他的《论法的精神》一书里就讲过这样一段话："我曾经在英国和意大利观看一些歌剧；剧本相同，演员也相同，但是同样的音乐在两个国家却产生了极不同的效果：一个国家的观众是冷冷淡淡的，一个国家的观众则非常激动，令人不可思议。"德国 19 世纪的哲学家康德在他的《自然地理学》这本书里也讲过类似的话。正是源于对世界上许多国家和地区的审美趣味的初步考察，康德提出了"鉴赏的偏离"这一概念："我在这里把鉴赏理解为对普遍使感官满意的东西的判断。触及我们的感官的东西的完美或不完美。人们将从人的鉴赏的偏离看出，在我们这里极其多的东西都基于成见。"由此可见，文学艺术在接受过程中的地域差异，无论中外，都是存在的。

诚然，一个人接受或不接受某个作品，从哪个角度、哪个层面接受某个作品，是由多种因素决定的，地理因素只是其中之一。我们虽然不宜夸大这个因素，但也不应忽略这个因素。事实上，在文学接受史上，地理因素有时甚至大过其他因素。以屈原的作品在汉代的接受情况为例。屈原是战国时期的楚国大诗人，也是一位在后来誉满全球的"世界文化名人"，但是人们对其作品的认识和接受，则经历了一个漫长而复杂的过程。在先秦时期，屈原的作品并未产生应有的影响，只是到了汉代才逐渐被人们所注意，但评价差异很大。总体来看，南方学者对屈原作品的评价是很高的，北方则不尽然。兹略举几位有代表性的学者。

刘安，汉高祖刘邦之孙，生长在淮南，袭封淮南王，南方人。刘安尝作《离骚传》，谓"国风好色而不淫，小雅怨诽而不乱。若《离骚》者，可谓兼之。蝉蜕秽浊之中，浮游尘埃之外，皭然涅而不缁，虽与日月争光可也"。他对屈原作品的评价是相当高的。

刘向，汉高祖异母弟刘交四世孙，祖籍沛县，亦南方人。尝集《离骚》，作《九叹》，"追念屈原忠信之节"（王逸语），他对屈原作品的评价也很高。

扬雄，蜀郡成都（今四川成都）人，曾作《反离骚》，称屈原为"圣哲"。

王逸，南郡宜城（今湖北宜城）人，尝撰《楚辞章句》，谓

"屈原膺忠贞之质,体清洁之性,直若砥矢,言若丹青,进不隐其谋,退不顾其命,此诚绝世之行,俊彦之英也"。又谓其作品"金相玉质,百世无匹,名垂罔极,永不刊灭"。王逸继刘向作《九叹》而作《九思》,其自叙云:"逸与屈原同土共国,悼伤之情,与凡有异。窃羡向、褒之风,作颂一篇,号曰《九思》。"对屈原其人其作,可谓推崇备至。

和上述南方学者相比,北方学者对屈原作品的认识和评价,可以说是有褒有贬。

班彪,东汉史学家,辞赋家,扶风安陵(今陕西咸阳)人。班彪对屈原"伏清白以死直"的人生态度是不以为然的。他主张明哲保身,能伸能屈;用之则行,舍之则藏。他在《悼离骚》中写道:"夫华植之有零茂,故阴阳之度也。圣哲之有穷达,亦命之故也。惟达人进止得时,行以遂伸。否则诎而坏蠖,体龙蛇以幽潜。"

班固,扶风平陵人,班彪之子。班固尝作《离骚序》和《离骚赞序》,他虽然同情屈原"以忠信见疑"的遭遇,称其为"辞赋宗",然对其为人与为文,实颇多贬抑。其《离骚序》云:"昔在孝武,博览古文。淮南王安叙《离骚传》,以'国风好色而不淫,小雅怨诽而不乱。若《离骚》者可谓兼之。蝉蜕秽浊之中,浮游尘埃之外,皭然泥而不滓,推此志虽与日月争光可也'。斯论似过其真。又说五子以失家巷,谓伍子胥也。及至羿浇少康二姚有娀佚女,皆各以所识,有所增损,然犹未得其正也。故博采经书传记本文,以为之解。且君子道穷,命矣。故潜龙不见,是而无闷。《关雎》哀周道而不伤,蘧瑗持可怀之智,宁武保如愚之性,咸以全命避害,不受世患。故《大雅》曰:'既明且哲,以保其身。'

斯为贵矣。今若屈原,露才扬己,竞乎危国群小之间,以离谗贼,然责数怀王,怨恶椒兰,愁神苦思,强非其人,忿怼不容,沉江而死,亦贬絜狂狷景行之士。多称昆仑悬圃冥婚宓妃之语,皆非法度之政,经义所载,谓之兼《诗》'风'、'雅'而与日月争光,过矣!"班固和他父亲班彪一样,对屈原的自沉是很不以为然的,他也主张明哲保身。他不仅不赞成屈原的为人,甚至对他的创作也提出了严厉的批评。他主张文学作品应以忠君颂上、温柔敦厚为本,不赞成屈原作品的批评时政、慨叹时艰。

汉代南北两地的学者在屈原作品的接受上,为什么会有这么大的差异?这与他们各自所处的地理环境有着重要的关系。战国时期,中国南方最大的诸侯国是楚国。在楚宣王、楚威王时期,楚国的疆域西起大巴山、巫山、武陵山,东至大海,南起南岭,北至皖北,可以说是空间辽阔,而上举刘安、刘向、扬雄、王逸等南方学者,实为故楚地人,楚文化对他们的影响是不言而喻的。楚文化虽受中原文化的某些影响,但更具自己鲜明的特点。尤其是那种敢于躐等犯上、敢于批评时政的精神,以及那种升天入地、瑰丽奇幻的想象力,乃是中原和关中文化所缺乏的。而班彪、班固父子,则是地道的关中人。关中既是儒家文化的发源地,又是农耕文化的大本营。这种地域文化既强调尊卑秩序,又缺乏想象力。而班氏父子,就是在这样的环境中成长起来的正统学者。所以他们在思想上以忠君颂上为本,他们的文风也以平实见长。对于屈原作品的批判精神和浪漫想象,他们是不以为然的。

当然,在汉代的北方学者中,也有同情和赞美屈原者,司马迁和贾谊即是。

司马迁,冯翊阳夏(今陕西韩城)人。在写作《史记》之前,曾"南游江、淮，上会稽，探禹穴，窥九疑，浮于沅、湘；北涉汶、泗，讲业齐、鲁之都，观孔子之遗风，乡射邹、峄；厄困鄱、薛、彭城，过梁、楚以归"（《史记·太史公自序》）。正因为他亲自到过楚地，对屈原的家世、生平、为人与其作品所产生的地理环境做过深入的考察，因此他对屈原及其作品的理解就比未曾到过楚地的班彪、班固父子要深刻得多："屈平疾王听之不聪也，谗谄之蔽明也，邪曲之害公也，方正之不容也，故忧愁幽思而作《离骚》。离骚者，犹离忧也。……屈平正道直行，竭忠尽智以事其君，谗人间之，可谓穷矣。信而见疑，忠而被谤，能无怨乎？屈平之作《离骚》，盖自怨生也。《国风》好色而不淫，《小雅》怨诽而不乱，若《离骚》者，可谓兼之矣。上称帝喾，下道齐桓，中述汤、武，以刺世事。明道德之广崇，治乱之条贯，靡不毕见。其文约，其辞微，其志洁，其行廉，故死而不容。自疏濯淖污泥之中，蝉蜕于浊秽，以浮游尘埃之外，不获世之滋垢，皭然泥而不滓者也。推此志也，虽与日月争光可也。"（《史记·屈原贾生列传》）

贾谊，河南洛阳人。贾谊曾因老臣周勃等人的排挤而被贬为长沙王太傅。"贾生既辞往行，闻长沙卑湿，自以寿不得长，又以谪去，意不自得。及渡湘水，为赋以吊屈原。其辞曰：'共承嘉惠兮，俟罪长沙。侧闻屈原兮，自沉汨罗。造托湘流兮，敬吊先生。遭世罔极兮，乃陨其身。'"（《史记·屈原贾生列传》）由于贬谪楚地，贾谊得以了解到屈原的事迹，亲身感受屈原当年贬谪沅、湘的地理环境，因而对屈原及其作品的认识也比班彪、班固父子要深刻得多。

文学接受的地域差异是客观存在的，但是最好不要发生如康德所讲的"鉴赏的偏离"。"鉴赏的偏离"即"鉴赏的偏见"。班彪、班固父子对屈原作品的评价，就是一种"鉴赏的偏离"。如何消除这种偏离？最好的办法就是像司马迁、贾谊那样，亲自到作品产生的地方进行田野调查，亲身感受作者写作该作品的地理环境。

（原刊《光明日报·文学遗产》2017 年 9 月 18 日）

文学地理学视野中的乡愁

2013年12月,中央城镇化工作会议提出,城镇建设要"让居民望得见山、看得见水、记得住乡愁;要融入现代元素,更要保护和弘扬传统优秀文化,延续城市历史文脉"。从此,"乡愁"就成为一个热词。在哲学、文学、心理学、地理学和规划学界,都有学者撰文讨论这一问题。我想从文学地理学的角度来谈乡愁,主要谈三个问题:什么是乡愁?如何感受和认识乡愁?如何留住乡愁?

文学地理学的研究在中国有着悠久的历史,近年来则发展为一个学科。文学地理学的研究对象,就是文学与地理环境的关系。它所要研究的内容,概括地讲,就是文学地理空间,包括文学家生活与写作的地理空间,文学作品所描写的地理空间,文学作品传播与接受的地理空间。从文学地理学的角度谈乡愁,就是从文学地理空间来谈乡愁。

一、什么是乡愁?

我们从两位台湾诗人的两首以"乡愁"为题的现代诗说起。

先看余光中的《乡愁》：

> 小时候 / 乡愁是一枚小小的邮票 / 我在这头 / 母亲在那头
> 长大后 / 乡愁是一张窄窄的船票 / 我在这头 / 新娘在那头
> 后来啊 / 乡愁是一方矮矮的坟墓 / 我在外头 / 母亲在里头
> 而现在 / 乡愁是一湾浅浅的海峡 / 我在这头 / 大陆在那头

余光中（1928—2017）是南京人，由于战争的原因，21岁离开大陆，一生都在流离漂泊之中。通过他这首诗，我们可以感受到：乡愁是游子对亲人、对故乡的一种思念，乡愁是时间的一种积淀，乡愁需要具体的空间来承载，乡愁随着游子所处时空的不同而具有不同的内容。

再看席慕容的《乡愁》：

> 故乡的歌是一支清远的笛 / 总在有月亮的晚上响起
> 故乡的面貌却是一种模糊的怅惘 / 仿佛雾里的挥手别离
> 离别后 / 乡愁是一棵没有年轮的树 / 永不老去

席慕容（1943—）是重庆人，蒙古族。也是由于战争的原因，7岁时离开大陆，也是一生都在流离漂泊之中。通过她这首诗，我们进一步感受到：乡愁是一种优美的情感，乡愁是一种令人怅惘的情感，乡愁是一种朦胧的情感，乡愁是一种不老的情感。

余光中和席慕容都是深受海内外读者喜爱的著名诗人，他们对家乡的深切思念和无尽牵挂是真实感人的。通过他们的这两首同题作品，我们可以为乡愁做一个学理上的界定：所谓乡愁，就是流动或迁徙在异地的人们对于家乡的一种回忆式的情绪体验，包括对亲情、友谊、爱情的回忆，对家乡的自然山水与人文景观的回忆，对个人成长经历的回忆等。

乡愁有两个突出特点：一是时间感，一是空间感。例如余光中的《乡愁》写了四个时间段的乡愁："小时候"、"长大后"、"后来"、"现在"，每个时间段都有两个不同的空间，一共是八个不同的空间。我们再看北宋著名词人周邦彦的这首《苏幕遮》：

> 燎沉香，消溽暑。鸟雀呼晴，侵晓窥檐语。叶上初阳干宿雨。水面清圆，一一风荷举。　故乡遥，何日去。家住吴门，久作长安旅。五月渔郎相忆否。小楫轻舟，梦入芙蓉浦。

周邦彦（1056—1121）是钱塘（今杭州）人，他当时在开封做官。开封是北宋的首都，相当于唐代的长安（今西安）。他这个作品也是写乡愁的。他是怎么写乡愁的呢？一是写时间感，二是写空间感。他建构了两个地理空间：一个是北方的"长安"，也就是首都开封，一个是南方的"吴门"，也就是他的家乡钱塘。他之所以身在"长安"这个空间而心念"吴门"这个空间，就是因为在"长安"这个空间生活得太"久"了，也就是离开"吴门"这个空间离得太"久"了。"久"字是一个时间概念，"遥"字是一个空间概念。因为时间太"久"，所以才深切地感受到空间之"遥"。因为"故乡遥"，家人不知自己的情形，自己也不知家人的情形，彼此牵挂，彼此思念，所以不宜"久作长安旅"。时间意识与空间意识是互相生发的,时间概念与空间概念是互为依存的。没有时间,空间就是虚泛的。反之亦然。

可见乡愁总有时间和空间这两个维度。从时间上讲,它总是由此时指向彼时;从空间上讲,它总是由此地指向彼地。时间变了,空间也变了,才有乡愁。时间变了,空间没变,没有乡愁。空间变了,时间没变,也没有乡愁。

乡愁形成的原因很多。或是独在异乡。如唐人王维的《九月九日忆山东兄弟》:"独在异乡为异客,每逢佳节倍思亲。遥知兄弟登高处,遍插茱萸少一人。"王维(701—761)是河东蒲州(今山西运城)人,写作这首诗时,他在长安求仕。这首诗所描述的情景是:一个人背井离乡,独处一个异质空间。因此就特别思念家乡的亲人,佳节尤甚。

或是归期难定。如唐人李商隐的《夜雨寄内》:"君问归期未有期,巴山夜雨涨秋池。何当共剪西窗烛,却话巴山夜雨时。"李商隐(813?—858)是怀州河内(今河南沁阳)人,写作这首诗时,他在巴东任剑南东川节度使柳仲郢的幕僚。这首诗是写给他的妻子的。妻子在北方,他则在巴东一带。这首诗所描述的情景比王维那一首还要严重,不仅背井离乡,而且归期难定。

或是有家不能归。如南宋人蒋捷的《一剪梅·舟过吴江》:"一片春愁待酒浇。江上舟摇,楼上帘招。秋娘渡与泰娘桥。风又飘飘,雨又萧萧。何日归家洗客袍?银字笙调,心字香烧。流光容易把人抛。红了樱桃,绿了芭蕉。"蒋捷是阳羡(今江苏宜兴)人,南宋亡后,不肯做元朝的官,隐居太湖中的竹山,人称"竹山先生"。吴江则是太湖西边的一个县。这首词所描述的情景是:不仅背井离乡,不仅归期难定,而且有家不能归。因为归去,就有可能被迫仕元。

或是家乡变了。如汉乐府《十五从军征》:"十五从军征,八十始得归。道逢乡里人,家中有阿谁?遥看是君家,松柏冢累累。兔从狗窦入,雉从梁上飞。中庭生旅谷,井上生旅葵。舂谷持作饭,采葵持作羹。羹饭一时熟,不知贻阿谁?出门东向看,泪落沾我衣。"这首诗所描述的情景是:从军 65 载,好不容易回到故乡,但故乡已经面目全非了。亲人都不在了,自己仍然没有归宿感。

可见乡愁形成的原因,一是由于空间阻隔,人们难以由异地回到家乡;二是由于时间流逝,人们即使回到家乡,也无法由现实的空间回到记忆中的空间。第一个原因是空间阻隔,第二个原因是空间异质。

国外也有学者讲到乡愁形成的原因。例如德国著名哲学家康德(1724—1804)就在《自然地理学》中讲道:"据说山区的空气是乡愁,特别是瑞士人乡愁的原因,因为瑞士人如果来到别的国家,特别是在听到其民族歌曲时,就变得郁郁寡欢,甚至当人们不允许他们返回故乡时因此而死。"康德在《实用人类学》一书里也曾讲到乡愁:"在瑞士人(而且如我从一位见多识广的将军口中听到的那样,一些地区的威斯特法伦人和波莫瑞人也一样)被安置在别的州时侵袭他们的乡愁,是通过唤回其少年时代的无忧无虑和邻里聚会的景象而激起对他们曾享受的非常质朴的生活乐趣的那些地方一种渴望的结果。"康德的话表明,乡愁是人类的一种具有普遍性的情绪体验。乡愁形成的原因虽然很多,但是概括地讲,都是由于时间作用下的空间阻隔与空间异质。

二、如何感受和认识乡愁

客居异乡的人，通过什么来感受乡愁、认识乡愁呢？在缺乏现实空间体验的情况下，通常只能凭借某些符号系统。一是乡邦文献，如地方志等。但是这一类的文献往往只能诉诸人的理性，不能诉诸人的情感，很难满足离乡之人的情感需要和审美诉求。

二是地名。好的地名，既可诉诸人的理性，也可诉诸人的情感，但是它也有局限，就是太简约了，缺乏对地方的生动、具体的描写。还有一个问题，就是近几十年来，许多包含了丰富的历史文化底蕴、具有鲜明的形象感与画面感、能够唤起人们的地方认同与乡愁的地名被改成新名了。例如徽州，作为一个州级（地市级）行政区的地名，从北宋宣和年间就有了。说到徽州，人们就会想起徽派朴学、徽派版画、徽派篆刻、徽州方言、徽派建筑、徽剧、徽菜、徽商等，当然也会想起黄山。这是一个具有丰富的历史文化底蕴的地名。汤显祖《游黄山白岳不果》诗："一生痴绝处，无梦到徽州。"可是到了1987年，当地为了发展旅游业，居然把徽州改成了黄山。好像那里只有黄山似的。徽州改黄山，无疑是一个败笔，因此受到广泛的质疑和批评。值得注意的是，类似的败笔还有不少。一个新地名，如果缺乏历史感，不能唤起人们的历史想象和审美联想，不能唤起人们的地方认同和乡愁，那就是改坏了。

三是艺术，包括音乐、美术、影视等。例如《松花江上》、《太湖美》、《清明上河图》、《富春山居图》、《话说运河》、《走遍中国》、《舌尖上的中国》等。具有地域性的音乐、美术、影视作品是可以唤起人们的地方认同和乡愁的。但是由于材料和技术条件的限制，以及自然环境的影响，这类艺术作品的保存时间都是有限的。

四是文学作品。比较而言，文学作品的保存时间是最长的。直到今天，我们还能读到3000年前的西周人写乡愁的作品。例如《诗经·豳风》中的《东山》，就是西周时的一个士兵随周公东征后于归途中写的一首乡愁诗。而西周时的音乐我们早就听不到了，美术也很难寻觅了。

《诗经》之后，写乡愁的作品可谓汗牛充栋。通过文学作品来感受乡愁，认识乡愁，虽不是唯一的途径，但无疑是最好的途径。文学既形象具体，又可以保存得最久。

如何感受和认识文学作品中的乡愁呢？一定要有时空感，尤其要有空间感，要善于通过作品所建构的空间结构及其所描写的空间要素来感受和认识乡愁。例如上举周邦彦《苏幕遮》这首词，作者建构了两个地理空间：一个是北方的"长安"（开封），一个是南方的"吴门"（钱塘）。在"长安"这个空间里，他描写了"沉香"、"鸟雀"、"初阳"、房檐、池塘、荷叶等要素；在"吴门"这个空间里，他描写了"渔郎"、"小楫"、"轻舟"、"芙蓉浦"等要素。他建构这样两个空间，并为这两个空间设置众多相关的地理要素，目的就是为了表达思乡之情的需要。但是家在开封或钱塘的读者读到这首词，看到各自所熟悉的地理空间和空间要素，不是同样可以唤起自己的乡愁吗？

文学作品的地理空间有三个层面：一是客观存在的物理空间，这是作家创作的依据；二是文学作品的审美空间，这里面包含了作家的某些想象与加工；三是读者结合自己的生活经验与地理认知所形成的联想空间。这三个空间都需要通过文学地理学的方法来认识。

三、如何留住乡愁?

留住乡愁有多种办法。一是原封不动地保留承载和存续乡愁的空间。例如北朝乐府诗《木兰辞》写木兰从军十年回故乡时的情景:"爷娘闻女来,出郭相扶将。阿姊闻妹来,当户理红妆。小弟闻姊来,磨刀霍霍向猪羊。开我东阁门,坐我西阁床。脱我战时袍,著我旧时裳。当窗理云鬓,对镜贴花黄。"木兰回故乡时,故乡的一切全保留了。原有的空间,以及所有的空间元素诸如城廓、房子、东阁门、西阁床,还有父母恩、姊妹爱、姐弟情,一切如旧。主人公回到故乡,有一种无比的亲切感、归属感和幸福感。这个办法的实质就是保留乡愁存续的原有空间。这当然是最理想的办法了。

二是迎亲同住,也就是把乡愁的核心元素由故乡转移到自己这个空间里来。例如唐人孟郊的《游子吟·迎母溧上作》:"慈母手中线,游子身上衣。临行密密缝,意恐迟迟归。谁言寸草心,报得三春晖?"孟郊(751—814)是湖州武康(今浙江德清)人,早年坎坷贫困,曾周游今湖北、湖南、广西各地,无所遇合,直到46岁才中进士,50岁才任溧阳县尉。一上任,他就把老母接来同住。他这首《游子吟》就是把母亲接到溧阳时写的。乡愁是具体的,它有具体的空间和空间元素,而在众多的空间元素中,母爱、父爱无疑是核心元素。把母亲接来同住,就是把乡愁空间的核心元素转移到自己这边来。这样自己的乡愁就大为减缓了。

但是，你把母亲或父亲接来同住，可他们不一定住得习惯。你的乡愁是减缓了，可他们的乡愁却由此而生。因为家乡还有其他儿女，还有亲友、邻居，还有土地、房屋、庄稼、牲畜、宗祠、祖墓等等，他们放不下呀！怎么办呢？还有第三个办法，就是复制家乡，也就是把乡愁空间作整体的位移。西汉开国皇帝刘邦就是这么干的。刘邦的家乡在沛县丰邑（今江苏省徐州市丰县），他做皇帝后，就把父亲接到京城长安同住，但是这位太上皇在长安住不习惯，总是嚷着要回丰邑。怎么办呢，刘邦就在秦国故地骊邑重建一个丰邑，也就是新丰（今西安市临潼区新丰镇），把乡亲们都迁移过来，房屋、街道、树木、菜园等，一切照旧，连鸡窝、狗窝都照旧。所以当时流行一句话："鸡犬识新丰。"可以说是高仿真了。这下你这个太上皇还有什么不满意的呢？不过这种办法，也只有刘邦这种人才能用。一般人哪有能力复制家乡，把乡愁空间作整体位移？

第四个办法，也是最现实的办法，就是保护家乡的历史建筑和文化遗产，保护乡愁赖以产生和存续的空间。但是我们大家都知道，近年来，随着城镇化的推进，许多自然村庄都消失了。据有关材料介绍，从 2000 年到 2010 年这 10 年间，全国平均每天有 250 个自然村庄消失，其中包括许多古村落。乡村消失了，乡愁赖以产生和存续的空间不存在了，我们通过什么来感知乡愁、寄托乡愁、留住乡愁呢？中国的自然村庄，尤其是那些古村落，乃是几千年农耕文化的结晶，而城镇化又是现代化的必经之路。在传统文化与现代化之间，如何达到一种平衡，这是一个必须认真思考和正确应对的问题。

身在他乡的人要求保存自然村庄或古村落，留在家乡的人也有自己的说法：我们得发展经济，改善居住条件呀！你们这些在外边工作的人，自己住高楼大厦，住花园洋房，却要求我们一直住在老祖宗留下来的破旧房子里。你们怎么不关心一下我们呢？他们的说法也不是没有道理。因此还有第五个办法，即关心家乡，与乡邻达成某种妥协。例如以实际行动支持他们盖新房，建新村，同时采取双方都能接受的办法保护老房和老村。

身在他乡的人，要多多关心留在家乡的人，千万不能有钱有权就任性。在安徽桐城县城西后街，有一历史名巷，叫"六尺巷"。此巷长约100米，宽为六尺。据《桐城县志》记载，清康熙年间，这里原无巷而有墙。一边是叶姓宅院，一边是当朝文华殿大学士兼礼部尚书张英宅院。两家为地界争吵不休。张家人写信给张英，要他出面干预，迫使叶家让步。张英见信，回了这样一首诗："一纸书来只为墙，让他三尺又何妨？长城万里今犹在，不见当年秦始皇。"张家人见诗，受到启迪，主动拆墙，退后三尺。叶家感其义，也退后三尺，故成此巷，也留下一段佳话。这个"六尺巷"的形成，得益于张英与乡邻之间的一种明智的妥协。如果他仗势欺人，还会有这样一段佳话吗？还会有"六尺巷"这个全国重点文物保护单位吗？所以我们说身在他乡的人，一定要注意关心家乡，体谅乡邻，千万不要任性。

第六个办法就是文学的办法，即重新认识和评估文学的价值，通过优秀的文学作品来留住乡愁。要倡导和支持本土文学的创作。优秀的本土文学作为一种地方文化符号，不仅可以提高一个地方的文化识别度，增进人们的地方认同，还可以留住历史的记忆，留住乡愁。如何重新认识和评估文学的价值呢？最好借鉴文学地理学的理论和方法。文学地理学可以帮助人们认识文学的空间性和地方感,进而达到保护家乡的自然和人文环境,保护乡愁所赖以产生、赖以承载、赖以存续的地理空间之目的。

(原刊《文史知识》2017年第11期)

词学史研究的空间视角

词学史研究，除了把握词学观念、理论与方法等的发展脉络，还应注意词学批评与词学流派的地域分异，前者是词学史研究的时间视角，后者是词学史研究的空间视角。立体的、完全意义上的词学史研究应该是时、空结合，虽然二者可以有所偏重，但不可以偏废。20世纪90年代以来出版的几本词学史著作缺乏空间视角，今后的词学史著作应该有所改进。

事实上，中国古代的文学批评从来就不缺乏空间视角，《左传·襄公二十九年》所载吴公子札对国风的评论，即可视为最早的空间批评。吴公子札之后，在司马迁的《史记·货殖列传》、班固的《汉书·地理志》、刘勰的《文心雕龙·时序》、魏征的《隋书·文学传序》、朱熹的《诗集传》、元好问的《论诗三十首》、王世贞的《曲藻》、王骥德的《曲律》、李东阳的《怀麓堂诗话》等重要著作中，都有简约而精辟的空间批评，只是这些批评所针对的都是诗、赋、曲等文体，尚未涉及词而已。最早针对词的空间批评，当属清中期著名词家厉鹗的《张今涪〈红螺词〉序》，其文曰："尝以词譬之画，画家以南宗胜北宗。稼轩、后村诸人，词之北宗也；清真、白石诸人，词之南宗也。"[1]这是从空间视角比较宋词内部之差异。嗣后，则有晚清词学名家况周颐的《蕙风词话》，其文曰："南宋佳词能浑，至金源佳词近刚方。宋词深致能入骨，如清真、梦窗是。金词清劲能树骨，如萧闲（蔡松年）、遁庵（段克己）是。南人得江山之秀，北人以冰霜为清。南或失之绮靡，近于雕文刻镂之技。北或失之荒率，无解深裘大马之讥。善读者抉择其精华，能知其并皆佳妙。而其佳妙之所以然，不难于合勘，而难于分观。往往能知之而难于明言之。然而宋金之词之不同，固显而易见者也。"[2]这是从空间视角比较金词与南宋词之差异。词学的空间批评源于词作本身的地域空间特性，词学史的研究应重视这一客观事实。

明清时期出现了许多词派，例如以陈子龙为代表的云间派，以陈维崧为代表的阳羡派，以朱彝尊为代表的浙西词派，以张惠言、周济为代表的常州词派，以王鹏运、况周颐为代表的临桂词派等，这些词派除了丰富的创作实践，还有明确的词学观念和词学主张，并且都以地域命名，因此可以称为地域性的词学流派。20世纪90年代以来出版的几本词学史著作对这些词学流派的创作和理论多有描述和总结，但是对词派得以产生的地理环境、词派的地域特征、词派的空间差异、词派的传播路径等，基本上没有涉及。也就是说，对于明清时期地域性的词学流派，以往的词

---

[1] 厉鹗：《张今涪〈红螺词〉序》，引自郭绍虞主编：《中国历代文论选》，上海古籍出版社1980年版，第392页。
[2] 况周颐：《蕙风词话》卷三，《蕙风词话·人间词话》，人民文学出版社1982年版，第57页。

学史研究仍然是时间视角，缺乏空间视角。

20世纪词学史上长期存在两个很有影响的词学流派，查猛济先生称之为"朱况派"与"王胡派"[1]，胡明称之为"体制内派"与"体制外派"[2]，刘扬忠称之为"传统派"与"新派"[3]。笔者认为，"朱况派"与"王胡派"这个命名不太准确，而"体制内派"与"体制外派"、"传统派"与"新派"这两个命名则明显地含有褒贬之意，因而主张从地域或空间角度，予其一个中性的命名，即"南派词学"与"北派词学"，简称"南派"与"北派"。

"南派词学"与"北派词学"的命名依据有三：一是词学活动与词学研究的主要地域，二是词学代表作的产生地域，三是词学家的师承关系或其所接受的影响。按照这三个依据，笔者把朱祖谋、况周颐、郑文焯、夏敬观、龙榆生、唐圭璋、夏承焘、陈洵、刘永济、詹安泰等10位词学名家列入"南派"，把王国维、胡适、胡云翼、冯沅君、俞平伯、浦江清、顾随、吴世昌、刘尧民、缪钺等10位词学名家列入"北派"（见下表）。

---

[1] 查猛济：《刘子庚先生的词学》云："近代的'词学'大概可以分做两派，一派主张侧重音律方面的，像朱古微、况夔生诸先生是；一派主张侧重意境方面的，像王静庵、胡适之诸先生是。"见《词学季刊》第1卷第3号，1933年12月。

[2] 胡明：《一百年来的词学研究：诠释与思考》，《文学遗产》1998年第2期。

[3] 严迪昌、刘扬忠、钟振振、王兆鹏：《传承、建构、展望——关于二十世纪词学研究的对话》，《文学遗产》1999年第3期。

"南派词学"与"北派词学"代表人物的流派归属简表

流派	姓名	籍贯	词学代表作	词学代表作产生地域	词学活动主要地域	主要师承对象或所接受的影响
南派词学	朱祖谋	浙江归安	《彊村丛书》	苏州、上海	苏州、上海	王鹏运
	况周颐	广西临桂	《蕙风词话》	上海	上海	端木埰、王鹏运
	郑文焯	辽宁铁岭	《词源斠律》	苏州	苏州	
	夏敬观	江西新建	《蕙风词话诠评》	上海	上海	文廷式、郑文焯
	龙榆生	江西万载	《词学十讲》	上海	上海	朱祖谋
	唐圭璋	江苏南京	《全宋词》	南京	南京	朱祖谋、吴梅
	夏承焘	浙江永嘉	《唐宋词人年谱》	杭州	杭州	
	陈洵	广东新会	《海绡说词》	广州	广州	周济、朱祖谋
	刘永济	湖南新宁	《微睇室说词》	武汉	武汉	况周颐、朱祖谋
	詹安泰	广东饶平	《宋词散论》	广州	广州	
北派词学	王国维	浙江海宁	《人间词话》	北平	北平	
	胡适	安徽绩溪	《词选》	北平	北平	王国维
	胡云翼	湖南桂东	《宋词研究》	武汉	武汉、上海	王国维、胡适
	冯沅君	河南唐河	《中国诗史》下卷	上海	北平、上海	王国维、胡适
	俞平伯	江苏苏州	《读词偶得》	北平	北平	王国维、胡适
	浦江清	上海松江	《词的讲解》	昆明	北平、昆明	王国维
	顾随	河北清河	《稼轩词说》	北平	北平、天津	王国维
	吴世昌	浙江海宁	《词学论丛》	北平	北平	王国维、顾随
	刘尧民	云南会泽	《词与音乐》	昆明	昆明	王国维
	缪钺	河北保定	《灵谿词说》	成都	成都	王国维

说明:

1. 郑文焯、夏承焘、詹安泰、王国维四人在词学方面的师承对象不具体,不太好确认。郑文焯与王鹏运有过交往,但较少受到王的影响。夏承焘与朱祖谋有过联系,但其词学主张与朱氏差异较大。詹安泰与李冰若、夏承焘、龙榆生等均有交往,但其词学思想主要还是受常州派的影响。王国维自成一家,与传统的词学家之间没有师承关系,也较少受到传统词学的影响。

2. "南派"的阵营是很大的,远不止这10人,这10人不过是"南派"的代表而已。

也许有人认为，在"北派"词学名家中，真正出生在北方的只有冯沅君、顾随和缪钺三人，其他都是南方人，把他们10人一概列入"北派"似乎不太合适。笔者认为，这不是一个问题。因为关于他们的流派归属的认定，并非依据他们的籍贯，而是依据上述三个条件。鲁迅先生在讲到"京派"与"海派"时指出："所谓'京派'与'海派'，本不指作者的本籍而言，所指的乃是一群人所聚的地域，故'京派'非皆北平人，'海派'亦非皆上海人。梅兰芳博士，戏中之真正京派也，而其本贯，则为吴下。"[1]

"北派"的词学活动、词学研究地域与词学代表作的产生地域主要在北平、天津、河南、河北、山东等地，"南派"的词学活动、词学研究地域与词学代表作的产生地域主要在上海、苏州、南京、杭州、武汉、广州等地。也许有人认为，"北派"中的胡云翼、刘尧民、缪钺等人，其词学活动与词学研究的地域在南方，其词学代表作的产生地域也在南方，把他们列入"北派"似乎也不太合适。笔者认为，这也不是一个问题，因为他们的师承关系或所接受的影响主要在北方。钱钟书先生在讲到南北画派时亦曾指出："画派分南北和画家是南人、北人的疑问，很容易回答。从某一地域的专称引申而为某一属性的通称，是语言里的惯常现象。譬如汉魏的'齐气'、六朝的'楚子'、宋的'胡言'、明的'苏意'；'齐气'、'楚子'不限于'齐'人、'楚'人，苏州以外的人也常有'苏意'，汉族人并非不许或不会'胡说'、'胡闹'。杨万里的《诚斋大全集》卷七九《江西宗派诗序》：'诗江西也，非

---

[1] 鲁迅：《"京派"与"海派"》，吴中杰编：《魏晋风度及其他》，上海古籍出版社2000年版，第349页。

人皆江西也.'更是文艺流派里的好例子。拘泥着地图、郡县志，是说不通的。"[1]

事实上，关于"南派词学"与"北派词学"的命名，最主要的依据就是其代表人物（朱、况与王、胡）的词学活动与词学研究的主要地域及其词学代表作的产生地域，前者在苏州和上海，后者在北平，也就是说，"南派词学"与"北派词学"，最初是"某一地域的专称"，当我们把朱、况与王、胡的同道者或追随者分别列入这两个词派的时候，"北派词学"与"南派词学"就"从某一地域的专称引申而为某一属性的通称"了。从这个意义上讲，"南派词学"与"北派词学"的命名依据，与绘画史上的"南派"与"北派"的命名依据是一样的。

"南派"与"北派"在词学贡献、词学理论和研究方法诸方面均有着鲜明的地域特点。大体言之，"南派"的贡献主要在词籍的整理、词律的考证、词人年谱的编撰等方面，"北派"的贡献主要在词论的探讨、词史的描述和词作的艺术鉴赏等方面；"南派"注重对传统词学的继承，"北派"注重对西方美学与文论的借鉴；"南派"标举"重、拙、大"，重技巧，重音律，论词不分南、北宋，"北派"标举"境界"，重自然，重意境，论词推五代和北宋，于南宋只推辛弃疾。南、北两派持不同的词学理论、观念和主张，从不同的角度、以不同的方法来治词，共同促成了百年词学的发展与繁荣。

笔者始终认为，20世纪的词学之所以能够出现前所未有的兴盛局面，成为一门"显学"，其中一个非常重要的原因，就在于出

---

[1] 钱钟书：《中国诗与中国画》，《旧文四篇》，上海古籍出版社1979年版，第9页。

现了"南派"和"北派"这两个不同的词学流派。有不同的词学流派，因此就有不同的词学思想、词学观念的争鸣，就有不同的治词路径、治词方法的竞技，就有不同形式、不同风格的词学成果的涌现，这一切，对于词学这个传统学科的推陈出新，对于丰富、加深人们对这个传统学科的认识和理解，都是很有意义的。

"南派词学"与"北派词学"，无疑是20世纪词学史研究的一个绕不开的话题。众所周知，时间和空间，是事物运动的两种基本形式，文学如此，文学史也如此。面对20世纪词学史上这笔丰厚的学术遗产，我们既要有历时性的追溯，也要有共时性的考察；既要有纵向探讨，也要有横向比较；既要有时间视角，也要有空间视角。对20世纪词学史的撰写应如此，对宋元明清各代词学史的撰写也应如此。只有时空并重，纵横兼顾，才能突破长期以来的单向思维的制约，从而解决以往的词学史研究所不能解决的诸多问题，使词、词学、词学史展现出多样的魅力。

（原刊《光明日报·文学遗产》2020年9月21日，略有增补）

媒体工作者需要了解和学习一点文学地理学

文学地理学是一门关于文学与地理之关系的学问，也是近年来在中国本土产生的一个新学科，在学术界影响很大，声誉很好，被称为一门"显学"。文学地理学的研究对象，概括地讲，就是文学与地理环境的互动关系；具体地讲，则包括以下内容：地理环境对文学的影响，文学对地理环境的作用，文学家的地理分布，文学作品的地理空间，文学接受与文学传播的地域差异，文学景观，文学区等。

文学地理学的最大特点，就是主张从地理、从空间的角度看文学。在中国，凡是在学校里听过老师讲文学的人，都会有这样的印象：老师在讲到某个文学作品时，第一件事，就是介绍它的时代背景。许多老师甚至郑重其事地把"时代背景"这四个字写在黑板的正中，或者放在课件的首页。事实上，不仅老师讲课是这样，几乎所有的文学鉴赏者和文学批评者，在讲到某个作品时，也都是把时代背景的介绍放在首位，这成了人们的一个习惯。

重视文学作品的时代背景本身并没有错，问题是不能仅仅重视它的时代背景。因为文学作品的产生，除了特定的时代背景，还有特定的地理环境。世间万事万物都是在特定的时间和空间产生的，文学也不例外。可是长期以来，文学教师、文学鉴赏者和文学批评者在讲文学作品时，往往都把地理空间给忽略了。忽略地理空间的后果，就是使得许多作品的地域文化内涵与地域审美特征被遮蔽，使得广大学生和文学爱好者在欣赏文学时失去了地域美感和空间美感。就像许多人去超市买食品，只是关心它们的生产日期和保质期，而忽略了它们的产地，进而忽略了它们各具特色的地方风味。

文学地理学传达给读者的一个最重要的信息，就是文学作品是有地域性的，欣赏文学作品，不要忽略它的地域美感。如果读者掌握了文学地理学的基本知识，就会通过文学作品所描写的各地的自然山水、人文景观、生产方式、生活方式、民俗风情、宗教信仰以及它那富有地域特色的语言、风格等等，来认识作品所营造的文学地理空间（包括空间要素、结构、特点、意义与价值），学习到有关的地理知识，领略到各地不同的自然山水、人文景观和民俗风情，进而结合自己的地理感知，丰富、补充、完善作品所营造的文学地理空间，甚至在想象中建构自己的文学地理空间，这样就进一步丰富了作品的意义，进一步丰富了自己的审美感受，也进一步增强了阅读欣赏的喜悦或感动。

媒体工作者是一群特殊的文学读者，一般来讲，这些人的见闻比普通读者更宽广，感觉更敏锐，更易于从文学作品中捕捉到新的、独特的信息。如果媒体工作者了解和学习一点文学地理学，就容易发现文学作品中独特的地理信息、地理景观、地理空间、地域风格和美感，进而有效地利用媒体，把自己的发现、感受和评价传达给更广大的受众。也就是说，在文学作品的传播和普及方面，媒体工作者是一支非常重要的力量。

《中国地市报人》这个杂志的读者对象，主要是全国360多个地级市（也有部分省级市）的新闻工作者，也就是说，《中国地市报人》的读者版图与中国文学的地理版图一样辽阔和壮观。中国的文学作品所描写过的山脉、河流、高原、平原、道路、城市和乡村，多是这些新闻工作者足迹所至的地方。如果这些新闻工作者学习和了解一点文学地理学，当他们从文学作品中看到自己曾经到过、采访过、考察过的地方，就会有一种别样的认同，别样的亲切，别样的感动。当他们把自己的这种认同、亲切和感动传达给更广大的受众时，受众就会受到影响。于是，没有读过这些作品的受众就会去找这些作品来读，已经读过这些作品的受众则会增进对这些作品的理解，甚至因为有了新闻工作者的文章作参照，他们还会有新的发现和感悟。

总之，文学作品的价值需要读者的阅读和理解来实现，在这个实现的过程中，媒体工作者扮演了双重角色，他们既是读者，又是文学作品价值的阐释者、演绎者和传播者。如果媒体工作者既了解和学习一点文学地理学，又熟悉文学作品所描写的地理区位、地理景观和地理特征，就可以更好地帮助这些作品实现其价值，甚至为它增值。

更重要的是，媒体工作者并非只是一些简单的信息传播者，他们实际上是一批富有社会责任感和文化使命感的人。尤其是近些年来，全国各地的媒体工作者在地方文化资源的挖掘、保护、利用方面做了大量的工作，可以说是功不可没。许多关于地方文化资源的新闻，可以说是集考察、研究、报道、咨询、普及和推介于一身，这些新闻往往积极地影响了政府部门的决策和相关企业的投入，许多新的文化旅游景点和文化旅游线路，往往是在媒体工作者的助推之下形成的。关于这一点，似乎不存在争议。

而在所有的文化旅游景点和文化旅游线路中，对游客最具有吸引力的是哪些呢？可以说，是那些具有文学色彩与文学内涵的。例如在武汉的文化旅游景点中，最具有吸引力的是哪个？不就是黄鹤楼吗？黄鹤楼为什么会有如此大的吸引力？不就是因为崔颢的《黄鹤楼》和李白的《黄鹤楼送孟浩然之广陵》这两首诗的作用吗？武汉地区有几位学者做过一项统计，在最有影响的100首唐诗中，崔颢的《黄鹤楼》排位第一，李白的《黄鹤楼送孟浩然之广陵》排位第四十（《唐诗排行榜》）。可以说，正是崔颢、李白的这两首诗，极大地提高了黄鹤楼的知名度和影响力。如果没有这两首经典之作，黄鹤楼绝对不会有今天这么大的名声和吸引力。从文学地理学的角度来讲，黄鹤楼就是一个典型的文学景观。又如，在湖北境内的文化旅游线中，最有影响力的是哪一条？无疑是长江沿线的三国旅游线。许多人游览这条线，既是冲着长江沿线奇丽的自然景观来的，更是冲着三国故事来的。三国故事为什么会有这么大的吸引力？是史书《三国志》造成的吗？显然不是，是小说《三国演义》造成的。例如决定三国鼎立之格局的两场战争——赤壁之战和猇亭之战（又称夷陵之战），都发生在湖北境内的长江沿线，可是《三国志》对这两场战争的介绍不过寥寥几笔，而《三国演义》对这两场战争的描写却是浓墨重彩，绘声绘色，让读者欲罢不能。因此，赤壁古战场和猇亭古战场，与其说是两个历史文化景观，还不如说是两个文学景观。三国旅游线与其说是一条文化旅游线，还不如说是一条文学旅游线，是文学造就了它巨大的名声。

如果媒体工作者了解和学习一点文学地理学，就可以在众多的自然和文化景观中发现其中的极致——文学景观，就可以挖掘、描述它们更为隽永的魅力。还有一些文学景观，例如著名文学家的故居、墓地、纪念地，他们生前曾经题写、吟咏过的地方，或者某个著名的文学作品的诞生地，等等，这些景观的体量有些是比较小的，不太起眼，因此不被人们所知，或者视而不见，如果媒体工作者了解和学习一点文学地理学，就会知道它们的意义和价值，进而把它们挖掘出来，表彰出来，这样就会被更多的人所知晓，所重视，从而成为新的文化旅游亮点。

媒体工作者虽然不是文学地理学者，但是他们的能量很大，影响力很大，如果这些人了解和学习一点文学地理学，那么在地域文学的传播、推广方面，在文学地理资源的开发、利用方面，在人们的家园感与地方感的提升方面，就可以起到文学地理学者所不能起到的作用。

（原刊《中国地市报人》2019年第10期）

三、文学景观

中国境内著名文学景观之地理分布

　　文学景观是文学地理学研究的一项重要内容。我曾在拙著《文学地理学研究》第五章的结尾讲过这样一段话："我国境内究竟有多少个实体性文学景观？这些景观具体分布在哪些地方？它们各自有些什么地理特征和文化内涵？这是一个工作量很大的研究课题，不是短时间内可以完成的。我这里只是提出这个问题，希望能够引起学术界同仁和读者的兴趣。"[1]近两年来，我即着手从事中国境内著名实体性文学景观的考察、统计和研究工作，本文即是这项工作的一个初步成果。

一、中国境内著名文学景观之地理分布

　　中国境内的文学景观是很多的，这里只是择其著名者作一介绍，见表1：

---

[1] 曾大兴：《文学地理学研究》，商务印书馆2012年版，第132页。

表1 中国境内著名文学景观之地理分布简表

序号	文学景观	所属文化区	所属行政区	地理位置	相关文学名著	相关文学名家/相关文学人物
1	宁古塔城遗址	东北文化区	黑龙江省牡丹江市	宁安市城区内	张缙彦《宁古塔山水记》、吴振臣《宁古塔纪略》等	张缙彦、吴兆骞、吴振臣等
2	萧红故居	东北文化区	黑龙江省哈尔滨市	呼兰区南二道街	萧红《生死场》、《呼兰河传》等	萧红
3	青冢（昭君墓）	秦陇文化区	内蒙古呼和浩特市	呼和浩特市南郊9公里大黑河南岸	杜甫《咏怀古迹五首》之一、王安石《明妃曲》二首等	李白、杜甫、白居易、王安石等/王昭君
4	敕勒川	秦陇文化区	内蒙古呼和浩特市	呼和浩特市土默特左旗	敕勒族民歌《敕勒歌》	斛律金
5	贺兰山	秦陇文化区	宁夏银川市	银川市西北部	岳飞《满江红》、朱栴《贺兰大雪》等	岳飞、朱栴
6	陇山（六盘山）	秦陇文化区	跨宁夏、陕西、甘肃三省区	主峰在宁夏固原、隆德县境内	北朝乐府民歌《陇头歌辞》、毛泽东《清平乐·六盘山》	无名氏、毛泽东等
7	成县（同谷县）杜甫草堂	秦陇文化区	甘肃省陇南市	成县东凤凰山下飞龙峡口	杜甫《乾元中寓居同谷县作歌》等	杜甫
8	安定城楼	秦陇文化区	甘肃省平凉市	泾川县北之泾河南岸	李商隐《安定城楼》	李商隐
9	临洮古城	秦陇文化区	甘肃省定西市	临洮县城东23公里处	王勃《陇西行》、王昌龄《塞下曲》之二、朱庆余《自萧关望临洮》	王勃、王昌龄、朱庆余等
10	凉州城	秦陇文化区	甘肃省武威市	河西走廊东端	岑参《凉州馆中与诸判官夜集》、李益《从军北征过凉州》、王之涣、王翰等《凉州词》	岑参、王之涣、王翰、李益等
11	焉支山	秦陇文化区	甘肃省张掖市	山丹县城东南50公里处	北朝乐府民歌《匈奴歌》、韦应物《调笑令》	无名氏、韦应物等

续表

序号	文学景观	所属文化区	所属行政区	地理位置	相关文学名著	相关文学名家/相关文学人物
12	酒泉	秦陇文化区	甘肃省酒泉市	东临弱水、北跨长城、南阻祁连、西倚嘉峪	王翰《凉州词》、杜甫《饮中八仙歌》	王翰、杜甫等
13	玉门关	秦陇文化区	甘肃省酒泉市	敦煌市区西北之戈壁滩上	王之涣《凉州词》、王昌龄《从军行》、李白《子夜吴歌》等	王之涣、王昌龄、李白等
14	阳关	秦陇文化区	甘肃省酒泉市	敦煌市区西边之古董滩上，玉门关之南	王维《送元二使安西》	王维
15	祁连山（天山）	秦陇文化区	甘肃、青海二省交界处	甘肃省河西走廊南部	北朝民歌《匈奴歌》、李白《关山月》	无名氏、李白等
16	北庭故城遗址	新疆文化区	新疆昌吉州	吉木萨尔县境内	岑参《白雪歌送武判官归京》、《轮台歌奉送封大夫出师西征》、《走马川行奉送封大夫出师西征》等	岑参
17	火焰山	新疆文化区	新疆吐鲁番市	吐鲁番盆地中北部	岑参《经火山》、吴承恩《西游记》等	岑参、吴承恩/孙悟空/铁扇公主
18	楼兰故城遗址	新疆文化区	新疆巴音郭楞州	若羌县境内	王昌龄《从军行》其四	王昌龄
19	秋风楼	三晋文化区	山西省运城市	万荣县城西南40公里处的黄河东岸，古后土祠后面	汉武帝刘彻《秋风辞》	汉武帝刘彻
20	鹳雀楼	三晋文化区	山西省运城市	永济市蒲州镇黄河岸边	王之涣《登鹳雀楼》	王之涣
21	普救寺	三晋文化区	山西省运城市	永济市西北南邻古蒲州城	元稹《会真记》（《莺莺传》）、董解元《西厢记诸宫调》、王实甫《西厢记》	元稹、董解元、王实甫/张生、崔莺莺

续表

序号	文学景观	所属文化区	所属行政区	地理位置	相关文学名著	相关文学名家/相关文学人物
22	华山（莲花山）	秦陇文化区	陕西省渭南市	华阴市境内	李白《古风十九首》之十九、李白《西岳云台歌送丹丘子》等	李白、杜甫、崔颢、韩愈、寇准等
23	长安（西安）城	秦陇文化区	陕西省西安市		卢照邻《长安古意》、杨巨源《城东早春》、韩翃《寒食》、韩愈《早春呈水部张十八员外》等	汉、唐时期众多文学名家
24	乐游原遗址	秦陇文化区	陕西省西安市	西安市东南约5公里处	李白《忆秦娥》、李商隐《乐游原》等	李白、李商隐等
25	兴庆宫（沉香亭）遗址	秦陇文化区	陕西省西安市	西安市兴庆公园内	李白《清平调》三章等	李白/杨贵妃/唐玄宗
26	大雁塔	秦陇文化区	陕西省西安市	西安市南4公里之慈恩寺内	杜甫《同诸公登慈恩寺塔》、岑参《与高适薛据登慈恩寺浮图》等	杜甫、岑参等
27	灞桥	秦陇文化区	陕西省西安市	西安市东约10公里处	李白《忆秦娥》、柳永《少年游·参差烟树灞陵桥》等	李白、柳永等
28	骊山（华清宫）	秦陇文化区	陕西省西安市	临潼区南	白居易《长恨歌》、杜牧《过华清宫绝句》等	白居易、杜牧等/唐玄宗、杨贵妃
29	终南山	秦陇文化区	陕西省西安市	主峰在西安市南40多公里处	王维《终南山》等	王维等
30	辋川	秦陇文化区	陕西省西安市	蓝田县城西南约5公里处之峣山间	王维《辋川集》20首、《积雨辋川庄作》、《山居秋暝》等	王维等
31	秦始皇陵	秦陇文化区	陕西省西安市	临潼区东5公里处	李白《古风五十九首》之一、罗隐《始皇陵》等	李白、罗隐等/秦始皇
32	阿房宫遗址	秦陇文化区	陕西省西安市	西安市西郊15公里之阿房村	杜牧《阿房宫赋》、胡曾《阿房宫》等	杜牧、胡曾等/秦始皇

续表

序号	文学景观	所属文化区	所属行政区	地理位置	相关文学名著	相关文学名家/相关文学人物
33	焚书坑	秦陇文化区	陕西省西安市	临潼县南洪庆村	章碣《焚书坑》等	章碣等/秦始皇
34	杨贵妃墓	秦陇文化区	陕西省咸阳市	兴平县马嵬坡	白居易《长恨歌》、李商隐《马嵬》等	白居易、李商隐等/杨贵妃
35	潼关	秦陇文化区	陕西省渭南市	潼关县境内，雄居秦、晋、豫三省之要冲	杜甫《潼关吏》、张养浩《山坡羊·潼关怀古》等	杜甫、张养浩等
36	孟姜女庙	燕赵文化区	河北省秦皇岛市	山海关外东7里	民间故事《孟姜女》、孟姜女庙门两侧之对联等	孟姜女
37	涿州刘备庙	燕赵文化区	河北省保定市	涿州市楼桑村	刘禹锡《蜀先主庙》、罗贯中《三国演义》等	刘禹锡、罗贯中等/刘备
38	易县荆轲塔	燕赵文化区	河北省保定市	易县城郊荆轲山上	荆轲《易水歌》、陶潜《咏荆轲》、骆宾王《于易水送人》等	荆轲、陶潜、骆宾王等
39	铜雀台遗址	燕赵文化区	河北省邯郸市	临漳县三台村	曹植《铜雀台赋》、杜牧《赤壁》等	曹操、曹植、杜牧等
40	邯郸黄粱梦（吕翁祠）	燕赵文化区	河北省邯郸市	邯郸市北10公里	沈既济《枕中记》	沈既济/卢生
41	黄金台（幽州台）遗址	燕赵文化区	北京市	朝阳门外东南	陈子昂《登幽州台歌》	陈子昂/燕昭王
42	曹雪芹故居	燕赵文化区	北京市	西山脚下之白家疃	曹雪芹《红楼梦》	曹雪芹
43	老舍故居	燕赵文化区	北京市	东城区乃兹府丰盛胡同10号（今灯市口西街丰富胡同19号）	老舍《茶馆》、《正红旗下》等	老舍
44	中国现代文学馆	燕赵文化区	北京市	亚运村	现代文学藏品60万件	鲁迅、巴金等
45	泰山	齐鲁文化区	山东省泰安市		杜甫《望岳》等	杜甫等

续表

序号	文学景观	所属文化区	所属行政区	地理位置	相关文学名著	相关文学名家/相关文学人物
46	大明湖	齐鲁文化区	山东省济南市	济南市旧城北部	杜甫《陪李北海宴历下亭》、清人刘凤诰为大明湖铁公祠所作对联	杜甫、李邕、刘凤诰等
47	章丘李清照博物馆	齐鲁文化区	山东省济南市	章丘区明水村旁之百脉泉公园内	李清照《如梦令·常记溪亭日暮》等	李格非、李清照
48	任城太白楼	齐鲁文化区	山东省济宁市	任城区古运河边上	李白《寻鲁城北范居士失道苍耳中见范置酒摘苍耳作》等	李白等
49	梁山	齐鲁文化区	山东省济宁市	梁山县境内	罗贯中、施耐庵著《水浒传》	罗贯中、施耐庵/梁山好汉
50	崂山	齐鲁文化区	山东省青岛市	青岛市区东部	蒲松龄《聊斋志异·崂山道士》等	蒲松龄等
51	曹植墓	齐鲁文化区	山东省聊城市	东阿县城南20里之鱼山西麓	曹植《七步诗》等	曹植
52	蒲松龄故居	齐鲁文化区	山东省淄博市	淄川区蒲家庄	蒲松龄《聊斋志异》	蒲松龄
53	莫言旧居	齐鲁文化区	山东省潍坊市	高密市大栏乡平安庄	莫言《红高粱》、《生死疲劳》等	莫言
54	沛县歌风台	中原文化区	江苏省徐州市	原在沛县东之泗水西岸，今在沛县博物馆内	刘邦《大风歌》	刘邦等
55	邳县圯桥	中原文化区	江苏省徐州市	睢宁县北部之古邳镇沂水之上	司马迁《史记·留侯列传》、李白《经下邳圯桥怀张子房》、苏轼《留侯论》等	司马迁、李白、苏轼等/张良
56	戏马台	中原文化区	江苏省徐州市	徐州市内南山（户部山）上	储光羲《登戏马台作》、文天祥《游戏马台》等	储光羲、文天祥等/项羽

续表

序号	文学景观	所属文化区	所属行政区	地理位置	相关文学名著	相关文学名家/相关文学人物
57	燕子楼	中原文化区	江苏省徐州市	徐州龙云公园内知春岛上	张仲素《燕子楼三首》、白居易《燕子楼三首》、苏轼《永遇乐·明月如霜》	张仲素、白居易、苏轼等/关盼盼
58	黄楼	中原文化区	江苏省徐州市	徐州城北黄河故道南岸大堤上	苏辙《黄楼赋》、秦观《黄楼赋》等	苏轼、秦观等/苏轼
59	韩信庙	中原文化区	江苏省淮安市	淮阴区韩信故乡	司马迁《史记·淮阴侯列传》、刘禹锡《韩信庙》等	司马迁、刘禹锡等/韩信
60	吴承恩故居	中原文化区	江苏省淮安市	淮安古城西北郊之河下镇打铜巷内	吴承恩《西游记》	吴承恩
61	花果山	中原文化区	江苏省连云港市	连云港市东南约15公里处	《西游记》中"花果山"原型	吴承恩/孙悟空
62	垓下	中原文化区	安徽省宿州市	灵璧县东南之沱河北岸	项羽《垓下歌》、司马迁《史记·项羽本纪》等	项羽、司马迁
63	洛阳城	中原文化区	河南省洛阳市		李白《春夜洛城闻笛》、王昌龄《芙蓉楼送辛渐》等	汉至唐宋众多文学名家
64	白园（白居易墓园）	中原文化区	河南省洛阳市	洛阳城南13公里之香山琵琶峰上	白居易《白香山集》	白居易
65	巩县（巩义）杜甫故里	中原文化区	河南省郑州市	巩县（巩义）南窑湾村	杜甫《杜工部集》	杜甫
66	开封（汴京）城	中原文化区	河南省开封市		刘子翚《汴京纪事》、范成大《州桥》等	宋代诸多文学名家
67	拜将坛	巴蜀文化区	陕西省汉中市	汉中市建国门外100米处	司马迁《史记·淮阴侯列传》、金仁杰《萧何月夜追韩信》等	司马迁、金仁杰等/韩信、萧何、刘邦

续表

序号	文学景观	所属文化区	所属行政区	地理位置	相关文学名著	相关文学名家/相关文学人物
68	古蜀道（金牛道）	巴蜀文化区	陕西省汉中市四川省广元市四川省成都市	由沔县（今陕西勉县）经利州（今四川广元县）、剑门（今属剑阁县）直通成都的金牛道	李白《蜀道难》、《送友人入蜀》等	李白
69	剑门关	巴蜀文化区	四川省广元市	剑阁县北之剑门山	张载《剑阁铭》、李白《蜀道难》、杜甫《剑门》等	张载、李白、杜甫等
70	筹笔驿	巴蜀文化区	四川省广元市	朝天区境内之嘉陵江畔	诸葛亮《后出师表》、李商隐《筹笔驿》、罗隐《筹笔驿怀古》等	诸葛亮、李商隐、罗隐等
71	成都（锦城）	巴蜀文化区	四川省成都市		诸葛亮《前出师表》、李密《陈情表》、杜甫《赠花卿》、张籍《成都曲》、李商隐《杜工部蜀中离席》、罗贯中《三国演义》等	三国、西晋、唐、宋时期诸多文学名家
72	邛崃相如琴台与文君井	巴蜀文化区	四川省成都市	邛崃市文君公园内	葛洪《西京杂记》、司马相如《子虚赋》等	葛洪、司马相如等/司马相如、卓文君
73	武侯祠与先主庙	巴蜀文化区	四川省成都市	成都市南郊	诸葛亮《前出师表》、杜甫《蜀相》、刘禹锡《蜀先主庙》及赵藩所作对联等	诸葛亮、杜甫、刘禹锡、赵藩/诸葛亮、刘备
74	成都杜甫草堂	巴蜀文化区	四川省成都市	成都西郊之浣花溪	杜甫《茅屋为秋风所破歌》、《春夜喜雨》、《客至》、《绝句四首》、《狂夫》等	杜甫等/杜甫
75	薛涛井	巴蜀文化区	四川省成都市	成都市东之望江公园内	薛涛《春望词四首》、王建《寄蜀中薛涛校书》等	薛涛、王建等/薛涛

续表

序号	文学景观	所属文化区	所属行政区	地理位置	相关文学名著	相关文学名家/相关文学人物
76	峨眉山	巴蜀文化区	四川省乐山市	峨眉山市西南	李白《听蜀僧濬弹琴》、《登峨眉山》、《峨眉山月歌送蜀僧晏入中京》、《峨眉山月歌》等	李白等
77	江油李白故里	巴蜀文化区	四川省绵阳市	江油市青莲乡	李白《李翰林集》等	李白等/李白
78	眉山三苏祠	巴蜀文化区	四川省眉山市	东坡区西南隅	《苏轼文集》、《苏轼诗集》、《东坡乐府》等	苏洵、苏轼、苏辙等/苏洵、苏轼、苏辙
79	长江三峡	巴蜀文化区与荆楚文化区	重庆市湖北省宜昌市	重庆市奉节县白帝城至湖北省秭归县南津关	郦道元《水经注·三峡》、《巴东渔者歌》、刘禹锡《竹枝词》、白居易《竹枝词》等	郦道元、李白、杜甫、刘禹锡等
80	白帝城	巴蜀文化区	重庆市奉节县	奉节县城东4公里处瞿唐峡口	李白《早发白帝城》、杜甫《白帝》、杜甫《咏怀古迹》(五首之一)、罗贯中《三国演义》等	李白、杜甫、罗贯中/刘备
81	杜甫西阁（奉节草堂）	巴蜀文化区	重庆市奉节县	奉节县白帝城西麓，瀼水之滨	杜甫《登高》、《古柏行》、《秋兴八首》、《咏怀古迹五首》、《壮游》、《阁夜》等	杜甫等/杜甫
82	八阵图	巴蜀文化区	重庆市奉节县	奉节县城东、白帝山下长江之滨，地名鱼腹浦	杜甫《八阵图》、罗贯中《三国演义》等	杜甫、罗贯中等/诸葛亮
83	楚阳台（古阳台）	巴蜀文化区	重庆市巫山县	巫山县城西北高都山上	宋玉《高唐赋》、《神女赋》、舒婷《神女峰》等	宋玉、舒婷等/楚怀王、巫山神女
84	荆门	荆楚文化区	湖北省宜昌市	宜都县西北之长江南岸，与北岸之虎牙山相对	李白《度荆门望楚》、《秋下荆门》等	李白等

续表

序号	文学景观	所属文化区	所属行政区	地理位置	相关文学名著	相关文学名家/相关文学人物
85	三游洞	荆楚文化区	湖北省宜昌市	宜昌市西20公里，西陵峡口北岸之西陵山上	白居易《三游洞序》等	元稹、白居易、白行简、苏洵、苏轼、苏辙等
86	屈原故里	荆楚文化区	湖北省宜昌市	秭归县城东北30公里之乐平里	屈原《离骚》等	屈原等/屈原
87	屈原祠	荆楚文化区	湖北省宜昌市	秭归县城东1.5公里之长江北岸	屈原《离骚》、《天问》、《九歌》、《九章》等	屈原等/屈原
88	昭君故里	荆楚文化区	湖北省宜昌市	兴山县香溪河畔之昭君村	杜甫《咏怀古迹五首》之一、王安石《明妃曲》之一等	杜甫、王安石等/王昭君
89	楚郢都故城（纪南故城）	荆楚文化区	湖北省荆州市	江陵县城北5公里纪山之南	屈原《九章·哀郢》、宋玉《答楚王问》等	屈原、宋玉等/楚怀王、楚顷襄王
90	荆州古城	荆楚文化区	湖北省荆州市	江陵县城	李白《荆州歌》、杜甫《江陵望幸》、刘禹锡《荆州道怀古》、苏轼《荆州》等	李白、杜甫、刘禹锡、苏轼等
91	白兆山	荆楚文化区	湖北省孝感市	安陆县城西15公里	李白《山中问答》等	李白等
92	黄鹤楼	荆楚文化区	湖北省武汉市	武昌区蛇山黄鹄矶头	崔颢《黄鹤楼》、李白《黄鹤楼送孟浩然之广陵》、李白《与史郎中钦听黄鹤楼上吹笛》等	崔颢、李白/王子安、崔颢、李白
93	东坡赤壁（黄州赤壁）	荆楚文化区	湖北省黄冈市	黄州区之长江北岸	杜牧《赤壁》，苏轼《前赤壁赋》、《后赤壁赋》、《念奴娇·赤壁怀古》等	杜牧、苏轼等/周瑜、诸葛亮、曹操
94	襄阳古城	荆楚文化区	湖北省襄阳市	襄阳市区汉水南岸	王维《汉江临泛》、李白《襄阳歌》等	王维、李白等

中国境内著名文学景观之地理分布 | 153

续表

序号	文学景观	所属文化区	所属行政区	地理位置	相关文学名著	相关文学名家/相关文学人物
95	襄阳老龙堤	荆楚文化区	湖北省襄阳市	襄阳西门外北起夫人城、西至万山之汉江"十里长堤"	刘诞《襄阳乐》、刘禹锡《大堤行》等	刘诞、刘禹锡等/山简
96	岘山	荆楚文化区	湖北省襄阳市	襄阳市南，东临汉江处	孟浩然《与诸子登岘山》等	孟浩然等/羊祜
97	古隆中	荆楚文化区	湖北省襄阳市	襄阳城西之隆中	诸葛亮《前出师表》、罗贯中《三国演义》等	诸葛亮、罗贯中/诸葛亮、刘备
98	孟浩然纪念馆（鹿门寺旧址）	荆楚文化区	湖北省襄阳市	襄州区东津镇境内之鹿门山	孟浩然《夜归鹿门山歌》等	孟浩然、皮日休等
99	西塞山	荆楚文化区	湖北省黄石市	黄石市东郊之长江边上	刘禹锡《西塞山怀古》等	刘禹锡等
100	桃花源	荆楚文化区	湖南省常德市	桃源县西南15公里处	陶渊明《桃花源记》、《桃花源诗》等	陶渊明等/陶渊明
101	汨罗屈子祠（三闾大夫祠）	荆楚文化区	湖南省岳阳市	汨罗市玉笥山	屈原《怀沙》等	屈原等/屈原
102	岳阳楼	荆楚文化区	湖南省岳阳市	岳阳市西门城台之上，下临洞庭湖	孟浩然《临洞庭湖赠张丞相》、杜甫《登岳阳楼》、范仲淹《岳阳楼记》等	孟浩然、杜甫、范仲淹等
103	洞庭湖	荆楚文化区	湖南省岳阳市	湖南省北部，北通长江，南接湘、资、沅、澧四水	屈原《九歌·湘夫人》、孟浩然《临洞庭赠张丞相》、李白《陪族叔刑部侍郎晔及中书贾舍人至游洞庭》五首之二等	屈原、孟浩然、李白等
104	君山（湘山、洞庭山）	荆楚文化区	湖南省岳阳市	在洞庭湖中	李白《陪侍郎叔游洞庭醉后》三首之三、钱起《省试湘灵鼓瑟》、刘禹锡《望洞庭》、黄庭坚《雨中登岳阳楼望君山》二首之二等	李白、钱起、刘禹锡、黄庭坚等

续表

序号	文学景观	所属文化区	所属行政区	地理位置	相关文学名著	相关文学名家/相关文学人物
105	贾太傅祠	荆楚文化区	湖南省长沙市	长沙市福胜街贾谊故宅	贾谊《吊屈原赋》、刘长卿《长沙过贾谊宅》、李商隐《贾生》等	贾谊、刘长卿、李商隐等
106	大唐中兴颂摩崖石刻	荆楚文化区	湖南省永州市	祁阳县城西南2公里之浯溪江畔	元结《大唐中兴颂》等	元结等
107	柳子庙	荆楚文化区	湖南省永州市	永州市潇水之西岸柳子街上	柳宗元《江雪》、《永州八记》、《捕蛇者说》等	柳宗元等
108	衡山回雁峰	荆楚文化区	湖南省衡阳市	衡阳市雁峰区湘江之滨	柳宗元《过衡山见新花开却寄弟》、杜牧《早雁》、范仲淹《渔家傲》等	柳宗元、杜牧、范仲淹等
109	庐山（匡庐）	荆楚文化区	江西省九江市	九江市南	李白《望庐山瀑布》、白居易《大林寺桃花》、苏轼《题西林壁》等	陶渊明、李白、白居易、苏轼等
110	琵琶亭	荆楚文化区	江西省九江市	九江长江大桥南岸东侧	白居易《琵琶行》等	白居易等
111	石钟山	荆楚文化区	江西省九江市	湖口县鄱阳湖与长江汇流处	苏轼《石钟山记》	苏轼
112	滕王阁	荆楚文化区	江西省南昌市	东湖区之赣江东岸	王勃《滕王阁序》等	王勃等
113	郁孤台	荆楚文化区	江西省赣州市	赣州城区西北部贺兰山顶	辛弃疾《菩萨蛮·书江西造口壁》	辛弃疾
114	南京（金陵、建业、建康、江宁）	吴越文化区	江苏省南京市		谢朓《入朝曲》、李白《金陵三首》、刘禹锡《金陵五题》等	六朝至明清众多文学名家
115	石头城遗址	吴越文化区	江苏省南京市	南京市西北清凉山后	刘禹锡《金陵五题》之《石头城》等	刘禹锡等
116	台城遗址	吴越文化区	江苏省南京市	南京玄武门内	韦庄《台城》等	韦庄等

中国境内著名文学景观之地理分布 | 155

续表

序号	文学景观	所属文化区	所属行政区	地理位置	相关文学名著	相关文学名家/相关文学人物
117	秦淮河	吴越文化区	江苏省南京市	源出溧水县东北，向西流至南京市，入通济门，横贯城中，西出三山水门，入长江	杜牧《泊秦淮》，俞平伯、朱自清同题散文《桨声灯影里的秦淮河》等	杜牧、俞平伯、朱自清等
118	扬州（广陵、江都）	吴越文化区	江苏省扬州市		姚合《扬州春词》、杜牧《寄扬州韩绰判官》、杜牧《赠别二首》、张祜《纵游淮南》、徐凝《忆扬州》等	姚合、杜牧、张祜、徐凝等
119	平山堂	吴越文化区	江苏省扬州市	扬州市郊蜀冈中峰上	欧阳修《朝中措》、苏轼《西江月·平山堂》等	欧阳修、苏轼等
120	隋炀帝陵	吴越文化区	江苏省扬州市	扬州城西北15里之雷塘	罗隐《炀帝陵》等	罗隐等/隋炀帝
121	瓜州古渡	吴越文化区	江苏省扬州市	扬州市南长江北岸，当运河之口，与长江南岸的京口（今镇江）隔水相望	白居易《长相思》、王安石《泊船瓜洲》等	白居易、王安石等
122	金山寺	吴越文化区	江苏省镇江市	镇江市西北之金山	张祜《题润州金山寺》、民间故事《白蛇传》等	张祜等
123	北固山	吴越文化区	江苏省镇江市	镇江市东北长江之滨	王湾《次北固山下》，辛弃疾《永遇乐·京口北固亭怀古》、《南乡子·登京口北固亭有怀》等	王湾、辛弃疾等
124	苏州城	吴越文化区	江苏省苏州市		李白《乌栖曲》、杜荀鹤《送人游吴》等	李白、杜荀鹤等

续表

序号	文学景观	所属文化区	所属行政区	地理位置	相关文学名著	相关文学名家/相关文学人物
125	寒山寺	吴越文化区	江苏省苏州市	苏州市阊门外枫桥镇	张继《枫桥夜泊》等	张继等
126	严子陵钓台	吴越文化区	浙江省杭州市	桐庐县城西富春江畔之富春山麓	罗隐《严陵滩》、范仲淹《钓台》、柳永《满江红》	罗隐、范仲淹、柳永等/严子陵
127	杭州（钱塘、临安）	吴越文化区	浙江省杭州市		白居易《忆江南》之一、潘阆《酒泉子》之一、柳永《望海潮》、欧阳修《有美堂记》、林升《题临安邸》等	白居易、潘阆、柳永、苏轼、欧阳修、林升等
128	杭州西湖（钱塘湖、西子湖）	吴越文化区	浙江省杭州市	杭州市西	白居易《钱塘湖春行》、柳永《望海潮》、苏轼《饮湖上初晴后雨》、杨万里《晓出净慈寺送林子方》等	白居易、柳永、苏轼、杨万里等
129	岳飞墓（岳坟）	吴越文化区	浙江省杭州市	杭州市西湖边之栖霞岭下	岳飞《满江红》，清人钱彩、金丰《说岳全传》等	岳飞、钱彩、金丰等/岳飞
130	兰亭	吴越文化区	浙江省绍兴市	绍兴市西南15公里之兰渚山下	王羲之《兰亭集序》等	王羲之等
131	若耶溪（越溪、五云溪、浣纱溪）	吴越文化区	浙江省绍兴市	绍兴市南12里之若耶山下	孟浩然《春泛若耶溪》、李白《越女词》、王籍《入若耶溪》、杜荀鹤《春宫怨》、罗隐《西施》等	孟浩然、李白、王籍、杜荀鹤、罗隐/西施
132	镜湖（鉴湖、长湖、南湖、庆湖）	吴越文化区	浙江省绍兴市	绍兴市南1.5公里	贺知章《回乡偶书》、李白《送贺宾客归越》等	贺知章、李白等
133	越王台	吴越文化区	浙江省绍兴市	绍兴市内西侧，龙山之东南麓	李白《越中览古》	李白/越王勾践

续表

序号	文学景观	所属文化区	所属行政区	地理位置	相关文学名著	相关文学名家/相关文学人物
134	沈园	吴越文化区	浙江省绍兴市	绍兴市禹迹寺南	陆游《钗头凤》、《沈园》	陆游/陆游、唐婉
135	乌江亭	吴越文化区	安徽省马鞍山市	和县东北20公里长江北岸之乌江浦	司马迁《史记·项羽本纪》、杜牧《题乌江亭》、李清照《夏日绝句》等	司马迁、杜牧、李清照等/项羽
136	采石矶（牛渚矶）	吴越文化区	安徽省马鞍山市	马鞍山市西南之翠螺山麓	李白《夜泊牛渚怀古》等	李白等
137	天门山	吴越文化区	安徽省马鞍山市	当涂县与和县之间的长江两岸	李白《望天门山》	李白
138	横江	吴越文化区	安徽省马鞍山市	长江由采石矶至和县这一段	李白《横江词》	李白
139	李白墓	吴越文化区	安徽省马鞍山市	当涂县青山（又名谢公山）西麓	李白《临终歌》等	李白等/李白
140	敬亭山	吴越文化区	安徽省宣城市	宣城市北，黄山一支脉	谢朓《游敬亭山》、李白《独坐敬亭山》等	谢朓、李白等
141	桃花潭	吴越文化区	安徽省宣城市	泾县西南弋江边之翟村	李白《赠汪伦》	李白/汪伦
142	醉翁亭	吴越文化区	安徽省滁州市	滁州市琅琊山上	欧阳修《醉翁亭记》	欧阳修
143	五松山	吴越文化区	安徽省铜陵市	铜陵县境内	李白《宿五松山荀媪家》	李白
144	秋浦	吴越文化区	安徽省池州市	贵池区境内，长40余公里	李白《秋浦歌》（十七首之七、八）	李白
145	杏花村	吴越文化区	安徽省池州市	贵池区西边	杜牧《清明》	杜牧
146	齐山	吴越文化区	安徽省池州市	贵池区东南1.5公里处之长江南岸	杜牧《九日齐山登高》	杜牧

续表

序号	文学景观	所属文化区	所属行政区	地理位置	相关文学名著	相关文学名家/相关文学人物
147	六尺巷	吴越文化区	安徽省安庆市	桐城城西后街，长约100米，宽为六尺	张英《示家人》	张英
148	九曲溪	闽台文化区	福建省武夷山市	从三保山、经星村、入武夷山	朱熹《武夷棹歌》	朱熹
149	大庾岭（梅岭）	岭南文化区	广东省韶关市	五岭东部，居江西大余和广东南雄之间	宋之问《题大庾岭北驿》、《度大庾岭》等	宋之问等
150	石门贪泉	岭南文化区	广东省广州市	广州西北郊，小北江与流溪河之汇合处	吴隐之《酌贪泉诗》、李群玉《石门戍》等	吴隐之等
151	罗浮山	岭南文化区	广东省惠州市	博罗县境内，亦称东樵山	苏轼《食荔枝二首》之二等	苏轼等
152	惠州西湖（丰湖）	岭南文化区	广东省惠州市	惠州城西	苏轼《江月五首》、刘克庄《丰湖》之一等	苏轼、刘克庄等
153	零丁洋（伶仃洋）	岭南文化区	广东省中山市	中山市南丁零山下之南海南面	文天祥《过零丁洋》	文天祥
154	潮州韩文公祠	岭南文化区	广东省潮州市	潮州市内韩山师范学院左侧	韩愈《左迁至蓝关示侄孙湘》、赵朴初《访韩文公祠口占》等	韩愈、赵朴初等/韩愈
155	小鸟天堂	岭南文化区	广东省江门市	新会市天马村	巴金《鸟的天堂》	巴金
156	儋州东坡书院	岭南文化区	海南省儋州市	儋州市城东40余公里之中和镇	苏轼《六月二十日夜渡海》、《澄迈驿通潮阁》等	苏轼
157	桂林	岭南文化区	广西区桂林市		杜甫《寄杨五桂州谭》、韩愈《送桂州严大夫》、贺敬之《桂林山水歌》等	杜甫、韩愈、贺敬之等
158	柳州柳侯祠	岭南文化区	广西区柳州市	柳州市中心之柳侯公园内	柳宗元《登柳州城楼》、韩愈《柳子厚墓志铭》等	柳宗元、韩愈等/柳宗元

二、文学景观的地理分布与文学家的地理分布之关系

第一，文学景观的地理分布格局与文学家的地理分布格局基本吻合。表1所录158个著名文化景观，分布在12个中国传统的文化区（东北、秦陇、新疆、三晋、燕赵、中原、齐鲁、巴蜀、荆楚、吴越、闽台、岭南）里，这种分布格局与拙著《中国历代文学家之地理分布》所录在历史上较有影响的6388位文学家的分布格局是基本吻合的。见表2：

表2　各文化区著名文学景观与较有影响的文学家之数量及排序对照表

文化区	各省著名文学景观数量	本文化区著名文学景观数量	全国排序	各省较有影响的文学家数量	本文化区较有影响的文学家数量	全国排序
东北文化区	黑龙江 2	2	9	黑龙江 2	13	11
	吉林 0			吉林 0		
	辽宁 0			辽宁 11		
秦陇文化区	内蒙古 2	28	3	内蒙古 22	333	7
	宁夏 2			宁夏 2		
	甘肃 9			甘肃 50		
	陕西 15			陕西 259		
新疆文化区	新疆 3	3	8	新疆 1	1	12
三晋文化区	山西 3	3	8	山西 229	229	8
燕赵文化区	河北 5	9	6	河北 349	426	4
	北京 4			北京 67		
	天津 0			天津 10		
中原文化区	河南 4	4	7	河南 441	441	3

续表

文化区	各省著名文学景观数量	本文化区著名文学景观数量	全国排序	各省较有影响的文学家数量	本文化区较有影响的文学家数量	全国排序
齐鲁文化区	山东 9	9	6	山东 355	355	5
青藏高原文化区	青海 0 西藏 0	0		青海 0 西藏 0	0	0
巴蜀文化区	云南 0 贵州 0 四川 11 重庆 4	15	4	云南 10 贵州 6 四川 139 重庆 8	163	9
荆楚文化区	湖北 17 湖南 9 江西 5	31	2	湖北 162 湖南 118 江西 555	835	2
吴越文化区	安徽 14 江苏 20 浙江 9 上海 0	43	1	安徽 320 江苏 1339 浙江 1294 上海 145	3098	1
闽台文化区	福建 1 台湾 0	1	10	福建 351 台湾 1	352	6
岭南文化区	广东 7 广西 2 海南 1 香港 0 澳门 0	10	5	广东 114 广西 23 海南 5 香港 0 澳门 0	142	10
合计	158	158		6388	6388	

说明：

如果按照文化区来划分，苏北的沛县歌风台、邳县圮桥、戏马台、燕子楼、黄楼、韩信庙、吴承恩故居、花果山和皖北的垓下等八处文学景观应属于中原文化区；如果按照今天的行政区划来划分，这八处则分属于江苏省和安徽省。江苏、安徽两省分属于中原和吴越两个文化区，而其大部分则属于吴越文化区，为制表方便，暂将这八处一并划入吴越文化区。

由表 2 可知，文学景观的排序与文学家的排序完全吻合的有吴越、荆楚和三晋三个文化区，名次相差一位的有齐鲁文化区，名次相差两位的有东北、燕赵两个文化区，名次相差四位的有秦陇、新疆、中原和闽台四个文化区，名次相差五位的有巴蜀和岭南文化区。

为了进一步说明文学景观的分布格局与文学家分布格局的相关关系，我请中央财经大学文化与传媒学院副教授戴俊骋博士绘制了两幅散点图。如图 1 所示：据对各文化区文学景观与文学家分布格局进行分析发现，两者满足线性方程模型 $y = 47.562x - 87.524$，说明各文化区文学景观分布格局（x）与文学家分布格局（y）之间存在一定的正相关关系，且判定系数 R^2 为 0.6218，呈现较强的相关性，即各省文学景观分布越多，文学家分布也越多。

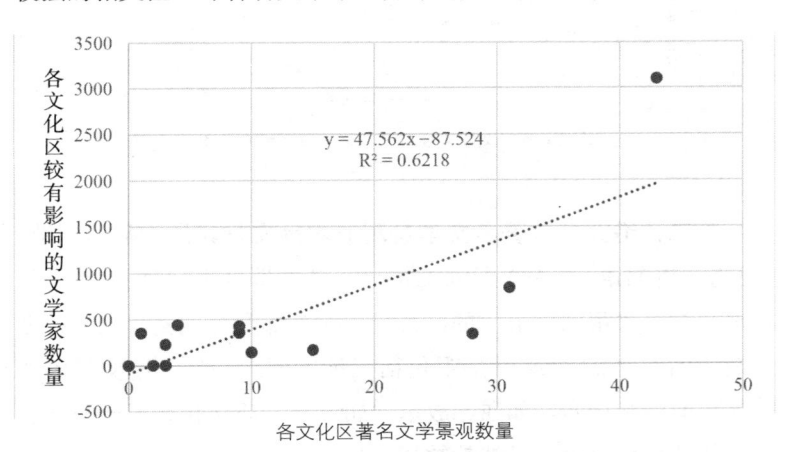

图 1　各文化区著名文学景观与文学家分布格局关系图

如图 2 所示，据对各省文学景观与文学家分布格局作进一步分析发现，两者满足线性方程模型 y = 34.543x + 27.037，说明各省文学景观分布格局（x）与文学家分布格局（y）之间存在一定的正相关关系，判定系数 R^2 为 0.3453，较之各文化区的相关性较弱，但基本能够印证文学景观的分布格局与文学家的分布格局是基本吻合的。

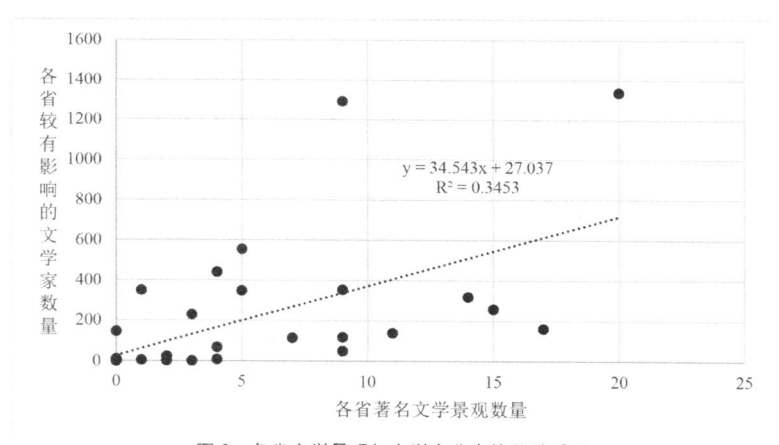

图2　各省文学景观与文学家分布格局关系图

第二，绝大多数著名文学景观非本地文学家所"帮助创造"（迈克·克朗语）。表1所列158个著名文学景观，只有23个是本地文学家"帮助创造"的，其余135个都是外地文学家"帮助创造"的。这23个文学景观包括三种类型：一是本地文学家的故居、旧居和祠庙，如屈原故里、屈原祠、邛崃相如琴台与文君井、江油李白故里、孟浩然故居、巩县（巩义）杜甫故里、眉山三苏祠、济南李清照故居、吴承恩故居、曹雪芹故居、蒲松龄故居、萧红故居、老舍故居、莫言旧居等；二是本地民歌、民间故事"帮助创造"的文学景观，如敕勒川、陇山、焉支山、祁连山、孟姜女庙等；三是本地作家"帮助创造"的文学景观，如沛县歌风台、沈园、六尺巷、九曲溪等。

为什么本地文学家"帮助创造"的著名文学景观如此之少，而外地文学家"帮助创造"的著名文学景观却如此之多？一个相对合理的解释是：本地文学家对本地的景观（无论自然景观还是人文景观）往往是熟视无睹、视而不见的，他们较难发现其中的妙处、新奇之处和动人之处，因此而较难产生创作激情和灵感，较难写出具有创造性和影响力的佳作，所谓"熟悉的地方无风景"。而外地文学家则相反。他们对异乡的景观（无论自然景观还是人文景观）往往怀着一种强烈的好奇心，容易发现其中的妙处、新奇之处和动人之处，因此而容易产生创作激情和灵感，可以写出具有创造性和影响力的佳作，所谓"独有宦游人，偏惊物候新"（杜审言《和晋陵陆丞早春游望》）。因此本地文学家只能把"帮助创造"文学景观的多数成就与荣誉让给外地文学家。

第三，本地文学景观作为一种文学积累培养了本地文学家。上述两点结论初看起来似乎是个悖论。一方面，文学景观的分布格局与文学家的分布格局是基本吻合的；另一方面，绝大多数的著名文学景观又非本地文学家所"帮助创造"。那么，本地文学景观与本地文学家究竟是个什么关系呢？另一个相对合理的解释是：本地文学景观作为一种文学积累，影响和培养了本地文学家。我在拙著《中国历代文学家之地理分布》中曾经讲到，古迹名胜（包括宫殿、寺庙、亭、台、楼、阁、塔、桥、墓碑、园林等人文景观和少数著名的自然景观）作为一种文化积累，对文学家的成长是有重要作用的。[1] 而在这些人文景观和自然景观中，有不少

---

[1] 曾大兴：《中国历代文学家之地理分布》，商务印书馆2013年版，第569—571页。

就是文学景观。这一事实可以说明为什么文学景观的分布格局与文学家的分布格局是基本吻合的。

文学家不知不觉地长期受到本地文学景观的熏陶和影响，虽然由于审美疲劳的原因，使得他们较难"帮助创造"本地文学景观，但是一旦他们到了异地他乡，遇到令自己感到新奇的自然景观或人文景观时，家乡文学景观的熏陶和影响作为一种文学积累就发挥作用了。异地他乡自然景观或人文景观的触发，加上家乡文学景观的潜在影响，使得他们产生创作激情和灵感，写出具有创造性与影响力的佳作，从而"帮助创造"异地文学景观。在这种时候，他们作为外地文学家，其创作优势明显超过本地文学家。这一事实可以说明为什么绝大多数的著名文学景观非本地文学家所"帮助创造"。

结　语

本文是关于文学景观的一种宏观研究，而且是一种外部研究，真正细致深入的微观研究与内部研究尚需时日。需要强调的是，由于文学景观的研究刚刚起步，无论哪一层面的研究都是不可或缺的。我国疆域辽阔，地灵人杰，文学积累特别丰厚，文学景观既多且美，希望有更多的同仁来从事这一方面的研究。

（原载曾大兴、夏汉宁主编《文学地理学》第三辑，中山大学出版社2014年版，有删节和修订）

丝绸之路上的文学景观

"景观"是一个地理学名词,西方地理学家给它下过许多定义。有的称它为"土地",有的称它为"风景",有的称它为"一个地区的外貌",还有的称它为"土地上的可以看到的形象"。在汉语里,"景观"是由作为名词的"景"与作为动词的"观"所构成的一个词组,因此我们可以给它下一个中国式的定义,即具有观赏价值的风景。无论是西式定义还是中式定义,"景观"都包含了这样几层意思:一是土地上的可视性物体,二是具有形象性或观赏性,三是自然属性与人文属性的统一。

"文学景观",是指那些与文学密切相关的景观,它属于景观的一种,却又比普通的景观多了一层文学的色彩和内涵。简言之,所谓文学景观,就是具有文学属性的自然或人文景观,它以历史建筑或自然风景为基本载体,同时又具有文学的内涵和审美的价值。文学景观是地理环境与文学相互作用的结果,它既是景观,又是文学的一种地理呈现。它是刻写在大地上的文学。以往的文学研究并不涉及文学景观,文学景观是文学地理学研究的一项独特内容,或者说,是文学地理学的一个独特发现。

2014年6月22日,在卡塔尔多哈举行的联合国教科文组织第 38 届世界遗产委员会会议宣布，由中国、哈萨克斯坦和吉尔吉斯斯坦三国联合申报的丝绸之路"长安—天山廊道路网"被列入《世界遗产名录》。西汉时开辟的丝绸之路，在东汉时往东延伸至洛阳，因此这一次的"丝绸之路申遗名单"中，中国境内有 22 处申遗点，其中河南 4 处，陕西 7 处，甘肃 5 处，新疆 6 处。这 22 处申遗点都是著名的文化景观，其中与文学景观重合者有 11 处，即汉魏洛阳城遗址、隋唐洛阳城定鼎门遗址、崤函古道石壕段遗址、汉长安城未央宫遗址、唐长安城大明宫遗址、大雁塔、麦积山石窟、玉门关遗址、高昌故城、交河故城、北庭故城遗址。也就是说，丝绸之路上中国境内的 22 处著名的文化景观，有 11 处同时也是文学景观，文学景观占了一半。

丝绸之路可分为东、中、西三段。东段由洛阳、长安到玉门关、阳关，中段从玉门关、阳关以西至葱岭，西段从葱岭往西经过中亚、西亚直到欧洲。丝绸之路的东段和中段都在中国境内。实际上，在丝绸之路的东段和中段，著名的文学景观远远不止这 11 处，根据我的初步统计，至少还有 45 处。例如在洛阳市境内，就有白马寺、金谷园旧址、邙山、龙门石窟、白居易墓、关林，从洛阳市经三门峡市进入陕西省境内，一路往西则有潼关、华山莲花峰、鸿门、坑儒谷、骊山华清宫、秦始皇陵、灞桥、乐游原、辋川别墅遗址、阿房宫遗址、秦都咸阳遗址、长陵、茂陵、霍去病墓、昭陵、乾陵、杨贵妃墓、楼观台、太白山、五丈原武侯祠；再往西进入甘肃境内，一路则有飞将军李广墓、成县杜甫草堂、泾川安定城楼、临洮长城遗址、临夏积石关、兰州白塔山金山寺、武威凉州古城遗址、张掖古城遗址、古酒泉、汉居延塞防遗址、嘉峪关、阳关、敦煌莫高窟等；再往西进入新疆境内，则依次有火焰山、天池、楼兰故城遗址、铁门关、伊犁将军府旧址、赛里木湖等。以上这些景观都是被文学家一再书写过的、因文学的传播而广为人知的自然或人文景观，因而都属于文学景观。这些文学景观不是单一的，它们由东向西，迤逦延伸，构成了一个"文学景观带"，或者说是一个"文学遗产廊道"。

　　文学景观的魅力是巨大的，它的魅力源于文学。汉唐时巍峨壮观的阳关和玉门关，在今天看来不过是风蚀雨剥之后并不起眼的一堆黄土，但是人们仍然不远千里万里来朝拜它们，原因就在于王维的"西出阳关无故人"与王之涣的"春风不度玉门关"等文学名句，激发了人们丰富的历史想象、文学想象与地理想象。如果没有这些经典名句的感召和吸引，没有一份因文学而时时鼓荡的文化情怀，谁会冲风冒雪或顶着烈日骄阳，跋山涉水舟车劳顿地来到这荒凉的一隅？

　　文学景观在地理上依托于自然与人文景观，但是它的文化意义和审美价值，多由文学家和千千万万的文学欣赏者、旅游者所赋予。不一样的时代和地域，不一样的生活经历和文化积累，不一样的价值观和审美取向，甚至不一样的观赏时间和角度，都会赋予景观以不同的意义，因此文学景观的内涵是非常丰富的。从某种意义上讲，一个著名的文学景观，就是一个"层累地造成的"人类文化的记忆库。以阳关为例。你也说阳关，我也说阳关。阳关在军士们看来是一个需要日夜把守的要塞，在信使们看来是一个更换马匹的驿站，在商人们看来是一个打尖歇脚的旅店，在游子们看来是一个瞭望故乡的危楼，在思妇们看来是一个怀念亲人的坐标，在诗人们看来是一个抒情言志的意象，在众多的旅游者看来则是一个追寻历史的符号……阳关累积了太多的历史记忆与文化想象，谁又能穷尽它的意义？如果我们试图描述丝绸之路上的汉唐气象，能够从汉唐时期遗留下来的一个又一个的文学景观入手，那么我们的描述就会具体一些，实在一些，细致一些，生动一些，当然也会深刻一些。

文学景观的价值也是巨大的。除了文学的价值，它还有建筑的价值，历史的价值，地理的价值，宗教的价值，民俗的价值，美术的价值。这一切价值的综合，就是旅游的价值。古往今来，丝绸之路上的文学景观为沿线各地创造了多少旅游价值？这恐怕是难以估计的。因此我建议，有关方面在讨论和制定"丝绸之路经济带"发展规划的时候，能够充分考虑到"丝绸之路文学景观带"的价值。我认为，正是在这个问题上，文学地理学可以发挥它独特的作用。这个作用不是单纯的经济学、地理学或旅游学可以取代的。文学地理学可以帮助人们更好地挖掘、研究、描述和彰显丝绸之路的文学与文化价值，这对于更好地保护、利用珍贵的文学与文化遗产，对于提高整个"丝绸之路经济带"的开发、利用和建设水平，无疑具有重要意义。

近年来，中、哈、吉三国的经济学界、政界、商界都在热议"丝绸之路经济带"，其实在丝绸之路上还有一个文学景观带，除了中国境内有大量的文学景观，在哈萨克斯坦和吉尔吉斯斯坦境内，也有不少文学景观，例如在吉尔吉斯斯坦的托克马克市，就有伟大诗人李白的出生地。希望有关学者在讨论丝绸之路的意义与价值的时候，不要忽略那些内涵丰富、价值连城的文学景观；希望有关部门在制定和实施"丝绸之路经济带"发展规划的时候，不妨听一听文学地理学学者的意见。

（原刊《中国社会科学报》2017年4月17日）

文学的误会与成全
——湖北境内的两个赤壁

湖北境内的长江沿岸有两个著名的赤壁,一个在赤壁市(原蒲圻市)西北部的长江南岸,称"蒲圻赤壁",一个在黄冈市黄州区城外的长江北岸,称"黄州赤壁"。究竟哪一个才是真正的"三国周郎赤壁"?在晚唐诗人杜牧写作《赤壁》之前是没有争议的,自杜牧《赤壁》问世之后,始有争议。自1998年国务院根据权威史料和多数专家的意见,批准蒲圻市改名为赤壁市之后,争议明显减少,但偶尔还有不同的声音。

事实上,判断"三国周郎赤壁"究竟是在蒲圻还是在黄州,有一个问题很关键,就是看它是在长江南岸还是长江北岸。陈寿《三国志·周瑜传》:

> 权遂遣瑜及程普等与备并力逆曹公,遇于赤壁。时曹公军众已有疾病,初一交战,公军败退,引次江北。瑜等在南岸。

曹操驻军江北,与南岸的周瑜隔江对峙。蒲圻赤壁在长江南岸,而黄州赤壁在长江北岸。仅此一条,就足以说明黄州赤壁不是当时的"三国周郎赤壁"。陈寿《三国志》之后，还有许多权威的历史地理文献如南朝盛弘之的《荆州记》，北朝郦道元的《水经注》，唐朝李泰的《括地志》、李贤的《后汉书·刘表传注》、李善的《文选注》、李吉甫的《元和郡县图志》等，都明确记载"三国周郎赤壁"在蒲圻。

特别值得一提的还有唐人杜佑的《通典》这部书。此书卷一八三"蒲圻"条云："汉沙羡地，后置沙州，后汉建安中，吴王孙权破曹公军于赤壁，即今县界。"又引李泰《括地志》云："鄂州之蒲圻县有赤壁山，即曹公败处。"杜佑是唐德宗、宪宗朝的宰相，又是当时著名的学者，他一而再地讲赤壁的地理位置之所在，目的当是为了提醒后人不要在这个问题上出错。可是他没有料到，第一个出错的人，偏偏就是从小就接受他的教育和培养的孙子杜牧。历史的吊诡真是让人感叹。

杜牧是晚唐著名诗人。唐武宗会昌二年（842）春至四年九月，出任黄州刺史，为时两年半。杜牧平生好读书，尤其好读军事、财政、地理、历史方面的书，对"治乱兴亡之迹，财赋兵甲之事，地形之险易远近，古人之长短得失"（《上李中丞书》）尤其留意。他对自己的祖父杜佑非常崇拜，对祖父编纂的《通典》一书更是推崇备至。这样一个好读书且好读地理书的人，按说不应该把"三国周郎赤壁"的地理位置搞错。但是遗憾得很，他偏偏就搞错了。请看他的《齐安郡晚秋》一诗：

柳岸风来影渐疏，使君家似野人居。
云容水态还堪赏，啸志歌怀亦自如。
雨暗残灯棋欲散，酒醒孤枕雁来初。

可怜赤壁争雄渡，惟有蓑翁坐钓鱼。

齐安郡为南齐所置，唐天宝元年改为黄州。杜牧这首诗写在他任黄州刺史的第二年。所谓"赤壁争雄渡"，也就是"三国周郎赤壁"的渡口。他在齐安郡的"使君家"，也就是在黄州他自己的家里，居然可以看到"赤壁英雄渡"，可见他看到的这个赤壁肯定不是蒲圻的那个赤壁。清代学者冯集梧在注释这首诗时指出："《江夏辨疑》云：'周瑜败曹公于赤壁，三尺之童子，能道其事，然江汉之间，指赤壁者三焉：一在汉水之侧，竟陵之东；一在齐安郡之步下；一在江夏西南二百里许。'予谓郡之西南者，正曹公所败之地也。按《三国志·周瑜传》曰：刘备进驻夏口，孙权遣瑜等与备并力逆曹公，遇于赤壁。夫操自江陵而下，瑜由夏口往而逆战，则赤壁明非竟陵之东与齐安之步下者也。比见诗人所赋赤壁，多指在齐安，盖齐安与武昌相对，竟以孙氏居武昌而为曹公所攻，即战于此者耶？是信习俗之过也。"（《樊川诗集注》卷三）

杜牧既"信习俗"，有了这样一个认知上的错误，因此他的《赤壁》一诗在黄州问世就不觉奇怪了：

折戟沉沙铁未销，自将磨洗认前朝。
东风不与周郎便，铜雀春深锁二乔。

由此可见，杜牧把"三国周郎赤壁"的地理位置搞错，并非偶一出错，而是一错再错。

杜牧为什么会把"三国周郎赤壁"的地理位置搞错呢？我认为，可能有两个原因。一是写作之前没有查阅有关历史地理文献,也有可能没把家藏的《通典》带在身边;二是可能被黄州的方言所误。黄州的这座小山本来不叫赤壁山,而叫"赤鼻矶"。这是因为这座小山的山崖是红色的,就像一只红色的牛鼻子伸到江里。在黄州方言中,"壁"、"鼻"二字在读音上是不分的,都读 bí,把"赤壁"念成"赤鼻",至今如此。杜牧对赤壁之战是熟悉的,但是赤壁究竟在哪里,他并未作实地考察。当黄州人"壁"、"鼻"不分,把"赤壁"念成"赤鼻"时,这就给讲国语(长安话)的杜牧一个误导,以为黄州的"赤鼻"就是真正的"三国周郎赤壁"了。

在唐代,以赤壁为题材的诗歌远不只杜牧这一首,有的还是出自名家之手,例如李白就写过《赤壁送别歌》:

> 二龙争战决雌雄,赤壁楼船扫地空。
> 烈火张天照云海,周瑜于此破曹公。

李白写的这个赤壁乃是真正的"三国周郎赤壁",但是这个作品的影响并不大。李白虽是大手笔,但是他写赤壁的时候,并没有拿出大手笔的本事,没有自己独特的见解,完全是就事论事,泛泛而论,没有体现他那鲜明的个性。如果他写《赤壁送别歌》像他写《蜀道难》、《敬亭山》那样写,这个影响就大了。

杜牧这首诗不一样,虽然地理位置搞错了,但影响非常大。有人统计,在 100 首影响最大的唐诗中,杜牧这首诗排位第 39(王兆鹏等《唐诗排行榜》)。这首诗为什么会有这么大的影响?在我看来,原因就在于他写出了自己的独特见解和个性。杜牧这人平时就好谈兵,好做翻案文章。而他的这首诗,恰好就做了一篇绝妙的翻案文章。人人都赞美周瑜，说他以少胜多，以五万人马打败了曹操20万人马。但是杜牧却认为周瑜没什么了不起，只是运气好而已。因为冬十一月，通常是不会刮东南风的。如果没有东南风，周瑜用来引火的小船怎么到得了江北呢？怎么烧得着曹操的战船呢？如果没有东南风，周瑜就打不败曹操，东吴就要亡，东吴的两个美女，也就是周瑜的大姨子大乔和妻子小乔，就会被曹操弄到邺城去，锁在铜雀台里。但是偏偏周瑜的运气好，偏偏天遂人愿，偏偏在冬十一月里刮起了东南风。所以在杜牧看来，周瑜的成功是侥幸的，是偶然的，没有什么了不起。

杜牧本来就是名人，是名人就会有人关注。而他的这个观点在当时看来，又是非常雷人的，可以说是颠覆了600多年的传统观念。这首诗在当时所引起的轰动效应，是完全可以想象得到的。所以很快就传播开来，成了名作，甚至成了经典。

但是从历史地理的角度来讲，杜牧却犯了一个不该犯的错误，并且贻误后人。因为从此以后，黄州的某些地方文献，例如《齐安志》、《齐安拾遗》、《黄州图经》等，就都认定黄州的"赤鼻"是真正的"三国周郎赤壁"了。不过宋代许多著名的历史地理学家并不认同黄州的这些地方文献，他们在自己的著作里，都重申了蒲圻赤壁为"三国周郎赤壁"这一观点，例如乐史的《太平寰宇记》、王存的《元丰九域志》、欧阳忞的《舆地广记》、王象之的《舆地纪胜》等，都是这样。王象之在《舆地纪胜》中指出："赤壁，山名，在今鄂州蒲圻县。《元和郡县志》亦云：'赤壁在蒲圻县西一百二十里，北岸即乌林，与赤壁相对，即周瑜用黄盖策焚曹公舡处。'……东坡盖指黄之赤鼻山为赤壁。盖刘备居樊口，进军逆操，遇于赤壁，则赤壁当在樊口之上。又赤壁初战，操军不利,引次江北,赤壁当在江南,亦不应在江北也。"黄州的这些地方文献何以荒谬至此?除了那种狭隘的地方观念作怪,杜牧诗的负面影响实不可小看。

不过话说回来,杜牧虽然犯了一个不该犯的错误,但是这个错误还是可以原谅的,毕竟杜牧是个文学家,不是历史地理学家。如果一个历史地理学家犯这样的错误,那就不可原谅了。

由于杜牧的错误,导致苏轼的将错就错,借题发挥,写了更为知名的两赋一词,即《前赤壁赋》、《后赤壁赋》和《念奴娇·赤壁怀古》。其实,苏轼对黄州赤壁是不是真正的"三国周郎赤壁",也是将信将疑的。他在《与范子丰书》里说:

> 黄州少西,山麓斗入江中,石室如丹,传云曹公败所,所谓赤壁者。或曰非也。

又在《东坡志林·赤壁洞穴》中说:

> 黄州守居之数百步为赤壁,或言即周瑜破曹公处,不知果是否?

又在《念奴娇·赤壁怀古》里写道:

> 人道是,三国周郎赤壁。

苏轼为什么要在"三国周郎赤壁"之前,注明"人道是"三个字呢?就是要做一个说明,免得后人加深误会。意思是说,把黄州赤壁说成是"三国周郎赤壁",那是别人讲的,他本人并未确信。

虽然将信将疑,但苏轼还是把黄州赤壁当作"三国周郎赤壁"来写了。他在《前赤壁赋》里写道:

>"月明星稀,乌鹊南飞",此非曹孟德之诗乎?西望夏口,东望武昌,山川相缪,郁乎苍苍,此非孟德之困于周郎者乎?

夏口,就是今天的汉口;武昌,就是今天的鄂州。"西望夏口,东望武昌"的位置或角度,就是黄州,他把黄州赤壁当成了"孟德之困于周郎"的地方,也就是把黄州赤壁当成了真正的"三国周郎赤壁"。

需要指出的是,苏轼写《前赤壁赋》、《后赤壁赋》和《念奴娇·赤壁怀古》,原是为了排遣内心的苦闷,追求一种旷达的境界,并非为了说明真正的赤壁在哪里。宋神宗元丰二年(1079)八月,苏轼因写诗批评"熙宁变法"中的某些流弊,触怒了宋神宗,被关进御史台的监狱。坐了四个月的监狱之后,于当年十二月"以黄州团练副使安置"。这就是历史上有名的"乌台诗案"。

团练副使是一个从八品的小官,一般用来安置谪降者,薪俸只有一半。在"乌台诗案"之前,苏轼的职位是湖州知州。湖州是当时经济最为发达的地区之一。他由一个经济发达地区的知州贬为一个经济欠发达地区的团练副使,不仅薪俸大幅下降,也没有签发公文的权力,而且还要受人监视。反差实在是太大了。他内心很苦闷,很悲愤,于是就借三国时期的"风流人物"来说事,以寻求解脱。所谓"方其破荆州，下江陵，顺流而东也，舳舻千里，旌旗蔽空，酾酒临江，横槊赋诗，固一世之雄也，而今安在哉？"意思是说，曹孟德当年真是不可一世啊，可如今又在哪里呢？周公瑾、诸葛孔明也是这样，或"雄姿英发"，或"羽扇纶巾"，谈笑之间，就把曹军的战船烧成灰烬，可如今又在哪里呢？"神马都是浮云。"既然如此，我苏轼又有什么好苦闷的呢？

对于苏轼的用心，对于他这种借他人酒杯浇自家块垒的做法，宋代以后的许多学者是理解的。例如赵彦卫的《云麓漫钞》、陆游的《入蜀记》等等，都对苏轼表示理解。陆游说苏轼很谨慎，"一字不肯轻下"。而黄州本地诗人朱日浚的认识则最为到位，他在《赤壁怀古》一诗中写道：

赤壁何须问出处？东坡本是借山川。
古来胜迹原无限，不遇才人亦杳然。

但是，对于学术界的研究成果，古代的小说家或说书人一般是不大留心的，就像今天的许多作家那样，他们写历史小说，借用史料，但是不重视学者对史料的考辨结果。因此在罗贯中的《三国演义》这部小说里，关于"赤壁之战"的地理错误就不止一处两处了。这里也无暇细说。

同杜牧的《赤壁》，苏轼的《前赤壁赋》、《后赤壁赋》和《念奴娇·赤壁怀古》一样，罗贯中的《三国演义》的影响也是巨大而深远的。这些作品为什么会有这么大的影响？我想既与作品本身的思想艺术成就有关，也与赤壁这个名胜之地有关。

黄州的"赤鼻矶"本是一处纯粹的自然景观，与真正的"三国周郎赤壁"本无任何关系，但是由于杜牧错把"赤鼻"当"赤壁"，导致苏轼的将错就错，再导致罗贯中的错上加错，都把黄州赤壁当作真正的"三国周郎赤壁"来写，而他们的作品本身的文学价值又很高，这样就提高了黄州赤壁的知名度，使它由一处纯粹的自然景观成为一处著名的文学景观，成为名胜。文学对于自然景观的误会，反而提高了自然景观的附加值。这是问题的一个方面。

另一方面，杜牧、苏轼等人的作品之所以那么有名，黄州赤壁之所以那么有名，也与人们对于真正的"三国周郎赤壁"的历史想象有关。我们知道，真正的"三国周郎赤壁"是一处非常有名的历史景观。杜牧、苏轼等人所写的虽是黄州赤壁，但是其作品所抒发的感慨，却与真正的"三国周郎赤壁"有关。这样人们在欣赏他们的作品时，就产生了与真正的"三国周郎赤壁"有关的历史想象。说白了，杜牧的诗也好，苏轼的两赋一词也好，罗贯中的小说也好，之所以能够引起人们的强烈共鸣，不就是因为他们写了与"赤壁之战"有关的内容吗？事实上，杜牧和苏轼在黄州还写了许多别的题材的作品，但是由于与"赤壁之战"无关，所以就没有这么大的影响。罗贯中的《三国演义》虽然写了很多战役，但是写得最扣人心弦的，也还是"赤壁之战"。这是作为历史景观的真正的"三国周郎赤壁"对于文学的影响，是真正的"三国周郎赤壁"这个历史景观提高了文学的附加值，同时也提高了作为自然景观的黄州赤壁的附加值。

文学对黄州赤壁的影响是决定性的。没有这些脍炙人口、久负盛名的文学作品，就没有今天的黄州赤壁。这一点是无可争辩的。

那么，蒲圻赤壁作为一处著名的历史景观，究竟和文学有没有关系呢？换句话说，文学对蒲圻赤壁有没有影响呢？文学有没有参与到这个景观的塑造，有没有因此而进一步提高这个景观的知名度呢？答案也是肯定的。

蒲圻赤壁，在"赤壁之战"发生之前，是一处纯粹的自然景观；因为有了"赤壁之战"，这里就成了一处著名的历史景观。但是，我要强调的是，蒲圻赤壁之所以成为一处著名的历史景观，除了历史的作用，也有文学的作用。或者说，这一处景观的闻名遐迩，也包含了文学的想象和创造。

文学参与蒲圻赤壁这个景观的塑造，也体现在两个方面。一是当人们读到杜牧、苏轼的那些写在黄州赤壁的经典作品时，很容易展开关于"三国周郎赤壁"的历史想象，于是人们就想亲眼看一看真正的"三国周郎赤壁"究竟是个什么样子。也就是说，杜牧、苏轼虽然没有去过真正的"三国周郎赤壁"，甚至把黄州赤壁当作真正的"三国周郎赤壁"来写，这是让真正的"三国周郎赤壁"即蒲圻赤壁的人民为之遗憾的地方。但是，杜牧、苏轼等人虽然没去过真正的"三国周郎赤壁"，然而他们的心到了，精神到了，灵魂到了，影响力到了。当他们为黄州赤壁做宣传的时候，同时也在为蒲圻赤壁做宣传。他们引发了人们关于蒲圻赤壁的历史想象和文学想象。也就是说，文学的误会既成全了黄州赤壁，也成全了蒲圻赤壁。前者是直接的，后者是间接的。文学作品问世之后，它的传播效果往往是作者所始料不及的。

二是在蒲圻赤壁，也产生过不少的文学作品。许多人认为，和黄州赤壁相比，蒲圻赤壁的文学价值没有那么高，所以在读者的心目中，它的影响就没有黄州赤壁那么大。因为文学诉诸人的情感，而历史诉诸人的理性，文学的感染力和影响力显然大过历史。这种看法不能说没有道理。我在这里要强调的是，在蒲圻赤壁，也出现过经典作品。请看曹操的这首《短歌行》：

> 对酒当歌，人生几何？譬如朝露，去日苦多。
> 慨当以慷，忧思难忘。何以解忧？唯有杜康。
> 青青子衿，悠悠我心。但为君故，沉吟至今。
> 呦呦鹿鸣，食我之苹。我有嘉宾，鼓瑟吹笙。
> 明明如月，何时可掇？忧从中来，不可断绝。
> 越陌度阡，枉用相存。契阔谈䜩，心念旧恩。
> 月明星稀，乌鹊南飞。绕树三匝，何枝可依？
> 山不厌高，海不厌深。周公吐哺，天下归心。

这个作品写在哪里？迄今并无定论。《三国演义》说是写在赤壁的江面上，写在"赤壁之战"的前夕。由于《三国演义》这样讲，反倒让某些人不相信了。因为《三国演义》毕竟是一部"七分实三分虚"的小说啊。

事实上，关于曹操这首诗的写作地点，早在《三国演义》问世之前，就有人认为是在赤壁了。例如元代就有一位叫陈菊南的湖北籍诗人写过这样一首《赤壁怀古》：

> 长江天堑系安危，江上帆樯曳夕晖。
> 绕树月明乌未宿，横江梦觉鹤初飞。

作品的第三句，就是化用曹操《短歌行》的句子。第四句则是化用苏轼《后赤壁赋》的句子。

比陈菊南的《赤壁怀古》更早的，则有苏轼的《前赤壁赋》。为了说明问题，我们不妨再引述一次：

> "月明星稀，乌鹊南飞"，此非曹孟德之诗乎？西望夏口，东望武昌，山川相缪，郁乎苍苍，此非孟德之困于周郎者乎？

苏轼的这段话表明，在他看来，曹操的这首《短歌行》就是写在赤壁。

虽然他们两人都把蒲圻赤壁和黄州赤壁混为一谈，但是他们有一个共同点，就是都认为曹操的这首诗写在赤壁。因此他们在写赤壁时，就都很自然地引用了曹操的这首诗。

既然罗贯中、陈菊南和苏轼都认为曹操的这首《短歌行》是写在赤壁，那么这个赤壁究竟是哪一个赤壁就不难分辨了。"乌鹊南飞"，是这首诗的名句之一。为什么在晚上还有"乌鹊南飞"呢？有人说是月光刺激的结果。这个不假。不过还有一个更重要的原因，就是这一带的乌鹊很多。由于这一带的乌鹊很多，所以才有"乌林"这个地名。"乌林"在江北（今属湖北洪湖市），与江南的赤壁对峙，正是曹操驻军之地。写此诗的时候，曹操正在赤壁与乌林之间的江面上泛舟饮酒，所以看到了"乌鹊南飞"。因此多数人认为，曹操的这首诗，就写在蒲圻赤壁的江面上。

这个作品写了什么呢？首先，它抒发了一种人生苦短的感慨。由于人生苦短，所以诗人认为，除了"对酒当歌"，还要抓紧时间干一番事业。干事业是需要人才的。可是当时的那些人才，有的犹豫不决，就像"绕树三匝"的乌鹊一样，似乎找不到归宿；有的甚至"南飞"了,飞到孙权那里去了。所以曹操就呼唤他们回到自己的身边来。他表示,只要他们回到自己的身边,他就会像周公"一沐三握发,一饭三吐哺"那样礼待他们。

这个作品的内容是很好的,既有人生的忧思,又有对于人才的期待,总的态度是积极的。作品的文学价值也很高,语言自然朴实,风格慷慨激昂。这是曹操的代表作,也是中国文学史上的经典之作。

总之,文学误会了赤壁,也成全了赤壁。既成全了黄州赤壁,也成全了蒲圻赤壁。这是文学对于景观的贡献。在市场经济日益发达的今天,文学的地位与风光似乎不再。有人甚至怀疑文学的价值,追问文学究竟有什么用。文学究竟有什么用呢?只要我们想一想黄州赤壁是如何因了文学而闻名遐迩,想一想蒲圻赤壁是如何因了文学而多一份魅力,我们就没有理由怀疑文学的价值。文学创造了黄州赤壁这一景观,也参与创造了蒲圻赤壁这一景观。文学既为当地增创了旅游收入,又为我们提供了宝贵的精神食粮。过去如此,现在如此,将来仍然如此。我们还有什么理由怀疑文学的价值呢?

(原刊《文史知识》2016 年第 12 期)

姑苏城外寒山寺

姑苏城外的寒山寺是一座著名的文学景观。唐人张继《枫桥夜泊》：

> 月落乌啼霜满天，江枫渔火对愁眠。
> 姑苏城外寒山寺，夜半钟声到客船。[1]

这是一首非常有名的诗。因为这首诗，寒山寺，包括寒山寺钟楼和钟楼里的大钟，都跟着出名了。

寒山寺在哪里呢？

一、寒山寺与寒山子

寒山寺，坐落在苏州市姑苏区境内的古运河边上。从苏州阊门出来，往西走十来里，就到了寒山寺。

---

[1] 张继：《枫桥夜泊》，周义敢注：《张继诗注》，上海古籍出版社1987年版，第21页。

寒山寺始建于南朝梁代天监年间（502—519），最初叫"妙利普明塔院"，后来才叫寒山寺。

寒山寺是因何得名的呢？有这样一个说法：相传唐太宗贞观年间，寒山子曾经在此居住，因此就叫寒山寺。这是比较流行的一个说法。但是也有人对这个说法表示怀疑。

为了探讨这个问题，还得讲一讲寒山子这个人。

寒山子是唐代的一位诗人，《全唐诗》收录了他的312首诗。他的诗都是用当时的白话写的，不拘格律，直抒胸臆，清新自然，涉笔成趣，早在元代就传入日本和朝鲜。20世纪50年代以后，又被译成日文、英文和法文，在欧美国家的影响超过了李白杜甫。寒山子的为人也很独特，可以说是"似儒似道又似佛"、"非儒非道又非佛"。在民间，人们把他与拾得和尚并称为"和合二仙"；清雍正十一年（1733），朝廷正式封寒山、拾得为"和合二圣"。但是这个人究竟姓甚名谁，无论是正史还是野史，都没有记载。

据有关学者考证，寒山子是咸阳（今陕西省咸阳市）人，大约生于唐玄宗开元十四年（726）。[1] 早年家境富裕，本人又聪明好学，受过系统的儒家经典教育，热衷于功名，但是运气不佳。他曾经三次参加礼部的考试，终于考上了，有了出身；但是后来连续四次参加吏部的考试，都因其貌不扬，颜值不高，没被录取。用今天的话来讲，寒山子有学历，有学位，但是没有官职。后来由于遭受一系列的家庭变故，兄长败家，父母病亡，妻儿离散，加上仕途无望，寒山子的思想发生了很大的转变，他放弃了儒家

---

[1] 何善蒙：《寒山子考证》，《文学遗产》2007年第2期。

兼济天下的理想，不再寻求功名，转而寻求隐逸。

35岁左右的时候，寒山子到了天台翠屏山，过上了一种亦耕亦隐的生活。他在这里重建了家庭，又有了妻儿。在这期间，他曾经两次出门问道和问禅，但时间都不长。寒山子在天台翠屏山生活了30年，后来由于生活贫困，妻儿先后离世，他也离开了翠屏山，到了寒石山。这个寒石山，就在今浙江省天台县街头镇附近。

正是到了寒石山之后，他才自号寒山子。寒山子在寒石山的时候，与天台国清寺的丰干和拾得这两位僧人来往较多。丰干是天台国清寺的一位禅师，拾得是丰干从外边捡回来的一个孤儿，后来被安排在伙房里烧火煮饭。宋人道原的《景德传灯录》一书是这样描写寒山子的：

> 容貌枯悴，布襦零落，以桦皮为冠，曳大木屐。时来国清寺就拾得，取众僧残食菜滓食之。
> 或廊下徐行，或时叫噪，望空漫骂。寺僧以杖（棍棒）逼逐，翻身拊掌（拍掌）大笑而去。虽出言如狂而有意趣。[1]

后来丰干去世，拾得也离开了国清寺。拾得离开国清寺之后，寒山再也没有去过国清寺。他一直隐居在寒石山，直到唐文宗大和四年（830）九月十七日去世，享年104岁。[2]

寒山寺是怎么和寒山子接上关系的？直到今天都是一个谜。

---

[1] 道原辑：《景德传灯录》第27卷，海南出版社2011年版，第967页。
[2] 参见何善蒙：《寒山、寒山诗与寒山热》（《佛教文化》2006年第5期）及《寒山子考证》（《文学遗产》2007年第2期）。

明朝有一位僧人，叫姚广孝（1335—1418），苏州人，法号道衍，后来做了明成祖朱棣的军师，是明朝有名的"黑衣宰相"。他在永乐十一年（1413）应寒山寺的深谷昶禅师之请，写过一篇《寒山寺重兴记》。他在这篇《记》里说：

> 唐元和间，有寒山子者，不测人也，来此缚茅以居。寻游天台寒岩，与拾得、丰干为友，终隐于岩石而去。希迁禅师于此创建伽蓝，额曰"寒山寺"。[1]

但是参考当代有关学者的研究成果，他的这个说法存在两个问题：

第一，唐宪宗元和（806—820）年间，寒山子已经是 80 岁以上的老人了，这个时候，他正在天台寒石山隐居，是什么原因使他离开天台寒石山而到苏州枫桥"缚茅以居"呢？

第二，据有关学者考证，早在唐宪宗元和之前，希迁禅师就去世了。[2] 一个已经去世的人，怎么可能为后来者修建寺庙呢？

可见姚广孝的这个说法至少在时间上是经不住推敲的，难以让人信服。不过姚广孝的这篇《记》有一点还是可信的，这就是明永乐三年（1405），深谷昶禅师募集资金，在寒山寺建殿堂，供奉寒山、拾得、丰干的雕像。

---

[1] 姚广孝：《寒山寺重兴记》，引自周义敢注：《张继诗注》，第 59 页。
[2] 参见钱学烈：《寒山子与苏州寒山寺》，《中国典籍与文化》1998 年第 3 期。

二、寒山寺与枫桥寺

学术界有一种说法,就是认为唐代的"姑苏城外"并没有寒山寺,只有枫桥寺。

我认为,这个说法是经不住推敲的。

在《全唐诗》中,除了张继的《枫桥夜泊》写到寒山寺,还有韦应物的《寄恒璨》、方干的《途中言事寄居远上人》也写到寒山寺,这三首诗中的寒山寺,都是指姑苏城外的寒山寺。

以韦应物的《寄恒璨》这首诗为例。韦应物于唐德宗贞元四年至七年（788—791）任苏州刺史,人称"韦苏州"。他的《寄恒璨》这首诗,就是他在苏州刺史任上写的:

> 心绝去来缘,迹断人间事。
> 独寻秋草径,夜宿寒山寺。
> 今日郡斋闲,思问楞伽字。[1]

有人讲,韦应物写的这个寒山寺,不是苏州的寒山寺,而是滁州的琅琊寺;"夜宿寒山寺"的人也不是韦应物,而是滁州琅琊寺的僧人恒璨。

我认为,这样解释是错误的。滁州琅琊寺,又叫宝应寺,并不叫寒山寺。实际情况是,韦应物之前做过滁州刺史,跟滁州琅琊寺的僧人恒璨很要好,这首诗就是他到苏州任刺史之后写给恒璨的。所谓"郡斋",就是郡守的日常起居之处。意思是说,今

---

[1] 韦应物:《寄恒璨》,《全唐诗》第 188 卷,中华书局 1960 年版,第 1920 页。

天郡斋很清闲，没有公务，于是我就去寒山寺住了一晚。为什么要去寒山寺住一晚呢？就是为了研究佛经，所谓"思问楞伽字"。"楞伽"，就是《楞伽经》。如果"夜宿寒山寺"的人不是韦应物，而是恒璨，那么"今日郡斋闲"这一句跟他又有什么关系呢？难道和尚的起居之处也叫"郡斋"吗？

学术界还有人认为，张继《枫桥夜泊》一诗中的"寒山寺"不是专指某一座寺庙，而是泛指"寒山上的寺庙"，这个说法也是经不住推敲的。在中国古典诗词中，"寒山"、"寒江"等都可以泛指，但是说"寒山寺"也可以泛指，似乎没有先例。

张继诗中的"姑苏城外寒山寺"是一个真实的存在，有韦应物、方干的诗为证，这一点是不用怀疑的。需要说明的是，宋代以后，寒山寺还有另外两个名字：

一是"普明禅院"，这是北宋嘉祐年间（1056—1063）仁宗皇帝御赐的名字。

二是"枫桥寺"，这也是宋代才出现的一个名字。例如宋人叶梦得（1077—1148）的《石林诗话》讲：

"姑苏城外寒山寺，夜半钟声到客船。"此唐张继题城西枫桥寺诗也。[1]

宋人范成大的《吴郡志》也记载说：

---

[1] 叶梦得：《石林诗话》卷中，何文焕辑：《历代诗话》上，中华书局1981年版，第426页。

> 普明禅院，即枫桥寺也。在吴县西十里，旧枫桥妙利普明塔院也。[1]

叶梦得曾经在苏州生活过，范成大就是苏州人，他们的记载是可信的。也就是说，宋代人所讲的枫桥寺，其实就是寒山寺，也就是妙利普明塔院或者普明禅院。

三、寒山寺钟楼与大钟

寒山寺在历史上曾经五次被火烧毁，还有人说是七次。现在我们所看到的寒山寺是清光绪三十二年（1906）重建的。

寒山寺的主要建筑有山门、大雄宝殿、藏经楼、碑廊、钟楼、枫江楼等，黄墙、碧瓦、红柱，绿树掩映，古朴庄重，一派江南园林的风韵。

寒山寺钟楼是一座木结构的二层小楼，黄墙，碧瓦，六角攒尖顶。这个建筑也是很独特的。

在寒山寺钟楼里，悬挂着一口近两吨重的大钟，有一人高，外围很大，需要三人合抱。

据介绍，寒山寺钟楼的这口大钟已经不是唐代的那口古钟了，唐代的那口古钟早已失传。明嘉靖（1522—1566）初年，有一位叫本寂的和尚又重铸了一口大钟。遗憾的是，本寂和尚铸造的这口大钟后来也失传了。有人说是流入到了日本。

---

[1] 范成大：《吴郡志》卷三十三，择是居丛书本。

日本有一位非常热爱中国文化的诗人和画家，叫山田寒山（1856—1918），自称"中国寒山寺僧"。此人于清光绪二十三年（1897）访问中国时，来过寒山寺，他听说钟楼的大钟流入日本后，就回国四处寻找，但是找了很久也没找到，于是他就募集资金，在清光绪三十二年（1906）铸造了两口仿唐青铜乳头钟，一口送归寒山寺，另一口悬挂在日本馆山寺。

山田寒山寻钟、铸钟、赠钟的事，在中日文化交流史上是很有影响的，当时的日本首相伊藤博文还专门为此写了一篇文章，名为《赠钟因缘》，文章说：

> 姑苏寒山寺，历劫年久；唐时钟声，空于张继诗中传耳。尝闻寺钟传入我邦，今失所在。山田寒山搜索甚力，而遂不能得焉。乃将新铸一钟赍往悬之。[1]

山田寒山赠送的仿唐青铜乳头钟，曾经悬挂在寒山寺大殿右侧，后来收藏起来了。

据《寒山寺志》记载，本寂和尚铸造的那口大钟流入日本的说法，其实是一个误会。明嘉靖三十三年（1554）六月，倭寇进犯苏州，自阊门至枫桥，"焚掠殆遍"。为了抗击倭寇，当地人就把本寂和尚铸造的这口大钟销毁，铸成了大炮。但是许多人不知真相，还以为真的流入日本了。

清光绪三十二年（1906），也就是日本山田寒山赠送大钟的

---

[1] 伊藤博文：《赠钟因缘》，载周义敢注：《张继诗注·附录四》，第69页。

那一年，江苏巡抚陈夔龙主持重修寒山寺和钟楼，并重新铸造了一口黝黑大钟，钟身高 1.2 米，钮高 0.3 米，口径 1.082 米，重约 2 吨。这就是我们今天看到的悬挂在寒山寺钟楼里的这口大钟。

寒山寺也好，寒山寺钟楼也好，寒山寺钟楼的大钟也好，都是很有名的。寺是名寺，楼是名楼，钟是名钟。它们之所以有这么大的名气，主要不是因为寒山子这个人，而是因为唐代诗人张继的《枫桥夜泊》这首诗。

那么，张继是何许人？他是怎么到苏州来的呢？

四、张继的苏州之行

张继，字懿孙，生卒年不详，襄州（今湖北襄阳）人，与著名诗人孟浩然是同乡，但是他的年代比孟浩然稍晚。张继于唐玄宗天宝十二年（753）进士及第的时候，孟浩然（689—740）已经去世 13 年了。

张继进士及第的第三年，"安史之乱"爆发。为了躲避战乱，张继到了江南。根据他的有关作品所提供的线索来看，他到过今天的南京、无锡、苏州、杭州和绍兴等地。

张继到苏州的时间，是唐肃宗上元二年（761）。就他的作品来看，他游览了苏州的阊门、灵岩山和枫桥等三处地方，写了《阊门即事》、《游灵岩》和《枫桥夜泊》三首诗。请看《阊门即事》：

　　耕夫召募逐楼船，春草青青万顷田。

　　　　试上吴门窥郡郭，清明几处有新烟。[1]

　　"阊门"，就是苏州的西城门。《阊门即事》所写的，实际上就是苏州战乱后的破败景象。不过这个战乱并非"安史之乱"，"安史之乱"只波及到黄河以北的河北、河南、河东、关内四道，并未波及到江南。这个战乱，是指唐肃宗上元元年（760）冬天发生的"刘展之乱"。"刘展之乱"的起因是：唐肃宗怀疑淮西节度副使李铣和刘展对他不忠，于当年十一月诛杀了李铣，同时密谋诛杀刘展。刘展得知消息，就反了。刘展反了之后，就派部下张景超攻陷苏州。第二年年初，也就是上元二年（761）年初，朝廷派遣平卢军南下，收复了苏州。

　　张景超攻陷苏州时，已经对这个城市造成了很大的破坏，平卢军到苏州平叛时，又"大掠十余日"，对这个城市造成了更大的破坏，致使名城苏州一派萧条。刘展之败在上元二年（761）二月，张继正是上元二年的春天来到苏州的，他的《阊门即事》这首诗所写的就是春天的景象。

　　我们来看看这首诗的内容。

　　"耕夫召募逐楼船。"所谓"楼船"，就是战船。由于发生战乱，老百姓被强征入伍，"逐楼船"，就是指老百姓被迫上战船作战。

　　"春草青青万顷田。"耕夫都被迫去打仗了，万顷良田无人耕种，长满了青草，一片荒芜。

　　"试上吴门窥郡郭，清明几处有新烟。""吴门"，就是苏州的城门，这里指阊门。"新烟"，是指清明节重新燃起的烟火。因为清明

---

[1] 张继：《阊门即事》，周义敢注：《张继诗注》，第23页。

节之前是寒食节，在古代，寒食节要禁烟火三天，到了清明节才重新燃起烟火，所以叫"新烟"。但是由于战乱，城市萧条，人烟稀少，这个时候登上阊门城楼，放眼望去，还有几处"新烟"呢？

张继的这首《阊门即事》，可以说是非常真实地描写了苏州遭遇"刘展之乱"后的残破景象，就像杜甫的《春望》一诗描写长安遭遇"安史之乱"后的残破景象一样，都体现了诗人的那种忧国忧民的情怀。

从阊门出来往西走十来里，就是枫桥。张继既然已经到了阊门，那么再到枫桥就是情理之中的事了。但是，就作品本身的描写来看，《阊门即事》写的是春天的景象，《枫桥夜泊》写的是秋天的景象，这说明张继到阊门之后，并没有接着到枫桥。也就是说，他到阊门与到枫桥不是同一个季节。

我认为，张继在上元二年（761）的春天可能没有进入苏州城，因为那个时候的苏州城是一片残破景象，也不安全。他可能只是在阊门城楼上看了一下，然后就回到运河的客船上，到了杭州和绍兴。他在杭州和绍兴一直待到那一年的秋天，再由苏州到江宁（南京），最后到了武昌（鄂州）。

正是再次经过苏州的时候，张继游览了姑苏城外的灵岩山和枫桥。我们看看《游灵岩》这首诗的前四句：

> 灵岩有路入烟霞，台殿高低释子家。
> 风满回廊飘坠叶，水流绝涧泛秋花。[1]

---

[1] 张继：《游灵岩》，周义敢注：《张继诗注》，第30页。

"灵岩"，就是灵岩山。春秋时期，吴王夫差在灵岩山建有离宫，越国向吴王献美女西施，就在这个地方。这里的"台殿"，就是指灵岩山寺，也是南朝梁代建的一座寺庙，在灵岩山顶，春秋时叫馆娃宫，是西施住的一个宫殿。"回廊"，又叫响屧廊，屧，就是木头做的鞋。相传吴王当年让西施等美女都穿上木鞋，走起来"廊虚而响"，因此这条回廊又叫响屧廊。"风满回廊飘坠叶，水流绝涧泛秋花"这两句，写一种历史兴亡之感，但同时也表明，张继来到灵岩山的时间正是秋天。

灵岩山也在苏州古城的西门外，离枫桥只有二十多里路，并不算远。张继游览灵岩山之后，接着再游览枫桥，就是情理之中的事了。

（原刊《文史知识》2020 年第 1 期）

芳草萋萋鹦鹉洲
——关于崔颢《黄鹤楼》的文学地理学批评

关于文学地理学批评，我曾在《文学地理学概论》一书里给它下过这样一个定义："文学地理学批评，简称'地理批评'，是一种运用文学地理学的理论和方法，以文本分析为主，同时兼顾文本创作与传播的地理环境的一种批评实践。"这种批评与传统的文学批评相比，有一个很大的不同，就是通过分析文学作品的地理空间与空间要素，来把握作品的内涵、意义和特点。

我们以崔颢的《黄鹤楼》一诗为例。崔颢这首诗，不仅是所有写黄鹤楼的诗中最好的诗，也是唐人律诗中最好的诗之一。宋代著名诗歌批评家严羽甚至说："唐人七言律诗，当以崔颢《黄鹤楼》为第一。"（《沧浪诗话》）有人对严羽的这个评价颇不以为然，其实严羽并没有夸大其词。前几年，武汉地区几位学者做了一个"唐诗排行榜"，在100首最有影响的唐诗中，崔颢的《黄鹤楼》排位第一。（见王兆鹏、邵大为等著《唐诗排行榜》）正因为这首诗写得太好了，影响太大了，所以历来选录它的唐诗选本很多，关于它的评点也很多。（参见陈伯海主编《唐诗汇评》）我仔细看了这些评点，确实各有心得，也不乏精辟之见，但是也有缺憾，就是都没有回答读者最为关注的一个问题，即这首诗为什么会引起如此广泛的共鸣，为什么会有这么大的影响。

我认为，可能是前人的视角和方法存在某些局限。而对于像崔颢《黄鹤楼》这样的写地理景观的作品，文学地理学的视角和方法应该是最为有效的。因此在这里，我想用文学地理学的视角和方法，对这首诗作一个简要的分析，看看它究竟写了什么，究竟抒发了什么样的情感，进而回答它为什么会引起如此广泛的共鸣，为什么会有这么大的影响。

这首诗的空间要素较多，有黄鹤楼、白云、晴川、汉阳树、芳草、鹦鹉洲、日、乡关、长江等九个，其中属于地理景观的主要有四个：黄鹤楼、汉阳树、鹦鹉洲、长江。正是这些空间要素，尤其是这四个地理景观，建构了一个具有江城特点的地理空间。这几个地理景观各有什么内涵和特点呢？让我们回到作品本身。先看开头四句：

> 昔人已乘黄鹤去，此地空余黄鹤楼。
> 黄鹤一去不复返，白云千载空悠悠。

黄鹤楼，原是吴主孙权在这里修建的一个军事瞭望楼。它的得名，则缘于仙人骑黄鹤的传说。"昔人"，就是这个传说中的仙人子安。唐代是一个崇奉道教的时代，黄鹤楼又有一个仙人骑黄鹤（仙鹤）的传说，所以那时候的人登临黄鹤楼，多少都有一点寻找仙人踪迹的意思，有一点求仙访道的意思。然而崔颢所见到的黄鹤楼是个什么情景呢？人去楼空。黄鹤楼上不见黄鹤，更不见仙人。这就未免有些失落了。因此这首诗的开头四句，就是通过黄鹤楼这个地理景观，表达了一种人去楼空、求仙不得的失落感。

再看五、六两句：

> 晴川历历汉阳树，芳草萋萋鹦鹉洲。

晴川，就是指汉水。汉阳树，就是汉阳的树。汉阳即汉水之阳，也就是汉水的北边。公元605年，隋炀帝在这里始设汉阳县。汉阳树不是一个专用名词，不是指一棵树，而是指一排树。汉阳树是由一排树组成的一个景观。

黄鹤楼上人去楼空，求仙之事渺茫难寻，于是诗人就把思绪由传说拉回到现实，站在黄鹤楼上看长江对面的景色。先看汉水之北。由于天气晴好，汉水北岸的那一排树木历历在目。再看汉水之南。由于在春夏之交，鹦鹉洲上的芳草已经很茂盛了。

需要指出的是，正是这个鹦鹉洲，被以往的说诗者忽略了。人们都把它当作一个普通的景物，甚至认为是现成语，没有去考究它的来历和意义。例如清代有个叫钱德承（慎庵）的说诗者就这样讲："'鹦鹉洲'乃见成语，'汉阳树'则扭捏成对耳。且'芳草萋萋'亦属见成，而'晴川历历'则何所本？"（见陈增杰《唐诗志疑录》）意思是说，"鹦鹉洲"是一个现成语，"芳草萋萋"也是一个现成语，都没有新意。而"汉阳树"则是拼凑的。似乎诗人先有了"鹦鹉洲"这个现成语，然后再拼凑一个"汉阳树"来与之对偶。总之，钱氏把"汉阳树"和"鹦鹉洲"这两个地理景观，乃至把这两句诗，全都给否定了。钱氏可能不懂地理，更不可能懂文学地理，他的粗疏武断似可原谅。而《广阳杂记》的作者刘献廷就不一样了,他可是一位著名的地理学家。然而他也不懂"鹦鹉洲"这个地理景观的意义,他甚至对钱德承的上述言论备加称许,说"慎庵此言,细入毛发"(见陈增杰《唐诗志疑录》)。可见作为地理学家的刘献廷也不懂文学地理。

我认为,要想真正理解这首诗所包含的情感,必须正确理解第六句的含义。第六句是关键,不可匆匆看过。而要正确理解第六句的含义,则必须搞清楚鹦鹉洲的来历,必须了解这个地理景观所包含的意义。

鹦鹉洲这个地理景观的得名,源于祢衡的《鹦鹉赋》。

据《后汉书·祢衡传》记载,祢衡是东汉末年的一位名士,才华横溢,名气很大,但是也有一点脾气。用今天的话来讲,就是有个性,有独立人格。由于曹操对他无礼,让他在一个宴会上脱掉自己的衣服,换上"岑牟单绞之服",也就是鼓史的衣服,为参加宴会的文武官员击鼓助兴。也就是把他当作一个优伶来侮辱他。这祢衡呢,只顾演奏自己拿手的《渔阳参挝》,根本不理会曹操的要求,及至走到曹操跟前,才脱掉衣服,"裸身而立",以此羞辱曹操。曹操只好自我解嘲:"本欲辱衡,衡反辱孤。"这之后,祢衡又坐在曹操的营门之外,"以杖捶地大骂",把曹操的祖宗三代都骂了。曹操恨得咬牙切齿,想杀他,但是又怕落下一个不能容人的名声。怎么办呢?曹操就来个借刀杀人,把他推荐给荆州刺史刘表。

刘表也不傻啊,他一眼就看出了曹操借刀杀人的用意,于是他也来个借刀杀人,把祢衡推荐给江夏太守黄祖。心想黄祖是个粗人,性子急,祢衡必死无疑。

没想到祢衡到了江夏,竟然和黄祖相处得不错。尤其是黄祖的儿子黄射（时任章陵太守）非常欣赏祢衡。有一次，黄射大会宾客，有人送他一只鹦鹉，黄射就请祢衡写一篇《鹦鹉赋》。祢衡当场作赋，文不加点，一气呵成，而且文辞非常漂亮。在座的人无不为之惊叹。鹦鹉本是一种美丽而聪明的鸟类，但是落在了人类的手里，就完全失去了自由，任人玩耍，任人宰割。祢衡的这篇《鹦鹉赋》，实际上是借鹦鹉的命运来写文士的命运，思想既深刻，文词又很优美，是中国文学史上的经典之作。

祢衡写作了《鹦鹉赋》，更加受到黄氏父子的器重。但是没过多久，祢衡还是把黄祖得罪了。他在言语上冲撞了黄祖。黄祖令手下把祢衡推出门外，杖责之。祢衡就破口大骂。于是黄祖就下令杀他。黄祖的儿子黄射得知消息，着急了，连鞋子都来不及穿，光着脚丫火速赶来救他，但为时已晚，祢衡已经人头落地。

祢衡死时才26岁。祢衡死了之后，黄祖又有些后悔了，于是"厚加棺敛"，把他埋在汉水之南也就是黄鹤楼西南方向的江中小洲上。这个小洲本来是个无名小洲，因为《鹦鹉赋》的作者祢衡葬在这里，人们就叫它鹦鹉洲。

在今天的武汉市汉阳区境内，还有一个鹦鹉洲，不过这个鹦鹉洲已经不是崔颢写的那个鹦鹉洲了，那个鹦鹉洲在明代末年沉没在江中了。清乾隆年间，在今天的汉阳拦江堤外新淤成一个洲，曾名"补课洲"。当地人为了纪念祢衡，将它改名为鹦鹉洲，又在这里重修了祢衡墓，题为"汉处士祢衡墓"。

鹦鹉洲上由于有著名文学家祢衡的墓，因此就成了一个著名的文学景观，而不是一般的景物或景点。唐代著名诗人孟浩然、李白等都曾写过鹦鹉洲，都曾对祢衡的遭遇表达深切的同情。

崔颢对祢衡的遭遇也是深表同情的。他由祢衡的遭遇想到了自己的遭遇，进而想到了古往今来文士的命运。《旧唐书·文苑传》载："开元、天宝间，文士知名者，汴州崔颢，京兆王昌龄，高适，襄阳孟浩然，皆名位不振。唯高适官达，自有传。"意思是说，崔颢、王昌龄、孟浩然这几位诗人，虽然很有才华，在诗坛上也很有名气，但是在仕途上并不得志。因此"鹦鹉洲"这个文学景观出现在崔颢的这首诗里，就有了特别的意义。诗人正是通过这个文学景观引出祢衡的故事，再通过祢衡的故事来抒发文士不得志的感慨。

再看"芳草萋萋"这四个字。这四个字，出自《楚辞·招隐士》："王孙游兮不归，春草生兮萋萋。"意思是说，一年一度的芳草又绿了，又是一个春天到了，漂泊在外的王孙，什么时候才能回家呢？很显然，"芳草萋萋"这四个字所表达的，是漂泊在外的游子对家乡的思念，是乡愁。

正是因为有了"芳草萋萋"这四个字，才引出了最后两句：

日暮乡关何处是，烟波江上使人愁。

诗人的家乡在哪里呢？在遥远的汴州（今开封）。这个时候，太阳已经下山了，江夏城下起了小雨，江面上暮色苍茫，烟波浩渺，诗人根本就看不到自己的家乡，也看不到回家的路，于是就感到十分的愁苦了。

诗中的长江这个地理景观也是引人注目的，为什么引人注目？又为什么是"烟波江"呢？这里主要有两个原因。一是在唐代，江夏城（今武汉市）境内的长江、汉水两岸，远没有今天这么多的楼房，黄鹤楼周围更没有这么多的建筑。人们登上黄鹤楼，视野非常开阔，映入眼帘的主要景观，就是长江、汉水。二是江夏地处亚热带湿润区，长年多雨，年降雨量在1500毫米以上，尤其是在春夏之交，梅雨连绵，使得境内的长江、汉水，经常被雨雾所笼罩，从而形成烟水迷茫的景观。正是这种烟水迷茫的景观，最容易触发人的乡愁。

总之，崔颢这首诗通过黄鹤楼、汉阳树、鹦鹉洲和长江这四个地理景观，建构了一个令人失落、伤感和惆怅的文学地理空间。这个空间的意义是层层递进的。第一层，即开头四句，以黄鹤楼为主要景观，写黄鹤楼上人去楼空，仙人的踪迹杳无可寻，表明求仙之事是虚无缥缈的；第二层，即五、六两句，以鹦鹉洲为主要景观，写古往今来文士的命运，表明功名之事也是微茫难求的。第三层，即结尾两句，它的意思是顺着前面两层来的。既然求仙之事虚无缥缈，功名之事也微茫难求，那就回家吧，只有家乡，才是最后的归宿。可是江面上暮色苍茫，雨雾笼罩，根本就看不到家乡在哪里。

因此，这首诗的主题就不是古人所说的寻仙了，也不是今人所说的写景，而是写人生的失落感，写乡愁。由于是写人生的失落感，是写乡愁，因此就很能引起人们的广泛共鸣。每个人的遭遇虽然不一样，但失落感总是有的吧？乡愁总是有的吧？这就是崔颢这首诗为什么会赢得广泛的共鸣，进而成为文学经典的根本原因。

（原刊《长江文艺》2018年第3期）

四、地域文学

"地域文学"的内涵及其研究方法

20世纪90年代以来,国内不少学者从事地域文学的研究,这一现象值得重视。综观其研究路径和学术成果,主要体现在以下几个方面:一是关于文学家族的研究,如程章灿的《陈郡阳夏谢氏:六朝文学士族之个案研究》(1993)、刘跃进的《门阀士族与永明文学》(1996)、李浩的《唐代三大地域文学士族研究》(2002)、张剑的《宋代家族与文学——以澶州晁氏为中心》(2006)、朱丽霞的《清代松江府望族与文学研究》(2006)等;二是关于地域性文学流派(群体)的研究,如朱晓进的《山药蛋派与三晋文化》(1995)、杨义的《京派海派综论》(2003)、陈庆元的《文学:地域的观照》(2003)、沙先一的《清代吴中词派研究》(2004)、巨传友的《清代临桂词派研究》(2008)等;三是关于地方性文学史的撰写,如马清福的《东北文学史》(1992),陈永正主编的《岭南文学史》(1993),陈伯海、袁进的《上海近代文学史》(1993),王齐洲、王泽龙的《湖北文学史》(1995),吴海、曾子鲁主编的《江西文学史》(2005)等(地方性文学史包括地域性文学史和区域性文学史,前者如《东北文学史》、《岭南文学史》、《吴越文学史》等,后者如《内蒙古文学史》、《香港文学史》、《江苏文学史》等,关于它们的区别,下文会详细讨论)。四是关于作家、作品的个案研究,这一方面的成果比较多,也比较杂,限于篇幅,不再一一列举。

以上这些研究所取得的成绩是不容忽视的,大体来讲,主要体现在两个方面:

一是发掘出了大量的地域文学史料。例如陈永正主编的《岭南文学史》和马清福独著的《东北文学史》,就发掘出了许多过去不为人知的文学史料。长期以来,许多人都认为处于边缘地区的岭南和东北在古代是没有什么文学可言的,因此讲到地域文学时,人们的目光主要聚焦于唐代魏征所谓的"河朔"与"江左"的文学,也就是黄河流域与长江流域的文学,而对于岭南和东北的文学,也就是珠江流域和黑龙江—松花江流域的文学则极少注意。事实上,谁也不能否认岭南的近代文学与东北的现代文学在中国近、现代文学史上的重要地位,可是我们不妨从文学发生学的角度想一想,如果没有长期的培育和积累,如果古代的岭南和东北真的没有什么文学可言,那么它们在近、现代文学史上所取得的佳绩,难道是从天上掉下来的吗?而陈永正主编的《岭南文学史》和马清福的《东北文学史》适好就回答了这一问题。这两本书所发掘出的大量的文学史料,足以表明在古代的岭南和东北是有文学的,不仅有相当数量的作家作品,而且有自己鲜明的地域特色。其他各种地域性文学史也发掘出了不少的文学史料,许多有一定特色但未被写进传统的《中国文学史》的作家、作品开始受到注意。

二是梳理了各地域文学的发展演变的脉络。无论是关于文学家族的研究,还是关于地域性文学流派(群体)的研究,抑或关于地域文学史的撰写,都很注重其源流演变之脉络的梳理,其发生、发展、成熟、变异的轨迹都很清晰。有些家族文学研究的成果甚至还附有代表性作家的年谱,例如张剑的《宋代家族与文学——以澶州晁氏为中心》附有《晁迥年谱》和《晁冲之年谱》,朱丽霞的《清代松江府望族与文学研究》附有《宋徵舆年谱》,把家族代表性作家(谱主)一生的文学活动经历按照时间线索梳理得相当清晰。从这个意义上讲,20世纪90年代以来的地域文学研究,可以说是传统的中国文学史研究的一项重要补充。事实上,一部完整的《中国文学史》,本是由各个不同民族、不同地域的文学史构成的,而传统的中国文学史研究既缺乏对汉族文学之外的其他民族文学的研究,也缺乏对各地域文学的研究,因此传统的《中国文学史》是不完整的,它所依据的文学史料既有限,其基本架构或体例也不尽合理。

当然,现有的地域文学研究也存在一些问题。其中较突出的问题,就是不少学者对"地域文学"这个概念的内涵缺乏准确的理解,因此在研究方法上就比较单一,从而使得有关研究成果缺乏应有的理论品格。

一、"地域文学"之内涵

要想准确地理解"地域文学"这个概念,首先必须准确地理解"地域"这个概念。然而事实上,不少人对"地域"、"地域文学"这两个概念的认识是比较模糊的。一个明显的表现,就是在不少的论文和著作中,经常把"地域"、"地域文学"这两个概念与"区域"、"区域文学"这两个概念相混。

"地域"和"区域",是文化地理学的两个概念,它们虽然都指地方,但二者之间的区别还是很明显的。《现代汉语词典》(第6版)对"地域"的解释是:"面积相当大的一块地方。"该词典对"区域"的解释是:"地区范围。"这种解释虽然简略,但比较准确。"地域"与"区域"的不同主要在边界。"地域"的边界是模糊的,所谓"相当大"。"相当大"是多大?不好说。可见它的边界是模糊的。而"区域"的边界则是清晰的。所谓"地区范围",就是有范围,有边界。《说文解字》段注:"区之义内臧多品,故引申为区域,为区划。"区域之为区域,就是地域经过了人为的区划。《现代地理科学词典》"区域"条云:"区域,为研究、判别地理事物空间分布特征而在地球表面按一定依据划分而成的各个部分。按划分依据的不同,通常可分成自然区域和社会经济区域两大体系。前者又可分为地貌区、气候区、水文区、土壤区、植物区、动物区、综合自然区和自然保护区等各种不同类型;后者也有行政区、综合经济区、部门经济区(农业区、工业区、商业区等)、宗教区和语言区等不同类型划分。区域一般都有如下共同特征:(1)可度量性。均有四至范围和边界,可在地图上表示出来。(2)系统性。同一类型的区域,皆有层次上的系统,如中国的行政区即包括省、县、乡三个级别。(3)不重复性。同一类型和层次的区域,不能重叠和遗漏。"[1]《现代地理科学词典》没有"地域"这个词条,但是我们参考该词典对"区域"的解释,以

---

[1] 刘敏、方如康:《现代地理科学词典》,科学出版社2009年版,第515—516页。

及《人文地理学词典》的对"领土、领地、地域"的解释[1]，可以将二者作一个简要的界定和区分："地域"是自然形成的，"区域"则是对"地域"的一种人为的划分；"地域"的边界是模糊的，"区域"的边界是清晰的。

"地域"和"区域"这两个概念的内涵与差异，与文化地理学中的"形式文化区"和"功能文化区"这两个概念的内涵与差异相对应。所谓"形式文化区"，是一种或多种相互间有联系的文化特征（如语言、宗教、民族、民俗等）所分布的地域范围。在空间分布上，它具有集中的核心区与模糊的边界。"形式文化区多具有一个文化特征鲜明的核心区域（或中心地区），文化特征相对一致而又逐渐弱化的外围区以及边界较为模糊的过渡带三个特征。"[2] 形式文化区的划分带有一定的主观性，它主要依据划分者所指定的指标。例如中国的西藏与内蒙古地区，如果根据宗教指标，二者都可以因信奉喇嘛教而划分为同一个形式文化区。但如果根据语言、民族、风俗习惯等因素，则又可以分成两个截然不同的形式文化区。所谓"功能文化区"，是一种在非自然状态下形成的，受政治、经济或社会功能影响的文化特质所分布的区域。例如一个行政区划的一级单位、一座城市，甚至一个国家，都可以算作是一个功能文化区。形式文化区的文化特征具有相对一致性，而功能文化区的文化特征则不一定。由于它是按照行政或者某种职能而划出来的，它原有的文化特征的相对一致性往往受到破坏，往往带有异质性。"功能文化区的边界并无一个交错的过

---

[1]〔英〕R. J. 约翰斯顿主编：《人文地理学词典》，柴彦威等译，商务印书馆2004年版，第721页。
[2] 周尚意、孔翔等编著：《文化地理学》，高等教育出版社2004年版，第228页。

渡带，而是由明确该功能中心的范围所划定的确切界线，这与形式文化区边界较为模糊的情形有显著的差异。"[1]

"地域"内部的文化特征是相对一致的，这种相对一致性是不同的文化特征长期交流、碰撞、融合、沉淀的结果，不是行政或其他外部作用所能短期奏效的。而"区域"内部的文化特征往往是异质的，尤其是那种由于行政或者其他原因而经常变动、很难维持长期稳定的区域，其文化特征的异质性更明显。

地域内部的相对一致的文化特征，就是文化的地域特征。文化的地域特征的形成，与地域内部的相对一致的自然特征有重要关系。文化的地域特征与自然的地域特征相融合，就是地域性。这种地域性在文学作品中的表现，就是文学的地域性。具有鲜明的地域性，其地理边界又比较模糊的文学，就是"地域文学"；反之，其内部的自然和文化特征并不一致，二者之间的融合度并不高，其地域性并不同一，其地理边界又很清晰的文学，就是"区域文学"。

例如"东北文学"，就是一个"地域文学"的概念。它的范围大致包括黑龙江、吉林、辽宁三省，以及内蒙古的东部地区。在这个范围内，其自然特征和文化特征是大体一致的，但是其边界并不很清晰。马清福认为，"东北文学"的范围还应包括河北省的承德地区。[2] 可见"东北文学"的边界是比较模糊的。而"内蒙古文学"则是一个"区域文学"的概念，它的边界是很清晰的，就是今天的内蒙古自治区所管辖的范围。但是它内部的自然和文

---

[1] 周尚意、孔翔等编著：《文化地理学》，第228—229页。
[2] 马清福：《东北文学史》，春风文艺出版社1992年版，第6页。

化特征并不一致。例如东部的地形、地貌、水文、气候、物产、生产方式、生活方式、风俗习惯、语言等，就与西部大不一样，在此基础上产生的文学，自然就有东、西部之别。因此我们讲内蒙古的文学，就要注意它内部的差异性，不可笼统言之。又如"吴越文学"，它的范围大致包括今天的浙江、上海以及江苏南部和安徽南部，边界比较模糊，但是其内部的自然和文化特征是大体一致的。而"江苏文学"就不一样了，它的范围就是今天的江苏省，边界很清晰，但是其内部的自然和文化特征并不一致。苏北和苏南在地形、地貌、水文、气候、物产、语言、风俗习惯各方面，都有很大的差异。在此基础上产生的文学也有明显的差异。如果我们讲"江苏文学"具有鲜明的"吴越文学"特点，这就很笼统。应是苏南文学具有"吴越文学"的特点，而苏北文学则具有"中原文学"的特点。类似的情况还有很多，难以遍举。当然，说到具体的作品，还应联系作品本身所描写的地理空间和空间元素，以及作家的地理基因进行分析，不能仅仅看其所赖以产生的地理环境。

　　从某个特定地域产生的，具有该地域的大体一致的自然和文化特征的文学，才是"地域文学"。"地域文学"是由以下三类作家创造的：一是籍贯在本地、生活也在本地的作家，即本土作家；二是籍贯在外地，但是某一段时间客居（求学、应试、仕宦、流寓、贬谪等）在本地的作家，即外地作家；三是籍贯在本地，但是长期生活在外地的作家。对于"地域文学"的认定，不能仅仅依据作家的籍贯（即出生成长之地），还应同时考虑作品的产生地以及作品所写的题材等要素。无论古今中外，作家的流动性都是很大的。许多作家一生中可能会参与多种地域文学的创作。例如苏轼，一生都在行走之中，我们不能仅仅依据他的籍贯在眉州眉山（今四川眉山），就把他在全国各地所创作的文学一律划归巴蜀文学，而要同时考虑他的作品的产生地以及作品所描写的题材来做具体的划分。事实上，他的作品有的属于巴蜀文学，有的则属于秦陇文学或中原文学、齐鲁文学、吴越文学、荆楚文学、岭南文学等。第三类作家的归类是比较复杂的。他们的籍贯在本地，但是后来离开了籍贯所在地，离开了故乡，长期生活在外地，然而他们的某些作品所写的题材还是故乡的题材。例如汪曾祺就是这样。汪曾祺（1920—1997），江苏高邮人，1935年考入西南联大，1950年以后主要生活在北京。他的作品有的是写在西南联大的生活，有的是写在北京的生活，但是更多的，是写故乡高邮的生活，例如他的代表作《受戒》和《大淖记事》，就是以高邮生活为题材的。那么地方性的文学史写到他时，应该如何归类呢？如果是撰写区域性文学史，是把他归于《云南文学史》，还是归于《北京文学史》，或是《江苏文学史》？如果是撰写地域性文学史，是把他归于《云贵文学史》，还是归于《燕赵文学史》，或是《吴越文学史》？这就需要联系他的籍贯、作品的产生地和作品的题材等三个要素来综合判断，而不能仅仅依据他的籍贯。"地域文学"的根本特点，就是具有某个特定地域的自然和文化特征。如果忽视了这一根本特点，仅仅依据作家的籍贯来进行判断，这是不科学的。

由于某些学者对"地域"、"地域文学"与"区域"、"区域文学"的认识还比较模糊，因此对一些地域性文学流派（群体）、文学家族以及他们的作品之特点的描述就比较笼统，不够准确；由于对"地域文学"、"区域文学"的认定缺乏科学的依据，于是在许多地方性文学史著作中，往往就把外地作家的创作舍弃了。因此这样的地方性文学史就成了不够客观、不够完整的文学史。

二、"地域文学"的研究方法

"地域文学"只是文学的一种题材类型或风格类型，它本身并不是一种研究方法，也不是一种理论，更不是一个学科。研究"地域文学"，应该有一套科学的理论和方法。如果没有一套科学的理论和方法，那么我们对许多问题的认识就难以到位，有关成果也难以达到应有的理论高度。

"地域文学"是在特定的时空产生并发展的，它有时间和空间这两个维度。关于"地域文学"的研究，应该是文学史的方法和文学地理学的方法并用。用文学史的方法研究"地域文学"，可以描述它的时间轨迹（历史演进之迹）并揭示其特点；用文学地理学的方法研究"地域文学"，则可以描述它的空间结构并揭示其特点。但是我们发现，20世纪90年代以来的"地域文学"研究有一个明显的缺陷，就是长于使用文学史的方法而短于使用文学地理学的方法，缺乏应有的空间分析，缺乏应有的地理意识，许多认识不够到位。

文学地理学作为一个学科的历史虽不长，但是作为一种研究视野和方法，则有着悠久的历史。据笔者考察，文学地理学的视野在中国至少有2500年的历史，在国外至少也有260年的历史。[1]

---

[1] 曾大兴：《文学地理学学术史略》，《文学地理学》第五辑，中山大学出版社2016年版，第90—150页。

文学地理学的研究方法有多种，根据笔者的归纳，常用的方法有六种，即"系地法"、"现地研究法"、"区域分异法"、"共时比较法"、"空间分析法"和"地理意象研究法"[1]。无论哪一种方法，都有明确的地理意识或空间意识。20世纪90年代以来从事"地域文学"研究的学者中，绝大多数是研究文学史出身的学者。由于长期受文学史研究的惯性思维之影响，其地理意识或空间意识是比较薄弱的。他们熟悉文学史研究的"系年法"、"文献研究法"、"分期分段法"、"历时比较法"和"时间分析法"，但是不熟悉与文学史研究相对应的文学地理学研究的"系地法"、"现地研究法"、"区域分异法"、"共时比较法"和"空间分析法"。

以文学家族的研究为例。20世纪90年代以来的文学家族研究，正如李浩所言，最初是受了陈寅恪先生的影响。[2] 陈先生曾经指出："盖自汉代学校制度废弛，博士传授之风气止息以后，学术中心移于家族，而家族复限于地域，故魏、晋、南北朝之学术、宗教与家族、地域两点不可分离。"[3] 陈先生所讲的家族，实际上就包括许多文学家族。这样的文学家族不但魏、晋、南北朝多有，隋唐及隋唐以后各个朝代也有不少。但是陈先生有一句话，学者们似乎并没有特别留意，就是"家族复限于地域"。所谓"家族复限于地域"，就是讲家族乃是特定地域的一个存在。既然是特定地域的一个存在，那么它的地域性就是不言而喻的。事实上，文学家族和所有的家族一样，都有两个突出特点：一是血缘性，二是地域性。考察家族的血缘性，需要使用历史的方法；考察家族的

---

[1] 曾大兴：《文学地理学的研究方法》，《人文杂志》2016年第5期。
[2] 李浩：《唐代关中士族与文学》，中国社会科学出版社2003年版，第4页。
[3] 陈寅恪：《隋唐制度渊源略论稿》，上海古籍出版社1982年版，第17页。

地域性，则应使用地理的方法。具体到文学家族，则应分别使用文学史的方法和文学地理学的方法。

　　文学家族的地域性主要表现在两个方面：一是这个家族的形成机制具有地域性，二是这个家族所创作的文学作品具有地域性。文学家族不可能是一个偶然的、孤立的存在，它与当地的地理环境是有密切关系的，与当地的别的家族也是有一定关系的。文学家族是如何形成的？当地的地理环境对它的形成起了什么作用？它形成之后，又对当地的地理环境产生了哪些影响？一个地域除了这个文学家族之外，还有没有别的文学家族？这个文学家族与别的文学家族有没有联系？有没有异同？这些都需要进行深入细致的历时考察和共时比较，不能孤立地就某个家族谈某个家族，不能"只见树木不见森林"。但是我们发现，几乎所有的文学家族研究，都没有涉及它与当地的地理环境的关系，都没有与别的文学家族进行共时性的比较。例如许多研究魏晋南北朝时期的文学士族（又称世族，乃是在当地享有许多政治、经济和文化特权的文学家族）的著作和论文，在考察某个文学士族的时候，就忽略了对同一时期同一地域的文学庶族和寒士的考察，因此这些成果就不能回答同一地域的文学士族与庶族、寒士在文学上的联系与差异性问题。

　　事实上，一个地域的文学士族只是这个地域的文学群体的一部分，士族之外，还有庶族和寒士。且不说初唐以后，由于士族的逐渐沦替，文学创作队伍的主体已经由少数的士族演变为大量的庶族和寒士，即便是在士族最为活跃的魏晋南北朝时期，文学庶族和寒士的表现也是不可小看的，左思、鲍照等人就是最好的例子。法国著名文学批评家丹纳曾经指出："艺术家本身，连同他所产生的全部作品,也不是孤立的。有一个包括艺术家在内的总体,比艺术家更广大,也就是他所隶属的同时同地的艺术宗派或艺术家家族。例如莎士比亚,初看似乎是天上掉下来的一个奇迹,从别个星球上掉下来的陨石,但在他的周围,我们发现十来个优秀的剧作家……到了今日,他们同时代的大宗师的荣名似乎把他们湮没了;但要了解那位大师,仍然需要把这些有才能的作家集中在他周围,因为他只是其中最高的一根枝条,只是这个艺术家庭中最显赫的一个代表。"丹纳进一步指出:"这个艺术家庭本身还包括在一个更广大的总体在内,就是在它周围而趣味和它一致的社会。因为风俗习惯与时代精神对于群众和对于艺术家是相同的,艺术家不是孤立的人。我们隔了几世纪只听到艺术家的声音,但在传到我们耳边来的响亮的声音之下,还能辨别出群众的复杂而无穷无尽的歌声,像一大片低沉的嗡嗡声一样,在艺术家四周齐声合唱。只因为有了这一片和声,艺术家才成其为伟大。"[1] 用文学地理学的方法研究文学士族,对于考察一个地域的文学群体的形成机制,考察他们的文学创作和文学活动与当地的地理环境的关系,进而考察其文学作品的地域性或地方感,无疑是非常必要的,但是这还不够。如果仅仅停留在对某个文学士族的个案考察而忽略了对其周围的文学庶族和寒士的考察,那就会有"只见树木不见森林"之憾。这样做,不仅不能让人得知一个时期一个地域的文学群体的全貌,即便是对某个文学士族的了解,也仍然是局部的、片面的,难以达到圆融透彻之境。因此,无论是对某个文学士族的个案研究,还是对这个文学士族与其他

---

[1] 〔法〕丹纳:《艺术哲学》,傅雷译,人民文学出版社1963年版,第5—6页。

文学庶族、寒士之关系的考察，都应该使用文学地理学的"共时比较法"。

　　再以地域性文学流派（群体）和地方性文学史的研究为例。地域性文学流派（群体）和地方性文学史也有两个鲜明特点：一是传承性，二是地域性。考察前者需要使用文学史的方法，考察后者则应使用文学地理学的方法。但是我们发现，这两类成果也极少使用文学地理学的方法，给人的感觉就是历史意识比较强而地理意识比较弱，也就是历史演进之迹比较清晰而地域差异不明显。许多地方性文学史，实际上不过是把传统的《中国文学史》按照现行的省、区、市来进行切割，虽然材料丰富了不少，但是其思维仍然是时间（历史）维度，极少转换到空间（地理）维度，更谈不上把时间（历史）维度和空间（地理）维度结合起来。例如《岭南文学史》（这部文学史只叙述广东文学，并未涉及广西文学，实际上是一部区域性的《广东文学史》，而不是一部真正的地域性的《岭南文学史》）把唐代诗人张九龄和明清之际的诗人屈大均作为叙述重点，这当然是必要的。但是，唐代的岭南为什么会产生张九龄这样的人物？他的出现，与岭南的自然和文化地理环境有没有关系？从唐代的张九龄到明清之际的屈大均，这一千多年间，岭南的自然和文化地理环境有没有发生变化？这些变化对岭南的文学格局和文学家的创作有没有影响？该书并未作必要的回答。又如《巴蜀文学史》，以大量的篇幅介绍汉代的司马相如、唐代的李白和宋代的苏轼，这也是必要的。但是有一个问题是不能回避的，就是在巴蜀这个地域，为什么在汉代能产生司马相如，在唐代能产生李白，在宋代能产生苏轼，而在宋代以后，就不能产生像他们这样的全国第一流的文学家了？除了时代方面的原因，个人方面的原因,以及文学内部的原因等,有没有地理环境方面的原因?如果有,究竟是自然环境变了还是文化环境变了?或者二者都变了?又比如《浙江文学史》,用大量篇幅介绍鲁迅和周作人兄弟,这同样是必要的。但是读者不禁要问:在现代的浙江绍兴,为什么会产生鲁迅和周作人这样的兄弟文学家?为什么同样的地理环境,同样的家庭环境,甚至同样的留学经历,而兄弟两人的文学风格会有如此大的差异?绍兴的地域文化究竟包含了哪些要素?他们兄弟二人各自在哪个角度哪个层面接受了绍兴地域文化中的哪些要素的影响?是什么原因使得他们接受了同一地域文化中的不同要素的影响?类似这样的一些问题,我们在上述几部文学史中是找不到任何答案的。这些文学史的撰写者,和其他的地方性文学史的撰写者一样,不过是选择了一个地域性的文学课题,来做单纯的文学史的叙述罢了。如果我们把这些地方性的文学史稍加整合,就是一部多卷本的《中国文学史》。

总之,"地域文学"的研究是很有意义和价值的。研究"地域文学",不仅可以让人们更好地认识和欣赏文学的丰富性与多样性,还可以提升人们的地方认同或地方感。在经济全球化的今天,如何凸显文化的多样性、丰富性和个性,从而避免它的同质化,这是当今学术研究的一大课题,也是文学研究的一大课题。但是,"地域文学"是在特定的时空形成的,它有历史性(时间性),更有地域性(空间性)。研究"地域文学",仅仅用文学史的方法来梳理它的发展轨迹是不够的,还必须同时使用文学地理学的方法,来分析它的形成机制、空间结构和地域特点。只有准确地把握"地域文学"的内涵,充分认识它的时空交融的特点,在使用文学史研究方法的同时，较好地使用文学地理学的研究方法，才能真正还原"地域文学"的真相，并深刻地阐述它的地域的与超地域的意义和价值。

（原刊《东北师范大学学报》2016年第9期）

朱敦儒在岭南的生活与创作

朱敦儒（1081—1159），字希真，洛阳人。南北宋之交的重要词人。《宋史·文苑传》称其"志行高洁，虽为布衣而有朝野之望。……素工诗及乐府，婉丽清畅"[1]。有词集《樵歌》传世。黄升《中兴以来绝妙词选》称其"博物洽闻，东都名士。南渡初，以词章擅名。天资旷远，有神仙风致"[2]。汪莘《方壶先生集》卷三《诗余序》云："余于词所爱者三人焉，盖至东坡而一变，其豪妙之气，隐隐然流出言外，天然绝世，不假振作；二变而为朱希真，多尘外之想，虽杂以微尘，而其清气自不可及；三变而为辛稼轩，乃写其胸中事，尤好陶渊明。此词之三变也。"[3] 可见他在宋代词坛的地位是很高的。

朱敦儒存词246首[4]，其中写于岭南的词（简称"岭南词"），据笔者考证和统计，大约15首，即《雨中花·岭南作》、《鹊桥

---

[1] 脱脱等：《宋史·文苑七·朱敦儒传》，中华书局1977年版，第13142页。
[2] 黄升：《中兴以来绝妙词选》，唐圭璋等校点：《唐宋人选唐宋词》，上海古籍出版社2004年版，第700页。
[3] 汪莘：《方壶先生集》卷三《诗余序》，引自吴熊和主编：《唐宋词汇评》第2册，浙江教育出版社2004年版，第1299页。
[4] 见唐圭璋编：《全宋词》第2册，中华书局1965年版，第832—869页。

仙·康州同子权兄弟饮梅花下》、《蓦山溪·和人冬至韵》、《醉落魄·泊舟津头有感》、《南歌子·沈蕙乞词》、《浪淘沙·中秋阴雨,同显忠、椿年、谅之坐寺门作》、《浪淘沙·康州泊船》、《踏莎行·送子权赴藤》、《十二时》(连云衰草)、《沙塞子》(万里飘零南越)、《沙塞子·大悲再作》、《采桑子》(一番海角凄凉梦)、《忆秦娥·若无置酒朝元亭,师厚同饮作》、《卜算子》(山晓鹧鸪啼)和《相见欢》(泷州几番清秋)。

宋代以来,有关朱敦儒的研究一直比较薄弱。20世纪以来,在关于朱敦儒的60余篇论文中,绝大多数都集中在对其人品的分析、隐逸词的探讨及南渡前后词风的描述上,没有一篇论文对他在岭南的生活与创作进行具体的考察。本文以其"岭南词"为对象,同时参考相关史料,重点考察朱敦儒在岭南的行踪,分析其"岭南词"所体现的心境,同时探讨其独特的地域文化风貌。

一、从"岭南词"考察朱敦儒在岭南的行踪

钦宗靖康元年(1126),北宋覆亡,官民大批南渡。据考察,当时南渡官民所走的路线主要有两条,即江浙线(江南东路和两浙路)、湖南江西线(荆湖南路和江南西路)。南渡的官民中有不少词人,其中大多数词人追随高宗南渡至江南东路和两浙路等经济条件比较好的地区,少数词人如陈与义、朱敦儒等南逃至荆湖南路和江南西路,再进入岭南(广南东路和广南西路)。朱敦儒没有追随高宗南逃至江浙,而是以平民百姓的身份南逃至经济相对落后但社会相对安定的岭南。庄绰《鸡肋编》卷中云:"自中原遭

胡虏之祸，民人死于兵革水火疾饥坠压寒暑力役者，盖已不可胜计，而避地二广者，幸获安居。"[1] 两广地处岭南，没有受到战火的影响，人民的生命、财产较为安全，因此吸引了大批官民南迁至此。

据《樵歌》及相关史料提供的线索，朱敦儒于高宗建炎元年（1127）洛阳城破之后，走水路，经淮阴、金陵，入鄱阳湖，至彭泽、九江，于建炎二年（1128）初到洪州（今南昌），受洪州知州胡直孺之邀，参与编辑黄庭坚《豫章集》。建炎三年（1129）十月，金兵渡江追击隆祐太后，直奔洪州。十一月，洪州城陷。当月，太后到达虔州（赣州）。朱敦儒也和当时许多南渡官民一样，随隆祐太后到了虔州。但是，朱敦儒没有选择随太后往临安，而是继续南下，翻越大庾岭，到了南雄。《宋史·文苑七·朱敦儒传》亦有"避乱客南雄州"的记载。朱敦儒到达南雄的时间，大约在高宗建炎四年（1130）初。

笔者根据朱敦儒"岭南词"的描述，参考《建炎以来系年要录》等相关史料的记载，考证出朱敦儒进入岭南之后所经由的路线应该是以水路为主。这是因为，在他的"岭南词"中多次出现走水路的痕迹。在岭南境内，有北江和西江两条主要水流。北江是珠江的支流，正源是浈水，发源于江西省信丰县的西溪湾，流经广东的韶关、清远、佛山，在三水汇入珠江；西江也是珠江的支流，发源于云南省沾益县马雄山，流经广东的云浮、肇庆、佛山，也是在三水汇入珠江。朱敦儒沿着北江、西江，一路行走。他的行走路线是：南雄州→广州→康州（德庆府）→泷州（属德

---

[1] 庄绰：《鸡肋编》，文渊阁《四库全书》本，第1039册。

庆府）→梧州→藤州→肇庆府。

朱敦儒由南安军翻越大庾岭到达南雄州，再由南雄沿着浈水继续往南。宋仁宗时的韶州曲江人余靖在《望京楼记》中说："今天子都大梁，浮江淮而得大庾，故浈水最便。"[1] 浈水就是北江上游，而南雄就成为进入岭南的第一站了。

据其"岭南词"的有关线索来看，朱敦儒应该到过广州。其《南歌子·沈蕙乞词》写道：

> 住近沈香浦，门前蕙草春。鸳鸯飞下柘枝新。见弄青梅初着、翠罗裙。　怕唤拈歌扇，嫌催上舞茵。几时微步不生尘。来作维摩方丈、散花人。

沈香浦，即沉香浦，在今广州市西郊的珠江之滨。相传晋时广州刺史吴隐之曾投沉香于其中，因而得名。[2]

朱敦儒到达广州的时间应该是在建炎四年（1130）的春夏之交。

同年夏秋之间，朱敦儒离开广州，往西南行，在三水（北江、西江、绥江交汇处）进入西江，再溯江而上，秋天到达康州。《浪淘沙·康州泊船》云：

> 风约雨横江。秋满篷窗。个中物色尽凄凉。更是行人行未得，独系归舻。　拥被换残香，黄卷堆床。开愁展恨翦

---

[1] 余靖：《韶州新修望京楼记》，《武溪集》卷五，《四库全书》本，第1089册。
[2] 屈大均：《广东新语》卷四："沉香浦，在南海治南十里。昔无名，自吴隐之投沉香其中，浦遂名。"见中华书局1985年版，第141—142页。

思量。伊是浮云侬是梦，休问家乡。

词题中明确出现了"康州"这个地名。而"秋满篷窗"四字，则表明词人到达康州的时间就是在建炎四年（1130）的秋天，这也是朱敦儒在岭南过的第一个秋天。

词人在康州时，还写过一首《鹊桥仙·康州同子权兄弟饮梅花下》：

竹西散策，花阴围坐，可恨来迟几日。披香不觉玉壶空，破酒面、飞红半湿。　　悲歌醉舞，九人而已，总是天涯倦客。东风分泪故园春，问我辈、何时去得。

作品写到了初春的梅花。时间是在到康州之后的第二年，即绍兴元年（1131）的初春。可见词人在康州逗留的时间，至少在三四个月以上。

顺便说一句，这两首词都是朱敦儒初抵粤西的作品，作品中蕴含一种浓重的去国之悲。这种情绪在他的"岭南词"尤其是初期的"岭南词"中特别明显。

其《卜算子》写道：

山晓鹧鸪啼，云暗泷州路。榕叶荫浓荔子青，百尺桄榔树。　　尽日不逢人，猛地风吹雨。惨黯蛮溪鬼峒寒，隐隐闻铜鼓。

泷州，即今天的广东省罗定市，古称泷州，宋时划入康州。

绍兴元年（1131），康州更名为德庆府，泷州亦属于德庆府。泷州境内有一条泷江，古称南江，是西江的支流，在今广东省郁南县南江口镇汇入西江。榕树是一年四季常绿的树，农历四、五月树荫最浓，而荔子就是荔枝，其始挂果也在农历四、五月。可见朱敦儒在泷州写作《卜算子》的时间，应该是在绍兴元年（1131）的夏天。这个时候的岭南多雨，常常还伴着狂风，所以词中有"猛地风吹雨"一句，这是很真实的。

泷州，应该是词人在岭南居住时间最长的一个地方。在泷州，词人还写过一首《相见欢》：

> 泷州几番清秋。许多愁。叹我等闲白了、少年头。　人间事。如何是。去来休。自是不归归去、有谁留。

由"泷州几番清秋"这一句，可见词人在泷州逗留的时间至少在两年以上。

在泷州，朱敦儒还写过一首《浪淘沙·中秋阴雨，同显忠、椿年、谅之坐寺门作》：

> 圆月又中秋。南海西头。蛮云瘴雨晚难收。北客相逢弹泪坐，合恨分愁。　无酒可消忧。但说皇州。天家宫阙酒家楼。今夜只应清汴水，呜咽东流。

邓子勉教授认为，这首词作于广州。笔者认为，还是写在泷州。所谓"圆月又中秋"，就是指朱敦儒在这里又度过了一个秋天。所谓"南海西头"中的南海，并非指广州的南海县，即并非一个行政区划的名称，而是指南中国海（简称南海）。而南海的西头就是粤西，说具体一点，就是泷州。再说宋时的广州已是一个具有相当规模的城市，一个国内数一数二的对外贸易港口，商业繁华，酒肆林立。这样的城市，既不是"蛮云瘴雨"之乡，也不是"无酒可消忧"的乡野之地。

还有一首《沙塞子》也值得我们注意：

> 万里飘零南越，山引泪，酒添愁。不见凤楼龙阙、又惊秋。　　九日江亭闲望，蛮树绕，瘴云浮。肠断红蕉花晚、水西流。

作品写在重阳节的那一天。有关意象、时令和心境，都和《浪淘沙·中秋阴雨，同显忠、椿年、谅之坐寺门作》相类，可能都写在同一个年份的同一个地方。

朱敦儒居留广南东路的康州、泷州期间，还到过广南西路的藤州和梧州。他有一首名为《小尽行》的诗写道："藤州三月作小尽，梧州三月作大尽。"朱敦儒到梧州和藤州的时间是在哪一年呢？下面这一条材料可以提供佐证。周必大《二老堂诗话》载："朱敦儒字希真，……靖康乱离避地，自江西走二广。绍兴二年，诏广西宣谕明橐访求山林不仕贤者，橐荐希真深达治体，有经世之才，静退无竞，安于贱贫，尝三召不起，特补迪功郎，后赐出身。"[1] 可见朱敦儒在梧州和藤州的时间，应该是绍兴二年

---

[1] 周必大：《二老堂诗话》，何文焕辑：《历代诗话》下册，中华书局1981年版，第662页。

（1132）。藤州和梧州毗邻，地处西江的上游，可由泷州、康州经水路到达。朱敦儒由泷州、康州至梧州和藤州，在交通上是比较方便的。

朱敦儒离开泷州，去肇庆府的时间，最晚应该是在绍兴二年（1132）的年末。其《蓦山溪·和人冬至韵》写道：

> 西江东去，总是伤时泪。北陆日初长，对芳尊、多悲少喜。美人去后，花落几春风，杯漫洗。人难醉。愁见飞灰细。梅边雪外。风味犹相似。迤逦暖乾坤，仗君王、雄风英气。吾曹老矣，端是有心人、追剑履。辞黄绮。珍重萧生意。

由"冬至"这个时间名词，以及"梅边雪外"这两个自然意象，可以推知这首词的写作时间，应该是在绍兴二年（1132）的冬天。有人讲，"美人"云云，乃暗指徽、钦二帝，而肇庆府是徽宗的发迹地，词人到了肇庆府，想到北去的徽宗，应该是比较自然的。值得注意的是，这首词还体现了某种积极有为的精神，这种精神在朱敦儒应诏出仕前后比较明显，与他初到岭南时的心境截然不同。

这种精神还体现在《沙塞子·大悲再作》一词中：

> 蛮径寻春春早，千点雪，已飞梅。席地插花传酒、日西催。　莫作楚囚相泣，倾银汉，洗瑶池。看尽人间桃李、拂衣归。

"蛮径寻春"，表明他当时仍在粤西，写作时间当为绍兴三年

（1133）春天，地点极有可能是在肇庆府。据《建炎以来系年要录》载："绍兴三年，九月己巳，河南布衣朱敦儒特补右迪功郎，令肇庆府以礼敦遣赴行在。"[1] 当时的康州早已升格为德庆府，而《要录》明确记载"令肇庆府以礼敦遣赴行在"，可见朱敦儒应诏离开岭南，应该是在肇庆府，而非德庆府（康州）。

在岭南期间，朝廷曾两次下诏征朱敦儒，可他一直不肯受诏。《宋史》载："其故人劝之曰：'今天子侧席幽士，翼宣中兴，谯定召于蜀，苏庠召于浙，张自牧召于长芦，莫不声流天京，风动郡国，君何为栖茅茹藿，白首岩谷乎！'"[2] 于是朱敦儒幡然醒悟，欣然赴京接受任命。至此，朱敦儒在岭南的三年生活正式结束。

附表：朱敦儒在岭南的行踪

时间	地点	材料来源
高宗建炎四年（1130）初	南雄州	李心传《建炎以来系年要录》，脱脱等《宋史》
高宗建炎四年（1130）春夏之交	广州	朱敦儒《南歌子·沈蕙乞词》
高宗建炎四年（1130）秋至绍兴二年（1132）	康州（泷州）	朱敦儒《浪淘沙·康州泊船》、《鹊桥仙·康州同子权兄弟饮梅花下》、《卜算子》（山晓鹧鸪啼）、《相见欢》（泷州几番清秋）、《浪淘沙·中秋阴雨，同显忠、椿年、谅之坐寺门作》、《沙塞子》（万里飘零南越）
高宗绍兴二年（1132）春	梧州、藤州	周必大《二老堂诗话》、朱敦儒《小尽行》
高宗绍兴二年（1132）冬	肇庆府	李心传《建炎以来系年要录》，朱敦儒《蓦山溪·和人冬至韵》、《沙塞子·大悲再作》

---

[1] 李心传：《建炎以来系年要录》卷六十八，中华书局 1988 年版。
[2] 脱脱等：《宋史·文苑传》（卷 445），中华书局 1977 年版。

二、从"岭南词"看朱敦儒的心境

朱敦儒存词246首,内容和风格丰富多彩,前期的绮丽,中期的沉郁,晚期的疏朗。一般认为中期的词成就最大,这与他"南走炎荒"的生活经历是有密切关系的。

靖康之变,国家民族遭受惨重的灾难。朱敦儒从洛阳一直南逃至岭南,所谓"胡尘卷地,南走炎荒,曳裾强学应刘"(《雨中花·岭南作》)。中原沦陷之痛,个人流离之苦,还有寄人篱下的辛酸,使得他的思想感情发生了很大的变化,词风也一洗以前的绮丽,表现出沉郁顿挫的苍凉之感。

在"岭南词"中,朱敦儒一再通过"扁舟"、"浮萍"、"天涯客"、"北客"等意象来表达自己深重的去国离家之感。如:"我共扁舟,江上两萍叶。"(《醉落魄·泊舟津头有感》)"悲歌醉舞,九人而已,总是天涯倦客。"(《鹊桥仙·康州同子权兄弟饮梅花下》)"北客相逢弹泪坐,合恨分愁。"(《浪淘沙·中秋阴雨,同显忠、椿年、谅之坐寺门作》)"西江碧,江亭夜燕天涯客。天涯客,一杯相属,今夕何夕。"(《忆秦娥·若无置酒朝元亭》)与知己好友饮酒,本来应该是令人宽心的事情,可是喝酒的九个人都是"天涯倦客";他乡遇故知,欣喜之情不言而喻,然而一句"天涯客",就把这一份欣喜破坏了。

正因为有着深重的去国离家之感,所以在他的"岭南词"中,更多的是对中原故土的留恋,对"炎荒"之地的不适。他对岭南是没有什么赞美之辞的。在他的作品中,"蛮"这个略带轻视的字眼是经常出现的。如《雨中花·岭南作》:

> 故国当年得意，射麋上苑，走马长楸。对葱葱佳气，赤县神州。好景何曾虚过，胜友是处相留。向伊川雪夜，洛浦花朝，占断狂游。　　胡尘卷地，南走炎荒，曳裾强学应刘。空漫说、蟠蟠龙卧，谁取封侯。塞雁年年北去，蛮江日日西流。此生老矣，除非春梦，重到东周。

这首词是很具代表性的。上阕怀念自己在洛阳的美好生活，一副五陵年少的得意与豪迈之态。下阕写靖康之变，美好生活瞬间被毁。流离岭南，寄人篱下，深感不适，极盼回归故土，但又觉得希望渺茫，于是放声悲叹，满纸沧桑。这首《雨中花》和李清照的名作《永遇乐》一样，都是写对昔日美好生活的追思，对当下流离的不满，对前途的一片茫然。

又如《采桑子》：

> 一番海角凄凉梦，却到长安。翠帐犀帘。依旧屏斜十二山。　　玉人为我调琴瑟，颦黛低鬟。云散香残。风雨蛮溪半夜寒。

生活在偏远的南蛮之地，由于生理、心理上的不适，不觉梦回故都，那华丽的帘幕和屏风，还有玉人的调瑟与温存，再次浮现在眼前。可惜好梦不长，醒来之后还得面对现实。和《雨中花》一样，今昔对比的巨大落差通过日常生活中的情节体现出来，更能让人品味到词人心中的凄凉。

他如《沙塞子》："不见凤楼龙阙、又惊秋。""蛮树绕，瘴云浮。"《卜算子》："惨黯蛮溪鬼峒寒，隐隐闻铜鼓。"《浪淘沙》：

"圆月又中秋,南海西头,蛮云瘴雨晚难收。""但说皇州,天家宫阙酒家楼。"《沙塞子·大悲再作》:"蛮径寻春春早,千点雪,已飞梅。"等等,所流露的都是这样的心情。在朱敦儒看来,故国的宫殿,昔日的酒家,都高贵得如同天上仙境,而岭南的所见所闻,即便是盛开着的鲜花、飘飞着的白云、潺潺流淌着的溪水,甚至是那极富地域风情的铜鼓之声,也丝毫吸引不了他的注意,反倒增添了他的惆怅和伤感。由此可见他在岭南的心境是不够豁达,不够开朗,不够阳光的。

在朱敦儒的 15 首"岭南词"中,伤春悲秋的作品竟多达 10 首。词人习惯于借暮春、寒秋之景,来表达自己的悲愁。如《雨中花·岭南作》:"塞雁年年北去,蛮江日日西流。此生老矣,除非春梦,重到东周。"《鹊桥仙·康州同子权兄弟饮梅花下》:"东风吹泪故园春,问我辈、何时去得。"《醉落魄》:"鹧鸪声里蛮花发,我共扁舟,江上两萍叶。东风落酒愁难说,谁叫春梦分胡越。"《沙塞子》:"不见凤楼龙阙、又惊秋。九日江亭闲望,蛮树绕,瘴云浮。"《浪淘沙·中秋阴雨,同显忠、椿年、谅之坐寺门作》:"圆月又中秋,南海西头,蛮云瘴雨晚难收。"《浪淘沙·康州泊船》:"风约雨横江。秋满篷窗。个中物色尽凄凉。"《十二时》:"连云衰草,连天晚照,连山红叶。西风正摇落,更前溪呜咽。"《采桑子》:"云散香残,风雨蛮溪半夜寒。"《相见欢》:"泷州几番清秋。许多愁。"《忆秦娥》:"西江碧,江亭夜燕天涯客。"等等,都是他当时心情的真实写照。

朱敦儒在岭南前后逗留了三年,他的内心,似乎从来就没有认可或者接纳过这一片安宁而淳朴的土地。他总是把自己当作一个外乡人,总是念叨着回到老家去。哪怕看到的明明是东去的流水，他也要把它们的流向解读为"西去"。例如"塞雁年年北去，蛮江日日西流"（《雨中花·岭南作》）；"九日江亭闲望，蛮树绕，瘴云浮。肠断红蕉花晚、水西流"（《沙塞子》）。

岭南境内的北江、西江、浈江等河流，都是"大江东去"，朱敦儒为什么偏偏要说它们是"西流"呢？他不是不明白这个事实，例如在《蓦山溪·和人冬至韵》里，他就写有"西江东去，总是伤时泪"。这说明从常识上讲，他是知道"西江"是"东去"的。而在上述这两首词里，他偏偏要把"东去"的"西江"写成"西流"，这可能就是一种"故意"。由"鸿雁"的"北去"，"蛮江"的"西流"，寄寓了一种在常人看来似乎是难以实现的愿望，即北归。

朱敦儒对故乡的深切思念，对岭南的严重不适甚至排斥，这种心境，在当时的条件下，原是可以理解的。毕竟当时的岭南和中原相比，无论是经济还是文化发展水平，都还比较落后。而朱敦儒又是从洛阳这样一个经济文化最为发达的地方来的，本身又是一个文化素养很高、影响又很大的词人，他这种强烈的反差感、失落感，应该说是很真实的。

不过需要指出的是，他这种心境虽然是真实的，也是值得同情的，但并不值得肯定和赞美。在中国古代，远窜蛮方的文学家可谓多矣，朱敦儒既不是第一个，也不是最后一个。可是他的表现，他对当地人民和当地文化的态度，和屈原、刘禹锡、苏轼诸人相比，应该说是很有几分逊色的，甚至是很有几分令人失望的。他的心里总是装着一份中原文化优越感，即便是已经成了一个难民，流落到了岭南，他似乎仍然觉得自己在文化上要比当地人优越。这样，他就不能以一种开朗的、开放的心态，去面对、去走近那些虽然身处僻远但心灵淳朴的岭南乡民，也不能去欣赏、去考察那些具有独特风味的岭南地域文化。这样，就使得他有可能取得的文学艺术成就，打了一个大大的折扣。关于这个问题，我们在下文还要讨论。

三、从"岭南词"看岭南的地域风情

宋室南渡以前，岭南籍的词人尚为空白，而苏轼、秦观、黄庭坚等贬居此地的词人也很少用词来传情达意。因此，北宋时期的岭南，可以说是歌词创作的贫乏之地。靖康之变之后，这种状态有了改变。一是崔与之、李昴英等岭南词人相继出现，二是朱敦儒、陈与义等北方词人流寓岭南，在此地继续从事词的创作。于是作词之风渐行于岭南。北方词人一方面把中原地区的音乐文化带到岭南，一方面也从岭南地域文化中获得了新的养料，从而使自己的创作在题材、意象、语言、风格各方面，呈现出了新的特点或气象。

岭南地区独特的自然风物深深地吸引了词人们的注意，触发了他们的创作灵感，丰富了他们的创作内容。于是，"荔枝"、"龙眼"、"木瓜"、"桄榔"、"蕉林"、"芭蕉"、"红蕉花"、"杨桃"、"木芙蓉"、"榕树"、"蛮溪"、"蛮径"、"蛮江"、"铜鼓"等富有岭南特色的景观和物象——进入词的天地，从而再次丰富或刷新了读者的审美感觉。

当时避难岭南的北方著名词人，除了朱敦儒，还有陈与义。从心态上看，陈与义可以称之为乐观派，而朱敦儒则是一个悲观派。陈与义现存词18首，写于湖湘一带的至少有4首，写于岭南

的似未见,但是他的《又和大光》这首诗是写于岭南的:

> 寂寂孤村竹映沙,槟榔迎客当煎茶。岭南二月无桃李,夹路松开黄玉花。[1]

此诗是他早春二月从康州沿西江到广州,赓和友人席大光的作品。笔下并没有一丝一毫的对岭南的厌倦或反感,而是充满了对这一地区的独特风物与民俗的喜爱。原来岭南人习惯于用槟榔招待客人,类似于内地的煎(泡)茶待客。二月的岭南,虽然由于气候的温暖湿润,桃、李花早已开过,但那黄色的松花,却是内地所未经见的,因而也能让他眼前一亮。

朱敦儒对待岭南文化的心态,虽然不似陈与义那样阳光,那样热情和主动,但也没有视而不见。诚然,他无意于赞美岭南文化,但是在他的"岭南词"里,还是有意无意地描写了不少岭南风物和民俗,客观上丰富了宋词的题材、意象、语言和风格。如《卜算子》:

> 山晓鹧鸪啼,云暗泷州路。榕叶荫浓荔子青,百尺桄榔树。　尽日不逢人,猛地风吹雨。惨黯蛮溪鬼峒寒,隐隐闻铜鼓。

这里就出现了"泷州"、"蛮溪"、"鬼峒"、"榕叶"、"荔子"、"桄榔"、"铜鼓"等一系列极富岭南特色的地名和风物。虽

---

[1] 黄雨:《历代名人入粤诗选》,广东人民出版社1980年版,第212页。

然词人只是平实地叙述，并未流露欣赏之情，但是仍然客观地为我们展示了一幅色彩斑斓的岭南文化图景。

《卜算子》这首词里出现的"铜鼓"，可能是《全宋词》里唯一出现的"铜鼓"。铜鼓是铜制鼓形乐器，造型精美。它是古代岭南、西南一带少数民族广泛使用的一种乐器，最初是作为乐器而问世的，在婚庆、祭祀以及其他一些重要的节日，用以助兴。五代孙光宪《菩萨蛮》曾写道："铜鼓与蛮歌，南人祈赛多。"除了当作乐器使用，也可以用来打更报时、召集民众、报衙、传递信息等。宋周去非《岭外代答》载："铜鼓大者阔七尺，小者三尺，所在神祠佛寺皆有之，州县用以为更点。"[1]从考古学的有关资料看来，今天岭南地区出土的铜鼓主要集中在北江以西地区，北江以东地区则迄今没有发现。[2]北江以西的肇庆一带是出土铜鼓较多的地区，这一带自东汉以来，一直都是百越族后裔俚、僮、瑶等少数民族的活动区域。据朱敦儒的这首《卜算子》，我们得知，至南宋初期，泷州一带仍有相当数量的铜鼓，也就是说，这里还有大量的少数民族。从"榕叶荫浓荔子青"这一句，可知这首词的写作时间应该是在农历四、五月间，这时候的荔枝还没有成熟，而榕树的叶子却已经很浓密了。这个时间不是春社，在当地也没有什么传统节日，朱敦儒在泷州的地界上隐隐约约听到的铜鼓，极有可能是作为打更报时用的铜鼓。

另外，"鬼峒"这一名词也极富岭南地域和民族特色。峒，宋代以后羁縻州所辖之行政单位。大者称州，小者称县，更小者称

---

[1] 周去非著，杨武泉校注：《岭外代答校注》，中华书局1999年版，第254页。
[2] 蒋廷瑜：《铜鼓：南国奇葩》，天津科学技术出版社2001年版，第212页。

峒。峒（垌、洞）字通常表示自然地理实体或区域，例如山间谷地、盆地或群山环抱的小河流域，后来演化为某个具有血缘关系的氏族居住之地，含义有所扩大，例如隋唐时粤西冼夫人"世为南越首领，跨据山洞，部落十万余家"。峒（垌、洞）也成为历史上古越人留居地之常见地名，主要分布在北江以西，粤东已很少见。由此可见，铜鼓的分布和峒（垌、洞）的关系密切，都是集中出现在北江以西。就在朱敦儒写过的泷州至今还有很多地方的地名叫峒（垌、洞），如"山垌"、"禾秆垌"等。

"桄榔"，常绿高大乔木，羽状复叶，线形，果实倒圆锥形。喜阳，不耐寒，高达几十米，多分布于热带。从桄榔树可生长的高度来看，朱敦儒《卜算子》写到"百尺桄榔树"，可以说是相当准确的。也正是这百尺高的桄榔树，遮蔽了天日，更让朱敦儒的心情惆怅不已。

又如《沙塞子》：

> 万里飘零南越，山引泪，酒添愁。不见凤楼龙阙、又惊秋。　九日江亭闲望，蛮树绕，瘴云浮。肠断红蕉花晚、水西流。

周去非《岭外代答》云："红蕉花，叶瘦类芦箬，中心抽条，条端发花。叶数层，日拆一两叶。色正红，如榴花、荔子，其端各有一点鲜绿，尤可爱。花心有须，苍黑色。春夏开，至岁寒犹芳。"[1] 从红蕉的花期来看，《沙塞子》确是写于重阳节。登江亭眺

---

[1] 周去非著，杨武泉校注：《岭外代答校注》，第 327 页。

望,没有重阳的菊花,却有鲜艳刺目的红蕉花,这又增加了作者的思乡之苦。

结 语

古人云:"诗穷而后工。"朱敦儒亲身经历靖康之变,南走炎荒,滞留岭南长达三年之久。这一段特殊的生活经历,使其词的题材、内容、情感、语言、意象和风格等等,都发生了显著的变化。

朱敦儒南渡前、南渡期间和南渡后的词风是迥然不同的,南渡前的词表现了他作为风流才子的生活情趣,有一种不羁、洒脱和狂傲之态,南渡期间的词伤时忧国,表现了沉郁顿挫的风格,南渡后的思想渐趋消极,词风也渐趋恬淡。由此可见,南渡期间的创作,在他的全部创作历程中,是一个非常重要的阶段。这个时候的词,少了几分未经世事的轻狂,多了几分饱经沧桑的沉重。

岭南的生活经历,也影响了朱敦儒此后的人生选择。他一改青年时代的狂放和洒脱,最终做了朝廷的官,这样一个重大转变,不能说与岭南的这一段经历没有关系。从本质上来讲,朱敦儒并非一个真正的旷达之人。他在岭南的生活与创作就足以说明这一点,而不必等到赴临安之后再来证实。

(此文与门下研究生谭绍娜合作完成,原刊《词学》第28辑,华东师范大学出版社2012年版)

从文学地理学的角度看《粤讴》

《粤讴》是招子庸的文学代表作,这是一部非常重要的粤语文学作品。此书自清道光八年(1828)九月刊行之后,在文坛影响很大,评价很高。著名学者郑振铎先生指出:"《粤讴》为招子庸所作,只有一卷,而好语如珠,即不懂粤语者读之,也为之神移。拟《粤讴》而作的诗篇,在广东各日报上竟时时有之。几乎没有一个广东人不会哼几句《粤讴》的,其势力是那么的大!"[1]原岭南大学已故著名学者冼玉清教授指出:"近日言民俗文学者,多推重《粤讴》,以推重《粤讴》,因而推重《粤讴》之作者招子庸。甚者以为诗之后有词,词之后有曲,曲之后有《粤讴》。毕竟《粤讴》在文学史上能否占有此重要地位,余不敢必。然其宛转达意,惆怅切情,荡气回肠,销魂动魄,当筵低唱,欲往仍回,声音之凄恻动人,确有其特别擅场者。"[2]

1904年,人称"中国通"的英国学者金文泰爵士(此人尝于1925年至1930年任香港总督)把招子庸的《粤讴》译成英文,

---

[1] 郑振铎:《中国俗文学史》,上海书店1984年版,第453页。
[2] 冼玉清:《招子庸研究》,《岭南学报》1947年第1期。

以《广州情歌》为名出版。他对这本书的评价很高,谓"各讴内容,多美丽如画";又谓《粤讴》可与希伯来诗相比,指出"《粤讴》以宗教影响及环境影响,其情感多幽沉郁闷,无极快乐相联系之爱情。故以比希腊诗,无其活泼气象。以比希伯来诗,无其放荡荒佚之叙述",因而"乃觉其有不刊之价值也"。然金氏又认为:"'讴'之弱点,在于单调,其言情题目,各'讴'皆同,翻来覆去,同一意思,同一情感,故每易生厌。"[1]

金氏对《粤讴》的批评,不能说没有他的道理。许多人读《粤讴》时都曾有过这种感受。但是,如果我们换一个角度,即从文学地理学的角度来读它,感受也许就不一样了。我们先给它来一个空间定位。当然这个空间不是指抽象的空间,而是指具体的空间,即地理空间。我们发现,《粤讴》各篇所写之内容与所抒发之情感,实际上可归置于两个地理空间,一个是以珠江为背景的水上空间,一个是以京都为背景的陆上空间。这样一归置,它们就不再是一些零散的作品了,而是彼此之间有了一种逻辑联系,有了一种时空关系;它们也不再是那种"翻来覆去,同一意思,同一情感",读来"令人生厌"的"单调"作品,而是用活色生香的粤语讲述的一个催人泪下、令人深思的爱情故事。

用文学地理学的方法或眼光来解读《粤讴》,让我们获得了一种全新的审美体验,于是我们又不得不进一步思考这样两个与文学地理有关的问题:第一,招子庸何以能创作出《粤讴》这样的作品?或者说,是什么样的地理环境促成了《粤讴》的产生?

---

[1] 金文泰:《粤讴英译本序》,引自冼玉清:《招子庸研究》,《岭南学报》1947年第1期。

第二,《粤讴》这个作品,在中国的地域文学中属于哪一种类型,居于什么地位?本文即是这种阅读和思考的一个总结,未当之处,敬祈方家批评指正。

一、《粤讴》所建构的地理空间

　　文学作品的地理空间,是存在于文学作品中的以地理形象、地理意象、地理景观为基础的空间形态,如乡村空间、都市空间、山地空间、大海空间、高原空间、盆地空间等等,这种空间从本质上来讲是一种艺术空间或审美空间,是作家艺术创造的产物,但也不是凭空虚构,而是与现实存在的自然地理空间或人文地理空间有一定的关系。在文学作品里,特别是在叙事性的长篇文学作品如小说、戏剧里,特有的地理空间建构对文学作品的主题表达、人物塑造、艺术结构与审美方式的实现,往往发挥着基础性的作用。在抒情性的短篇文学作品如诗、词、歌、赋里,也有或隐或显的地理空间,它们对文学作品的情感表态也有着重要的价值和意义。

　　《粤讴》是一种篇幅短小的抒情歌词,它不可能像长篇叙事文学那样来建构地理空间,因此就其单个的作品来看,它的地理空间是不够完整和清晰的,但是整体地看,也就是把121首作品综合起来看,《粤讴》所建构的地理空间还是比较完整和清晰的。总体来讲,《粤讴》建构了两个地理空间,一个是以珠江为背景的水上空间,一个是以京都为背景的陆上空间。这两个空间都是以具体的地理形象、地理景观和民俗物象为基础而构建的,因而空间轮廓相当清晰，识别度也相当高。先看关于水上空间的：

……莫话珠江尽是无情地。今日为情字牵缠所以正得咁痴。(《人实首恶做》)[1]

……近日见汝熟客推完新客又不到。两头唔到岸好似水共油捞。……劝汝的起心肝寻过个好佬。共汝还通钱债免使到处受上期租。河底下虽则系繁华汝见边一个长好得到老。究竟清茶淡饭都要拣个上岸至为高。况且近日火烛咁多寮口又咁恶做，河厅差役终日系咁嗌嘈嘈。……唔怕冇路，回头须及早。好过露面抛头在水上蒲。(《真正恶做》)

容乜易放，柳边船，木兰双桨载住神仙。(《容乜易》之二)

容乜易散，彩云飞，春帆顷刻就要分离。(《容乜易》之四)

相思缆，带我郎来。带得郎来莫个又替我搅开。(《相思缆》)

水会退，又会番流。水呀你既退又试番流见你日夜不休。(《水会退》)

分别泪，转眼又番场。……亏我泪流不断好似九曲湘江。点得眼泪送君好似河水一样。水送得到个方时我泪亦到得个方。君呀你见水好似见奴心莫异向。须念吓我地枕边流泪到天光。(《分别泪》之三)

---

[1] 招子庸：《粤讴》，清道光戊子九月刊本。按：本书所引《粤讴》，均出自该版本，不再一一注明。

……爱了又憎憎了又爱。爱憎无定我自见心呆。好似大海撑舡撑到半海。两头唔到岸点得埋堆。(《相思结》)

……唉你妹愁都未了。衷情谁为表。点得夜夜逢君学个的有信海潮。(《春花秋月·月》)

……虽则你似野鹤我似闲鸥无乜俗态。总系鸳鸯云水两两相捱。我只话淡淡啫共你相交把情付与大海。(《三生债》)

……想起从前个种风月哩好似梦断魂迷。记得起首共你相交你妹年纪尚细。个阵倾谈心事怕听见海上鸣鸡。(《别意》)

……满怀愁绪对住蒹葭。人话秋风萧瑟堪人怕。我爱盈盈秋水浸住红霞。(《春花秋月·秋》)

再看关于陆上空间的：

点算好。君呀你家贫亲又咁老。八千条路敢就冇一点功劳。亏我留落呢处天涯家信又不到。君归南岭我苦住京都，长剑虽则有灵今日光气未吐，新篁落箨，或者有日插天高。孙山名落朱颜槁。绿柳撩人重惨过利刀。金尽床头清酒懒做，无物可报。珠泪穿成素。君呀你去归条路替我带得到家无。(《点算好》之二)

整个《粤讴》中，有关陆上空间的地理形象、地理景观和民俗物象并不多，虽然也比较典型，其空间轮廓也比较清晰，识别度也较高。这种差异表明，《粤讴》所建构的地理空间主要是以珠江为背景的水上空间，而不是以京都为背景的陆上空间。

然而，正是以珠江为背景的水上空间和以京都为背景的陆上空间，容纳或承载了两个内涵不同而又彼此关联的情感世界，体现了两种人生和两种价值观，从而构成了《粤讴》丰富的情感内容与较强的艺术张力。请看下面这两首歌词：

> 船头浪，合吓又分开。相思如水涌上心来。君呀你生在情天奴长在欲海。碧天连水水与天挨。我地红粉点似得青山长冇变改。你睇吓水面个的残花事就可哀。似水流年又唔知流得几耐。须要自爱。许你死后做到成佛成仙亦未必真正自在。罢咯不若及时行乐共你倚遍月榭风台。（《船头浪》）
>
> 唔好咁热。热极就会难丢。一旦离开实在见寂寥。好极未得上街缘分未了。况且干柴凭火也曾烧。叫我等汝三年我年尚少。总怕长成无倚我就错在今朝。此后莺俦燕侣心堪表。独惜执盏传杯罪未肯饶。自怨我薄命如花人又不肖。舍得我好命如今重使乜住寮。保佑汝一朝衣锦还乡耀。汝书债还完我花债亦消。总系呢阵旅舍孤寒魂梦绕。唉音信渺。灯花何日兆。汝睇京华万里一水迢迢。（《寄远》）

这两首歌词就呈现了两个地理空间，一个是"碧天连水，水与天挨"的珠江，一个是万里之外的"京华"（京都）。前一个地理空间的主角是沦落风尘的歌女，后一个地理空间的主角是追求功名的士子。士子为了求功名，为了有朝一日"雁塔题名"而"衣锦还乡"，不得不与所爱的歌女分离，这就给深爱他的歌女带来离别之痛：

> 无情眼，送不得君车。泪花如雨懒倚门间，一片真心如

似白水，织不尽回文写不尽血书。临行致嘱无多语。君呀好极京华都要念吓故居。今日水酒一杯和共眼泪，君你拚醉，你便放欢心共我谈笑两句。重要转生来世共你做对比目双鱼。（《无情眼》）

无情曲，对不住君歌。绿波春水奈愁何。好鸟有心怜悯我，替我声声啼唤舍不得哥哥。今日留春不住未必系王孙错，雁塔题名你便趁早一科。我想再世李仙无乜几个。休要放过。今日孤单谁识你系郑元和。（《无情曲》）

由于功名之路并不顺利，士子最后"名落孙山"，"床头金尽"，因此长期"天涯流落"，歌女也成了"水面飘蓬"，"凄凉"不尽，"花容"憔悴，只能"偷抱琵琶"以寄相思：

劝你唔好发梦。恐怕梦里相逢。梦后醒来事事都化空。分离两个字岂有心唔痛。君呀你在天涯流落你妹在水面飘蓬。怀人偷抱琵琶弄。多少凄凉尽在指中。舍得你唔系敢样子死心，君呀你又唔累得我咁重。睇我瘦成敢样子重讲乜花容。今日恩情好极都系唔中用。唉愁万种。累得我相思无主血泪啼红。（《唔好发梦》）

更为不幸的是，长时间的离别还造成了某些误会，使得歌女在饱受离别之苦与相思之痛，好不容易等到士子"失意还乡"之后，还要经受流言的中伤，以及士子的怀疑与冷漠。地理上的距离导致了心理上的距离：

打乜主意。重使乜思疑。你唔带得奴你便早日话过妹知。我只估话等郎至此落在呢处烟花地。舍得我肯跟人去上岸乜天时。只望共你叙吓悲欢谈吓往事。点想你失意还乡事尽非。一定唆搅有人将我出气。话我好似水性杨花逐浪飞。呢阵讲极冰清你亦唔多在意。万般愁绪只有天知。况且远近尽知奴系等你。今日半途丢手敢就冇的挨依。枉费我往日待你个副心肠今日凭在你处置。漫道你问心难过就系死亦难欺。唔见面讲透苦心死亦唔得眼闭。君呀你有心怜我你便早日开嚟。见面讲透苦心死亦无乜挂意。唉休阻滞。但得早一刻逢君我就算早一刻别离。(《奴等你》)

由于真心付出得不到真心回报，歌女便有了无限的悔恨。这种悔恨在《粤讴》一书里几乎随处可见：

烟花地。想起就心慈。中年情事点讲得过人知。好命铸定仙花亦都唔种在此地。纵然误种亦指望有的更移。今日花柳风波我都尝到透味。况且欢场逝水更易老花枝。既系命薄如花亦都偷怨吓自己。想到老来花谢总要稳的挨依。唉我想花谢正望到人地葬花亦都系稀罕事。总要花开佢怜悯我正叫做不负佳期。细想年少未得登科到老难以及第。况且秋来花事总总全非。今日我命铸定为花就算开落过世。你试问花花呀谁爱你佢都冇的偏私。花若有情就要情到底。风云月露正系我地情痴。至到人地赏花憎爱我都唔理。仙种子休为凡心死。我为偶还花债故此暂别吓瑶池。(《烟花地》之一)

烟花地，苦海茫茫。从来难稳个有情郎。迎新送旧不过还花账。有谁惜玉与及怜香。我在风流阵上系咁从头想。有个知心人仔害我纵死难忘。有阵丢疏外面似极无心向。独系心中怀念你我暗地凄凉。今晚寂寥空对住烟花上。唉休要乱想。共你有心都是恶讲。我断唔辜负你个一点情长。(《烟花地》之二)

歌女的最大梦想，就是"早日还完花债共你从良"(《花本一样》之一)，也就是"上岸"，离开这种屈辱的水上世界，过一种自由人的生活。为此，她们非常看重"人客"的人品，希望能够遇到一个真心爱自己的人：

> 世间难揾一条心。得你一条心事我死亦要追寻。一面试佢真心一面防到佢噤。试到果实真情正好共佢酌斟。噤噤吓噤到我哋心虚个个都防到薄行。就俾佢真心来待我我都要试过佢两三匀。我想人客万千真嘅都有一分。嗰啲真情撒散重惨过大海捞针。况且你会揾真心人地亦都会揾。真心人客你话够几个人分。细想缘份各自相投唔到你着紧。安一吓本分。各有来由你都切勿羡人。(《拣心》)

想到真情难遇，于是就有了怨恨。事实上，歌女是没有错的，错的是士子。他先是为了求功名而给歌女带来离别之痛，"失意还乡"之后又因为"耳软"(听信流言)而深深地刺伤了歌女的心。好在士子毕竟是一个富有同情心的人，他后来也意识到了自己的错误，于是也有了悔恨：

实在我都唔过得意。算我薄情亏负呗你。等我掉转呢副心肠共你好过都未迟。人地话好酒饮落半坛正知道吓味。因为从前耳软所以正得咁迷痴。今日河水虽则系咁深都要共你撑到底。唉将近半世。唔共你住埋唔系计。细想你从前个一点心事待我叫我点舍得把你难为。(《自悔》)

遗憾的是，这种悔恨来得晚了一点。歌女已经绝望了。她在被人逼债而无力偿还时，最终选择了自杀。她的自杀，使悔恨中的士子几乎痛不欲生，于是就有了这种撕心裂肺哀伤欲绝的歌唱：

　　听见你话死。实在见思疑。何苦轻生得咁痴。你系为人客死心唔怪得你。死因钱债叫我怎不伤悲。你平日当我系知心亦该同我讲句。做乜交情三两个月都冇句言词。往日个种恩情丢了落水。纵有金银烧尽带不到阴司。可惜飘泊在青楼孤负你一世。烟花场上冇日开眉。你名叫做秋喜。只望等到秋来还有喜意。做乜才过冬至后就被雪霜欺。今日无力春风唔共你争得啖气。落花无主敢就葬在春泥。此后情思有梦你便频须寄。或者尽我呢点穷心慰吓故知。泉路茫茫你双脚又咁细。黄泉无客店问你向乜谁栖。青山白骨唔知凭谁祭。衰杨残月空听个只杜鹃啼。未必有个知心来共你掷纸。清明空恨个页纸钱飞。罢咯不若当作你系义妻来送你入寺。等你孤魂无主仗吓佛力扶持。你便哀恳个位慈云施吓佛偈，等你转过来生誓不做客妻。若系冤债未偿再罚你落花粉地。你便拣过一个多情早早见机。我若共你未断情缘重有相会日子。须紧记。念吓前恩义。讲到销魂两个字共你死过都唔迟。(《吊秋喜》)

《粤讴》中的士子，其实就是作者自己。冼玉清教授根据有关诗文记载和民间传说，考证秋喜就是招子庸所恋之歌妓："秋喜，珠江歌妓也，与子庸昵。而服用甚奢，负债累累。鸨母必令其偿所负始得遣行。秋喜愤甚，不忍告于子庸。债主逼之急，无可为计，遂投水死。子庸惊悼，不知所措。遂援笔而成《吊秋喜》一阕。沉痛独绝，非他人所能强记，一时远近传诵。"[1]

《吊秋喜》一阕为何如此"沉痛欲绝"？因为这里边除了悲伤，还有愧疚和悔恨，因此他要为她做些补偿：不仅为她烧"纸钱"，还要把她当作"义妻"送入佛寺，甚至表示如果有来世，"共你死过都唔迟"。

正是因为内心的悲痛、愧疚和悔恨太沉重了，所以作者希望有解脱，于是便有了《解心》一阕：

> 心各有事，总要解脱为先。心事唔安解得就了然。苦海茫茫多半是命蹇。但向苦中寻乐便是神仙。若系愁苦到不堪真系恶算。总好过官门地狱更重哀怜。退一步海阔天空就唔使自怨。心能自解，真正系乐境无边。若系解到唔解得通就讲过阴骘个便。唉凡事检点。积善心唔险。你睇远报在来生近报在目前。

作者特意把《解心》一阕置于篇首，无疑表明了《粤讴》一书的写作目的，就是寻求心理的解脱。全书一共99题121首作品，都可以说是用回忆的口吻和视角写成的。回忆中包含了与歌

---

[1] 冼玉清：《招子庸研究》，《岭南学报》1947年第1期。

妓的离别，包含了歌妓在离别之后的相思、愁苦、牵挂、猜测、怨恨、后悔、辩白与绝望，也包含了自己的失意、纠结、自悔、悲伤与解脱。这样看来，金文泰所谓"各'讴'皆同，翻来覆去，同一意思，同一情感"的说法就站不住脚了，因为作品所包含的意思和情感是丰富而有变化的，其所写离别，以及一方在别后的相思、愁苦、牵挂、猜测、怨恨、后悔、辩白与绝望，另一方在别后的失意、纠结、自悔、悲伤与解脱，实际上也有一个内在的逻辑。如果我们按照作品内在的逻辑以及人类心理活动的一般规律，把全书各"讴"重新加以编排，无疑就是一首跌宕起伏、首尾呼应而又哀感顽艳、凄恻动人的爱情长诗。

文学地理学认为，文学作品的创作与接受过程，包含了三组时空关系。一是作品所赖以产生的时空条件，二是作品本身所建构的时空坐标，三是作品在接受过程中形成的时空联想。就《粤讴》来讲，它有其赖以产生的时空条件（这一点我们将在下文予以讨论），它本身也有自己的时空坐标，尤其是空间这一维度，它的轮廓是清晰的，这就是以珠江为背景的水上空间和以京都为背景的陆上空间；它的时间维度看似不太清晰，但逻辑上是存在着的，需要读者去发现，去梳理。因此，解读《粤讴》过程中的时空联想就很重要了。如果我们不能首先找到它的空间位置，我们就没法找到它的时间线索。如果我们既不能找到它的空间位置又不能找到它的时间线索，那么呈现在我们面前的《粤讴》，就会像金文泰所说的那样："各'讴'皆同，翻来覆去，同一意思，同一情感。故每易生厌。"

事实上，《粤讴》这部作品不仅呈现了一个跌宕起伏、首尾呼应而又哀感顽艳、凄恻动人的爱情故事，有一个潜在的时间线索，更建构了两个具有典型意义的地理空间，这个故事就是在这两个具有典型意义的地理空间展开的，一个是以珠江为背景的水上空间，一个是以京华为背景的陆上空间。从内涵上讲，水上空间乃是一个情感的空间，而陆上空间则是一个功名的空间，爱情与功名虽然有联系，但是在本质上是难以兼容的，于是心理的、情感的冲突与纠结就不可避免了，这样作品就有了思想的厚度、文化的底蕴与艺术的张力。这一切都有待于进一步的探讨，但是这种探讨有赖于解读过程中的时空联想，尤其是空间定位。

二、《粤讴》赖以产生的地理环境

如上所述，一部文学作品的产生，离不开特定的时空条件。时是指作家所处的时代背景，空是指作家所处的地理环境。地理环境包括自然环境和人文环境，人文环境又包括家庭人文环境和社会文化环境。《粤讴》所写的是珠江花舫上的歌妓与久客京华的士子之间的爱情故事。作品的主题是常见的，作品的题材则富有地域性。如果作者本人没有久客京华的亲身经历，如果不熟悉珠江及其周围的自然和人文地理环境，这样的题材是很难得心应手出口成章的。

招子庸生于清乾隆五十四年（1789），卒于道光二十六年（1846）。清同治《南海县志·招子庸传》："招子庸，字铭山，横沙人。"[1] 南海横沙，即今广州市白云区金沙街之横沙村，这是广

---

[1]《南海县志》，清同治刊本。

州城西珠江边上的一个古老村落,"前临珠海,后枕茂林"[1],"有峰秀耸,溪流环抱,景物清旷,可钓可游"[2]。据冼玉清教授介绍,"子庸家有橘天园,为其父茂章游息之所,园广约半亩,旧植杂树及桃竹,复有菜圃瓜棚,今已荒圮。茂章有《橘天园即事》七律云:'闲缀纱囊护熟桃,妻孥营画也风骚。送红每弄波中瓣,爱绿时浇石上毛。新竹笋扶依槛直,嫩瓜藤教上棚高。田园半亩甘肥遁,独立何须耻弊袍。'"冼教授指出:"子庸生此半农半儒之家,可游可钓之乡,有能诗能文之父,故先天与环境,皆足以影响其一生。"[3]

这种"半农半儒"的家庭人文环境与"前临珠江"的自然和社会文化环境对招子庸的影响主要体现在两个方面:

一是强烈的功名意识。子庸之父"茂章少年孤恃,支持家计,不能得一第以显亲,终身引为憾事。故欲教子成名。其《生朝二子叩祝率成四十字以志余痛》诗有'何时光乃祖,盖父此生怨'之语,可知其念念不忘兹事也。子庸以乃父期望心切,故苦志读书。方十余岁,随从兄健生、香浦背诵五经传注,累累如走珠盘。苦读而至生病。"[4]子庸于嘉庆二十一年丙子(1816)中举人。据其《粤讴》一书中的有关篇什来看,他后来曾经多次赴京参加会试,并且久居京华,可惜屡举不第,最终"失意还乡"。直到道光九年(1829)才因"大挑一等以知县用,分发山东"。先后任

---

[1] 冼玉清:《招子庸故乡游记》,《妇女生活》1948年第3期。
[2] 廖亮祖:《东岸草堂文钞》,引自冼玉清:《招子庸研究》,《岭南学报》1947年第1期。
[3] 冼玉清:《招子庸研究》,《岭南学报》1947年第1期。
[4] 冼玉清:《招子庸研究》,《岭南学报》1947年第1期。

峄县、朝城、临朐和潍县知县。据同治《南海县志》记载，子庸"有干济材，勤于吏职，其任潍县也，相验下乡，只身单骑，仆从不过数人，不饮民间一勺水，颂声大作"[1]。遗憾的是，在道光十九年（1839），竟"以收纳亡命被议"而落职。这是一个冤案，对他的打击是很大的。"子庸于潍县被议后，郁郁寡欢。遂以道光二十四年甲辰（1844），挟琵琶徒步走四川，欲访其亲家番禺陈仲良筹款谋复官。"[2] 由此可见，子庸作为科举时代的一位读书人，尤其是作为功名未遂而遗憾终身的诗人招茂章之子，其功名意识原是很强烈的。功名意识强烈不一定都是坏事，尤其是像子庸这样做官之后能够勤政为民、清廉为官，因而被老百姓称为"民之父母，不愧青天"的人，其功名意识强烈，不仅可以促使他完成父亲的夙愿，实现自己的社会价值，也可以促使他为朝廷和老百姓多做一些好事。我们这里所要强调的，是他这种由来已久的强烈的功名意识，对其早年的情感生活、对其《粤讴》一书的写作所产生的作用，无疑是相当重要的。

二是浪漫的人生态度。招茂章一生谨言慎行，其诗"多饬纪敦伦、诒谋燕翼之言，无词人风云月露之派"（钱林《五十寿序》），而子庸则不修边幅，跌宕不羁。这种人生态度的形成，与家庭文化环境似无关系，应从社会文化环境方面来考察。据其同学徐荣介绍，子庸负绝世聪明，而其浪漫狂放之态亦为世俗所惊骇。端午赛龙舟时，子庸头簪石榴花，袒胸跣足立于船头，左手执旗，右手擂鼓，旁若无人。又喜为粤讴，流连珠江花舫，故颇

---

[1] 《南海县志》，清同治刊本。
[2] 冼玉清：《招子庸研究》，《岭南学报》1947年第1期。

有江湖薄行之名。又曾挟琵琶卖画至四川，携五美女归，其风流放诞可想而知。冼玉清教授认为："子庸抱绝世之才，少年科第，本欲名列清班，无奈屡举进士不第，故郁郁无以自聊，遂发为此狂态也。"[1] 从行为心理学的角度来看，这种分析是有道理的，但还不够全面。还应该从环境心理学的角度来看。也就是说，子庸这种浪漫的人生态度的形成，既与他在科场上屡试屡败的心理有关，更与珠江文化环境的影响有关。

珠江是一条浪漫的河。尤其是它的下游，也就是广州河段，可以说是浪漫到了极致。清乾隆二十一年（1757）至鸦片战争前的83年间，广州作为全国唯一的对外通商口岸，城市经济达到空前的繁荣。随着城市经济的空前繁荣，城市人口也为之剧增。随着城市经济的繁荣与城市人口的剧增，城市声妓（花事）也达到鼎盛。招子庸的生活及其《粤讴》的写作就处在这个特定的时空环境里。

张心泰《粤游小志》载：

……娼家……广州称最。广之最著名者，莫如谷埠，在省城西南……河下紫洞艇，悉女闾也。艇有两层，谓之横楼，下层窗嵌玻璃，舱中陈设，洋灯洋镜，入夜张灯，远望如万点明星，炤耀江南，纨绔子弟，选色征歌，不啻身到广寒，无后知有人间事，……土人云，此艇本泊沙面，近年始移谷埠，今又迁至南渡头，较三十年前，仅十之一矣。[2]

---

[1] 冼玉清：《招子庸研究》，《岭南学报》1947年第1期。
[2] 张心泰：《粤游小志》卷三，清光绪十七年（1891）上海著易堂本。

《粤游小志》写于光绪前期，由此上推三十年，即招子庸时代的后期。光绪前期的广州声妓（花事）尚且如此兴盛，三十年前即招子庸时代的超兴盛就可想而知了。

又据杜展鹏先生介绍，"广州花事之兴盛，初以谷埠为最为早。谷埠位于油栏门城外珠江河畔，即今仁济路口对开去之堤边。此地烟花，远在清代道光年间已有。江上湾泊花舫、楼船、沙艇等"。"谷埠西边接连白鹅潭、沙面、沙基等处，是省、港、澳、沪各市镇来往船航湾泊上落所经之地方。……又与城内及东南关、西关、河南区各铺户相接，平均路途不甚远，具此水陆利便，故谷埠'烟花'得以旺盛。"[1] 招子庸的家乡横沙，就在离谷埠很近的省城西南地区。因此他就很自然地接受了这种浪漫文化的影响。

赖学海《雪庐诗话》云："粤之《摸鱼歌》，盲词之类，其调长。其曰《解心》，《摸鱼儿》之变调，其声短，珠娘其歌之以道其意。先生（按即冯询）以其语多俚鄙，变其调为讴使歌。其慧者随口授即能合拍上弦。于是同调诸公，互相则效，竞为新唱以相夸。熏花浴月，即景生情，杯酒未终，新歌又起。或弄舫中流，互为嘲谑，此歌彼答，余响萦波。珠江游船以百数，皆倚棹停桡，围而听之，此亦平生第一乐事也。好事者采其销缠绵绮丽，集而刊之，曰《粤讴》。与招铭山大令辈所作，同时擅场。"[2] 招子庸的《粤讴》就是在这样的自然和人文环境中产生的。

石道人《粤讴序》云：

---

[1] 杜展鹏：《广州陈塘东堤"烟花"史话》，《广州文史》2010 年第 4 期。
[2] 赖学海：《雪庐诗话》，引自梁培炽：《南音与粤讴之研究》，广东人民出版社 2012 年版，第 137 页。

戊子之秋，八月既望，蟋蟀在户，凉风振帏，明珊居士惠然诣我，悄然不乐曰："此秋声也，增人忉怛，诸为吾子解之。"余曰："唯唯"。居士曰："子不揽夫珠江乎？素馨为田，紫檀作屋，香海十里，珠户千家。每当白日西逝，红灯夕张，衣声缂缫，杂以佩环，花气氤氲，荡为烟雾，秋纤异致，仪态万方，珠女珠儿，雅善赵瑟，酒酣耳热，遂变秦声，于子乐乎？"余曰："豪则豪矣，非余所愿闻也。"居士曰："龙户潮落，蜑更夜午，游舫渐疏，凉月已静，于是雏鬟雪藕，纤手分橙，荡涤滞怀，抒发妍唱，吴歈甫奏，明灯转华，楚竹乍吹，人声忽定，于子乐乎？"余曰："丽则丽矣，非余所心许也。"居士曰："三星在天，万籁如水，华妆已解，芗泽微闻，抚冉冉之流年，惜厌厌之长夜，事往追昔，情来感今，乃复舒彼南音，写伊孤绪，引吭按节，欲往仍回，幽咽含怨，将断复续。时则海月欲堕，江云不流，辄唤奈何，谁能遣此？"余曰："南讴感人，声则然矣，词可得而征乎？"居士乃出所录，曼声长哦，其音悲以柔，其词婉而挚，此繁钦所谓凄入肝脾，哀感顽艳者，不待河满一声，固已青衫尽湿矣。[1]

这一段话，对于《粤讴》赖以产生的自然和人文地理环境，可以说是作了绘声绘色的描绘。如果没有这样的自然和人文地理环境，或者说，如果作者不熟悉这样的自然和人文地理环境，《粤讴》的产生是难以想象的。随着时间的流逝与社会的变迁，珠江

---

[1] 石道人：《粤讴序》，招子庸：《粤讴》，清光绪戊子九年刊本。

的自然和人文环境发生了巨变，尤其是当年的人文环境不复存在了，因此同类题材的《粤讴》也不可能产生了。

总之，"半农半儒"的家庭人文环境，使招子庸受到良好的教育，积累了深厚的人文底蕴，培养了卓越的写作才能，更形成了强烈的功名意识；"可游可钓"的自然和社会人文环境，则培养了他的浪漫情怀，丰富了他那独特的人生体验。正是这样的环境，使《粤讴》的写作成为可能。

三、《粤讴》在中国地域文学中的地位

《粤讴》是用粤语即广府语言写作的文学，属于广府文学的范畴。广府文学作为一种地域文学，实际上包含两种样态：一是普通的广府文学，一是典型的广府文学。所谓普通的广府文学，是指由广府作家或生活在广府的外地作家创作的、以广府生活为题材的文学。也就是说，无论创作主体是广府本地作家还是生活在广府的外地作家，抑或生活在外地的广府籍作家，只要其作品是以广府生活为题材的，就是普通的广府文学。所谓典型的广府文学，则是指广府本地作家和生活在外地的广府籍作家用广府语言创作的、以广府生活为题材的文学。生活在广府的外地作家虽然也有少数人能用广府语言来写广府生活，但是没有广府本地作家和生活在外地的广府籍作家写得那么本色当行。典型的广府文学与普通的广府文学，其共同点在于以广府生活为题材，其差异则在于前者能够熟练地用广府语言写广府生活，后者则不能。从这个意义上讲，招子庸的《粤讴》就是一部典型的广府文学。第一，

招子庸是广府本地人；第二，《粤讴》是用广府语言创作的文学；第三，《粤讴》的题材是广府生活。

事实上，所有的地域文学都包含了这两种样态，一种是普通的地域文学，一种是典型的地域文学。判断一种地域文学是属于前者还是属于后者，关键在于它是否熟练地使用了本地方言。以这个标准来衡量，《诗经》中的"十五国风"并不属于典型的地域文学，而只是普通的地域文学，因为这些原本使用了各地方言的民歌被收集拢来之后，都由乐师（太师）们用"雅言"也就是周代的共同语加工润色过了。[1] 但《楚辞》可以称为典型的地域文学。黄伯思《翼骚序》云：《楚辞》"皆书楚语，作楚声，纪楚地，名楚物，故可名之楚辞"[2]。如果《楚辞》仅仅是"纪楚地，名楚物"，那还只是普通的地域文学，但由于它能够"书楚语，作楚声"，即使用楚地语言来"纪楚地，名楚物"，因此就成了典型的地域文学（虽然它也有一些中原"雅言"，即那个时代的通用语）。以这个标准来衡量，刘向《说苑》所载的《越人歌》，汉乐府中的"代、赵、秦、楚之讴"，六朝民歌中的《西曲歌》与《吴声歌曲》，明代冯梦龙所辑《山歌》、《挂枝儿》，清代招子庸创作的《粤讴》，还有各种地方戏的戏文，明清以来少数用方言创作的小说如韩庆邦的《海上花列传》、邵彬儒的《俗话倾谈》等，即可称为典型的地域文学。

典型的地域文学所承载、所反映、所描绘的是典型的地域文化。典型的地域文化至少包含三个要素：一是方言，二是风土人

---

[1] 向熹：《论〈诗经〉语言的性质》，《中国韵文学刊》1998年第1期。
[2] 黄伯思：《校定楚辞序》，引自陈振孙：《直斋书录解题》第15卷，上海古籍出版社1987年版，第436页。

情,三是价值观念。从这个意义上讲,典型的地域文学是弥足珍贵的,它是地域文化的一个标本,是人们感受和认识地域文化的一个最好的艺术载体。

在招子庸的《粤讴》问世之前,广府文学中已有一些典型的地域文学,例如木鱼歌、龙舟歌、南音等,但是这些都是民间说唱艺人的创作,文学价值并不高。刘向《说苑·善说》载有一首由楚语翻译的《越人歌》,这是一个文学价值很高的作品,但是未必就是南越人的创作。因为先秦时期的越人分布很广,"自交趾至会稽七八千里,百越杂处,各有种姓"[1]。仅仅是见于史籍的就有句吴、于越、扬越、东越、闽越、瓯越、南越、骆越、西瓯、山越、夷越、夔越等,故称"百越"。也就是说,在今江苏、浙江、福建、台湾、江西、湖南、广东、广西诸省和越南北部皆有越人,而分布在两广一带的只有南越,因此很难说这个越人就是南越人。另据屈大均《广东新语·诗语》载,汉"孝惠时,南海人张买侍游苑池,鼓棹为越讴,时切讽谏"。"越讴"就是"粤讴"。古代"粤""越"相通,因此也有人把《粤讴》写成《越讴》。南海人张买就是汉代的广府人,也就是讲粤语的人,他所作的《越讴》就是最早的《粤讴》,但是这个《越讴》并没有保存下来,它究竟属于典型的广府文学还是普通的广府文学,我们无法知晓。招子庸创作《粤讴》时,冯询、邱梦旗、温汝适、李长荣等文人也都创作过《粤讴》,但都没有作品保留下来。因此招子庸的《粤讴》作为历史上流传下来的一部典型的广府文学作品,其文化价值与文学价值都是弥足珍贵的。

---

[1] 周振鹤:《汉书地理志汇释》,安徽教育出版社2006年版,第516页。

传统的广府文学包括诗、文、词、戏曲、小说五大类，其中诗、文、词是用官话写作的，小说的绝大部分也是用官话写作的（例如庾岭劳人的《蜃楼志》、黄谷柳的《虾球传》就是用官话写作的小说，真正像邵彬儒的《俗话倾谈》那样较多地使用广府方言写作的小说并不多见），真正用广府方言即粤语写作的只有戏曲（包括粤剧、粤曲、木鱼歌、龙舟歌、南音、粤讴等）。如上所述，木鱼歌、龙舟歌、南音多是民间艺人的创作，其文学价值并不高。粤剧、粤曲中有一些文人的创作，但是其文学价值也不能和招子庸的《粤讴》相比。因此我们可以这样讲：要认识真正有文学价值的、典型的广府文学，必须以招子庸的《粤讴》为范本。

结　语

从文学地理学的角度解读《粤讴》，还有不少工作可做。例如作品所描写的广府地区的风土人情，作品所使用的大量的广府方言等，都有研究的必要。另外还可以把作为粤语歌词的《粤讴》与作为吴语歌词的《山歌》、《挂枝儿》等作一个横向的比较，等等。这种研究无论是就广府文学研究来讲，还是就文学地理学研究来讲，都具有方法论的意义。限于篇幅，留待他日再作探讨。

（原刊《广州大学学报》2015 年第 1 期）

粤讴的价值及其研究

粤讴是用粤语演唱的一种通俗文学,流行于广东、香港等粤语地区。据赖学海《雪庐诗话》记载,文人开始写作粤讴,大约在清嘉庆末年(1820)前后。当时写作粤讴的文人有冯询、招子庸、邱梦旗等"六七人"。清道光八年(1828),广州西关澄天阁刊刻招子庸撰《粤讴》一册,收录作品99题,凡121首。清光绪二十七年(1901),广州状元坊以文堂又刊刻了"戏月山房香迷子"辑录的《再粤讴》,共57题67首,是为《粤讴》之续集。这是选辑粤讴的两本专书,但晚清文人所创作的粤讴其实远不止这两种,还有不少粤讴散见于当时的各种报刊或收辑在如《岭南即事》(何惠民编撰)等书中。

一、粤讴的价值

粤讴在当时是非常流行的。朱自清先生在《中国歌谣》中介绍说:"当时粤讴极流行,李传论之云:'……虽巴人下里之曲,而饶有情韵。拟之乐府,子夜读曲之遗;俪以诗余,残月晓风之裔。而粤东方言别字亦得所考证,不苦诘屈聱牙。一时平康百里,谱入笙歌,虽"羌笛春风","渭城朝雨",未能或先也。'招子庸之后,粤讴的作家很多;如缪莲仙的作品也是数一数二的。……现在粤讴似乎又流行了。许地山先生文中说他在广东住得最久;他说广州所属各县,'无论是谁,少有不会唱一二枝粤讴的'。"[1]郑振铎先生也在《中国俗文学史》一书中介绍说:"《粤讴》为招子庸所作,只有一卷,而好语如珠,即不懂粤语者读之,也为之神移。拟《粤讴》而作的诗篇,在广东各日报上竟时时有之。几乎没有一个广东人不会哼几句粤讴的,其势力是那末的大!"[2]

粤讴不但在粤语地区流行,还一度流行到英语地区。1904年,由英国金文泰爵士翻译的《粤讴》(英文名为《广州情歌》)在英国出版。金氏在《粤讴》的英译本序言中说:"《粤讴》似希伯来诗多于似希腊诗。……《粤讴》以宗教影响及环境影响,其感情多幽沉郁闷,无极快乐相联系之爱情。故以比希腊诗,无其活泼之气象。以比希伯来诗,无其放荡荒佚之叙述。"[3]

粤讴为什么那么流行?广东著名学者冼玉清先生在《粤讴与晚清政治》(1966)一文中作了介绍:招子庸"所创作的粤讴,运用'南音'的唱法,在用字遣词上,尽量参用方言谚语,加以文学的词藻;而题材内容,多半诉说男女的爱情,以及一些沦落青楼被侮辱与被损害者的可怜身世。作者以委婉的笔调,写出被压

---

[1] 朱自清:《中国歌谣》,作家出版社 1957 年版,引自招子庸等撰,陈寂、陈方评注:《粤讴》,中山大学出版社 2017 年版,第 252 页。
[2] 郑振铎:《中国俗文学史》下册,上海书店 1984 年影印本,第 453 页。
[3] 引自冼玉清:《招子庸研究》,《岭南学报》1947 年第 1 期。

迫者的凄楚心情，声调悠扬，语意悲婉；佐以琵琶伴奏的幽咽之音，珠江画舫，水上闻之，怎不引起人们的激越之情？以故招子庸每创作一讴，马上不胫而走，成为雅俗共赏的粤曲形式之一。"[1]。

粤讴的创作和流行是在晚清民国时期，从创作时间和作品内容上看，可以分为"旧粤讴"和"新粤讴"。"旧粤讴"以招子庸所作《粤讴》为代表，"多半诉说男女的爱情，以及一些沦落青楼被侮辱与被损害者的可怜身世"[2]。"新粤讴"则以廖恩焘所作《新粤讴解心》（收廖氏所作110首，民国十二年刻本）为代表，其内容比"旧粤讴"要丰富得多，所谓"大之而军国平章，小之而闾巷猥琐，靡不指事类情，穷形尽态"（李家驹序）。梁启超对廖恩焘的《新粤讴解心》是非常推崇的，他说：《新粤讴解心》"芳馨悱恻，有《离骚》之意，吾绝爱诵之。其《新解心》有《自由钟》《自由车》《呆佬祝寿》《中秋饼》《学界风潮》《唔好守旧》《天有眼》《地无皮》《趁早乘机》等篇，皆绝世妙文，视子庸原作有过之无不及，实文界革命一骁将也"[3]。

"新粤讴"的作品很多，除了《新粤讴》（1910年刊，不题撰名）、廖恩焘的《新粤讴解心》（1923），还有燕喜堂的《新解心》，何惠群的《岭南即事》等等。而据冼玉清先生《粤讴与晚清政治》一文介绍，在当时广东和香港的许多报刊上，例如在梁启超创办的《新小说》月刊，兴中会创办的《中国日报》，郑贯公创办的《世界公益报》《广东报》《有所谓报》以及广州创办的

---

[1] 冼玉清：《粤讴与晚清政治》，《岭南文史》1983年第1、2、3期连载。
[2] 梁启超：《论文学上小说之位置》，《新小说》1903年第7号。
[3] 梁启超：《饮冰室诗话》，引自招子庸等撰，陈寂、陈方评注：《粤讴》，第246页。

《时事画报》上,也发表了许多"新粤讴"。冼玉清先生说:"根据我目前所接触到的很不全面的材料,单以反美拒约运动为题材的粤讴,就有六七十首,而且仅限于四五种当时省港比较进步的报刊。"她又说:"在1905年的反美爱国运动中,开始以粤讴作为宣传工具。当时在《广东日报》与《有所谓报》附刊发表的戏曲谐文,就有156篇,其中粤讴占了54首。"她指出,"新粤讴"在题材方面"一变风花雪月的情调,在近代中国民族民主革命的过程中,配合了政治,灌输了新的血液,成为革命人民斗争的武器,在各个历史时期中,起了宣传鼓动的伟大作用。在鸦片战争后不久,有些作者更广泛地运用粤讴反映现实的政治生活"[1]。

当然,"新粤讴"的内容,远远不只是反映1905年的反美拒约,还包括宣传戊戌维新和辛亥革命,反对帝国主义瓜分中国,反对赌博、嫖娼、吸食鸦片等陋习,呼吁废除八股与科举制度,反对压迫和剥削,揭露官吏腐败与社会黑暗,倡导文明、法制、科学、民主、自由等,冼玉清先生总结说:"粤讴的社会价值,即在于它能反映当时现实的生活和斗争,成为时代的史诗。而它的艺术价值,即在于它以生动活泼的语言,浅显形象的比喻,跌宕悠扬的声响,表达了人们的生活和斗争。题材的范围是广泛的,表现的情景是丰富多彩的。这与招子庸时代的粤讴相比,可以说是天壤之别。主要区别在于它已走出狭隘的爱情圈子,而成为反映时代的声音。"[2]

许地山先生讲:"在广州或香港底日报上,时常也有好的粤讴

---

[1] 冼玉清:《粤讴与晚清政治》,《岭南文史》1983年第1、2、3期连载。
[2] 冼玉清:《粤讴与晚清政治》,《岭南文史》1983年第1、2、3期连载。

发表出来，不过作者署名的方法太随便，有时竟不署名，所以我不知道现在的作家都是哪位。我盼望广东人能够把这种地方文学保存起来，发扬起来，使他能在文学史上占更重要的位置。"[1]

笔者认为，粤讴不同于一般的民间说唱文学，它的作者是文化人，其思想和艺术价值是很高的。广东传统的诗、词、文、赋，尤其是唐宋以来的诗、词、文、赋，虽然造诣较高，但是多少都有一些模仿中原的诗、词、文、赋的痕迹；广东近代的小说在题材、语言方面有创新，但是到后来，又与中原的小说相差无几了。在广东文学中，真正最富有地域特色的是地方戏剧和粤语说唱文学。

就粤语说唱文学而言，木鱼歌和龙舟歌都是民间艺人的创作，它们的地域色彩很浓厚，但是文学价值不能算高。广府南音有文人创作的作品，但比较雅，而且保存下来的作品并不多。而粤讴则是诗人创作的作品，数量既多，文学价值也高，地域色彩也很浓厚。诗人们在写诗的时候，态度是比较矜持的，往往放不开，但是在写粤讴的时候就完全放开了，招子庸、廖恩焘就是典型的例子。这就像宋代许多诗人、词人的写作一样，写诗时往往矜持得很，放不开，因为诗是可以博取功名的。写词就完全放开了，因为词不可能博取功名。古人讲："夷然不屑，所以尤高。"因此宋人的词就比宋人的诗写得好，至少是更有特色，成了一代之文学。广东诗人写粤讴也是这个道理。粤讴是说唱文学，不可能用它去博取功名（许多作者在发表作品时连真名都不署），可以放开写，因此就产生了许多好作品。前人讲："诗之后有词，词之后

---

[1] 许地山：《粤讴在文学上底地位》，《民铎杂志》第3卷第3号，1922年。

有曲，曲之后有粤讴"[1]，不能说没有一定道理。因此可以说，广东晚清民国时期最有地域色彩、文学价值和创新意义的文学样式，不是传统的诗、词、文、赋，也不是小说，而是粤讴。

二、粤讴研究的现状

但是，学术界对粤讴的研究却很薄弱。主要表现在两个方面：

一是文献整理工作基本没有做。凡是读过粤讴的人都说粤讴好，可是人们并不知道世上曾经有过多少粤讴，因为迄今为止，并无一部类似《粤讴全编校注》的书问世。广州出版社2019年10月出版的《广州大典·曲类》第一辑第二册收录粤讴25种（含同一部书的不同版本，例如招子庸《粤讴》有道光刻本和光绪刻本二种，《十思起解心》有富贵堂刻本、香山石岐刻本、以文堂刻本、成文堂刻本四种，《摘锦解心吊秋喜》有五桂堂刻本、以文堂刻本二种），这是迄今收录粤讴最多的一册书，但是，所收录的作品并不全，例如燕喜堂的《新解心》、何惠群的《岭南即事》就没有收录，许多发表在《新小说》、《中国报》、《一嚛报》、《歌台帜》、《中国旬报》、《有所谓报》、《广东日报》、《拒约报》、《时事画报》、《东方报》、《国事报》、《新少年报》、《南越报》、《广州共和报》、《现象报》等报刊上的粤讴也没有收录。事实上，晚清民国时期省港两地的报刊是很多的，据有关学者统计，仅晚清时期，

---

[1] 参见冼玉清：《招子庸研究》，《岭南学报》1947年第1期。

省港两地的报纸就多达 145 种（其中香港 58 种，广东 87 种）[1]，而在广西、澳门以及海外华人社区，还有许多粤语报刊。可以肯定地说，更多的粤讴是发表在当时的各种报刊上的，而这些报刊上的粤讴，在当时虽流行一时，到后来就尘封了。因此，晚清民国时期究竟有多少粤讴问世，迄今还是一个未知数。更重要的是，《广州大典》只是对这少量的粤讴予以影印出版，并没有予以整理。笔者所讲的整理，是指"一网打尽"的搜集、辑佚、校勘、辨伪、发凡起例、编目、注释等，这些《广州大典·曲类》都没有做。

笔者认为，研究粤讴，首先必须整理出版一部《粤讴全编校注》，包括全面的搜集、辑佚、校勘、辨伪、发凡起例、编目、注释。只有这样，才能让人们看到粤讴的全貌。只有看到它的全貌，才能对它进行全面而深入的研究。

二是对作家作品的研究不深入。据笔者所知，国内外关于粤讴的研究专著，只有美籍华裔学者梁培炽的《南音与粤讴之研究》一本（旧金山州立大学亚美研究学系 1988 年初版，广东人民出版社 2012 年再版）。此书共三篇，第一篇（共九章）为"南音之研究"，第二篇（共六章）为"粤讴之研究"，第三篇（共五章）为"南音与粤讴之拓展"。梁先生对粤讴的研究是很专业的，但是他所涉及的问题比较少，只讲了招子庸的《粤讴》、香迷子的《再粤讴》和廖恩焘的《新粤讴解心》。[2] 其他涉及粤讴的学术著作只有

---

[1] 参见史和、姚福中、叶翠编：《中国近代报刊名录》，福建人民出版社 1991 年版，第 444—450 页；李默：《辛亥革命时期广东报刊录》，《新闻研究资料》1979 年第 1 期至 1980 年第 2 期。
[2] 梁培炽：《南音与粤讴之研究》，广东人民出版社 2012 年版。

朱自清的《中国歌谣》（1933年铅印本，商务印书馆1957年初版）和郑振铎的《中国俗文学史》（商务印书馆1938年初版）[1]，此二书对粤讴的评价都很高，但篇幅都不长。研究粤讴的论文，据金琼教授统计，截至2014年，只有22篇。2014年12月，广州大学广府文化研究中心在招子庸的故乡广州市白云区横沙村主持召开"第二届广府文化论坛暨招子庸先生诞辰225周年学术研讨会"，收到研究招子庸及其《粤讴》的论文14篇（后来刊入由纪德君、曾大兴主编的《广府文化》第2辑，中山大学出版社2016年版）。这36篇论文，涉及"《粤讴》的思想文化价值"、"《粤讴》的美学风格"、"《粤讴》的语言特征"、"《粤讴》与其他民间艺术形式之间的渊源关系"、"《粤讴》的广府地域文化特色"、"《粤讴》的译介、传播与接受研究"以及"招子庸的生卒年问题"、"招子庸是否为《粤讴》创始者"、"招子庸《粤讴》与《新粤讴》之比较"等问题[2]，应该说，所涉及的话题还是比较多的，但是都不深入，绝大多数的文章都流入一般性的介绍，缺乏必要的考证和论述。而关于粤讴的文献整理，迄今并无一篇论文问世；关于"新粤讴"的研究，迄今只有冼玉清先生的《粤讴与晚清政治》和陈方的《论"新粤讴"》两篇[3]；关于粤讴作者的生平考证，除了冼玉清先生的《招子庸研究》[4]，迄今并无涉及其他作者的论

---

[1] 朱自清：《中国歌谣》，1933年铅印本，商务印书馆1957年初版；郑振铎：《中国俗文学史》，商务印书馆1938年初版，上海书店1984年影印本。
[2] 金琼：《招子庸〈粤讴〉研究文献综述》，纪德君、曾大兴主编：《广府文化》第2辑，中山大学出版社2016年版。
[3] 冼玉清：《粤讴与晚清政治》，《岭南文史》1983年第1、2、3期连载。陈方：《论"新粤讴"》，见陈寂、陈方评注：《粤讴》，中山大学出版社2017年版。
[4] 冼玉清：《招子庸研究》，《岭南学报》1947年第1期。

文问世。事实上，许多作者在刊刻或发表粤讴作品时，并没有署真名，他们究竟姓甚名谁，这是需要考证的。

关于粤讴的文献整理和粤讴作者的生平考证，都属于基础研究。如果基础研究做得不够乃至阙如，那么对于文本的研究就不可能深入。迄今为止的粤讴研究之所以不深入，这是一个重要原因。

当然，还有一个更重要的原因，就是学术界忽略了对粤讴及其作者的研究。虽然民国时期的一些有识之士如梁启超、许地山、胡怀琛、朱自清、容肇祖、郑振铎、冼玉清等都很重视粤讴，给予很高的评价，许地山先生甚至讲："我盼望广东人能够把这种地方文学保存起来，发扬起来，使他能在文学史上占更重要的位置。"[1] 但是，除了冼玉清先生，他们这些人于粤讴，也都缺乏深入的研究，都是浅尝辄止。因此，粤讴的文献整理和研究，一直以来就是学术领域的一个冷门。

三、粤讴研究的价值

粤讴研究存在的问题主要有三：

一是没有一部完整的、经过严格校勘和注释的《粤讴全编校注》，这使得阅读粤讴的人不能看到粤讴的全貌，不能真正读懂和了解粤讴；也使得研究粤讴的学者没有一部完整的、可信度较高的文本可依据。

二是由于对粤讴的文献整理和研究、对粤讴作者的姓名与生

---

[1] 许地山：《粤讴在文学上底地位》，《民铎杂志》第3卷第3号，1922年。

平的研究等基础性研究的缺乏，因此关于它的内容研究、形式研究等，就很难深入。

三是由于对粤讴的基础性研究的缺乏，对它的内容和形式研究的不深入，因此对它的传承与活化研究等就难以进行。

在这种情况下，对全部粤讴进行搜集、辑佚、校勘、辨伪、发凡起例、编目和注释，最后编纂一部《粤讴全编校注》，就显得很有必要了。这是一项填补空白的工作。在这项工作的基础上，再对粤讴进行研究，包括文献研究，作者生平研究，粤讴的题材、思想与情感研究，粤讴的形式、格律与音乐研究，粤讴与粤语方言研究，粤讴与其他粤语说唱文学的比较研究，粤讴的文学地理学研究，粤讴的传承与活化研究等，就具有多方面的意义和价值：

（1）可以为学术界和一切爱好粤讴的读者提供一部搜集全面、校勘严谨、体例合理、注释准确的《粤讴全编校注》。

（2）在充分占有史料的基础上，对众多粤讴作者的真实姓名和生平事迹进行考证，形成系列粤讴作者小传，再按其时代先后排列，便于读者和研究者"知人论世"。

（3）在全面掌握粤讴作品、作者基本史料的基础上，对新、旧粤讴的题材、内容、思想、情感进行专门的研究，藉此可以了解时代的变迁、社会的进步、国人思想境界的拓展与情感的延续及丰富。

（4）对新、旧粤讴的形式、格律、音乐进行比较研究，藉此可以了解粤讴这种文体的传承与变异的情形，了解它的转换机制，了解粤讴的作者们是如何推陈出新的，这项研究还可以为诗、词、曲、赋、古文、骈文、楹联、文言小说、其他粤语说唱文学等传统的文学样式如何表现新的时代、新的思想和新的情感提供有益的借鉴。

（5）粤讴是用粤语方言写作的，对粤讴与粤语方言的专门研究，可以藉此了解粤语丰富的文化内涵、生生不息的生命力和别具一格的表现力，从而更好地认识粤语、保护粤语、传承粤语、丰富和创新粤语，进而为认识、保护、传承、丰富和创新中国境内的众多方言如吴语、赣语、湘语、闽语、客家话、北方官话等提供有益的借鉴。

（6）对粤讴与其他粤语说唱文学如木鱼书、龙舟歌、广府南音等的比较研究，可以看出这几种文学样式各自的优点和局限。一般来讲，木鱼较长，龙舟较俗，广府南音较雅，粤讴则长短适中，雅俗共赏，这是粤讴的优势，是它为不同身份、不同文化水平的人所赏爱的重要原因。"新粤讴"的实践，表明粤讴在反映和表现新时代、新生活、新思想方面是成功的，那么在今天，在今后，粤讴还能不能反映和表现新的时代、新的生活、新的思想，这是很值得研究的一个问题；进而言之，木鱼书、龙舟歌、广府南音如何向新粤讴借鉴，如何提高各自的表现力，使其不至于因表现力的衰退而成为绝唱，这也是一个很值得研究的问题。总之，粤讴与其他粤语说唱文学如木鱼书、龙舟歌、广府南音等的比较研究，不仅可以为粤语说唱文学的研究提供一个新的增长点，也可以为别的方言说唱文学的研究提供一个新的增长点。更重要的是，这种研究，可以为中国传统的民间文学如何推陈出新提供借鉴。

（7）粤讴是一种地域文学，对地域文学的研究，可以运用文学地理学的理论和方法。通过对粤讴的文学地理学研究，不仅可以了解粤讴所赖以产生和流行的地理环境，了解作者生活与创作的地理环境，包括自然环境和人文环境；还可以了解作品内部的地理要素、地理景观、地理空间、人地关系、时空结构，进而了解作品中人物的生活、行为、思想、情感、语言、习惯、信仰等的地域特征。更重要的是，通过这种研究，可以增进读者的家乡感、家园感、归属感。尤其是在全球化、城市化的进程日益加快的今天，如何重温、感受、了解、认知自己的本土文化，进而更好地传承和弘扬优秀的本土文化，提升本土文化的影响力，避免文化的同质化，阅读粤讴和研究粤讴的成果，乃是一个很好的途径。

（8）粤讴作为一种用粤语演唱的文学样式，本是一种活态的文化，大凡讲粤语的人，都能哼唱几句粤讴，但是后来却鲜为人知，成了图书馆的一种尘封已久的藏品，粤讴的演唱方式、演唱技巧，也成了一种非物质文化遗产。在今天，在世界各国都非常重视非物质文化遗产的保护、传承与活化的时代，我们整理和研究粤讴，最终的目的，就是要让这种优美的文学样式再次焕发生命力，再次有人写，有人唱，有人听，而不仅仅是把它整理得好好地放进图书馆。如何让这种优美的文学样式再次焕发生命力，再次活过来，火起来，再次发挥感染人、影响人、教化人的功能，就需要从非遗保护的角度，研究粤讴的传承与活化问题。也就是说，不仅要把它当作粤语说唱文学来研究，还要把它当作非物质文化遗产来研究。从"新粤讴"的创作和传播实践来看，粤讴的生命力是很强大的，是可以再次焕发生命力的。对粤讴的传承与活化研究，意义不仅在粤讴本身，也可以为其他的"人类口头与非物质文化遗产"的传承和活化提供有益的借鉴。

总之，对粤讴的整理和综合研究，既有多方面的学术意义和学术价值，也有多方面的现实意义和现实价值。

四、粤讴研究的方法

粤讴是一种粤语说唱文学，也是一种典型的地域文学，因此对粤讴的研究，要运用适当的理论和方法，这就是文学地理学的理论和方法。要把粤讴作为文学地理学的一个典型个案来研究，通过对粤讴的文学地理学研究，揭示粤讴所赖以产生与流行的地理环境（包括自然环境和人文环境），揭示地理环境如何影响到作家、影响到文本、影响到读者，最后寻找到在自然环境并无明显改变、人文环境也无大的改变的前提下，粤讴如何传承、如何活化的路径或者办法。这是问题的一面。

文学地理学的研究在中国由来已久，但是作为一种自觉的理论和方法，则是近 20 年才盛行的。然而以往的文学地理学研究，多关注传统的诗、词、文、赋和小说，很少关注地方戏剧和说唱文学。事实上，地方戏剧和说唱文学的地域色彩是最浓厚的，最适宜用文学地理学的理论和方法来进行研究。因此用文学地理学的理论和方法来研究粤讴，具有某种实验性质。希望通过这项研究来检验文学地理学的理论和方法，来积累经验。这对于用同样的理论和方法来研究地方戏剧和更多的地方说唱文学，无疑是一种有益的实践。这是问题的另一面。

当然，对粤讴的研究，除了文学地理学的方法，还可以有其他的方法。例如：

社会学的方法。用社会学的理论和方法，对粤讴的题材、主题、思想、情感进行研究，揭示粤讴是如何反映社会现实，如何反映人们的喜怒哀乐的。

音乐文学的方法。通过对新、旧粤讴的内部音乐（格律）和外部音乐（配乐、演唱、伴奏）的研究，揭示粤讴作为音乐文学的特点以及新、旧粤讴之间的承传机制。

汉语方言学的方法。通过对粤讴中的粤语方言的注释、考证和研究，考察粤讴运用粤语方言的范围、条件、尺度、特点和规律，从而揭示粤语方言在粤语说唱文学写作方面的优势，总结方言写作的经验。

比较文学的方法。通过对粤讴与木鱼书、龙舟歌、广府南音等粤语说唱文学的比较研究，揭示这几种文学样式在题材、语言、音乐、演唱、传播等各方面的优点和局限。

非物质文化遗产的研究方法。通过对"旧粤讴"的产生、流行、衰落过程以及"新粤讴"的复兴、繁荣和式微过程的研究，揭示粤讴作为一种非物质文化遗产所赖以生存、发展的时空条件，找出其产生、流行、衰落与复兴、繁荣、式微的原因，从而为粤讴的保护、传承与活化提供具有现实价值的参考。

（原刊纪德君、曾大兴主编《广府文化》第八辑，中国社会科学出版社2021年版）

# 五、序言

《明末清初西湖小说研究》序

　　胡海义博士所作的明末清初西湖小说研究，可以称为文学地理学研究的一个成功个案。文学地理学的研究对象，就是文学与地理环境的关系。这个定义表明，文学与地理环境的关系乃是一种相互影响、相互作用的关系。一方面，地理环境影响文学；另一方面，文学也影响地理环境。地理环境通过文学家这个中介来影响文学，文学通过读者这个中介来影响地理环境。文学与地理环境相互作用的结果，就是文学作品与文学景观。胡海义博士的《明末清初西湖小说研究》这本书，可以说是完整地体现了文学与地理环境的这种相互影响、相互作用的关系。该书第一章为"明末清初西湖小说兴盛的原因"，实际上就是讲杭州与西湖的人文地理环境对西湖小说的影响；第五章为"明末清初西湖小说与文学地理学研究"，实际上就是讲西湖小说对杭州与西湖的人文环境之影响，讲西湖这个文学景观的内涵与意义；第二、三、四章依次为"明末清初西湖小说题材的地域特色"、"明末清初西湖小说的艺术特色"、"明末清初西湖小说与科举文化研究"，实际上就是讲西湖小说在题材、艺术表现和文化内涵方面的地域特色；第六章为"明末清初西湖小说的局限研究"，则是讲西湖小说在时代意识、现实精神和地域性方面的某些局限。总之,作者的文学地理学意识是非常明确的,思路是非常清晰而完整的。全书史料丰富,分析细致,观点正确,文笔朴实,可以说是运用文学地理学的理论和方法来研究地域文学的一部力作。

20世纪90年代以来,地域文学的研究成为文学研究的一个热点,例如关于文学家族的研究,关于地域性文学流派(文学群体)的研究,关于地域性(区域性)文学史的撰写,关于某个地域的作家、作品的个案研究等,均有许多论著问世。这些论著挖掘出了不少地域文学的史料,使一些长期被忽略的作家、作品得以为人所知,其成绩是有目共睹的。但是这些论著也存在某些不足或局限,其中一个最突出的问题,就是缺乏地理意识和空间分析。我们知道,地域是一个空间概念,它有方位,有核心区、外围区和过渡带,有相对一致的自然和人文地理特征,而所谓地域文学,就是从某个特定的地理空间产生的、具有这个地理空间的自然和文化特征的文学。因此对于地域文学的研究,如果缺乏明确的地理意识和具体的空间分析,只有传统的历史意识和时间分析,那么这种研究就很难到位,很难深入,会流于一般化。而胡海义的《明末清初西湖小说研究》这本书的一个最大亮点,就是突破了20世纪90年代以来的地域文学研究的这个局限,他有明确的地理意识和具体的空间分析,同时又没有忽略传统的历史意识和时间分析,他把地理意识和历史意识结合起来,把空间分析和时间分析结合起来,发现和解决了同题或同类研究所没能发现和解决的许多问题,深化、细化了西湖小说研究,提高了西湖小说研究的水准,予人以耳目一新之感,因此他这本书作为博士学位论文提交答辩时,就得到了评委们的热情肯定和赞赏。

事实上，这本书不仅仅是运用文学地理学的理论和方法，发现和解决了西湖小说研究中的许多问题，同时还对文学地理学的研究本身，做出了自己的贡献。这主要表现在两个方面。

第一，是对"文学对地理环境的影响"这一问题的研究，提供了具体的第一手材料。我在拙著《文学地理学研究》中，曾引杜佑《通典》中的"闽越遐阻，僻在一隅，凭山负海，难以德抚。永嘉之后，帝室东迁，衣冠避难，多所萃止，艺文儒术，斯之为盛。今虽闾阎贱品，处力役之际，吟咏不辍，盖因颜、谢、徐、庾之风扇焉"这段话，阐述文学对人文地理环境的影响。我强调说："一个地方的文学（无论是作家文学还是民间文学）在哪个层面、哪种程度上反作用于当地的人文环境，也与当地人文环境的素质，以及当地人的文化自觉等有关系，对这些问题的充分解答，有赖于大量的实证研究，更有赖于理论上的探讨和概括。"（详见拙著《文学地理学研究》，商务印书馆 2012 年版，第 55—57 页）我为什么要强调这一点呢？因为文学地理学的研究在这一方面还是比较薄弱的。胡海义很敏锐地注意到了这个问题。他引用了古吴墨浪子《西湖佳话序》中的这样一段话："随在即是诗题，触处尽成佳话，故笔不梦而花，法不说而雨。自李邺侯、白香山而后，骚人巨卿之品题日广，山水之色泽日妍。西湖得人而显，人亦得西湖而传。"他接着指出："此处的'人'是指诗人及文学家，西湖小说家强调'诗题'成就了佳话，名篇佳作为西湖增光添彩，甚至创造、重塑了西湖的文化胜迹。……可见西湖小说的认识已经非常接近当代的文学地理学观念。西湖小说不仅全面反映与生动阐释了'人地关系'与'湖山—城市'的地理环境，而且自觉参与营造和积极深化这些因素，从而为文学与地理环境之间的互动、辩证关系提供了深刻启示和研究典范。"这个认识和评价是非常到位的。而在本书第五章的第一节，他就用了许多材料，来实证"西湖得人而显"，即实证文学对地理环境的影响。他提供的这些材料和他的实证本身，无疑丰富和深化了文学地理学界对这一问题的认识。

第二，是对西湖文学景观的研究。以往的文学研究并不涉及文学景观，文学景观研究是文学地理学研究的一项独特内容。我曾在拙著《文学地理学研究》中用两章的篇幅探讨文学景观，之后又在拙著《文学地理学概论》（商务印书馆2017年版）中用一章的篇幅探讨文学景观，另外还发表过几篇同一性质的论文。我的目的，就是希望人们能够认识到文学景观的特点、价值和意义，从而更好地保护和开发利用文学景观。"所谓文学景观，就是指那些与文学密切相关的景观，它属于景观的一种，却又比普通的景观多一层文学的色彩，多一份文学的内涵。"（拙著《文学地理学研究》第118页）文学景观既是文学的一种地理呈现，又是一个具有多义性的象征系统。书写或欣赏景观的人，由于个人感受、情感、思想、文化积淀、生活经历、价值观念、审美趣味等方面的差异，以及时代、民族、地域、宗教信仰等方面的差异，往往会赋予景观以不同的意义。甚至同一个人，由于观景的时间（时令）、角度、方式和心境的不同，也会赋予景观以不同的意义。因此文学景观是可以不断地被重写、被改写的。越是历史悠久的文学景观，越是著名的文学景观，其所被赋予的意义越是丰富。尤其是那些著名的文学景观，可以说是人类思想的一个记忆库。胡海义对文学景观也是非常重视的。他在这本书的第五章第二节，用了相当长的篇幅来研究西湖文学景观。他指出："文学作品中的西湖文学景观在不同时代被不断地改写、重塑，最终累积沉淀下来，形成了层理丰富多彩且清晰共存的层累构造。"接下来，他就以《西湖佳话》中的《灵隐诗迹》为例，分析西湖景观的层理层累构造。他一共分析了这个景观的五个层面，一是神话传说中的"梦幻"景观层面，二是历史故实中的"史笔"景观层面，三是小说人物所见"画意"景观层面，四是小说所引诗词描绘的"诗情"景观层面，五是小说作者描绘的实际景观层面。再接下来，他又分别揭示了这种层累结构的三个特点，以及西湖文学景观的多方面的人文内涵与叙事意义。可以说，对于西湖文学景观的意义，他的探讨是相当深入、相当细致、相当有创意的。他对西湖文学景观的研究，可以供包括我在内的所有从事文学景观研究的学者参考和借鉴。

30多年前，我跟随先师曾昭岷先生研读唐宋词的时候，读到著名词学家夏承焘先生于1959年发表的《西湖与宋词》一文，印象特别深刻。这应该是最早的一篇研究西湖地域文学的论文。夏先生指出：宋词中的许多佳作，"描绘了西湖的自然现象和社会现象，西湖也给词以丰富的内容和种种发展条件，二者相得益彰。我们倘若在西湖文学里抽掉了宋词，或在宋词里抽掉了有关西湖的许多作品，这在地理和人文上，都将是多么大的减色和损失啊！"（原刊《杭州大学学报》1959年第3期，后收入《夏承焘集》第8册）夏先生不知道有文学地理学这个概念，更不可能知道文学景观这个概念，但是他的这几句话，已经讲到西湖对西湖词的影响，也就是地理环境对文学的影响这个重要问题，这是很难得的。今天我读到胡海义的这本书，发现他的理论认识水平已经超过夏先生，他不仅深刻揭示了西湖文化环境对西湖小说的影响，同时还揭示了西湖小说对西湖文化环境的影响。更重要的是，他把西湖作为一个典型的文学景观来研究，多层次、多角度地揭示了西湖文学景观的意义。这应该是中国当代学术在理论和方法上超越前人的一个例证，这是值得欣慰的。虽然胡海义的研究也存在某些不足之处，例如对于西湖的自然环境如何影响小说家的审美取向和构思过程还缺乏必要的探讨，对"层累构造"这个概念的内涵与外延还缺乏必要的界定，等等。但是作为一位年轻学者，他还有很大的发展空间。我相信在今后的岁月里，他会把文学地理学的研究做得更好。

（原载胡海义著《明末清初西湖小说研究》，人民文学出版社2019年版）

《明清白话短篇小说的文学地理研究》序

每年的五月,都是大学教师的大忙时节。正是在这个时节,杨宗红教授来电,要我为她即将出版的《明清白话短篇小说的文学地理研究》写一个序言。面对她发来的长达40万字的电子书稿,我刚开始是有点发愁的。以我并不快的阅读速度,得专门花上好几天时间才能读完。但是一打开书稿,我就被其中的见解和文字吸引住了,真是新意扑面,精彩纷呈,而语言又简洁、流畅,读来令人忘倦。于是我就放下手边所有的工作,除了讲课,就是读她这部书稿。

综观全书,我认为有这样几个特点:

一是比较全面地探讨了小说地理的问题。近百年来,明清白话短篇小说的研究产生了许多成果,但是正如作者所言,这些成果"或侧重于介绍、整理、考证,或重在话本小说史的编写",真正从地理的角度入手者,例如像刘勇强、胡海义那样考察西湖小说,还是很少见的。杨宗红这本书不一样。"绪言"为"中国古代小说的地域性","结语"为"关于中国古代小说地域特征研究的思考","附表"为"中国历代小说家的地理分布表";正文五章,一是"明清白话小说的地域分布",二是"明清白话短篇小说的地域空间",三是"地理与叙事母题之关系",四是"此在与彼在:地域身份对小说叙事的影响",五是"寄生韵文与小说地域表达之关系"。全书八个部分,从小说作者的地理分布、小说读者的地理分布再到小说文本的地理空间,从小说的地理叙事再到小说寄生韵文的地域性,全是从地理的角度入手,所探讨的问题全是小说地理的问题,因此可以说是中国第一部比较全面地探讨小说地理的专著。

二是相对完整地考察了中国历代小说家的地理分布。本书第二章的重点,虽然是考察明清白话短篇小说家的地理分布,但是她在正式考察这个问题之前,把先秦至清代的文言小说家的地理分布作了一个全面的考察,有考证,有分析,有统计,有图表,有总结。许多结论可谓妙趣横生,是我们读以往众多的小说研究论著所未曾遇见的。也就是说,她不是单一地考察明清白话短篇小说家的地理分布,而是把这个问题放在整个中国古代小说家的地理版图内进行考察。而在书稿的最后部分,她又附了一组十张从先秦到明清各个朝代的小说家的地理分布表。我认为,如果把附表九、附表十与第一章第二节中的附表"明清白话短篇小说家的地理分布情况"加以综合,那就是一张相当完整的"中国历代小说家的地理分布表"了。这些表格的制作无疑花费了作者大量的时间和精力,其中既吸收了同时代学者的研究成果,也包含了作者本人的研究成果。这些表格对以后的相关研究是有重要的参考价值的。

三是首次考察了小说读者的地理分布及其地域性问题。以往的文学地理学研究,对于作家的地理分布与作品的地域性的考察是比较充分的,相关成果也很多,但是对于读者的地理分布及其地域性的考察则比较薄弱,其中的一个主要原因,就是数据缺乏,且不知如何下手。杨宗红用了18000多字的篇幅,分别从"禁毁小说的相关材料"、"小说刊刻地"以及"序跋者、评点者、校正者"的地理信息着手,来考察小说读者的地理分布及其地域性,最后总结"不同区域读者对小说审美形态的影响"。她的这一部分研究,不仅填补了小说地理研究中的一项空白,也为文学地理学的读者研究提供了重要经验。

四是多层面地考察了小说文本的地理空间。小说文本的地理空间是多样化的,以往的相关研究主要涉及城市,较少涉及其他。杨宗红的考察要丰富得多。她所考察的小说文本的地理空间不仅有城市,还有乡村;不仅有沿海,还有内陆。更重要的是,她还进一步考察了小说文本的地理空间的流动性及其成因,考察了不同地理空间中的典型景观尤其是文学景观等。需要强调的是,小说的文本空间研究,是近年来的小说研究的一个热点,后现代主义文学批评热衷于研究它,文学地理学批评也热衷于研究它,但前者所讲的空间是哲学意义上的、泛化的空间,是放诸四海而皆准的空间,后者所讲的空间是地理学意义上的、具体的空间,是有地点、有中心、有边界的空间。杨宗红所关注的小说文本空间是指小说文本的地理空间,她的考察属于真正的文学地理学意义上的考察。

五是首次从地理的角度考察了小说的叙事母题。关于小说的叙事母题,例如动物精怪、自然灾难、高僧红莲、杀生放生、洞天福地、斗法显法、骗赌、娼妓、才子佳人等,前人多有研究,但是殊少从地理的角度进行研究者。杨宗红在这一方面也有重要突破。她通过对这些叙事母题的地理考察,得出了许多有趣的结论。例如："小说中的精怪以狐狸、蛇、猿猴、虎为多。狐故事以北方为多，蛇故事几乎都在长江流域，猿猴故事都在东南一带，虎故事南北皆有。故事的地理分布与这些动物在中国的地理分布几乎一致。""诈骗、赌博、娼妓故事主要发生在京城及各大都市，苏、浙一带尤盛，'男风'可谓'南'风，在江南大盛。这与江南区域经济有很大关系。"从地理的角度考察小说叙事母题的地理分布与地域特征，其意义和价值是多方面的，不仅可以解决小说叙事母题研究中的许多问题，还可以为整个中国文学乃至世界文学中的叙事母题研究提供借鉴，某些研究成果甚至还可以供地理学、动物学、社会学、人类学及民俗学者参考。

六是细致深入地考察了作者的地域身份对小说叙事的影响。杨宗红强调："作为说话产物的白话小说，其故事情节结构，故事发生地，故事的语言表达，既受到作者自己地域身份的影响，也在一定程度受到他面对的听众的地域身份的制约。"她结合大量的明清白话短篇小说文本，分别从四个方面来考察这一问题：一是"此境身份与此地叙事之影响"，二是"地域身份对小说改编的影响"，三是"地理身份对小说语言表达之影响"，四是"异域叙事与异域想象"。她的考察是非常细致而深入的，许多结论也是妙趣横生的。

七是首次从地理的角度考察了小说的寄生韵文。这里所讲的"寄生韵文"，是指小说中的诗、词、曲、赋等韵文，它们是小说的有机组成部分，与小说母体"散韵并存"。尤其是小说中的诗词，向来引人注目。近年来，这一方面的研究论著不少，有的对小说中的诗词进行评注笺释，有的考察古代小说融入诗词韵文传统的发展变化，有的全面考察古代小说与诗词的关系，其中不乏专门研究明清白话小说与诗词之关系者。但是，这些研究虽然比较重视小说中诗词的源头、功能与意义，却很少对这些诗词的描写、抒情等功能进行文学地理学的考察。杨宗红指出："小说中的很多诗词，都具有地理学意义，它们配合小说母体，共同表达小说的地域性。"为此，她专门从三个方面来考察这一问题：一是"寄生韵文与小说的地理表达"，二是"寄生民歌的地域色彩及地域表达"，三是"地域转换与寄生韵文的地域表达"。她用了将近12000字的篇幅来考察小说中的寄生民歌问题，这一点尤其有眼光，因为民歌与文人创作的诗、词、曲、赋相比，其地域性是最强的。

除了以上七点，还有一点也值得一说，这就是全书一以贯之的实证色彩。实证，既是中国古代文学研究的一个基本特点，也是地理学和文学地理学研究的一个基本特点。这个特点在本书中得到了比较充分的体现。作者的每一个结论，每一个观点，都是以大量的文献考证、文本细读和数理统计为依据的，都是以实证研究为前提的。不讲一句空话，不讲一句看似玄妙高深实则不知所云的话。这一点在今天这种浮躁虚矫的学术环境中，尤其值得肯定。

(原载杨宗红著《明清白话短篇小说的文学地理学研究》，中华书局2020年版)

《地域·民族·文学 —— 明清云南回族文学研究》序

中国文学地理学会自 2011 年成立以来，一直非常重视少数民族文学的研究，例如在学会里就有许多来自内蒙古、宁夏、新疆、西藏、广西等少数民族地区的会员、理事和常务理事，而中国文学地理学会的第四届年会（2014）就是在西北民族大学（甘肃兰州）召开的。中国文学地理学会为什么如此重视少数民族文学？因为中国的少数民族的分布是具有地域性的，少数民族的这个分布特点使得少数民族的文学也具有地域性。中国的少数民族文学，其民族性与地域性是可以互证的。因此，中国的少数民族文学就成了文学地理学研究的天赐样本。

稍微有点例外的似乎是回族，回族的分布是比较分散的。那么，回族文学有没有地域性呢？回族学者马志英女士为我们解答了这个问题。她指出："回族自萌芽之时就形成了'大分散，小聚居'的地域格局特色，回族人广泛地分布在中国的各个地区，小聚居于江浙、云南、陕甘宁等地。这种分布格局为回族文学地域特色的形成提供了可能。"她的《地域·民族·文学 —— 明清云南回族文学研究》这本书，就是运用文学地理学的理论和方法研究明清时期云南回族文学之地域特色的一部专著。

综观她的这部书稿，我认为有三个特点比较突出。一是思路清晰。例如，她研究回族文学，为什么会集中在"明清"这个时段？又为什么会选定在"云南"这个地域？这是两个必须回答的问题。她解释说："宋元时期回族尚未形成，来华的色目人以侨民身份寓居中国，他们的文学创作并不是真正意义上的回族文学。明清时期回族最终形成并迅速发展，回族文学也得以发展繁荣，因而本课题将研究的时段选在明清时期。"她进一步解释说，之所以要把课题的研究范围选定在云南地区，理由有四点：其一，聚居于云南地区的回族文人，其族属清楚，回族身份确定。其二，明清时期集中在云南地区的回族文人数量超过江浙地区，居第一。云南府、永昌府、大理府等地出现了回族文人群体和文学家族，他们积极参与云南本土文化活动，发展并繁荣了云南地区的回族文学。其三，明清云南回族文学具有丰富的乡邦文献资料，这为本项研究的展开提供了丰厚坚实的文献基础。其四，目前学术界对明清回族文学的研究尚付阙如。如此回答，可谓明白清晰，言简意赅。另外，从全书的章节安排来看，其思路也是很清晰的。

二是比较全面地探讨了明清云南回族文学的各个主要方面，如"明清云南回族文学兴起的历史背景与文人分布"、"明清云南回族文人交游考"、"明清云南回族文人的文化情怀"、"明清云南回族文人的情感书写"、"明清云南回族文学的景观呈现"、"明清云南回族文学的主题倾向与文体特征"、"明清云南回族文学对其他民族文学的学习与接受"、"明清云南回族文人作品的纂辑"等，从环境到作家到文本到接受，文学的四个基本要素都涉及到了，可以说是一部比较全面的关于明清云南回族文学研究的专著。

三是文学地理学的研究占了全书的主导地位。全书正文八章，加上一个"绪论"，一个"结语"，一共十个板块，其中第一章、第三章、第四章、第五章均属于文学地理学研究，第七章、第八章则包含了较多的文学地理学研究。例如第一章的第二、三节，探讨明清云南回族文学家和文学家族的地理分布，"指出明清时期云南回族文人的地理分布呈'大杂居，小聚居'的特点，这与云南回族的整体分布格局相一致，符合中国回族发展的历史规律。"她的考察既有一般性考察，又有重点考察，其结论既有历史文献资料作依据，又有数理统计和图表呈现，可以说是相当完整、相当扎实地解决了明清云南回族文学家的地理分布问题。又如第三章考察明清云南回族文人的文化情怀，"发现明清云南回族文人的乐好游赏、隐逸超脱及亲近佛老等情怀的形成深受云南特有的地理环境的影响。文人的气质性情与自然地理环境息息相关，而文学则是勾联两者的媒介"。她的这种考察都是"从文本出发"，先考察"文学表现"，再考察"地理环境的影响"，突破了"先环境、后文本"的套路，可以说是比较成熟的文学地理学研究。

总之，从地域的角度、运用文学地理学的理论和方法考察明清云南回族文学，是本书的一大亮点。正是由于这个原因，本人乐意向所有关注文学地理学和民族文学的读者推荐此书。

（原载马志英著《地域·民族·文学——明清云南回族文学研究》，社会科学文献出版社 2020 年版）

《"黄河"对话"长江":地域文化与20世纪中国文学中的河流书写》序

孙胜杰博士的《"黄河"对话"长江":地域文化与20世纪中国文学中的河流书写》这本书,是一本文学地理学的专著。这本书有三个关键词:地域文化、中国文学、河流书写。我想从这三个关键词入手,谈谈我读过她这本书之后的几点体会和感想。

一、地域文化。地域文化和区域文化,都是指地方文化,但是二者是有区别的。这是因为地域和区域不一样。地域是自然形成的,区域是对地域的一种人为的划分。地域的边界是模糊的,区域的边界是清晰的。地域内部的文化特征是相对一致的,区域内部的文化特征往往不一致。例如,"吴越文化"是一种地域文化,"江苏文化"则是一种区域文化,它们的区别是很明显的。吴越是一个相对独立的地理板块,它的文化特征是大体一致的,所谓"习俗同,言语通"(《吕氏春秋·知化》)。江苏则不是一个独立的地理板块,它被长江、淮河分成了三块。它的语言并不一致,有讲吴语的,有讲江淮官话的,还有讲中原官话的。它的习俗也有很大的差异,有江南习俗,有江淮习俗,还有中原习俗。许多学者讲地方文化,往往把地域文化和区域文化混为一谈,因此许多问题就讲不清楚。在这个问题上，孙胜杰的思想是清晰的，也是纯粹的。她这本书就是讲地域文化，不是讲区域文化。她先后讲了燕赵文化、齐鲁文化、三晋文化、中原文化、荆楚文化、吴越文化、巴蜀文化等七种地域文化，她对这几种文化的描述是准确的。

研究地方文化或地方文学，是从地域着眼，还是从区域着眼，这要看研究者的动机和目的。如果是为了凸显某个省、某个市的文化或文学业绩，从省里、市里拿到研究经费，进而得到省里、市里的奖励和表彰，那就从区域着眼；如果没有这种地方本位主义的动机，没有这种现实功利目的，仅仅是为了研究地方文化或地方文学，最好还是从地域着眼。

二、中国文学。研究中国文学的著作可谓汗牛充栋，但是研究中国文学的河流书写的著作则非常少见，如李仲凡和费团结的《汉水流域新时期小说研究》、罗蕾的《世纪之交：河域小说创作中的魔幻现实主义》、赵维平的《明清小说与运河文化》、崔志远的《运河文学体系论》、段宝林的《刘绍棠与运河乡土文学》、杨志敏的《黄河流域道情戏研究》、黄逸民的《台湾河流文学》、张珍珍的《中国少数民族文学作品中的"河流场域"研究》等，总共不过十来本，而孙胜杰一个人就写了两本，一本是《20世纪中国小说中的"河流"原型研究》（黑龙江人民出版社2016年版），一本是《"黄河"对话"长江"：地域文化与20世纪中国文学中的河流书写》（江西人民出版社2020年版）。这说明孙胜杰是很有创新意识的，她不想走多数人走过的或者还在走的老路。

文学地理学的研究是一种空间研究，空间研究包括点、线、面。西湖文学研究，长安文学研究，黄鹤楼文学景观研究等，这属于点的研究；运河文学研究，长江文学研究，黄河文学研究等，这属于线的研究；燕赵文学研究，中原文学研究，岭南文学研究等，这属于面的研究。20世纪80年代后期以来，文学地理学的研究取得了丰硕的成果，但是多数成果都属于点的研究和面的研究，线的研究成果还很少。孙胜杰是一位年轻的博士和副教授，她自出道以来，一直从事河流文学的研究，除了上述这两本专著之外，她还发表了30多篇学术论文。可以说，在河流研究方面，在文学地理学的线的研究方面，她是一个先进。

事实上，文学地理学的线的研究，除了河流研究之外，还可以有道路研究，例如丝绸之路文学研究、商於古道文学研究、京广铁路文学研究等，都可以开展。

三、河流书写。从河流的角度来研究文学，无疑是一个很好的选择。我在拙著《中国历代文学家之地理分布》里，在讲到文学家的分布规律时，有这样一段话：

> 中国历代文学家的分布是有规律可循的。宏观上看，其分布格局呈现为一种稳定的结构。这个结构是个什么样的结构呢？我们不妨给它一个名称，或者概念，叫作"瓜藤结构"。"藤"，就是中国境内的黄河、长江、珠江这三条大河以及它们的众多支流；"瓜"，就是这三条大河与它们的众多支流所冲积而成的大小平原。由大小河流与大小平原所构成的这种"瓜藤结构"，就是中国历代文学家所赖以生成的地理环境。循着这些大小河流，走进这些大小平原，我们就可以找到大大小小的文学家的故乡。

我研究文学与河流的关系，是从文学家的地理分布这个角度入手，这个角度虽然很重要，但毕竟只是一种外部研究，并没有深入到文学作品内部。孙胜杰不一样。她研究文学与河流的关系，是从地域文化入手，深入到了文学作品内部。她在这一方面已经超越了我，这是很令我佩服的。

早期的文学地理学研究，多是研究文学家的籍贯和行迹，以及考证文学作品的产生地，也就是系地研究。系地研究是一种外部研究，它是文学地理学研究的基础，就像我们研究文学史，要做作家编年、作品编年、文学史编年一样。需要指出的是，文学地理学研究不能停留于外部研究，要由外部研究深入到内部研究，要研究文本，包括研究文本的地理空间要素、结构、特点、价值和意义，要解决别的研究角度和方法所不能解决的问题。如果文学地理学的研究总是停留于外部研究，甚至满足于外部研究，不深入到文学作品内部，那么它与文化地理学、历史地理学的研究就没有本质的区别了。

（原载孙胜杰著《"黄河"对话"长江"：地域文化与20世纪中国文学中的河流书写》，江西人民出版社2020年版）

《花都祠堂风韵》序

花都是广东省的一个行政区，1993年以前称花县，2000年以前称花都市，2000年以后称花都区，属广州市管辖。说到花都的祠堂，很自然地让我联想到广东的祠堂。广东有多少祠堂？迄今并无一个统计数据。花都祠堂文化研究会会长邓静宜女士在一个会议上报告说，花都现有祠堂361座，但是她后来又补充说，许多已毁的、很小的祠堂并没有算进去，可见实际上并不只这个数。我相信她说的情况是真实的。2012年，我在广州市白云区的横沙村调研时，村干部告诉我，他们村在"文革"前有23座祠堂，"文革"中毁坏了许多，到今天，只剩下7座祠堂了。毁坏的祠堂占了多数，这是一个基本事实。

根据我这些年的观察，有古村落处即有古祠堂（虽然朝廷允许民间建祠的时间比较晚，最早的祠堂也是明嘉靖年间修建的）。那么中国现有多少古村落呢？据统计，至2000年，中国的自然村落总数为363万个，其中古村落近12000个。2012年12月19日、2013年8月26日和2014年11月17日，国家住房和城乡建设部、文化部、财政部先后三次联合发出通知，公示《中国传统村落名录》，全国共有28个省、市、自治区的2556个古村落入选该名单。在这 2556 个古村落中,云南有 502 个,居第一位;贵州 426 个,居第二位;浙江 176 个,居第三位;山西 129 个,居第四位;广东 126 个,居第五位。广东的有关学者告诉我,广东的古村落实际上远不只这些。不少地方官员认为,国家下拨的古村落维修款项并不多,他们又嫌麻烦,没有把所在地区的古村落报上去。广东如此,其他省、市、自治区可能也有这种情况。但是不管怎么说,广东现存的古村落在全国居前五位,应该是没有争议的。有古村落处即有古祠堂,而且远远不止一座(例如花都区的三华村,是一个拥有 930 多年历史的古村落,这里的祠堂就有 22 座)。一个花都区就有 361 座祠堂,广东现有 119 个县级行政区(包括 60 个市辖区、20 个县级市、39 个县),那么广东有多少座祠堂,就不难推测了。

那么,广东的这些祠堂又是什么人修建的呢?无疑,是中原移民的后代。广东的中原移民包括三大民系:广府人,潮汕人,客家人。中原人移民广东,最早始于秦始皇统一岭南之后,历汉魏六朝和晚唐五代,至南北宋之际和宋元之际形成两个高峰。最早的中原移民主要是秦始皇平定岭南(前 214)以及汉武帝平定南越国(前 111)之后留下来的军人,以及他们的家属,还有一些贬谪流放之人。秦始皇平定岭南之后,赵佗"使人上书,求女无夫家者三万人,以为士卒衣补。秦始皇可其万五千人"。综合《史记·秦始皇本纪》《史记·淮南衡山列传》和《汉书·西南夷两粤朝鲜传》的记载,当时留驻岭南的秦军,包括"诸尝逋亡人、赘婿、贾人","治狱吏不值者",以及"万五千""女无夫家者",还有其他"谪徙民",大约 10 万人(参见葛剑雄主编《中国移民史》第 1 册)。正是这些最早的中原移民,把中原语言和岭南本土语言相融合，形成了不同于南越土语的"粤语"，也就是广府话。这些讲广府话的人，就是广府人。现在许多人讲，广府人的祖先都是经南雄珠玑巷过来的中原移民，这样讲未免有些简单化。事实上，经南雄珠玑巷过来的中原移民，都是唐代以后的移民。在唐开元年间张九龄拓宽梅岭古道之前，梅岭上只有一条羊肠小道，大规模的移民是不可能经过梅岭而进入南雄珠玑巷的。在梅岭古道拓宽之前，中原移民到达广东，主要是经由湘水和漓水之间的灵渠，然后进入西江，在珠三角一带落籍。只有梅岭古道拓宽之后，大规模的中原移民才有可能经由梅岭到达南雄珠玑巷，然后沿着北江南下，在珠三角一带落籍。如今的广府人都说自己的祖先来自南雄珠玑巷，就像许多中原人说自己的祖先来自山西洪洞大槐树一样，多是在讲一个古老的传说，不一定是历史。广府移民是广东境内最早的中原移民，主要分布在珠江三角洲平原，他们占领了广东自然条件最好的地区，人数最多，实力最强，也最为富庶。其次是从闽南过来的中原移民。他们早先由江浙一线移民闽南，但是闽南山多地少，人口稠密，生计艰难，于是再往粤东的潮汕平原迁徙，讲闽南话，是为潮汕移民。

客家人也是中原移民，他们是从哪里过来的？学术界至今尚无定论。四川省社会科学院的谢桃坊先生对我说：客家移民是文天祥的部下。文天祥在广东兵败被俘（1278）之后，南宋随之灭亡，他的部下多不肯投降元朝，不肯回到中原接受元朝的统治，于是就在广东客居下来。但是广东自然条件好一点的地方，例如珠江三角洲平原、潮汕平原都已被广府人、潮汕人占领，于是他们只有在粤东、粤北的山区住下来，还有一些则到了闽北、赣南山区。谢桃坊先生是客家人，他的老家原在粤北的翁源县，清朝时随一部分客家人迁徙到成都郊区。谢先生是研究宋词的著名学者，也研究客家移民，他写过一本书，叫《成都东山的客家人》。谢先生的意见不同于罗香林、吴永章等学者的观点，但是值得重视。在我的印象中，广东的一些客家村落，最早即有不少叫"营"、"寨"、"砦"的，而"营"、"寨"、"砦"等，即是指有栅栏、有营垒的村落，多是由军营演变而来。不过这个问题还有待进一步的研究，我曾动员我的几个家在广东河源的客家弟子，建议他们从客家村落最早的名称入手，进行细致的调查和考证，看看能不能真正解决客家人的来源问题。

广东的中原移民和他们的后代，无论是广府人、潮汕人，还是客家人，都热衷于建村落，建祠堂。例如在上述126个广东古村落中，广府地区有61个，潮汕地区有21个，客家地区有44个。每一个村落都有祠堂，例如花都至清末有自然村落393个，迄今保存完好的祠堂还有361座。而在这361座祠堂中，既有广府人的祠堂，也有客家人的祠堂。花都在广州北部，再往北一点，就是粤北的清远和韶关，那里的客家人尤多。

广东现存最早的祠堂始建于明代嘉靖年间（1522—1566），迄今已有近五百年的历史，最早的中原移民村落则始建于元代（1271—1368），迄今已有六百多年的历史。也就是说，不少宋元之际的中原移民到达广东不久，就开始建村落了。一旦朝廷允许民间立祠，他们就开始建祠堂了。他们建村落的钱从何而来，应该说，有不少就是从中原带过来的。这就涉及到中原移民的身份问题了。

我认为，当年移民广东的中原人，多是有钱人。他们拖家带口，一路南下，不仅要花费许多盘缠，到了迁入地之后，还要买地，做屋，购置家具，送子弟上学，同时还要打点当地官府，疏通人脉，建立新的社会关系。这一切都是要花钱的。这些钱从何而来，都是靠在广东短期打拼赚来的吗？那个时代的广东是遍地黄金吗？非也。大凡有六百年以上历史的村落，多是他们的迁粤始祖从中原带钱过来主持修建的，这些人多是官僚、地主、富商，多是有钱人，用今天的话来讲，他们至少属于中产阶级。真正的穷人是没法独立南迁的，他们顶多只能作为仆人、长工随主家南迁，而这也只能是极少数的穷人，多数的穷人只得留在中原，接受异族的统治。以南宋著名词人辛弃疾的祖父为例。辛弃疾是济南历城人，也就是广义的中原人，金人南下占领济南之际，辛弃疾的祖父辛赞也曾想南迁，但是由于家大口阔，家底又不富裕，南迁不便，只能委屈留下来，做了金朝的谯县县令。这是辛赞一生的遗憾，因此他就经常带着幼小的辛弃疾察看地形，指点山河，嘱咐他长大之后，一定要收复中原，"以纾君父所不共戴天之愤"。一个后来当了谯县县令的人，在此之前，怎么说也是一个有点社会地位的人吧？但他就是没有经济能力南下。可见在那个年代，做一个南下的移民，原是一件很不容易的事情；做一个南下移民中的开村始祖，更是一件不容易的事情。由此可以断定，大凡南迁的中原移民，尤其是开村始祖，都是有钱人，至少属于中产阶级。

中产阶级不但有钱，而且有政治诉求和文化情怀。正是这些人，到了迁入地之后，一方面通过入籍，买田置地，送子弟上学应试，结交官府，建立新的社会关系，寻求新的政治资源；一方面则通过创建村落，把南下的族人凝聚起来。一旦朝廷允许民间立祠，他们的后人就率领族人建祠堂，修族谱，祭祖先，重建家声和族望，同时寄托那种剪不断、理还乱的乡愁。

值得注意的是，几乎所有的祠堂，如同所有的族谱一样，都有一个共同的特点，就是高自标置。如果是姓王的，就称自己是太原王氏；是姓谢的，就称自己是陈郡谢氏；是姓崔的，就称自己是清河崔氏；是姓李的，就称自己是陇西李氏；是姓赵的，就称自己是天水赵氏。都是名门，都是望族，有的甚至还是皇族。这种风气虽然早在汉代末年的中原就有了，但是在明清时期的广东尤甚。他们这样做，除了在精神上激励自己和后人，还有一个很现实的也是很长远的目的，就是让当地人刮目相看，进而取得较高的社会声望和地位。因此我们在参观这些祠堂的时候，在看祠堂里的有关陈列和文字介绍的时候，要胸中有数。他们不一定都是名门，不一定都是望族，更不一定都是皇族，但是他们的迁粤始祖，一般都是有钱之人，有能力之人，有文化情怀之人，有中原情结之人。

祠堂是中原农耕社会的产物，也是中原农耕文化的载体。如果你想了解广东人的中原情感有多深，你就去看他们的古村落，尤其是他们的古祠堂。祠堂的石雕、砖雕、木雕、雀替、挑头、虾公梁、柁墩、斗拱、封檐板、镬耳墙、灰塑、壁画、楹联等等，虽然为了适应岭南高温多雨的气候特点，在设计、材质、工艺方面颇有变化，但是从整体上看，从内容上看，从气质上看，仍不乏中原农耕文化的神韵。尤其是在祠堂举行的祭祀祖先、族人议事等活动，都带着浓郁的中原农耕文化的气息。

我以为，要想了解广东文化的真相，不能只看它现代的一面，开放的一面，还应看它传统的一面，守旧的一面。不能只看它的本土文化特征，更不能只看它的外来文化特征，还应看它的中原文化特征。广东是在中国境内把现代和传统、开放和守旧结合得最好的地方，也是把本土文化、外来文化和中原文化结合得最好的地方。而广东的古村落、古祠堂，以及在这些公共空间所开展的各种民俗活动、所展示的各种民间艺术，无疑是我们了解广东传统文化的一个重要窗口。

《花都祠堂风韵》第一、二部各上、下两卷的编写和出版，是一个很大的工程，费了本地文化人许多的时间和心力。这套书的价值和意义是多方面的，不只是让我们看到花都传统文化的一面，还有引起大家的思考，如何更好地守护、继承、弘扬优秀传统文化的一面，我这里只讲第一个方面，第二个方面就留给大家去思考吧。

（原载《花都祠堂风韵》第二部，华南理工大学出版社2021年版）

《文学地理学概论》韩文版序

中韩两国，山水相连，饮食、风俗相似，思路相通，文化同源。中韩两国的文学，既有人类共同的价值追求，又有东亚文化圈共同的审美情趣，也有其鲜明的国别特色和地域特色。中韩两国的学者，都非常认同和欣赏这种国别特色和地域特色。20世纪90年代以来，中国学者积极倡导和开展文学地理学的研究，韩国学者一直是热情响应和大力支持的。在这一方面，我本人是有深切感受的。

1995年，我在中国出版了《中国历代文学家之地理分布》一书，这本书传播到韩国之后，受到韩国学者的关注。韩国著名汉学家许世旭教授发表了《中国文学地理学序说》一文（载《许世旭的中国文学论》，韩文社1999年版，第265—275页），他的文章参考了我这本书的统计结果，对我的基本观点表示认可，同时也补充了我的某些不足之处。例如，我在这本书里较多地考察了文学家所赖以成长的人文环境，但是对于自然环境的考察则比较欠缺。许先生在他这篇文章的结论中说："自然环境对文人的气质品性，必有影响。自然环境与人才数量，却是无关。人文环境的影响，却比自然环境重要。"我认为，他这个意见是平稳恰当的。

2012年12月，我在中国广州大学主持召开"中国文学地理学会第二届年会"，韩国外国语大学的金贤珠教授应邀携两名弟子出席，她在开幕式上发表了热情洋溢的讲话，肯定中国学者为建立文学地理学学科所做的努力。她的弟子则在大会上宣读了两篇论文，一篇是金教授和她的硕士研究生金银珍合作完成的《唐代敦煌边塞词之边塞形象考察》，一篇是金教授的博士研究生金瑛美独立完成的《高丽诗人金九容的中国流放诗考察》，这两篇论文都得到与会专家的好评，后来都被收入《文学地理学》第二辑（曾大兴、夏汉宁主编，世界图书出版公司2013年版，第419—431页）。

2014年7月，"中国文学地理学会第四届年会"在西北民族大学（中国兰州）召开，金贤珠教授率九位韩国学者出席。正是在这次会议上，我读到了韩国外国语大学朴南用和郑元大这两位青年学者合写的论文《许世旭先生的文学地理学初探》（载曾大兴、夏汉宁、高人雄主编《文学地理学》第三辑，中山大学出版社2015年版，第390—398页），又通过他们的这篇文章，初步了解到韩国从事文学地理学研究的其他几位学者。

我认识韩国庆北大学的郑羽洛教授，是2017年7月在青海师范大学（中国西宁）召开的"中国文学地理学会第七届年会"上，郑教授应邀携两名博士研究生出席。他作为外国专家代表在开幕式上致辞，接着又在大会上介绍了他的论文《韩国洛东江及其沿岸的文学想象力》，这是一篇高水平的文学地理学论文，受到与会学者的一致好评，后来被收入《文学地理学》第七辑（曾大兴、夏汉宁、方丽萍主编，中国社会科学出版社2019年版，第379—394页）。

2019年7月,"中国文学地理学会第九届年会"在三峡大学（湖北宜昌）召开,郑羽洛教授再次应邀出席。那一段时间,中国的长江流域连降暴雨,许多航班都临时取消了。郑教授带着他的两名博士研究生乘机到达上海浦东机场,被告知飞往宜昌的航班停飞。他们在机场附近的酒店整整滞留了两天两夜,直到会议举行闭幕式的时候才赶到会场。郑教授连行李都来不及放好,就被邀请上主席台。全场响起热烈而长久的掌声,向不辞辛苦、坚定不移地支持文学地理学研究的韩国学者致敬。郑教授在闭幕式上介绍了他和他的博士研究生全雪莲合作完成的论文《从文学地理学的角度解读韩国大邱之空间》,这篇论文后来被收入《文学地理学》第九辑（曾大兴、夏汉宁、杜雪琴主编,中国社会科学出版社2021年版,第315—324页）。

2020年以来,新冠肺炎疫情在全球爆发,国际学术交流受到影响,令人感动的是,郑羽洛教授和日本的海村唯一教授仍然通过视频连线,出席了在大连大学（中国大连）召开的"中国文学地理学会第十届年会"的开幕式,并发表了亲切而感人的讲话。

新冠肺炎疫情阻碍了中韩学者的线下交流,但是并不妨碍我们的线上交流。2020年7月30日,我应郑羽洛教授之约,通过视频给他的研究生做了一个以《文学地理学视野中的黄鹤楼》为题的讲座；2021年11月19日,我又应韩国高丽大学的金俊渊教授之约,给他的研究生做了一个以《文学地理学的研究方法》为题的讲座。我和金俊渊教授至今未曾在线下见面,但是他在电子邮件中告诉我,他给学生讲文学地理学,用的就是我的《文学地理学概论》这本书。

由于文学地理学的关系,我认识了20多位韩国学者,但是我真正踏上韩国的土地，造访这个美丽的国家，迄今只有两次。第一次是在 2013 年 1 月，那是一次纯粹的旅游，学校放了寒假，我到了韩国的大邱、庆州、釜山、首尔等城市，还去了济州岛。虽然一路上都是跑马观花，但是韩国的古建筑给我留下了很深的印象，这些古建筑中含有不少中国元素，让我感到亲切。

第二次是在 2017 年 11 月，那是应郑羽洛教授之约，去庆北大学参加一个名为"都市与空间"的国际学术会议，我在会议期间做了两场报告。第一场名为"文学地理学的研究对象"，帮我做现场翻译的是庆北大学中语中文学科的安赞淳教授。第二场是介绍中国的岭南文化，由郑羽洛教授的博士研究生梁钊帮我做现场翻译。

中国有一个岭南，韩国也有一个岭南；中国的岭南是五岭之南，韩国的岭南是鸟岭之南；中国的岭南在中国南部，是经济发达地区，韩国的岭南也在韩国南部，也是经济发达地区；中国的岭南多北方移民，韩国的岭南也多北方移民；在郑羽洛教授供职的庆北大学有一个岭南文化研究院，在我供职的广州大学也有一个岭南文化研究院。为此，我们大家都觉得很巧合，很有趣，都感叹不已。我送给郑教授一本我写的《岭南文化的真相——岭南文化与文学地理之考察》，他送给我一本他主编的《岭南学》。

在会议期间，我还参观了庆北大学的图书馆和野外博物馆。我发现，这所大学的中国元素很多，例如图书馆的馆名，还有校训，都是用中国字书写的。而在图书馆里面，则收藏有许多中国书，例如著名的《四库全书》，《四部备要》，《四部丛刊》初编、续编、三编，还有《丛书集成》等，在这里都有。在图书馆的墙上，还悬挂着一幅中国清代著名学者俞樾书写的唐代诗人张继

《枫桥夜泊》的摹本。

庆北大学的校园非常美丽。红枫、银杏，所在多有，红白相间，色彩绚丽，又极富有层次感。

11月9日，会议结束。郑教授邀请我，还有一同参加会议的四名中国学者、一名俄国学者、一名美国学者、两名韩国学者，去他的老家星州郡参观考察。那天上午，我们去了郑教授的十五世祖文穆公郑逑先生创建的桧渊书院。文穆公是朝鲜时代（十五世纪）的人，这所书院迄今已有五百多年的历史，但是保存完好。

下午，我们去了著名的海印寺，这里收藏有八万多卷佛经。又看了崔致远隐居处，那里还有一座笼山亭，亭上还刻有汉语诗文。崔致远是韩国汉文学的开山鼻祖，十二岁时，即唐懿宗咸通九年（868）乘船西渡入唐，于唐僖宗乾符元年（874）进士及第，出任溧水县尉。任期届满，被淮南节度使高骈聘入幕府，后任幕府都统巡官。二十八岁时，即唐僖宗中和四年（884），以"国信使"身份东归新罗。他在唐朝的十六年间，为人谦和恭谨，与唐朝文人诗客交游甚广。据《新唐书·艺文志》记载，崔致远著有《四六集》一卷、《桂苑笔耕集》二十卷。谭正璧先生编撰的《中国文学家大辞典》有关于他的记载，可见他在中国，也是一位有影响的文学家。我和同行的学者们都认为，笼山亭，就是文学地理学所讲的一处著名的文学景观。

我在庆北大学开会和讲学期间，还和中语中文学科的李致洙教授有过交流。他告诉我，他读过我的《文学地理学研究》（商务印书馆2012年版）这本书，他们学校图书馆有收藏。他还说他给研究生讲课时，引用过我这本书。我说《文学地理学研究》只是讨论了文学地理学的几个专题，并不全面，真正比较全面地论述文学地理学的问题，是我 2017 年 3 月在商务印书馆出版的《文学地理学概论》。遗憾的是，我这次来韩国，只随身带了两本，已经送出去了。他说没关系，他建议图书馆马上购买。李教授非常谦逊平和，中文的功底又好。

因此，我要衷心感谢郑羽洛教授，他在全球新冠疫情大爆发期间，足不出户，带领他的研究团队潜心翻译这本《文学地理学概论》，使喜爱和关注文学地理学的韩文读者，可以看到这本书的韩文版，这无疑是一个善举。据我所知，中国学者的文学地理学著作在韩国出版，这还是第一次。

文学地理学在中国、法国和美国都有，法国和美国的文学地理学是一种批评方法，又称"地理批评"。中国的文学地理学则是一个学科，它有一套相对完整的理论体系。文学地理学作为一个学科之所以能够在中国初步建成，除了中国学者的努力，还得益于韩国、日本学者的大力支持。我希望韩文读者在读了这本书之后，多提批评和建议，以使文学地理学这个学科能够提升到一个新的更高的水平。

（原载韩文版《文学地理学概论》，曾大兴著，郑羽洛、徐周永、全雪莲、付亮译，韩国庆北大学出版部 2022 年 9 月版）

《中华名楼》(第一部)自序

本书是我在中央电视台"百家讲坛"讲课时用的一个讲稿,这个讲稿费了我不少心力。我的体会是,写一集讲稿所费的心力,不亚于写一篇学术论文。因为我要适应四个方面的要求:一要适应中央电视台这个媒体的要求,二要适应广大普通观众的要求,三要适应专业学者的要求,四要适应我本人的要求。

第一、二、四点要求,大家都能理解。第三点要求,则需要做一点解释。有人认为,"百家讲坛"只是一个大众讲坛,不是专业的学术讲坛。我不这样认为。因为大众是一个非常宽泛的概念,它包含了所有的人,其中就有学者。据我所知,许多学者是看"百家讲坛"这个节目的。例如"中华名楼"这个节目在播出期间,就有许多知名学者在看。我的许多同事、同行、同学、老师也在看。因此我得同时考虑适应他们这些人的要求。

为了满足上述四个方面的要求,我在以下几个方面是费了一些心力的:

一是选题。中华名楼有很多,仅罗哲文、柴福善编著的《中华名楼》一书就收录了171座名楼,不过据我所知,中华名楼远不止这些。例如江苏徐州的黄楼、燕子楼,江苏镇江的北固楼,四川阆中的滕王阁等就没有被他们收录进去。中华名楼既然多的是,我为什么要选择这九座名楼来讲呢?原因是这九座楼不仅很有名,而且都与文学有重要关系,属于文学地理学所讲的"文学景观"。我多年从事文学地理学的研究,对"文学景观"作过一些考察。"文学景观"是一种富有魅力的景观,我相信大家会很感兴趣。

二是寻找故事。"百家讲坛"这个节目,一集长达45分钟,如果其中没有动人的故事,别说普通观众看不下去,专业学者也是难以看下去的。但是讲文学不同于讲历史,文学的故事没有历史的故事那样丰富,因此我必须仔细寻找和发掘这些文学景观背后的故事。

三是提炼主题。文学景观是文学与地理环境相互作用的结果,它是写在大地上的文学,其内涵是非常丰富的,不同的作者和读者(观众)会赋予它不同的内涵,但是我必须从它们各自的丰富内涵中提炼一个主题,这个主题对观众来讲,应该是既富有文化底蕴,又富有现实意义和启发性的。这也需要花费很多心力。

四是现地考察。文学地理学研究中有一种方法,叫"现地研究法",也就是把文献考证和田野调查相结合,对文学作品的"原产地"作深入、细致的考察。关于我所讲的这九座名楼的地理位置、始建年代、损毁与重建的情形,它们的性质和特点,以及在这九座名楼所产生的文学名作,还有相关作家的生平、遭遇与行踪等等,历来都有一些文献记载,有的来自正史,有的来自文人笔记,有的来自地方史志,有的来自民间传说,往往有着不同的说法,有的甚至众说纷纭,莫衷一是。究竟哪一种说法是真实可靠的?是可以介绍给广大观众的?这就需要考证。我的办法是,把所有的相关文献记载都搜罗来,先做一个初步的研究,然后再结合田野调查的结果进行甄别。这九座名楼我都去考察过，有的楼还不只考察一次。我到了名楼所在地，不仅要看楼，还要搜集当地的文献，还要走访当地的文史专家，听听他们的说法。然后再把我之所见，我之所闻，综合起来进行考证。考证清楚之后，我才开始构思讲稿。现地考察除了可以考证有关文献记载的真伪，还有一个好处，就是培养感觉。有时候要写一个楼，看了许多文献，酝酿了多日，就是找不到感觉，但是一到现地，看到名楼，看到有关文学名作的"原产地"，或者听到某个民间传说，感觉就有了，就知道如何构思，如何下笔了。

五是努力做到雅俗共赏。每篇讲稿写出来之后，我都会在第一时间发给编导看，编导会提出一些修改意见，其中最主要的意见，就是要通俗，要大众化。我的原则是：文献必须靠得住，观点必须是我自己的，语言方面则尽量做到通俗易懂。我所使用的文献，都要详细注明出处，像写论文一样，学者们如果有兴趣，是可以核查的。这是我满足学者需求的一面。但是在观点上，我必须坚持自己的。我平时做学术研究，最反对人云亦云，讲课也是如此。当然，在一个大众讲坛，不可能从头至尾都讲自己的观点，还要讲一些常识性的东西，但是，在景观主题的提炼上，在有关史料的判断上，在有关作品的解读上，在有关人物的评价上，我是有许多自己的观点的。细心的读者（观众）不妨留意一下。可以说，我的多数观点不仅前人没有讲过，我自己平时也没有讲过。如果有充裕的时间，是完全可以把这些观点写成专业论文发表的。在这一方面，我是适应了自己的需求。

最后，我要感谢中央电视台"百家讲坛"的编导魏学来先生，从写稿到讲授，他都提了许多建设性的意见。我要感谢九座名楼所在地的有关领导、专家和工作人员，他们为我的田野调查提供了许多方便。我要感谢广州大学党委宣传部和网络中心的老师，他们在节目的后期制作中给予了热情的支持。我要感谢中国文学地理学会的多位同仁，他们为我的田野调查做了许多联络工作，有时甚至是从头至尾地陪同。

总之，一个电视系列节目的顺利播出和一部讲稿的顺利出版，是大家通力合作的结果，我只是其中的一员。如果节目和讲稿在文字内容上有不足之处，那是我的责任。我乐意接受广大观众和读者的批评，并在今后努力加以改正！

（原载《中华名楼》，中国财政经济出版社2019年版）

《中华名楼》（第二部）自序

《中华名楼》（第二部），是《中华名楼》（中国财政经济出版社2019年版）的姊妹篇。

魏学来编导在《"中华名楼"系列讲座诞生记》（见《博览群书》2019年第11期）一文中说："从2012年7月曾大兴先生正式接受'百家讲坛'邀请开始，历时7年，讲述了18座名楼。"对于这句话，我要作一点说明。这7年，应该是指"中华名楼"这个系列讲座从讨论选题到完成讲述的时间，不是单指讲述的时间。其实在这7年里，我的主要精力还是用在学术研究和教学工作上面。我在商务印书馆连续出版了《文学地理学研究》（2012）、《中国历代文学家之地理分布（修订版）》（2013）、《气候、物候与文学——以文学家生命意识为路径》（2016）和《文学地理学概论》（2017）四本书，又在社会科学文献出版社出版了《岭南文化的真相——岭南文化与文学地理之考察》一书，同时还给本科生和研究生讲了好几门课。我真正开始着手准备"中华名楼"系列讲座的讲稿，是在2017年2月以后，也就是《文学地理学概论》出版之后。《文学地理学概论》既是我多年来从事文学地理学的实证研究与理论研究的一个总结，也是我创建文学地理学的学科理论体系的一个尝试，是我在这一领域最重要的一本书。这本书出版之后，我认为可以抽出时间做一点普及性的工作了，于是就开始着手准备"中华名楼"这个系列讲座的讲稿。2017年10月，"中华名楼"第一部（九座名楼）在央视"百家讲坛"录制完之后，我又写了一篇文学地理学的论文。2018年3月，"中华名楼"第一部在央视"百家讲坛"（科教频道）播出，各方面的反应都很好，央视决定录制第二部，于是我又从2018年6月开始准备"中华名楼"第二部（也是九座名楼）的讲稿，直到2019年7月讲述完毕。也就是说，我讲这18座中华名楼，从写稿到讲述，实际上只花了两年的时间，并非7年。

说到《中华名楼》这个选题，正如魏导所言，我们之间是经历了一番讨论的。我先后申报了"文学地理景观"、"名著与名楼"、"名著的故乡"等三个题目，但是编导认为学术性太强，没有同意。直到最后才确定叫"中华名楼"。实际上，我所讲的"中华名楼"，也就是"文学地理景观"，也就是"名著与名楼"，也就是"名著的故乡"，只是比较起来，"中华名楼"这个名字更切题一些，更大气一些，也更大众化一些。现在看起来，这个题目无疑是最好的。

一、为什么要讲中华名楼

说到为什么要讲"中华名楼"，有两个原因。一是我对中华古建筑的一份由来已久的敬意，二是我想通过讲述"中华名楼"来传播一下"文学景观"这个概念。

我的老家在湖北省赤壁市赤壁镇的一个自然村，1977年以前，全村都是清一色的草房，只有村东南三里之外的山坡上有一座瓦房，那是方圆几十里唯一的一座古庙，叫金花寺。两进三间，白墙黑瓦。夕阳西下的时候，我站在自家的门口朝东南方向望，就可以看到金花寺的白色的马头墙，非常醒目。1977年以后，金花寺被毁掉了，但是它那白色的马头墙，成了我对家乡的一个永不磨灭的记忆。

1971年，我去赤壁镇上的赤壁中学读初中。由于学校离家有10多里路，我又没有钱坐公共汽车，几乎天天迟到。有时候迟到太晚了，老师很生气，就让我站在走廊上听课。赤壁中学西边的金鸾山上有一座古庙，叫凤雏庵，是为纪念蜀汉军师庞统（字士元，号凤雏）而建的。原为九重大殿，清咸丰四年（1854）被太平军烧掉八重，仅剩最上边的一重。正屋三间，东头的一间连着厨房。门前有两棵据说有1700年树龄的银杏树，一雌一雄，比肩而立，枝叶纷披。"文革"期间，凤雏庵被赤壁镇兽医站借用，我的堂兄就在那里行医。1973年上半年，由于"修正主义教育路线回潮"，学校开始抓教学质量，我的"几乎天天迟到"就成了一个严重问题。恰好堂兄约我去庵里给他作伴，于是我就住进了凤雏庵。那里真是一个读书的好地方，安静得很，空气又清新。我在庵里住了三个月，直到初中毕业。那一次的毕业考试，我的各门功课都考得很好，总分在全年级第一。我之所以考得那么好，并因此而读上高中，与凤雏庵三个月的读书生活是绝对分不开的。

人们常说，少年的印记是永生难忘的。我对中华古建筑的那一份敬意，就是始于家乡的这两座古庙。后来我上了大学，成了一名人文学者，到过全国各地的许多城镇。每到一处，只要得知当地有古建筑，我都要亲自去看一看。

第二个原因，是我对文学景观的研究。早在2011年，我就在学术刊物上发表了《文学景观研究》一文，之后又发表了《广东文学景观研究》、《论文学景观》、《中国境内著名文学景观之地理分布》、《丝绸之路上的文学景观》等五篇论文，又先后在《文学地理学研究》与《文学地理学概论》这两本书中设置专章，探讨文学景观的内涵、特点、类型、识别标准、价值和意义等。我应该是国内学术界最早研究文学景观的人。我认为，"所谓文学景观，就是指那些与文学密切相关的景观，它属于景观的一种，却又比普通的景观多了一层文学的色彩，多了一份文学的内涵"（《文学地理学研究》）。"简而言之，所谓文学景观，就是具有文学属性和文学功能的自然和人文景观。""文学景观是地理环境与文学相互作用的结果，它是文学的另一种呈现，既不是传统的纸质呈现，也不是新兴的电子呈现，而是一种地理呈现。它是刻写在大地上的文学。以往的文学研究并不涉及文学景观，文学景观是文学地理学研究的独特内容之一。"（《文学地理学概论》）文学景观除了文学的价值，还有地理的价值，历史的价值，以及哲学的、宗教的、民俗的、建筑的、雕塑的、绘画的、书法的价值，有的甚至还有音乐的价值，但是这些价值的实现，往往有赖于文学价值的彰显。文学的形象性、多义性和感染力，不仅超过了地理、历史、哲学、宗教和民俗，也超过了建筑、雕塑、绘画、书法和音乐。文学景观的价值是无法估量的。正是这些文学景观，深刻地影响了中华民族的精神世界。据统计，中国境内曾经存在的文学景观多达4768处（参见俞平博士论文《历史名胜与中国古代文学》），至今尚存者虽无一个统计数据，但是据估计，至少也在2000处以上。对于这些极为宝贵的文学与文化地理资源，我们应该予以高度重视，并予以积极的研究、保护、开发和利用。

我在央视"百家讲坛"所讲述的18座中华名楼，就属于典型的文学景观。除马鞍山太白楼之外，这些名楼最初都不是因文学而修建的，但是后来都因文学而名满天下。每座名楼在历史上都曾遭到破坏，但是后来都因文学的魅力而得到重建。例如岳阳楼，在历史上重建了30多次；又如南昌滕王阁，仅在清代就重建了13次。因此，我们既要很好地保护这些中华名楼，更要很好地认识和研究这些中华名楼。但是到目前为止，学术界对于中华名楼的研究还是很缺乏的，从文学景观的角度来研究中华名楼者更少，许多人甚至还不知道"文学景观"这个概念。我的这个系列讲座，可以说是这方面的一个尝试。它是具有原创性的。

二、中华优秀传统文化的守护人

按照央视"百家讲坛"栏目的要求，每讲一集，必须事先写好讲稿，经三审通过之后，才能正式去演播室录制。因此，"中华名楼"这个系列讲座的讲稿，确实费了我不少心力。我的体会是，写一集讲稿所费的心力，不亚于写一篇学术论文。因为我要适应四个方面的要求：一要适应中央电视台这个媒体的要求，二要适应广大普通观众的要求，三要适应专业学者的要求，四要适应我本人的要求。

为了适应这四个方面的要求，我在以下几个问题上是下了不少功夫的：一是选楼，二是实地考察，三是寻找故事，四是提炼主题，五是雅俗共赏。

正是在实地考察的过程中,我认识了许多地方文史工作者,他们对当地文化的热爱和熟悉程度,不是一般人能够体会的。2017年9月9日,我去山西省永济市考察鹳雀楼。山西大学中文系的张建伟教授得知我要去永济,就从太原坐动车过来陪我。我们刚刚在永济市的蒲津酒店住下,鹳雀楼管委会办公室的曹主任就告知,有一位老先生要见我们。此人原是中共永济市委宣传部副部长兼市旅游局局长,叫仝毅,时年79岁,已经退休许多年了。他当天晚上就给我们介绍了许多情况,包括鹳雀楼的历史和重建过程,直到夜晚11点才回家。第二天早上刚到八点,他又来到蒲津酒店,陪同我们去考察普济寺和蒲津渡遗址。他告诉我们,普济寺和鹳雀楼都是他当旅游局长时主持重建的。他一边带我们参观,一边介绍他当年经历过的那些事情,从申请立项到找古建专家设计,从筹集资金到请领导人题写匾额,他都亲力亲为。20世纪90年代的永济市在财力方面还不够充裕,他为了多方筹集资金,可以说是把两条腿都跑细了。但是他很高兴。他说,能够亲身参与这两处历史名胜的重建,是他一生的光荣。那天中午吃过羊肉泡馍之后,我们就在鹳雀楼管委会办公室座谈,主要讨论"唐诗之旅"这个话题。仝先生刚开始还兴致勃勃的,但不一会就在椅子上打瞌睡了。毕竟是79岁的老人了,晚上跟我们谈到半夜,白天又陪我们考察了一个上午,他实在是有些累了。因此我就提议,下午考察鹳雀楼,他就不用去了。鹳雀楼管委会的领导也同意,说派车送仝先生回家。但仝先生本人不同意。他说鹳雀楼太高了,他爬不动了,但他不回家,就在管委会办公室等我们,说晚上还要跟我们再聊一聊。我们看了将近三个小时才下楼,仝先生一直就在那里等我们。晚上一起吃过永济的牛肉饺子之后,仝先生又和我们回到酒店座谈。这一次所涉及的范围就很广了,包括永济的历史、地理、人物、掌故、饮食乃至民间谚语，仝先生都很熟悉，如数家珍般地为我们一一道来。例如"三十年河东，三十年河西"这两句谚语，就产生在永济一带的黄河两岸，这是仝先生告诉我们的。仝先生离开酒店的时候，又是夜晚11点了。第二天上午，我们在鹳雀楼上与游客交流，仝先生就没再陪同，但是他委托鹳雀楼管委会的领导送给我们一本他主编的《普济寺与西厢记》。通过这本书，我们再次感受到，仝先生不仅对当地文史很熟悉，而且对整个中华文化怀着一种非常热烈而真挚的情感。

我在考察另外17座中华名楼的过程中，也认识了其他一些文史工作者。可以说，每一座中华名楼所在的城市，都有一个像仝毅先生这样的人。例如江西九江市的吴圣林先生，四川阆中市的刘先澄先生，四川绵阳市的李德书先生，江苏徐州市的赵明奇先生，安徽马鞍山市的曹化根先生等，他们有一个共同特点，就是倾其一生的时间和心血来调查、研究、整理、介绍当地文化，他们对当地历史、地理、人物、掌故等如数家珍，被当地人称为"活字典"、"活地图"。我因此想到一个问题，就是对于文化的传承，多数人其实是不用心的，真正用心者一直都是少数人，而这少数人，就是文化的守护之人或者托命之人。

我的体会是，要想讲好一个地方的中华名楼，就一定要找到当地的这种人。只有通过与这种人的面对面的交流，完成必要的实地考察，再结合有关文献资料，把有关问题考证清楚之后，我才开始构思讲稿。

（原刊《博览群书》2019年第11期，名为《三个学术题目变成〈中华名楼〉》，后改名为《〈中华名楼〉第二部自序》，有删节）

六、访谈

文学地理学的学科建设
——曾大兴教授访谈录

曾大兴　李仲凡

《学术研究》编者按：曾大兴教授，1958年生，湖北赤壁人，文学博士。现为广州大学人文学院教授、文学地理学研究中心主任，中国文学地理学会会长，中国词学研究会常务理事。主要从事词学与文学地理学研究，代表作有《柳永和他的词》、《20世纪词学名家研究》、《中国历代文学家之地理分布》、《文学地理学研究》等。曾教授是20世纪80年代以来国内最早从事文学地理学研究的学者之一，早先从事文学地理学的实证研究，近年来倡导建立文学地理学学科，发起成立中国文学地理学学会，主持召开中国文学地理学会第一、二届年会，主编《文学地理学》年刊第一、二辑。本刊特委托文学地理学学者、陕西理工学院文学院李仲凡副教授就文学地理学的学科建设问题对曾教授进行专访，整理出此篇访谈录，以飨读者。

一、为什么要建立文学地理学学科？

李仲凡： 曾教授您好！您是 20 世纪 80 年代以来国内最早从事文学地理学研究的学者之一，我读过您的《中国历代文学家之地理分布》和《文学地理学研究》这两本专著，还读过您发表在国内一些重要报刊上的多篇文学地理学论文。据我所知，在 2011 年以前，您的成果基本上属于文学家的地理分布研究与文学作品的地域性研究，也就是文学地理学的实证研究。2011 年 4 月 19 日，您在《中国社会科学报》发表《建设与"文学史"双峰并峙的"文学地理学"》一文，此后又陆续在该报和《江西社会科学》、《学术月刊》、《文学地理学》等刊物上发表多篇相关文章，倡导建立文学地理学学科。从您这两年来的成果来看，您已经开始由文学地理学的实证研究转向文学地理学学科建设方面的理论探讨。请问您为什么会有这种转变？为什么要倡导文学地理学学科建设？

曾大兴： 关于这个问题，我想从文学地理学研究的历史和现状说起。文学地理学的研究在我国，实际上早在 2500 多年前的春秋后期就开始了。《诗三百》中"十五国风"的采集和按地域分类，可以说是最早的文学地理学实践。《左传·襄公二十九年》所载吴国公子季札观周乐时对"国风"的评价，可以说是最早的文学地理学言论。季札是春秋后期人，比孔子大 25 岁。季札之后，这一类的言论可谓不绝如缕。例如东汉班固的《汉书·地理志》、南朝刘勰的《文心雕龙·物色》、唐代魏征的《隋书·文学传序》、宋代朱熹的《诗集传》、明代胡应麟的《诗薮·外编》和清代王夫之的《楚辞通释·序例》等等，都有很精彩的文学地理学言论。文学地理学的实践也在继续。例如历代文人对各地民歌、竹枝词、地方戏等的收集和整理，大量的以地域命名的诗、文、词总集的编纂，等等，都可以说是文学地理学的实践。20世纪初期，我国现代人文地理学的奠基人梁启超最早在《中国地理大势论》（1902）一文里使用"文学地理"这个概念。在他的另一篇重要文章《地理与文明之关系》（1902）里，则用了不少篇幅讲文学地理。从此以后，我国学者关于文学地理学的研究开始由片断的言论发展为较有条理的论文，刘师培的《南北文学不同论》（1905）、王国维的《屈子文学之精神》（1908）、汪辟疆的《近代诗派与地域》（1934），可以说是文学地理学学术史上最早的三篇较有条理的论文。1949年以后，由于受苏联学术的影响，以及国内"左"的思潮的影响，文学地理学的研究被中断。20世纪80年代以后，由于学术文化环境的逐渐宽松，文学地理学的研究得到恢复，并逐渐成为文学研究领域的一个热门。我做过一个统计，从1905年到1980年这75年间，在中国大陆发表的文学地理学论文只有26篇；从1981年到2011年这30年间，这方面的论文达到1100篇。1981年以前，在中国大陆、台湾和香港三地出版的与文学地理学有关的著作只有3种；从1981年到2011年，这方面的著作达到245种。首都师范大学的陶礼天教授讲，1992年以后，"中国文学地理学已渐成显学"。这个说法是有依据的。

李仲凡：我从《文学地理学》年刊第一辑里，看到了您和您的弟子辑录整理的《文学地理学论著目录索引》。从这份《索引》来看，近30年来的文学地理学研究成果可以说是很丰硕的。我也读过其中的不少论著。我的印象是，绝大多数成果属于实证研究，少数属于印象式的评论，真正的理论研究成果非常少见。

曾大兴：确实如此。由于实证研究的成果占了绝大多数，实证研究当中所遇到的一些问题也被提了出来，例如，"地域文学"应该如何界定？"地域文学"的作者除了本地作者，是否还包括流寓本地的外地作者？地理环境如何影响作家的创作？是否像种瓜得瓜种豆得豆那样直接？国家分裂时期的文学具有地域性，这是大家公认的，那么国家统一之后的文学为什么还具有地域性？等等，这些问题都必须从理论上予以回答。也正是在这样的背景之下，学者们开始倡导文学地理学的理论研究，并且就文学与地理环境的关系，文学地理学的研究范围、研究路径、研究方法等问题，进行了一些初步的探索。可以说，正是文学地理学的实证研究，对理论研究形成了某种"倒逼"之势，促使长期处于滞后状态的理论研究不得不开始回答实证研究中提出的诸多问题。

李仲凡：但是在我看来，文学地理学的理论研究还是很零碎、很初步的，既缺乏系统性，也缺乏应有的学术视野和理论高度，实际上并没有解决或者较好地解决文学地理学的实证研究中所提出的有关问题。

曾大兴：确实是这样。所以我认为，必须站在文学地理学学科建设的高度，从整体上规划和设计文学地理学的理论研究、实证研究和应用研究。必须下力气做好文学地理学的"顶层设计"。顶层设计具有顶层决定性、整体关联性和实际可操作性特征。文学地理学的研究在我国虽然已有2500多年的历史，但是这种研究多是自发的、零碎的，不成系统，缺乏整体关联性。最根本的原因，就是没有一个顶层设计。当然，在我国人文社会科学的许多领域，也缺乏一个较好的顶层设计，多是摸着石头过河，想到哪说到哪，甚至自说自话，自相矛盾，或者众说纷纭，聚讼不已，缺乏整体关联性。文学地理学不能这样。如何做好文学地理学的顶层设计？就是要从学科建设的高度来整体规划它、设计它，明确它的研究对象、任务和目标，使它成为一个有自己的学科定位、学科规范、知识体系，理论色彩与实践功能并重的新兴学科。这应该是我们倡导文学地理学学科建设的根本原因。

二、文学地理学的学科定位

李仲凡：我认为，文学地理学的顶层设计，首先要解决的一个问题，就是它的定位问题。文学地理学究竟是什么？这是大家最为关注的一个问题。这个问题不解决，文学地理学的学科形象就不明晰。希望能够听听您的观点。

曾大兴：这个问题问得好。在正式说明我的观点之前，我想先介绍一下学术界的三种观点。一种观点认为，文学地理学是文化地理学的一个分支。文化地理学界的学者普遍持有这一观点，文学地理学界也有学者持这一观点。例如陶礼天就在《北"风"与南"骚"》（1997）一书中说："从文学与地理学的关系看，文学地理学既是人文地理学的子学科即文化地理学的一个分支，也是美学的分支即艺术社会学的一个支脉，因而文学地理学实质是一门边缘学科。"

第二种观点认为，文学地理学是一种学术方法。这个观点以杨义为代表。杨义在《文学地理学会通》（2012）"前言"中的第一句话就是："文学地理学的学术方法，如今已经逐渐成为古今文学研究的当家重头戏之一。"在这本书第一章的结尾部分，他又强调:"文学地理学是一个值得深度开发的文学研究的重要视野和方法。"杨义的这本书是一本论文集,事实上,在这本论文集出版之前,他已经在有关文章和演讲中讲过多次了。

第三种观点,是把文学地理研究作为文学史研究的一个补充,或者"补救"。这个观点以梅新林为代表。梅新林在《中国古代文学地理形态与演变》(2006)一书的"导论"中说,文学地理学是"融合文学与地理学研究、以文学为本位、以文学空间为重心的新兴交叉学科或跨学科研究方法,其发展方向是成长为相对独立的综合性学科"。初看起来,他对文学地理学有三个定位:新兴交叉学科、跨学科研究方法、相对独立的综合性学科。但是他又强调,文学地理学的最后目的,是"超越当前文学史研究的局限而重新构建一种时空并置交融的新型文学史研究范式"。而"当前中国文学史研究现状的明显缺失",就是忽视了"文学空间",因此必须进行"反思与补救"。文学地理学的三个定位最后变成了一个,即对文学史的明显缺失进行"补救",使之成为"一种时空并置交融的新型文学史"。

李仲凡:很显然,梅新林教授所强调的是文学地理学对于推进中国文学史创新的作用,而不是它对于整个文学学科格局调整的意义。

曾大兴:最后说到我的观点,也可以说是第四种观点吧,就是明确主张把文学地理学建设成为一个可以和文学史双峰并峙的独立学科,也就是隶属于文学这个一级学科的二级学科。文学地理学不仅仅是文学史研究的一个补充,也不应仅仅停留在一个方法的层面。我在 2011 年 4 月 19 日的《中国社会科学报》上首次提出这个观点,后来又在《江西社会科学》2012 年第 1 期、《文学地理学研究》这本书的第一章，以及在《文学地理学》年刊第一辑，多次阐述了这个观点。

李仲凡：我曾经发表过一篇文章，名为《文学地理学的学科属性》，对您的观点表示赞同，同时我也就您刚才所介绍的第一种观点提出过不同意见。我认为，在学科属性上，文学地理学是文学的一个分支学科，而不应该把它看作地理学的一个分支学科。从文学与地理学各自学科的发展史来看，文学地理学的批评思想和批评实践在中外文学地理与批评史上可谓源远流长，而相关的论述在中外地理学思想史上却极为罕见。从学科发展的角度看，地理学视角会给文学研究和批评带来某种程度上的解放与突变，而文学视角的引入却不会给地理科学带来革命性的变化。也就是说，从文学的角度研究地理，或研究地理学中与文学相关的内容，对于现代人文地理学的开拓性贡献十分有限。因而，我觉得不宜把文学地理学作为人文地理学或者文化地理学的分支学科看待。

曾大兴：我完全同意你的这个意见。文学地理学虽然要借鉴地理学的某些理论和方法，但是它的目的，还是为了解决文学的问题，而不是地理学的问题。也就是说，它的出发点和落脚点都是文学，不是地理学。文学地理学必须以文学为本位。既然以文学为本位，那它就是文学的一个分支学科，而不是文化地理学的一个分支学科。

李仲凡：还有两个问题要问您，为什么文学地理学不仅仅是文学史的一个补充？为什么不应仅仅停留在一个方法的层面？

曾大兴：文学地理学之所以不仅仅是文学史的一个补充，是因为它们各有自己的研究对象和思维特点。文学地理学的研究对象是文学与地理环境的关系，是文学的地理分布与地域特点；文学史的研究对象是文学与时代的关系,是文学的历史演变与时代特征;文学地理学的思维主要是空间思维,文学史的思维主要是时间思维。当然,地理和时代、空间和时间是有联系的,文学地理学和文学史也是有联系的。一个地域的文学是由不同时代的文学所累积的,一个时代的文学是由不同地域的文学所组成的。在考察一个地域的文学时不能没有时代的眼光,在考察一个时代的文学时也不能没有地域的眼光。因此,文学史可以作为文学地理学的一个补充,文学地理学也可以作为文学史的一个补充。但是,文学地理学不能仅仅作为文学史的一个补充,它应该有自己的独立性,一如文学史也不能仅仅作为文学地理学的一个补充,它也有自己的独立性。如果文学地理学仅仅是文学史的一个补充,那么它就不是一个独立自足的存在,它只是为了文学史而存在,这样它的发展就会受到文学史的思维惯性与研究模式的诸多限制,它就不可能成长为一个独立的学科。

　　文学地理学也不应仅仅停留在一个方法的层面。通常大家所说的文学地理学方法,其实就是借用地理学的方法,其中主要是人文地理学的方法,真正的文学地理学方法迄今并未形成。如上所述,用地理学的或者人文地理学的方法来研究文学,实际上古已有之,并不是20世纪80年代以后才有的。如果从周人编辑《诗三百》中的"十五国风"及《左传·襄公二十九年》所载吴公子季札对"国风"的评价算起,这样的方法在中国,至少也用了2500年。2500年来,中国学者研究文学,并没少用地理学或者人文地理学的方法,可是文学地理的研究迄今并没有达到成熟之境,原因之一,就是大家所使用的,只是地理学或者人文地理学的方法,而不是真正的文学地理学的方法。

文学地理学的方法迄今没有形成。为什么没有形成？根本的原因，就在于它没有一个独立的，有自己的内涵、品质和规范的文学地理学学科做支撑，也就是说，文学地理学学科还没有建成。学术史上的无数事实证明，一种学术研究方法的形成，有待于它所属的那个学科的建成。例如我们今天研究文学，通常要使用文艺美学的方法、文艺心理学的方法，或者文化人类学的方法等等，试问这些方法背后，哪一个没有一个已经建成的学科在做支撑呢？

文学地理学学科还没有建成，文学地理学的研究对象、任务和目标等等还不明确，学科规范也没有建立，因此它的研究方法也就没法形成，只能是借用别的学科的方法。一个学科在没有真正建成之前，借用别的学科的方法是完全可以理解的，也是必要的。但是，不能总是借用别的学科的方法，更不能满足于只是借用别的学科的方法。文学地理学终究要有自己的方法。自己的方法的形成，有待于文学地理学学科的顶层设计与整体建设。所以我说文学地理学的研究不能仅仅停留在一个方法的层面，因为有关学者所说的方法，其实并不是文学地理学自己的方法。我们应该花大力气从事文学地理学的学科建设，文学地理学学科建成了，文学地理学才会有自己的方法。

李仲凡：我参加过分别在南昌和广州召开的中国文学地理学会的两届年会，这两届年会的重要议题之一，就是讨论文学地理学的学科建设问题。有学者认为，文学地理学作为一个独立的二级学科，有它成立的理由，但能不能与文学史双峰并峙，则是一个问题。如果文学地理学与文学史双峰并峙，平分秋色，那么文学这个一级学科下面的其他二级学科，例如文学理论、文学批评等，又是一个什么地位呢？

曾大兴：这个问题并不复杂。文学地理学研究文学与地理环境的关系，考察文学的横向分布与特点；文学史研究文学与时代的关系，考察文学的纵向发展与演变。一个是空间维度，一个是时间维度。只有文学地理学与文学史，才有可能双峰并峙。虽然文学地理学在今天还只是一个新兴学科，还没有真正建成，还比较矮小，但是在不远的将来，它就可以和文学史双峰并峙、比肩而立了。文学批评的对象是具体的作家作品和文学现象，如果从历史的角度批评作家作品和文学现象，它就成了文学史的批评；如果从地理的角度批评作家作品和文学现象，它就成了文学地理学的批评。文学理论的研究对象，不是具体的作家作品，也不是具体的文学史或文学地理，而是在文学批评、文学史、文学地理学的基础之上，抽象出某些理论、原理或者规律。如果它抽象出来的理论、原理或者规律，属于文学批评方面的，那就是文学批评的理论；属于文学史方面的，那就是文学史的理论；属于文学地理学方面的，那就是文学地理学的理论。文学批评是一个最基础的二级学科，文学史和文学地理学是两个并列的较高级的二级学科，文学理论是一个最高级的二级学科。图示如下：

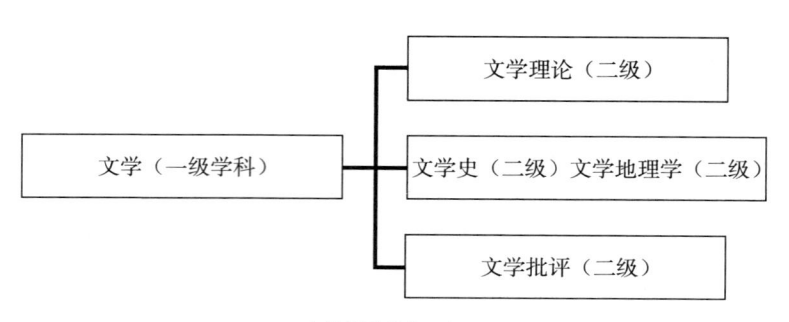

```
                    ┌── 文学理论（二级）
文学（一级学科）─────┼── 文学史（二级）  文学地理学（二级）
                    └── 文学批评（二级）
```

文学学科结构示意图

需要说明的是，我在这幅结构简图里没有列出所有的文学二级学科，例如民间文学、儿童文学、少数民族文学、比较文学等等，我不过是举一反三，借以说明文学地理学在文学学科中的地位而已。文学地理学作为一个新兴的独立学科，是在文学这个一级学科现有的其他二级学科不能解答文学与地理环境之关系这个问题的情况下产生的。它的产生，一方面解决了别的二级学科所不能解决的问题，刷新了人们对文学的认识，增进了人们对文学的多样性与丰富性的了解，增添了人们对文学的兴趣；另一方面又丰富和完善了文学这个一级学科，推动了这个一级学科的可持续发展，尤其是可以对文学理论这个二级学科形成某种"倒逼"之势，促使它正视并吸收文学地理学的研究成果，从而丰富自己的理论内涵，提升自己的实践品质，用杨义教授的话来讲，就是使文学研究接上"地气"。文学地理学既不是可有可无的，也没有"侵占"别的二级学科的地盘，更没有取代或囊括别的二级学科。因此，希望所有从事文学研究的学者，以及人文社会科学其他相关学科的学者，都能满腔热情地关心和支持文学地理学学科的建立和发展。

三、文学地理学学科的知识体系

李仲凡：任何一门为人们所广泛认可的学科，都有自己的知识体系。也就是说，这个学科是有自己的丰富内容的，不是一个空架子。那么在您看来，文学地理学学科的知识体系主要有哪些内容呢？

曾大兴：我认为，文学地理学学科的知识体系主要有五大板块：一是文学地理学学术史，二是文学地理学原理，三是文学地理学的研究方法，四是文学地理学批评，五是各种类型的文学地理。

第一个板块，文学地理学学术史。这是本学科的文献根基与思想根基。没有学术史的学科是根基肤浅的学科。文学地理学虽然是一个新兴学科，但是它的根基是深厚的，可以说是源远流长。文学地理学学术史的任务，就是要对21世纪以前中国和外国的各种文学文献、地理学文献以及其他文献中的文学地理学资源，进行全面的搜集、挖掘和整理，哪怕是只言片语也不要遗漏。包括辑录有关资料，编辑有关目录，整理、校勘、笺注和翻译有关著作，然后在此基础上展开深入的研究，最后形成系统的、各式各样的《文学地理学学术史》。这是一项繁重的历史信息的收集、整理和利用工作，需要学术界同仁的长期努力。我和我的研究生李伟煌前后花了三年时间，辑录整理了一份《文学地理学论著目录索引（1905—2011）》，收录在《文学地理学》年刊第一辑里。这份《目录索引》给学术界同仁的研究提供了必要的信息资源，应该说是很受欢迎的。但是这份《目录索引》的收录时间和收录范围都有限，只能说是为文学地理学学术史料的整理开了一个头，更多的工作还要靠大家。

第二个板块，文学地理学原理。这是本学科的知识主体，包括文学地理学的研究对象、任务与目标，文学地理学的价值与意义，文学地理研究的历史与现状，文学地理学的定位与学科属性，文学地理学与其他学科的关系；文学与地理环境的关系，地理环境影响文学的途径，文学反作用于地理环境的表现；文学家，文学家族，文学活动中心，地域性文学流派，地域性文学社团，地域性文学群体，文学家的静态分布与动态分布，文学家的地理基因与童年记忆，本籍文化与客籍文化；地域文学，文学的地域性，文学与方言，文学与民俗，文学作品的地理空间与地理景观；虚拟文学景观与实体文学景观，文学空间，文学的地域分异，文学版图，文学传播的空间与路径，文学接受与文学批评的地域性等等。

需要强调的是，文学地理学原理的首要任务，是明确文学地理学的研究对象。一个学科能不能成立，关键在于有没有自己的研究对象。文学地理学的研究对象是什么呢？简而言之，就是一句话：文学与地理环境的关系；具体言之，就是三句话：文学要素的地理分布、组合与变迁，文学要素及其整体形态的地域特点与地域差异，文学与地理环境的相互关系。文学要素包括文学家、文学作品和文学接受者，地理环境则包括自然环境和人文环境。文学地理学原理的中心任务，就是通过文学家（包括由文学家所组成的文学家族、文学流派、文学社团、文学活动中心等）的地理分布及其变迁，考察不同的自然地理环境和人文地理环境对文学家的气质、心理、知识结构、文化底蕴、价值观念、审美倾向、艺术感知、文学选择等构成的影响，以及通过文学家这个中介，对文学作品的体裁、形式、语言、主题、题材、人物、原型、意象、景观等构成的影响；还要考察文学家（以及由文学家所组成的文学家族、文学流派、文学社团、文学活动中心等）所完成的文学积累（文学作品、实体文学景观等）、所形成的文学传统、所营造的文学风气，对当地的人文环境所构成的影响。文学与地理环境的关系是一个互动关系。文学地理学原理必须对地理环境（自然环境和人文环境）与文学要素（文学家、文学作品、文学读者）之间的各个层面的互动关系进行系统的梳理，找出它们之间的内在联系及其特点，并予以合理的解释。

第三个板块是文学地理学的研究方法。这是本学科的工具系列。广义的研究方法包括两类，一类是指导和规定学术研究应该如何开展的规则和程序，一类是从事学术研究的技术方法。仅就技术方法来讲，文学地理学的方法又包括一般方法和特殊方法。凡是文学的其他二级学科能使用的方法，文学地理学都可以使用。这类方法属于一般方法。我们现在所要讨论的是文学地理学自己的方法，也就是特殊方法。如上所述，文学地理学至今还没有形成自己的方法，它所用的还是地理学的方法，其中主要是人文地理学的方法。在文学地理学这个学科还没有真正建成之前，借用地理学或者人文地理学的方法是完全可以理解的，也是必要的。这些方法主要有文献逻辑推证法、统计计量法、数理模型法等等，但是每一种方法都有其长处和短处，文学地理学学者应根据研究对象的实际需要，用其所长而避其所短。

我要强调的是，文学地理学的研究与文学史的研究是有明显不同的。文学史的研究可以关在书房里利用所能找到的文献资料进行归纳，文学地理学的研究除了使用文献资料，还必须走出书房，对文学家的出生成长地、流动迁徙地、文学作品的产生地，以及文学作品本身所描写的自然、人文景观与地理空间等等进行实地考察，所以文化人类学的田野调查法特别值得借鉴。

李仲凡：另外还有台湾学者简锦松教授的"现地研究法"，是否也可以借鉴？

曾大兴：当然可以。简锦松为了考察唐代诗人"写作的场域"，以及诗中的某些地理景观，例如瞿唐峡、乐游原、枫桥、鹳雀楼等等，不仅多次进行实地考察，甚至连一些现代测量仪器如

GPS卫星定位仪都用上了。他的"现地研究法"值得我们注意。他在《唐诗现地研究》（2006）一书的"自序"中介绍说："现地研究法，简单说来，就是把本来只在书房里做学问的方法，移一步，到古人写作的现地去，文献资料在这里考核，诗句内容在这里印证，从而得到更接近作者真实的诠释。"简氏解释说，他所谓的"现地"有三："一是真实的山川大地"；"二是曾经亲历其地者所记录的世界：传世的诗文、碑志、专书等等，都是写于当时人之手，如果从记录当代的眼光来处理这些文献，便可以得到现地资料的效果"；"三是古人生活的客观条件。了解古人的生活越多，便越容易接近古人写作的场域，而这些资讯往往具有明显的客观性，可直接作为证物，如五更昼夜的算法、桥梁道路的网络、律令民生的规范、车马人行的程数、官职升迁的常变，乃至于煎茶与点灯等细微之处，不胜指数"。可见简氏的现地研究法的内涵比单纯的田野调查法要丰富，它实际上是"文献解读与现地测量"相结合。

需要指出的是，简氏的现地研究法确实可以在一定程度上"实地重现"作者"写作的场域"，但是它仍然不是我们所期待的文学地理学的方法。简氏总结说："现地研究，并不只是历史地理的探讨，它是立足在文学研究上，尽一切可能向原作者时代收集物证，并以严谨的论证过程和现代仪器程式进行检验的鉴识科学。"我们知道，地理的真实与文学的真实是有差别的，地理学的真实与文学地理学的真实也是有差别的。简氏的"鉴识科学"最多只能实地重现作者的生活环境与写作环境（写作的场域），而很难实地重现作品中的地理空间和地理景观。由于文学的形象思维的作用，作品中的地理空间和地理景观与现实中的地理空间和地理景观已经有了出入,或是移位,或是变形,或是被赋予了新的内涵。例如王之涣《登鹳雀楼》所写"白日依山尽,黄河入海流"这两句诗中的"山"和"海"这两个地理景观,站在鹳雀楼上是根本看不到的。简氏也承认,"句中之山,并不是具体实存、目力可及的山脉",因为"在鹳雀楼上朝落日的方向看,根本就没有山"。至于"海"就更不用说了,鹳雀楼在今山西省永济市蒲州镇老城的东关城上,如何能够看到海? 又如莫言小说里的"高密东北乡",与现实生活中的高密东北乡也是有差异的。我们可以通过现地研究法来实地重现莫言的生活环境与写作环境(写作的场域),但是不可能实地重现他在作品中所着力营建的那个"高密东北乡"。作品中的"高密东北乡"包含了太多的内容,它并不是生活中的那个高密东北乡的简单复制。

文学地理主要有三种样态,一是作家地理,一是作品地理,一是作品传播地理。作家地理与作品地理是有差异的。简锦松的现地研究法可以实地重现作家地理,即作家的生活环境与写作环境(写作的场域),也可以重现作品传播地理,但很难实地重现作品地理,即作品中的地理环境和地理景观。要想实地重现作品地理,除了需要考察作家"写作的场域",还要考察作家的"地理基因"和"童年记忆",考察他的"先结构"对写作的场域所起的作用。地理环境对文学作品的影响绝不像种瓜得瓜种豆得豆那样简单和直接,它必须以作家的气质、心理、知识结构、文化底蕴、价值观念、审美倾向、艺术感知等等为中介。因此文学作品的地理呈现与客观地理是有差异的。同时,文学地理学也不是简锦松所谓的一种"鉴识科学",它是以形象思维为主、形象思维与抽象思维相结合的一个人文学科。因此,简锦松的现地研究法也是有局限的。但是,他的这个方法可以实地重现作家地理和作品传播地理,它离我们所期待的文学地理学的研究方法已经不远了。如果有志者能够在这个方法的基础上加以改进、提升和完善,那么就有可能形成一个真正的文学地理学的方法。

李仲凡:请您接着谈第四个板块和第五个板块吧。

曾大兴:第四个板块,文学地理学批评。这是文学地理学的理论与方法在批评实践中的具体应用。文学地理学批评的范围是很广的,所有的作家、作品和文学地理现象,包括大大小小的实体性文学景观,如黄鹤楼文学景观、西湖文学景观、敬亭山文学景观等等,都属于文学地理学批评的对象。文学地理学批评至少有两个目的,一是解读、评价具体的作家、作品和文学地理现象,解读、评价有关的文学地理景观,二是为各种类型的文学地理的写作积累个案材料。

第五个板块,就是各种类型的文学地理。如果按地域来分,最大规模的文学地理是世界文学地理;其次是洲别文学地理,如亚洲文学地理、欧洲文学地理等等;再其次是国别文学地理,如中国文学地理、法国文学地理等等;再往下分,则有各个国家的分省文学地理,如陕西文学地理、湖北文学地理等等。如果按文化区来划分,则可以有基督教文化区文学地理、伊斯兰教文化区文学地理、佛教文化区文学地理等等,或闽台文学地理、吴越文学地理、燕赵文学地理等等。当然还可以按语言分为大大小小的文学地理,如英语文学地理、法语文学地理、葡语文学地理、华文文学地理,或者吴语文学地理、粤语文学地理等等。也可以按文体分为小说地理、诗歌地理、戏剧地理等等。另外还有文学传播地理,也可以有多种层次。总之,可以有各种类型的文学地理。

李仲凡：关于文学地理学学科的知识体系，我也有过一个初步的设计，就是四大块，即文学地理学学术史，文学地理学原理，文学地理学批评，文学地理学方法论。我称之为文学地理学的四大支柱。您的这个设计与我稍有不同，您增加了各种的文学地理这个板块，一共是五大板块。我想请教您，为什么要增加这一个板块？还有，您设计的这五大板块之间有没有一种内在的逻辑关系？

曾大兴：各种类型的文学地理，不仅仅是文学地理学研究的重要对象或重要内容，而且是文学地理学研究成果的最终呈现，就像各式各样的文学史，是文学史研究成果的最终呈现一样。为了写作各种类型的文学地理，我们需要从事文学地理学学术史的研究，以便从中汲取有关材料和思想；我们需要从事文学地理学基本原理的研究，需要有自己的一套理论和一套概念；我们需要从事文学地理学研究方法的探索和实验，需要有自己的方法；我们还需要针对大量的作家、作品和文学地理现象进行深入细致的个案研究，需要积累大量的素材。我们既然做了这么多的前期工作，那么人们就有理由问我们：我们的最终成果是什么？很显然，我们的最终成果，就是各种类型的文学地理。因此在我的设计方案中，就有了各种类型的文学地理这一个板块。

这五个板块之间是有一种内在的逻辑关系的。文学地理学学术史是这门学科的学术根基，文学地理学原理是这门学科的基础理论，文学地理学研究方法是这门学科的学术规范与操作方法，文学地理学批评是这门学科的基础理论与研究方法在实践中的具体应用，各种类型的文学地理是这门学科的终端成果。五个板块相互匹配，有机衔接，由此构成了文学地理学学科知识体系的

"整体关联性"。

需要说明的是,文学地理学作为一个新兴的可持续发展的学科,可以不断地激发人们的想象力和创造力,可以不断地容纳新的知识,它的知识体系是开放的。今天我们所设计的这个知识体系,只是就我们今天所能想到的而言,并且只能言其大概。相信今后会有人来进一步丰富和完善它。

四、文学地理学学科在中国建成之可能

李仲凡:据我所知,国外也有文学地理研究,并不只是中国才有。有学者讲,文学地理学的故乡在中国。您认为这话有依据吗?

曾大兴:国外确实有文学地理研究。例如在法国19世纪批评家斯达尔夫人的《论文学》(1800)、《论德国》(1813)里,在丹纳的《英国文学史》(1869)和《艺术哲学》(1869)里,就有文学地理学方面的言论。这几本书都有中译本。又据法国学者罗贝尔·埃斯卡皮的《文学社会学》(1958)一书介绍,法国学者A.迪布依出版过《法国文学地理学》(1942)一书;另一名法国学者安德烈·费雷出版过《文学地理学》(1946)一书。这两本书都没有中译本。另外在英国、美国也有文学地理研究。例如在英国当代学者迈克·克朗所著《文化地理学》一书里,就有《文学地理景观》这一章。他讲文学地理景观是以地理为本位,不是以文学为本位。他的这本书也有中译本。

需要说明的是,国外虽有文学地理研究,但是起步比中国晚

得多。国外的文学地理研究，以法国为最早，但是同中国相比，要晚 2300 多年。中国最早讲文学地理的人是春秋时期的吴国公子季札（公元前 576—前 484），法国最早讲文学地理的人是斯达尔夫人（1766—1817）。中国最早使用"文学地理"这个概念的人是梁启超，见其《中国地理大势论》（1902）；法国最早使用"文学地理"这个概念的人应该是 A. 迪布依，见其《法国文学地理学》（1942）。从学术起源的角度来讲，文学地理学的故乡在中国这句话，不是没有依据的。

李仲凡：那么，文学地理学学科有可能在中国建成吗？

曾大兴：国外有文学地理研究，但是没有文学地理学学科。人们对文学地理研究的热情与重视程度远不及 20 世纪 80 年代以后的中国。例如法国学者罗贝尔·埃斯卡皮就在《文学社会学》（1958）一书中这样说："几年来，流行着文学地理学。也许不应该提出过高的要求：强调地理学，会迅速滑向地方主义，而从地方主义，又会滑向种族主义。"这说明文学地理研究在当时的法国是不受重视的。五十多年以后，仍然不受重视。2009 年 10 月 20 日，法国巴黎第三大学的米歇尔·柯罗教授应邀来北京师范大学演讲，演讲的题目就是"文学地理学"。据他介绍："文学地理学在法国，还只是文学史的一个补充，现在文学史在法国仍然是统治性的学科。"国外的文学地理研究成果，稍微多一点的就是法国，而法国的文学地理研究还只是文学史的一个补充，不是一个学科，其他国家的文学地理研究就更不可能是一个学科了。

我认为，文学地理学学科是有可能在中国建成的，主要理由如下。

其一，建学科犹如海上行船，首先必须有一个准确的定位。

定位不准确，就不可能到达我们所希望的彼岸。如果我们把文学地理学定位为一个与文学史双峰并峙的独立学科，而不仅仅是文学史的一个补充，不仅仅停留在一个方法的层面，更不是文化地理学的一个分支，那么它就有了一个准确的定位。我们根据这个定位，做好它的顶层设计，然后根据顶层设计的要求，一步一步地去做，一步一步地努力前行，那么这个学科在中国建成，就不是一件遥不可及的事。

其二，我国是一个疆域广大的国家，国土面积在世界上居第三位。我国的地理环境又非常复杂而多样。可以说，世界上没有哪一个国家像我国这样具有如此复杂多样的地理环境。正是在这块疆域广大而地理环境复杂多样的国土上，产生了具有3000多年历史的有文字记载的文学。我国文学的历史之长远、内容之丰富与形式之多样，在世界上也是首屈一指的。这个背景告诉我们，文学地理学这个学科在中国建成，早就具备了地理的条件和文学的条件。

其三，文学地理学在中国，有一个博大深邃的思想背景。司马迁在《报任安书》中讲过这样几句话："究天人之际，通古今之变，成一家之言。"所谓"究天人之际"，就是讲做学问要考究天人关系，要阐明人与自然的关系，要有广阔的空间意识。所谓"通古今之变"，就是讲做学问要贯通古今，要把握历史的变化规律，要有深邃的时间意识。只有达到天人合一、时空交融、上下五千年、纵横八万里的境界，这个学问才有可能"成一家之言"。司马迁这几句话的思想渊源，可以一直追溯到《易经》，它的经典性一直为人们所认同。所以中国的学问或者学科，一般都有时、空两个维度。文学地理学学科意识的产生，就是为了从空间这个维度来研究文学，从而与从时间这个维度来研究文学的文学史相对应，进而使文学这个学科真正达到"究天人之际，通古今之变"的境界。这就是文学地理学学科在中国建成的思想背景。这种思想背景不是世界上所有的国家都拥有的。

其四，中国学术既追求一种天人合一、时空交融的境界，又具有一种强烈的实践理性精神，讲求经世致用。文学地理学这个学科与文学的其他二级学科相比，其实践品质更为突出。文学地理学研究文学与地理环境的关系，研究文学的地域性，不仅可以刷新人们对文学的认识，增添人们对文学的兴趣，还可以作用于人们所生活的环境。例如，研究文学与自然环境的关系，可以恢复人们对于大自然的记忆，帮助重建人们与大自然的联系，培养人们对于大自然的亲和感，进而达到保护大自然的目的；研究文学与人文环境的关系，可以启发人们对于现实人文环境的思考，唤起人们改善现实人文环境、优化现实人文环境的热情；研究文学地理景观，则可以为文化资源、旅游资源的开发等等提供重要的参考。文学地理学的这一实践品质，使得它受到社会的广泛欢迎。这是这个学科可以在中国建成的社会基础。

其五，在中国，尤其是在20世纪90年代以后，有一大批具有创新精神的学者在从事文学地理学的研究。有老一辈学者，有中年学者，更有大量的青年学者。据统计，20世纪90年代以后在中国产生的文学地理学论文中，硕士、博士论文占三分之一。青年学者在文学地理学研究方面所表现出的高度热情与实干精神，显示了文学地理学学科建设在中国的光明前景。这是文学地理学学科可以在中国建成的人才优势。

李仲凡：感谢您一连回答了我这么多的问题！您的回答不仅

让我大受裨益，相信对所有关心文学地理学的人士都会有重要启发。再次感谢曾教授！

（原刊《学术研究》2013年第8期）

文学地理学的几个主要问题
——曾大兴教授访谈录

曾大兴　钟健芬

《世界文学评论》编者按：曾大兴教授，湖北赤壁人，文学博士。现为广州大学人文学院教授，广东省广府文化研究基地常务副主任，中国文学地理学会会长，中国地理学会文化地理专业委员会委员，中国词学研究会常务理事。主要从事文学地理学、词学与广府文化的研究，主要著作有《中国历代文学家之地理分布》、《文学地理学研究》、《柳永和他的词》、《20世纪词学名家研究》等。曾教授是改革开放以来国内最早从事文学地理学研究的学者之一，早年从事文学地理学的实证研究，近年来倡导建立文学地理学学科，发起成立中国文学地理学会，主持召开中国文学地理学会第1—4届年会，主编《文学地理学》年刊第1—4辑，在国内学术界产生重要反响。本刊特委托青年学者钟健芬就文学地理学研究的几个主要问题对其进行专访，并在第一时间刊布，以飨读者。

一、文学地理学主要研究哪些方面的问题？

钟健芬： 曾老师您好！文学地理学研究是目前文学研究领域的热门，国内关于文学地理学所要研究的主要问题有不同看法。作为中国文学地理学会的会长，您认为文学地理学主要研究哪些方面的问题？

曾大兴： 文学地理学所要研究的主要问题，是由这个学科的研究对象所决定的。文学地理学的研究对象，简要地讲，就是文学与地理环境的关系。这句话表明，文学与地理环境之间是一种相互影响、相互作用的状态：一方面，地理环境影响文学；另一方面，文学也对地理环境构成某些影响。既如此，一系列的问题就被提出来了：第一，地理环境是如何影响文学的？或者说，它通过什么途径来影响文学？第二，地理环境影响文学的表现有哪些？结果又是什么？第三，文学又是如何影响地理环境的？或者说，它通过什么途径来影响地理环境？第四，地理环境与文学相互作用的结果是什么？事实上，地理环境只能通过文学家这个途径来影响文学，地理环境影响文学的表现和结果只能通过文学作品看出来，文学只能通过文学接受者这个途径来影响地理环境，地理环境与文学相互作用的结果则是文学景观与文学区的出现。因此，关于以上这几个问题的解答，就不能不包括以下这几个主要方面的内容：

第一，文学与地理环境的关系。所谓地理环境，就是人类活动及其赖以生存的环境，包括自然环境和人文环境。自然环境包括地貌、水文、气候、生物、生态环境和自然灾害等要素，人文环境包括政治、军事、经济、宗教、文教、风俗、语言等要素，自然环境与人文环境的各个要素都能对文学构成影响，文学也能对地理环境构成一定的影响。那么，在自然环境与人文环境的各个要素中，哪些要素对文学的影响最为重要？它们通过什么途径来影响文学？文学又通过什么途径来影响地理环境？这些问题都是文学地理学所必须研究和解答的问题。

第二，文学家的地理分布。关于文学家的研究，不同的学科可以有不同的角度，但文学地理学只能从地理这个角度来进行。它必须考察文学家（包括由文学家所组成的文学家族，以及那些带有地域性质的文学流派、文学社团与文学活动中心）的地理分布，包括静态分布与动态分布。通过文学家的地理分布，结合有关背景材料和文学作品本身，分析文学家所接受的本籍文化与客籍文化的影响，从而了解文学家的地理基因、地理体验、地理情感和地理认知。因为地理环境只有通过文学家的地理基因、地理体验、地理情感和地理认知才能对文学作品构成影响。

第三，文学作品的地理空间。地理环境通过文学家这个途径来影响文学，文学的完形型态则是各式各样的文学作品，因此文学地理学研究的重心只能是各式各样的文学作品。文学作品包含思想、情感、题材、人物、意象、体裁、语言、风格等诸多要素，如果这些要素具有地域性，再通过文学家的创造完成空间组合，就构成了文学作品的形态各异的地理空间。这些形态各异的地理空间既有客观世界的投影，又包含了文学家的主观想象、联想和虚构，是客观世界与主观世界的统一，也是地理思维与文学思维的统一。因此从文学地理学的角度研究文学作品，必须把文学作品的地理空间作为重中之重。

第四，文学接受与文学传播。按照接受美学的观点，文学的意义和特点是通过文学接受这一环节才得以显现的,文学接受者参与和最终完成了作品的创造。文学地理学吸纳了这一观点。文学地理学认为,正是通过文学接受者这个途径,文学实现了对地理环境的某些影响,尤其是对人文环境的影响。文学接受离不开文学传播,因此文学地理学既要研究文学接受,也要研究文学传播,包括文学传播的源地、路径、特点和效果等等。文学史也研究文学传播,但它所关注的重点是纵向传播或历时传播,文学地理学所关注的重点则是横向传播或共时传播。

第五,文学景观。文学景观是地理环境与文学相互作用的结果,它是文学的另一种呈现,但不是传统的纸质呈现,也不是新兴的电子呈现,而是一种地理呈现。许多景观(包括自然景观和人文景观)虽是已然存在的,但是知名度并不高,只是由于文学家与文学作品的作用和影响,它们的知名度才得以提升,甚至名满天下,于是这些景观就成了文学景观。例如黄鹤楼、滕王阁、小鸟天堂等。还有一些景观原本是不存在的,是人们根据文学家的事迹和文学作品的内容而专门建造的,因而是很纯粹的、原生态的文学景观,例如桃花源、东坡赤壁等。传统的文学研究并不涉及文学景观,文学景观研究是文学地理学研究的一项独特内容。

第六,文学区。所谓文学区,是根据不同地区呈现的文学特征的差异而划分的一种空间单位。文学区又可称为文学区域、文学地域或文学圈,它是以相对稳定的自然和人文地理环境为依托,由一定数量的在特征上比较接近或相似的文学要素(包括文学家、文学作品、文学接受者和文学景观)所形成的一个分布范围。文学所赖以产生的自然和人文地理环境有差异,文学的特质与风貌也会出现相应的差异,根据这两种差异,世界各地可以划分为许多大大小小的文学区。文学区是文学与地理环境相互影响、相互作用的典型范本，文学区研究则是最能集中体现文学地理学研究之特色的内容之一。

以上这六个方面的问题，就是文学地理学所要研究的主要内容。

钟健芬：我注意到，您在接受李仲凡博士的专访时（钟按：见《文学地理学的学科建设——曾大兴教授访谈录》，《学术研究》2013年第8期），提出文学地理学的知识体系有五大板块，即文学地理学学术史、文学地理学基本原理、文学地理学研究方法、文学地理学批评和各种类型的文学地理。那么您现在讲的六个方面的问题，与您先前讲的五个板块是个什么关系？

曾大兴：这六个方面的问题均属于文学地理学基本原理这一板块，也就是说，文学地理学基本原理才是文学地理学所要研究的主要问题。其他四个板块也都是文学地理学需要研究的问题，也都很重要，但是最重要的还是文学地理学基本原理。文学地理学基本原理所研究的是文学地理学这个学科的基础理论。一个学科能不能成立，取决于三个条件：一是学科的研究对象，二是学科的基础理论，三是专业人才的培养。所以说，这六个方面的研究属于学科的基础理论研究，它是文学地理学研究的重中之重。

二、文学地理学研究与文学史研究最大的区别是什么？

钟健芬：您讲文学地理学时，多次把文学地理学与文学史做比较，您觉得文学地理学研究与文学史研究两者最大的区别是什么？

曾大兴：我认为主要有四个方面的区别，或者说"四个不同"。

首先是研究对象不同。文学地理学的研究对象是文学与地理环境的关系，也就是研究"空间的文学与文学的空间"，而文学史的研究对象则是文学与时代的关系，它研究文学的起源、发展和演变。

第二是视角和视野不同。文学地理学的视角是地理、空间的视角；文学史的视角是历史、时间的视角。文学地理学的视野是"纵横八万里"，文学史的视野是"上下五千年"。

第三是思维不同。文学地理学的思维是"文学＋地理"的思维，文学史的思维是"文学＋历史"的思维。

第四是方法不同。具体来讲又包括这样几点：

其一，文学史用"系年"的方法，文学地理学用"系地"的方法。例如《唐宋词人年谱》、《中古文学系年》、《少陵先生年谱会笺》、《岑嘉州系年考证》等，就是用的"系年"的方法。文学地理学不一样，它用"系地"的方法。例如一个作品是在哪里产生的？一个作家一生到过哪些地方？他在这些地方写作了哪些作品？一种文体的代表作出现在哪些地方？一个时代或者一个时段的文学名作出现在哪些地方？等等，都要搞清楚。据戴伟华教授的《地域文化与唐代诗歌》一书介绍，他和他的团队结合自己和其他学者的考证结果，已建成《唐诗创作地点考》数据库。国内还有不少学者也在做类似的研究，相信不久便会有很多这样的成果问世。

其二，文学史用"分期分段"的方法，文学地理学用"区域分异"的方法。例如"先秦文学"、"魏晋南北朝文学"、"初唐文学"、"盛唐文学"、"中唐文学"、"晚唐文学"、"十七年文学"、"新时期文学"、"十九世纪文学",等等,就是这种"分期分段"方法的产物。"分期分段"的方法有其优点,就是可以让人们看到一个朝代、一个时期或者一个时段的文学的大致情形。但是这个方法也有它的弊端。因为文学有它自身的规律,它的发展不完全是由时代的政治、经济等因素决定的。有时候,政治上很混乱,经济上也不景气,但是文学却很繁荣。例如春秋战国时期,东汉末年,"五四"前后,都是历史上有名的乱世,可是文学却很繁荣。这方面的例子在古今中外可以说不胜枚举。如果一律按照政治或经济的发展轨迹来描述文学的发展历程,就会流于简单化,许多问题也解释不通。例如研究唐代文学史的学者习惯于按照唐代政治史的轨迹,把唐代文学史分为初、盛、中、晚四个时期,认为初唐的文学比较幼稚,盛唐的文学达到鼎盛,中唐的文学在成熟中有些新变,晚唐的文学就衰落了。这种认识并不符合唐代文学的实际。例如初唐出现了王勃的《滕王阁序》这样的千古不朽之作,你能说它幼稚吗?晚唐出现了李商隐、杜牧这样的杰出诗人,还有温庭筠、韦庄这样的杰出词人,你能说它衰落吗?还有研究中国当代文学的学者,习惯于把1949年以来的文学分为三个时期:"十七年的文学","文革十年的文学","改革开放以来的文学"。这种分法实际上就是按照某些政治人物的观点来分的,但是这种分法本身就不符合历史的实际,因为"十七年"与"文革十年"是没法分开的。如果没有"十七年"的一贯"左",怎么会有"文革十年"的"极左"呢?"十七年的文学"与"文革十年的文学"都是以阶级斗争为主旋律的文学,它们在本质特征上是一致的,根本没法把它们分开。由于文学的"分期分段"方法出现了很多弊端，往往不能反映文学的实际面貌，甚至误导读者，因此人们对这种方法就比较厌倦了，于是有一部分学者就用起了文学地理学的"区域分异"的方法。

所谓"区域分异"的方法，就是按照不同的区域来考察和研究文学。按照"区域分异"的方法，1949年以来的中国文学可以分为五个板块：大陆文学、香港文学、澳门文学、台湾文学和海外华文文学。1949年至1979年这30年的大陆文学是以阶级斗争为主旋律的，但是另外四个板块的文学并非这样。而且香港、澳门、台湾和海外华文文学又各具特点，需要联系它们所产生的不同的自然和人文地理环境来考察。为什么1979年以来，大陆许多学者转而从事香港、澳门、台湾和海外华文文学的研究呢？就是因为大家看到了一个最基本的事实，即文学是有地域差异的。讲中国文学，不能不考虑它事实上存在的地域差异。也正因为许多学者从事香港、澳门、台湾和海外华文文学的研究和推介工作，所以让人们看到了中国当代文学的地域性、多样性与丰富性。这就是文学的"区域分异"研究所带来的好处。当然，大陆文学也存在明显的区域差异，过去有，现在更明显，只是在以阶级斗争为主旋律的年代，在文学的"分期分段"方法占统治地位的年代，这种差异性被忽略了，或者说被遮蔽了。

其三，无论是文学史研究还是文学地理学研究，都离不开比较的方法。但文学史用的是"历时比较法"，或者"纵向比较法"。如果借用比较文学的一个概念，这种研究可以称为"影响研究"。不过比较文学的"影响研究"强调的是"外来性"，文学史的"影响研究"强调的是"本土传承性"，即上一代对下一代的影响，前人对后人的影响。例如把唐诗和宋诗进行比较，把宋词和元词、明词、清词进行比较，把柳永的词和关汉卿的曲进行比较，就属于这种研究方法。

文学地理学用的则是"区域比较法"，这种比较属于"共时比较"，或者"横向比较"。如果借用比较文学的一个概念，这种研究可以称为"平行研究"。不过比较文学的"平行研究"是用逻辑推理的方式对相互间没有直接关联的两种或两种以上的民族文学进行研究，文学地理学的"平行研究"不是这样，它不能用逻辑推理的方式，它必须用事实说话。它需要"实证"。例如齐鲁文学与中原文学的比较，中原文学与秦陇文学的比较，吴越文学和岭南文学的比较，荆楚文学和巴蜀文学的比较，中国南方文学和北方文学的比较，西方文学与东方文学的比较等，就属于这种研究方法。文学地理学的"区域比较法"可以由一个国家的不同区域之间的比较扩大到不同国家之间的比较，比较的对象之间可以有直接关联，也可以没有直接关联，甚至可以没有关联。但是有一点需要强调，它不能用逻辑推理的方式，它只能用实证的方式和归纳的方式。

其四，文本研究方法不一样。无论是文学史研究还是文学地理学研究，都把文本研究作为重点。但是二者的方法不一样。例如文学史研究在分析文学作品的人物时，习惯于按照时间线索追寻人物的情感历程、性格走向和命运轨迹；文学地理学研究在分析文学作品的人物时，要密切关注他（她）所处的空间。空间变了，人物的情感、性格、命运就会有变化。例如孙悟空在花果山是一种自由洒脱的性格，在天宫是一种叛逆的性格，在取经路上就很复杂了，有时叛逆，有时顺从，有时妥协，但很少自由洒脱了。贾宝玉在他父亲的书房里是一种怯懦的性格，在大观园里是一种率真的性格，最后在常州毗陵驿附近，就是一种完全超脱的性格了。人物的情感、性格、命运，与他所处的具体的地理环境和具体的空间是有重要关系的。同样一个士大夫，在朝堂是一种性格，在祠堂是另一种性格，在卧室里更是另一种性格了。

其五，在考察文学作品产生的背景时，文学史研究和文学地理学研究都要使用"文献研究法"，但是文学地理学除了使用"文献研究法"，还要使用"田野调查法"，要把这两种方法结合起来使用。台湾学者简锦松教授的"现地研究法"就属于这种性质。简氏在《唐诗现地研究》一书的"自序"中介绍说："现地研究法，简单说来，就是把本来只在书房里做学问的方法，移一步，到古人写作的现地去，文献资料在这里考核，诗句内容在这里印证，从而得到更接近作者真实的诠释。"简氏解释说，他所谓的"现地"有三："一是真实的山川大地"；"二是曾经亲历其地者所记录的世界：传世的诗文、碑志、专书等等，都是写于当时人之手，如果从记录当代的眼光来处理这些文献，便可以得到现地资料的效果"；"三是古人生活的客观条件。了解古人的生活越多，便越容易接近古人写作的场域，而这些资讯往往具有明显的客观性，可直接作为证物，如五更昼夜的算法、桥梁道路的网络、律令民生的规范、车马人行的程数、官职升迁的常变，乃至于煎茶与点灯等细微之处，不胜指数"。可见简氏的"现地研究法"的内涵比单纯的"文献研究法"或"田野调查法"要丰富，它实际上是"文献解读与现地测量"相结合。简氏总结说："现地研究，并不只是历史地理的探讨，它是立足在文学研究上，尽一切可能向原作者时代收集物证，并以严谨的论证过程和现代仪器程式进行检验的鉴识科学。"当然，他这种方法只能用来考察和研究文学作品所产生的背景,不能用来研究文学作品本身,也就是不能用来研究文本。因为他这种方法的本质在"征实",而文学作品是有虚构的。例如莫言小说里的"高密东北乡"与现实生活中的高密东北乡是有差异的,我们可以用"现地研究法"来重现莫言写作的环境(写作的场域),但是不可能重现他在作品中所营建的那个"高密东北乡"。作品中的"高密东北乡"包含了太多的内容,它并不是生活中的那个高密东北乡的简单复制。

三、中国学者的文学地理学研究有什么特点?

钟健芬:您曾经在《文学地理学研究》一书中提过,文学地理学学科是由中国学者倡导建立的,是一个地地道道的"中国创造"(钟按:见曾大兴著《文学地理学研究》,商务印书馆2012年版)。那您觉得中国学者的文学地理学研究有些什么特点?

曾大兴:我想有这几个特点。第一,中国学者的文学地理学研究在世界上是最早的。《左传·襄公二十九年》所载季札观乐时对"国风"的评价,可以说是中国最早的文学地理学言论。襄公二十九年即公元前544年,那一年孔子才七岁,离今天则有2559年。据我所知,西方最早的可以称为与文学地理学有关的言论出自法国学者迪博的《关于诗与画的批评意见》(1719)这本书。如果把他这本书的出版时间作为西方文学地理学言论出现的标志,把季札观乐时发表的那一番议论作为中国文学地理学言论出现的标志,那么中国的文学地理学研究比西方要早2263年。

第二,中国学者的文学地理学研究成果在世界上是最多的。

前几年，我和研究生李伟煌合作完成了一个《文学地理学论著目录索引》，根据我们的统计，从 1905 年到 2011 年，仅仅是在中国大陆的纸质刊物上发表的与文学地理学有关的论文就有 1126 篇。后来我发现，我们这个统计有遗漏。今天早上，我打开百度搜索，输入"文学地理"这四个字一查，发现相关论文竟多达 23278 篇。这些论文有的是发表在纸质刊物上的，也有的是发表在网络上的，但都是用中文写的，都是中国学者的论文，包括大陆、港澳台和海外华人学者的论文。因此可以说，中国学者的文学地理学研究成果在世界上是最多的。

第三，中国学者的文学地理学研究注重实证研究。中国学术有一个悠久的"征实"传统，也就是讲求实证。中国较早从事文学地理学研究的学者，多数是研究古代文学出身的。古代文学研究深受乾嘉学派的影响，就是重考据，因此中国学者的文学地理学研究就有很浓厚的实证色彩。以我个人为例。我从 1987 年开始从事文学地理学的研究，迄今为止出版了四本文学地理学专著，发表了 60 多篇文学地理学论文，完成了三个文学地理学方面的国家社会科学基金项目，还有六个省、市级项目，可以说，大部分都属于实证研究。实证研究就是讲证据，就是"拿证据来"，一切靠证据说话。不是从一个观点推导出另一个观点，不是用演绎法，而是用归纳法。所有的观点都是通过大量的实证研究归纳出来的。这就是实证研究。这是中国文学地理学研究的一个最鲜明的特点，当然这个特点也导致一个缺点。这个我等会再讲。

第四，中国的文学地理学研究已经形成多学科参与的格局。改革开放以来的文学地理学研究是由古代文学学者发起的，当时的文学地理学研究队伍是以古代文学学者为主体，但是从 20 世纪 90 年代中期开始，这个格局开始有所改变。今天的文学地理学研究队伍中，除了古代文学学者，还有相当多的现当代文学学者、比较文学与世界文学学者，还有一些文艺学学者、美学学者和古代文论学者，还有文化地理学学者。也就是说，今天的文学地理学研究已经形成多学科参与的格局。

第五，文学地理学在中国已成"热门"。在中国从事文学地理学研究的学者中，青年学者占了一半。据统计，1990 年以来发表的文学地理学论文中，硕博论文占了三分之一。这个现象非常值得注意。一个硕士生或者博士生选择什么样的题目作为他的毕业论文，不仅与他的爱好有关，也与他今后的学术走向和发展前景有关，他的选题是很慎重的。1990 年以来，三分之一的文学地理学论文是青年学者写的，这就说明这个学科赢得了青年学者的青睐，这就预示着这个学科有一个光明的前景。首都师范大学的陶礼天教授指出：1992 年以后，中国的文学地理学已成"显学"。他的这个说法是有根据的。我一般不用"显学"来称文学地理学，我担心有人会有不同意见。但是称它为文学研究的一个"热门"应该是可以的吧？

四、中国的文学地理学研究存在什么样的问题？

钟健芬： 文学地理学是一门新兴的热门学科，正如您刚才所说的，是一门有着光明前景的学科，但是任何事物都有两面性，文学地理学学科在它的发展建设过程中遇到了什么样的问题？或者说，中国的文学地理学研究存在什么样的问题？

曾大兴：这个问题问得好！如果我们不能认识到中国的文学地理学研究所存在的问题，我们就很难推动这个学科的健康发展。中国文学地理学研究的问题或不足是客观存在的，主要表现在以下几个方面：

首先是理论研究比较欠缺。我刚才讲到中国的文学地理学研究有一个很鲜明的特点，就是实证研究的成果很丰富，但是这个特点同时也意味着存在一个缺点，就是理论研究比较欠缺：一是数量不多，二是理论色彩不浓。出现这个问题的原因之一，是中国的文学地理学学者多数是研究中国古代文学史出身的，这些人对中国古代文论是比较熟悉的，但是对西方文论则不太熟悉；还有一部分人是研究中国现当代文学和外国文学出身的，这些人对西方文论是比较熟悉的，但是对中国古代文论则不太熟悉。好在大家都意识到了文学地理学的理论研究比较欠缺这个问题，也意识到了自己在理论上的某些局限，正在努力完善知识结构，力争在理论研究上有所提高。不过这需要一定的时间。

第二，专业水平不够高。文学地理学是文学的一个二级学科，也是文学与地理学之间的一个交叉学科，它要求从事这一方面研究的人既要懂文学，又要懂地理学。中国从事文学地理学研究的学者有两拨人：一拨是文学学者，一拨是文化地理学学者。当然，在国外也是如此。文化地理学学者从事文学地理学的研究，是借用文学的材料来解决文化地理方面的问题，他们是以地理为本位的。他们对文学的熟悉程度自然不如文学学者，尤其是在文学文本的分析方面，他们还不够深入，不够细致，不够到位，还不是那么得心应手。文学学者从事文学地理学的研究，是用地理学的理论、方法和视角来解决文学的问题，他们是以文学为本位的。

由于他们不是学地理出身的,他们对地理学的熟悉程度肯定不如文化地理学学者,尤其是在地理技术方面,如测量、制图、模型设计等等,他们的局限就很明显。总之是各有局限。由于各有局限,使得文学地理学研究的专业水平还不够高,还没有达到理想的境界。当然,在国外也存在这个问题。好在国内这两拨学者也都意识到了自己的局限,正在努力弥补自己的不足,正在互相学习。例如中国文学地理学会召开年会,都会邀请文化地理学者出席并发表演讲;中国地理学会文化地理专业委员会召开年会,也会邀请我们出席并发表演讲。

第三,地理意识不够强。中国从事文学地理学研究的学者中,非地理专业出身的学者占了绝大多数;而在这些人中,从事文学史研究出身的学者又占了绝大多数。这两个绝大多数,使得中国的文学地理学研究成果从总体上看,是地理意识不够强。许多研究者不仅缺乏地理学的专业训练,还在思维上受到文学史的惯性思维的影响。有些研究课题,例如文学家族研究,地域性文学群体研究,本来属于文学地理学的研究对象,但是最后的成果都像文学史,缺乏地域感和空间感。当然,关于文学家族和地域性文学群体的研究,也需要梳理它们的发展脉络,也需要有历史的眼光,但是同时也需要考察它们与地理环境之间的关系,也需要做空间分析。文学家族有两个特点:一是血缘性,一是地域性。考察它们的血缘关系,需要用历史的方法;而考察它们的地域性,则非用文学地理学的方法不可。地域性的文学群体也有两个特点,一是传承性,一是地域性。考察前者需要用文学史的方法,考察后者则非用文学地理学的方法不可。但是我们发现,这两类成果都没有较好地使用文学地理学的方法,给人的感觉就是历史意识比较强而地理意识比较弱。

第四，地方本位主义的某些干扰。文学地理学的研究与地理学、文化地理学的研究一样，都要有地方意识，都要有地方感，但是不能有地方本位主义。地方本位主义的实质，就是从本地现实利益出发，把学术研究变成一种现实功利行为，不尊重客观事实，缺乏国家意识，缺乏大局观念，既功利，又狭隘。文学地理学研究有一个很重要的内容，就是地域文学。什么是地域文学？按照我们的界定，就是在某个地域产生的、受到某个地域的自然和人文环境的影响、具有某个地域的自然和人文特点的文学。地域文学是由本地作家和流寓本地的外地作家共同完成的。也就是说，地域文学的作者既有本地作家，也有籍贯在外地但是由于某种原因客居本地的作家。作家的流动性是比较大的，因此许多人往往要参与多种地域文学的创作。例如杜甫是河南巩义人，他在河南创作了很多作品，所以《河南文学史》自然要写到他。但是他一生还到过很多地方，今天的山东、陕西、甘肃、四川、湖北、湖南等地，他都去过，都留下了不少好作品，所以上述各地的文学史都会写到他，这是很自然的。一个作家能不能进入某种地方性的文学史，取决于两个条件：一是他的籍贯所在地，一是他的作品产生地。但是我们发现，有的地方在编纂地方性文学史时，或者在评选当地历史文化名人时，往往把一些只在本地短暂逗留过，但是并没有在本地留下作品的外地作家也算进来，以此证明本地人才济济，文化底蕴深厚，文化资源丰富。还有一种情况，就是在奖励当代作家的时候，往往只奖励本地作家，不奖励那些虽然籍贯在外地，但是客居在本地，且在本地留下了优秀作品的外地作家。以上两种情况的出现，是因为不了解地域文学的真正含义？还是有意曲解地域文学？如果是后者，那就是地方本位主义在作怪。2014 年 9 月，《中国社会科学报》记者采访我的时候，我就提出过这个问题。（钟按：参见朱翌、黄珊《文学地理学：追寻文学存在的根脉》，《中国社会科学报》2014 年 9 月 12 日）因此我们要正确理解"地域文学"这个概念，要排除地方本位主义的干扰。

第五，应用研究比较滞后。中国的文学地理学研究，实证研究的成果比较多，理论研究的成果比较少，应用研究的成果更少。当然国外的文学地理学应用研究成果也很少。我说的应用研究，是指运用文学地理学的理论和方法，研究和解决现实中的一些实际问题，或者说是把文学地理学的理论研究和实证研究成果应用到社会实践中去，为社会服务。在这一方面，经济地理学是做得比较好的，文化地理学也做得比较好。文学地理学滞后一点，但也可以大有作为。例如在中国文学地理学会第三届年会上，中国地理学会文化地理专业委员会主任委员、北京师范大学的周尚意教授就提交了一篇应用研究的论文：《浅析现代文学在社区景观设计中的作用》。这篇文章选择北京天坛街道的金鱼池小区，分析老舍的《龙须沟》对其景观设计的影响。老舍的话剧《龙须沟》是以真实的地点为背景创作的作品，周尚意教授和她的团队应邀为这个地点所在的金鱼池小区做景观设计时，就较好地利用了老舍话剧中的文学元素。这就是一种很有价值、很有意义的应用研究。

文学地理学有一个很重要的内容，就是文学景观研究。这种研究既是一种基础研究，也可以是一种应用研究。中国现存的文学景观很多，据我的初步统计，最著名的文学景观有近 200 处。文学景观的研究可以为文学地理资源的保护与开发服务。文学地理学的应用研究前景也是很广阔的。

五、文学地理学研究能够为文学理论提供什么样的思想？

钟健芬：您觉得文学地理学研究能够为文学理论提供什么样的思想呢？

曾大兴：文学理论这个学科改名字了，以前叫文学理论，现在叫文艺学。当然许多人由于习惯，还是叫它文学理论，简称文论。

我最近对中西方的文学地理学研究历史和现状做了一个初步的梳理。我的印象是：在现有的文学理论中，关于文学史的思想很多，关于文学地理的思想很少。中国古代文论中有一点，西方近代文论中有一点。当代文论中几乎没有。当然，中国没有当代文论，中国学者所讲的当代文论是从西方引进的。

那么，文学地理学研究能够为当代的文学理论提供什么思想呢？我想应该是很多的。例如：文学与地理环境的关系，地理环境影响文学的表现、途径、方式、特点、差异和效果，文学作用于地理环境的表现、途径、方式、特点、差异和效果，地理环境对文学家的气质、个性、人格、创作风格之影响，文学家对地理环境的适应、排斥与妥协，文学家的地理基因、地理感知、地理叙事，文学家的地理分布之特点、成因和规律，文学作品的空间结构与功能，文学作品的地域性，文学接受的地域差异，文学传播的空间格局、路径、特点与差异，文学景观的形成机制、多元价值与意义累积，文学区的形成机制、本质特征与划分原则，文学的时代性与地域性之关系，文学的地域性与普遍性之关系，等等。

杨义教授讲："好端端的文学研究，为何要使它与地理结缘呢？说到底就是为了使文学研究'接上地气'。"（钟按：见杨义著《文学地理学会通》，中国社会科学出版社2012年版）在他看来，当代文学研究是不接"地气"的。我赞成他这个观点。不过我认为，既然不接"地气"，那就不能说是"好端端的"，而是有缺陷的。

事实上，中国当代文学研究存在的一个比较突出的问题，就是不接地气。当代文学研究为什么会不接地气呢？在我看来，就是因为当代文学理论不接地气。文学理论不接地气，不能给文学研究提供应有的思想和观念。所谓不接地气，就是脱离文学创作的现实，解释不了文学与地理环境的关系问题，解释不了文学的地域性问题。我举一个例子。在当代文学理论界，有这样一个观点，即在全球一体化的时代，各种文化的交流日益频繁，文学家的视野更为开阔，因此文学的地域性也在不断消失。可是中国当代文学的现实是不是这样呢？完全不是。中共十一届三中全会（1978）结束之后，中国即开始打开国门，对外开放。这个开放的程度、开放的规模，可以说是空前的。在这个大背景之下，中外文化的交流确实日益频繁，中国作家的视野确实更为开阔，可是中国文学的地域性消失了没有呢？可以说，不仅没有消失，反而比以往任何一个时代都强烈。在中国当代文坛上，大凡有一定影响的、能够被读者记住的作家，往往就是那些地域意识比较强烈，作品的地域色彩比较浓厚的作家。例如黑龙江的迟子建，新疆的刘亮程，陕西的路遥、陈忠实、贾平凹，山西的李锐，北京的刘恒，天津的冯骥才，河北的铁凝，山东的张炜、莫言，河南的刘震云、四川的魏明伦、阿来，湖北的方方、池莉、陈应松，湖南的叶蔚林、韩少功，上海的王安忆，江苏的汪曾祺、陆文夫、苏童、范小青，浙江的李杭育、余华，贵州的何士光，广西的鬼子、东西，等等，他们哪一个不是由于自己的作品具有浓厚的地域色彩而被人们所熟知的？中国当代文学的强烈的地域性，谁能否定？谁又否定得了？因此我认为，"在全球一体化的时代，文学的地域性正在消失"这个观点，并不符合当代文学的实际，这个观点是不接地气的，它是一个虚假命题，一个伪命题。

"地气"这个词，最早出自《周礼·考工记》："天有时，地有气，材有美，工有巧，合此四者，然后可以为良。材美工巧然而不良，则不时，不得地气也。橘逾淮而北为枳，鹳鹆不逾济，貉逾汶则死，此地气然也。郑之刀，宋之斤，鲁之削，吴粤之剑，迁乎其地而弗能为良，地气然也。"植物、动物的存活生长需要接地气，"百工之事"需要接地气，人需要接地气，文学作品需要接地气，文学研究、文学理论也需要接地气。中国改革开放以来的文学创作是接地气的，但是文学研究不接地气。文学研究不接地气，是因为文学理论不接地气。文学理论不接地气，是因为它是从西方引进的，它的话语体系全是西方的。而西方文论在中国是不接地气的。

当代西方文论并不关心文学的地域性问题。西方文论自古以来一直强调文学的虚构性、"游戏"性和表现心灵世界的自由创造功能。在西方19世纪，由于现实主义、自然主义的文学创作一度兴盛，以斯达尔夫人、丹纳等人为代表的文学批评曾经注意到地理环境对文学创作的影响，但是这种批评并没有持续多久。20世纪初期，形式主义批评在西方兴起，人们开始着重关注文学的内在形式问题。到了英美新批评流行的阶段，则明确主张文学批评要把文本的内部世界和外在环境区分开来。而结构主义批评则专注于文学文本的内部结构。20世纪上半叶，现代主义文学主张文学作品更多地承担起思考人类命运的哲学重任，西方文学更加显示出"抽象思辨"的特点，与此相关的西方文论更是"玄之又玄"。因此，要想从当代西方文论中找到解释文学的地域性问题的理论和观念，这无异于缘木求鱼。

我的同事，广州大学讲授文学理论这门课程的罗宏教授对我讲过这样一句话，他说："文学地理学可以对文学理论形成倒逼之势。""倒逼"它什么呢？我的理解是："倒逼"它接上"地气"。具体来讲，就是促使文学理论学者参与文学地理学的理论研究，思考文学地理学的诸多理论问题，然后从中汲取有关的思想和观念，使文学理论接上"地气"，使它能够面对当代文学创作的现实，能够对文学与地理环境的关系、文学的地域性等问题有一个合理的解释。

六、文学地理学学科建设与专业人才的培养

钟健芬：您讲过，在当代中国的文学地理学研究成果中，青年学者的论文（包括硕博论文）占了三分之一。那么据您了解，在中国的大学里，开设文学地理学这门课程的多吗？您怎么看待文学地理学专门人才的培养问题？

曾大兴：我说过，一个学科的建立需要三个条件：第一是确定这个学科的研究对象，这个问题已经解决了；第二是有一套学

科的基础理论，这个问题正在解决；第三是要培养专业人才，包括开设有关课程，设立有关的硕士点和博士点。应该说，我们在这方面还做得很不够。由于文学地理学是一个正在建设中的新兴学科，在教育部的《学科目录》上没有它，所以多数的大学都没有开设文学地理学方面的课程。我本人从 2004 年开始给研究生讲授"中国文学地理"这门课程，至今讲了 11 年。我自己撰写了一本《中国文学地理》当作教材来使用。2012 年下半年至 2013 年上半年，超星学术视频用了一年时间把我这门课程随堂拍下来了，一共 72 个课时。现在可以在网上看到。从 2013 年下半年开始，我又把这门课程下延到本科阶段，即给全校的本科生开设这门通识类选修课。今年上半年，我又给中文专业的本科生开设"文学地理学概论"这门专业选修课。我这门课程是很受学生欢迎的。我的想法是：我先开，积累一点经验。等《文学地理学概论》和《中国文学地理》这两本书正式出版后，再建议别的高校的朋友也来开设这两门课。总之，我们要动员更多的高校来开设文学地理学方面的课程。如果全国各主要大学都能开设文学地理学方面的课程，那么对文学地理学的学科建设就是一个很有力的推动。现在各个大学都还没有文学地理学学科的硕士点或博士点，但是在相关学科的硕士点和博士点上设有文学地理学方向。例如杨义教授、梅新林教授、邹建军教授、陶礼天教授、高人雄教授所在的博士点，就有文学地理学方向的博士生。邹建军教授在指导博士生和硕士生开展文学地理学的批评方面积累了不少成功经验，可以借鉴。（钟按：见邹建军著《江山之助——邹建军教授讲授文学地理学》，中央编译出版社 2014 年版）当然，就全国来讲，文学地理学的专业人才培养工作才刚刚开始，还有许多工作要做，需要大家共同努力。

钟健芬：感谢曾老师在百忙之中抽空回答这一系列问题。通过这次访谈，我自己受益匪浅，我也希望更多的人能够看到这篇访谈，希望文学地理学的学科建设取得新的成绩！

（原刊《世界文学评论》第 5 辑，世界图书出版公司 2015 年版）

从文学地理到艺术地理
——曾大兴教授访谈录

曾大兴　赵振宇

被访者基本信息　曾大兴，男，1958年生，湖北省赤壁市人。现为广州大学人文学院教授、文学地理学研究中心主任、广府文化研究中心常务副主任。兼任中国文学地理学会会长、广东省非物质文化遗产保护工作专家委员会委员、广州市文艺评论家协会副主席。研究方向为文学地理学、词学与广府文化。已出版的著作有《中国历代文学家之地理分布》、《文学地理学研究》、《柳永和他的词》、《词学的星空》、《20世纪词学名家研究》、《唐诗十二讲》、《唐宋词十八讲》、《古今流行歌曲研究》、《优婚与天才》等10多部，发表论文100余篇，主编出版《文学地理学》年刊（一）、（二）、（三）、（四）辑。

被访理由　综合艺术地理学以往的研究，应该说，在对各艺术门类的相关探索中，以"文学地理学"的研究起步最早，成果也最多，而其理论体系也相对健全（据曾大兴统计，在近30年里，大陆发表的相关论文多达1100篇，相关著作多达245种），这是其他文艺研究领域所难以比拟的。而从80年代后期文化研究热潮的出现，艺术地理学的研究被普遍倡导开始，这20多年来，一直专注于艺术地理学理论与实践的学者却不多见，文学领域的曾大兴教授恰恰就是这样一位长期致力于该领域并卓有建树的学者。其著作《中国历代文学家之地理分布》（湖北教育出版社1995年初版，商务印书馆2013年再版）被公认为我国第一部文学地理学研究方面的专著，文学地理的研究在学术界蔚然成风，曾大兴本人也被公认为中国文学地理学研究的"开创者"。由此开始，曾大兴教授一直专注于文学地理的实证研究，而近期出版的《文学地理学研究》（商务印书馆2012年版）是国内第一部以"文学地理学"命名的学术著作，是作者多年来从事文学地理学研究的一个小结，该书被认为是作者继《中国历代文学家之地理分布》之后的又一部文学地理学研究的力作。从艺术地理学研究的现状来看，文学地理学无疑已经走在了其他文艺领域的前面，应该说，无论是在理论，还是实践方面，文学地理学都应为目前艺术地理各门类的研究提供借鉴。曾大兴教授不仅是文学地理学蓬勃发展的见证者，更是一位卓有成就的实践者，我们希望与他的对话能够为艺术地理学相关门类的研究提供某种启示。

访谈问题设定　从现有的研究来看，艺术地理学并没有一个明确的研究主题，更没有具体操作的方法，事实上在对各种艺术现象与地理环境之间的关系等诸多方面长期的综合讨论与解释中，艺术地理学是在现代地理学思想对艺术学科的渗透加强，以及传统研究中分支领域的学科意识逐渐强化中产生的。既然现在艺术地理学已经成为某些艺术学科和地理学共同关注的问题，那么这项交叉研究就不得不建立在你所要研究的艺术领域与地理科学之上。至于学科归属，其实是一个颇为重要的问题，对具体问题的研究需要哪些领域的学者来承担，不同领域学者关注问题的角度与解决方式都大为不同。然而，在各方面的研究还不够深入，许多分支尚未涉及，且相对完整的学科理论体系尚未建立时，艺术地理学及其分支的学科概念被过分强调也并不是件好事。实际上，中国文艺领域的研究历来不缺乏对地域空间性的关注和探讨，事实上对文学与艺术的这种地理性表现的关注也正是发端于中国古代的传统文艺研究中。但是，在当代学科交叉与融合中的艺术地理性研究与艺术地理学存在的普遍问题，则是在这近二三十年中才出现的。在对周尚意教授的访谈中，我们从地理学的角度探究了艺术地理学的本质与当下研究中的问题，并希望由此产生学科间的借鉴与启发功能。在对曾大兴教授的访谈中，我们则要回到艺术的本体，因为只有能够解决中国文艺研究的现实问题，艺术地理学的发展才有实际意义。

赵：曾老师，您好！我们知道，随着现代地理学进程在80年代跨过拐点后加速发展趋势的出现，以我国人文地理学的全面振兴为表征，它为诸多艺术门类的地理性探索提供了更多的地理学理论与方法的支撑，这使艺术的地理性研究迎来了前所未有的发展机遇。而我国80年代中后期，特别是90年代文化研究热潮的出现，其中地域文化研究的兴盛正和我国人文地理学的复兴、文化地理学的引入以及历史人文地理学的进展密切相关。而在这场风暴中，文学与艺术正是作为人类精神文化的重要组成部分而被带入其中的，"艺术地理"的概念也由此而生，至今已经展开研究与明确的分支包括了文学地理、戏曲地理、音乐地理、美术地理、书法地理等方面。1986年金克木先生在《文艺的地域学研究设想》中倡导一种"时空合一"的"文艺地域学"研究，它成为了科学地提出这项研究的嚆矢，在此之后，各种相关的理论与实践便不断涌现。而我们看到，您的文学地理学研究恰恰也是从那时开始的。如果说历史学是研究时间的学科，地理学是研究空间的学科，那么，时空耦合性使地理学与历史学不是一般性的学科之间的关系，希腊学者希罗多德早就提出，"全部的历史都必须用地理观点来研究，而一切地理也必须用历史观点来研究"。传统艺术史研究的局限已经不言而喻，艺术地理学的出现与上述近30年来对传统文艺研究的全面反思不无关系。因而，我想您提出"建设与文学史学双峰并峙的文学地理学"也绝非偶然。近年来，艺术地理学各门类均有不同程度的发展，而"文学地理学"的发展更是走在了其他艺术门类的前面，那么，**您认为除了我所提到的，促使艺术地理学全面发展的内外因素还有哪些呢？艺术地理学发展的根本动力在哪里？**

曾：促使艺术地理学全面发展的内外因素，除了你提到的那些，我认为至少还有两点应该提到：一是艺术作品本身的地域性实在是太突出、太丰富了。我国的疆域非常辽阔，自然地理环境又非常复杂，人文地理环境也是多种多样，所谓"十里不同风，百里不同俗"。这就使得诞生在我国各地的艺术作品具有非常突出、非常丰富的地域性。如果没有艺术作品本身的突出而丰富的地域性，艺术地理学是无由诞生的。艺术地理学的产生，最根本的原因还是为了解释艺术史等传统学科所不能解释的丰富而复杂的艺术现象。二是改革开放以后我国学术文化环境的相对宽松。艺术作品的地域性自古而然，我国学者对艺术地域性的思考由来已久，但是艺术地理学却迟至20世纪80年代以后才诞生。这是因为新中国成立之后的前30年，由于受庸俗社会学和"左"的思想路线的影响，"地理环境"、"地域性"这一类的概念都成了非常敏感的字眼，在艺术和人文社会科学的诸多领域，谁要是提这些东西，谁就有可能被扣上"地理环境决定论"的帽子而遭到批判。就像谁提"生产力"，谁就是"唯生产力论"；谁提"遗传"，谁就是"血统论"；谁提"天才"，谁就是"天才论"一样。所以那个年代的艺术研究，就只有"时代性"这一个维度。由于改革开放，我国的学术文化环境开始变得宽松一些，学术研究开始走向理性，走向多元化，艺术的地域性问题才再次引起人们的重视，相关的学术成果大量涌现，艺术地理学作为一个新兴学科，才有可能应运而生，并且出现全面发展的势头。

艺术地理学发展的根本动力，当然是来自内部，来自艺术创作、艺术欣赏、艺术评论与艺术研究的需要，来自艺术自身发展的需要，虽然外部环境也很重要。世上万事万物，都是在特定的时、空条件下产生并发展的，艺术也不例外。艺术作品在表现时间的同时，也要表现空间，时、空是不可分离的。这就使得艺术作品除了具有时代的特征，还有地域的特征。古今中外的优秀艺术作品，无不带有地域性，区别只是多或少的问题，不是有或无的问题。例如莫言的作品如果没有突出的地域性，他是不可能被人们记住的，也是不可能获得诺贝尔文学奖的。人们讲到莫言和他的作品，往往就会讲到他所描写的那个"高密东北乡"。"高密东北乡"成了一道非常引人注目的文学地理景观。当然，这个"高密东北乡"绝不是封闭的，它实际上是现代中国农村的一个缩影，是现代中国人的精神世界的一个缩影。地域性与普世性的有机结合，使莫言成为中国当代最优秀的作家，进而成为世界最优秀的作家之一。实际上，中国现当代许多优秀的作家，都在自觉地追求作品的地域性。鲁迅、老舍、沈从文、废名、李劼人、沙汀、艾芜、汪曾祺、韩少功、贾平凹、陈忠实、李锐、苏童、刘震云、阿来、刘亮程等，他们的作品都有很突出的地域性。没有地域性或者地域性不突出的作品，是很难被人们记住的。文学是如此，美术、戏曲、音乐、舞蹈等等也是如此。艺术作品的地域性是艺术家的自觉追求，对艺术作品的地域性的欣赏也成为广大读者（接受者）的自觉追求。艺术作品的地域性所带来的，就是艺术的丰富性与多样性。作者和读者对艺术的地域性的自觉追求，也就是对艺术的多样性与丰富性的自觉追求。由于艺术作品的地域性非常突出，作者和读者（接受者）对艺术的地域性追求成为一种自觉，这就要求艺术评论、艺术研究工作者必须对这种现象作出一个合理的解释，而以艺术史为代表的那些传统学科又解释不了这一问题，于是就要借助于艺术地理学的理论和方法。这就是艺术地理学发展的根本动力。如果没有作者和读者（接受者）对艺术作品的地域性的自觉而持久的追求，艺术地理学的发展就失去了根本的动力。

赵：您曾提到，古人在考察文学现象的时候，从来不乏地理的眼光。应该说，由于中国复杂的地形与多样的气候，从先秦开始，中国古典地理学和一些朴素的地理观就渗透到社会与文化研究的各个方面。如果把中国的文学与艺术看作一种人文现象，中国文艺的地域性自古有之，而基于区域的发展和对其的关注，中国文学与艺术史的发展无论如何也不能完全脱离开地理性的表述。因而我也曾撰文专门指出了中国古代画学中的地域空间性意识，

《益州名画录》在中国绘画史籍中成为地方画史的先声，而有学者强调，"此后，地区性绘画史在各代各地都有所发展，直至明清依然持续，这同地方志的发展也是有关的"。虽然对于中国画史的发展无论如何也不能完全脱离开地理性的表述，然而中国古代地理学具有传统综合记述的特色，并以地方志发达为表征，这使它在总体上缺乏张力，且科学方法论不足，所以即便是在西学影响之下，梁启超在《中国地理大势论》中所指出的"北画擅工笔，南画擅写意"，也没有使这种绘画与地理的暗合发生根本性的变革，因而这种艺术与地理的交融一直没有产生学科意义上的共鸣。由于长期关注"美术地理学"的研究，我认为中国画的研究历来不缺乏对地域空间性的关注和探讨，而事实上对绘画的这种地理性表现的关注也正是发端于中国古代的画学研究中。但问题则是，生发于中国画史研究内部的地域空间性探讨至今仍较少受到科学的地理学思想干预，而以往的研究中某些陈旧甚至落后的地理观仍然影响着对这种问题的讨论（如"环境决定论"等）。中国各种艺术门类的研究均有相通之处，您也指出，实际上文学地理学的研究也由来已久，从"十五国风"的编排到今天，至少有了2500年的历史了。应该说，这种由来已久的传统，对于艺术地理学在我国的开展是极为有利的，但问题也像我如上所述的那样，那么，**您认为今天艺术地理学的发展应该怎样处理与传统之间的关系，在今天学科交叉与融合的大背景下，艺术地理学之所以有别于传统的艺术史研究，它的本质特征又是什么？**

曾：艺术地理学作为一门学科的诞生，有着内、外两个方面的原因。内因方面，我刚才已经讲过了，就是艺术作品的突出而丰富的地域性，就是艺术家和读者（接受者）对艺术作品地域性的自觉追求。外因方面，除了改革开放以来的相对宽松的学术环境，还有两个不可忽略的因素，这就是中国传统学术的滋养与西方学术的影响。中国古代学者对艺术的地域性问题的思考，在史籍中可以说是不绝如缕。但是，为什么中国古代没有艺术地理学呢？这是因为中国古代学者缺乏学科意识。面对大量的纷纭复杂的艺术地理现象，他们只能做感性的描述，不能上升到理性和学科的高度。直到20世纪初期，西方的人文地理学传入中国，中国学者才开始了某些理性的思考。例如"文学地理"这个概念，就是梁启超先生在1902年提出的。梁先生提出了"文学地理"这个概念，但是他对这个概念的外延和内涵都没有界定。他自己对某些文学地理现象的描述，也缺乏相应的学科意识。真正对文学地理学的研究对象、意义、学科属性和发展目标等等予以明确的定位，提出建立一门与文学史双峰并峙的文学地理学，则是近年来的事情。这也是得益于近30年来文学地理学实证研究成果的大量涌现。实证研究的成果多了，需要在学理上、学科上予以回答的问题也就更多、更迫切了，这就要求理论上的概括、提炼、提升，这才有了文学地理学作为一个独立学科的诞生。

　　文学地理学的诞生，离不开西方人文地理学的影响，也离不开中国传统学术的滋养。艺术地理的其他门类也是如此。因此，艺术地理学的发展是不能忽视传统的。有人认为，中国传统学术只能给我们提供一些素材，只有西方学术才能给我们提供观点和方法。这是一个误解。中国古代最伟大的历史学家和地理学家司马迁在《报任安书》里讲过这样三句话："究天人之际，通古今之变，成一家之言。"我认为，司马迁的这三句话，可以说是概括了学术的最高境界。所谓"究天人之际"，就是考察、探索、阐释人类和大自然的关系，达到"天人合一"之境；所谓"通古今之变"，就是考察、探索、阐释历史和现实的关系，达到"古今贯通"之境。前一句从空间方面讲，后一句从时间方面讲，只有时空并重，天人合一，古今贯通，才能真正成"一家之言"。对于一个学者来讲是如此，对于一个学科来讲也是如此。由此可见，中国传统学术提供给我们的，除了丰富的素材，还有观点和方法，而且是很精辟的观点，很高明的方法。艺术地理学的发展，既要汲取西方人文地理学的营养，更要汲取中国传统学术的营养，这一点是肯定的。

艺术地理学之所以有别于传统的艺术史研究，主要在于它的研究对象和艺术史不一样。如果说，艺术史的研究对象是艺术与时代的关系，是艺术的历史演变及其规律，那么艺术地理学的研究对象就是艺术与地理环境的关系，是艺术的地域特点与地域差异。由于研究对象不一样，研究方法也不一样，一个是艺术和历史相结合的方法，一个是艺术和地理相结合的方法。艺术地理学的本质特征，是由它的独特的研究对象与独特的研究方法所决定的。艺术地理学与艺术史，属于艺术学这个一级学科下面的两个不同的二级学科，它们之间有联系，但区别更明显，不可以相互取代。

赵：艺术地理学本身已经作为一个较为明确的概念，成为相关领域所共同关注的一个研究方向。但是我们看到艺术地理学至今并没有一个明确的学科属性以及研究的主题，更没有具体操作的方法，事实上在对各种艺术现象与地理环境之间的关系等诸多方面长期的综合讨论与解释中，"艺术地理"是在现代地理学思想对艺术学科的渗透加强，以及传统艺术研究试图突破已有的研究框架，并在这种分支领域的学科意识逐渐强化中产生的。既然，现在"艺术地理"已经成为某些艺术学科和地理学共同关注的问题，那么这项交叉研究就不得不建立在你所要研究的艺术领域与地理科学之上。在对"美术地理学"的长期关注中，我发现，目前关于"美术地理学"的探讨可以说是理论先行了，在其研究范畴与概念似乎相对明晰的情况下，几乎连其学科属性都已经是很明确的事情。我们常说机遇与挑战是并存的，而怎样融合这两个领域的研究，并使之达到一种双重效应，便成为了这项交叉研究成功的关键。在上一期的访谈中，我就指出，在与社会科学和人文科学全方位的渗透与交融中，有人沉浸在开拓新领地的乐趣中，然而在他们进入到相关学科，从事诸如文学、美术、音乐、戏曲等艺术领域的研究时，由于他们对于其他领域的基础薄弱，加上对本学科的研究范围不清晰，随着各分支在本领域的深入，很多学者显得力不从心。因而，我认为在各方面的研究还不够深入，许多分支尚未涉及，且相对完整的学科理论体系尚未建立时，艺术地理学及其分支的学科概念被过分强调也并不是件好事。**那么，针对这样一种现象，即很多人宣称自己建立了"某某"艺术地理学的学科体系或理论，而另一方面我们看到有关艺术地理学具体问题的实践却是少之又少，对此您有何看法，而对这一整套"学术体系"的建立您又是如何设想的？**

曾：艺术地理学的学科体系，直到今天还没有建立起来，这是因为从总体上来讲，艺术地理学的实证研究还不够充分，理论研究还相对滞后，而应用研究则刚刚起步。也就是说，艺术地理学还没有完成必要的学术积累，它的体系也就无从建立。建体系就像盖房子一样，先要把规划做好，把图纸画好，把地基夯实，把砖、瓦、木材或者钢筋、水泥等等都准备齐全，然后才能着手盖房子。艺术地理学的许多基础性的工作都还没有完成，体系如何建得起来呢？不过，根据近30年的发展态势来预测，艺术地理学的学科体系的建立，应该是为期不远了。艺术地理学肯定会有自己的学科体系，甚至有可能不只一种。

但是，任何一种学科体系，都必须与这个学科的研究对象相适应，都必须能够较好地回答或者解释下列问题：一是艺术家的地理分布，包括静态分布与动态分布。通过艺术家的地理分布，考察艺术家所接受的地理环境方面的影响；二是艺术作品的地域特点与地域差异。这是艺术本体的研究，也是最根本的研究。现在有的人只是就艺术家的"籍贯与流向"（也就是艺术家的静态分布与动态分布）做了一点归纳，就宣布自己建立了某个体系。这是很皮相的。我们研究艺术家的"籍贯与流向"或者说"静态分布与动态分布"，目的是什么？目的是为了搞清楚艺术家所接受的地理环境方面的影响，进而搞清楚地理环境通过艺术家这个中介，对艺术作品所构成的影响，也就是艺术作品的地域特点与地域差异。把艺术作品的地域特点与地域差异弃之不顾，只讲艺术家的"籍贯与流向"，这种研究与人文地理学何异？艺术地理学以艺术为本位，不是以地理为本位，只讲艺术家的"籍贯与流向"而不涉及艺术作品本身，就是一种地理本位。这种研究严格来讲，并不属于艺术地理学的研究，而只是人文地理学研究的一部分；三是艺术与地理环境的互动关系。地理环境影响艺术，这一点是大家都认同的。可是另一方面，艺术也影响地理环境，这一点则需要加强认识。艺术对地理环境的影响包括两个方面：一是对人文环境的影响。一个地方出了一个或者一个以上的成功的艺术家，就会对当地的风气构成某种影响，这种影响的累积，就成为当地的人文环境的一部分。一是对自然环境的影响。优秀的、地域色彩鲜明的艺术作品，可以唤起人们对于大自然的美好联想，可以恢复或重建人与大自然的联系，进而达到亲近大自然、尊重大自然、保护大自然的目的。美国哲学家欧文·拉兹洛指出："诗歌能有力地帮助人们恢复在20世纪在同自然和宇宙异化的世界中无心地追逐物质产品和权力中丧失的整体意识。所有伟大艺术也一样：美学经验使我们感觉与我们同在的人类，感觉与自然合而为一。"这个观点是非常正确的。艺术与地理环境的互动关系，表明艺术地理学是一门可持续发展的学科，是一门"究天人之际"的学科，它的前景是广阔的、光明的、美好的。

艺术地理学的学科体系所要回答或解释的问题很多，但至少必须能够回答或解释这三个相互关联的问题。建立一个体系，不应该是为建体系而建体系，这个体系必须是经得起推敲的，是对大家有用的，是能够回答或解释这个学科所面临的具体问题的。

赵： 我们看到现代科学的发展正由单一运动形态的研究走向多运动形态及其相互渗透、相互联系的综合研究，相关学科之间的横向交叉、渗透和融合成为明显趋势，而艺术地理学研究的出现和地理学对其他学科的干预以及其被关注程度是密切相关的。人文地理学在我国的复兴，使从文化地理学角度来审视艺术现象也渐趋成为一种潮流，但当地理学成为诸多学科关注与靠拢的一个中心时，这种交叉研究却又极易陷入某些误区而问题丛生。我观察到，目前关于这一类问题的综述性研究，学者们已经毫不否认文化地理学与这项研究的相关性，而将其列为文化地理学的分支，实际上也正是现在大多数学者形成的一个共识。文化地理学是20世纪80年代随着人文地理学的复兴，它才被介绍到我国，对其研究的全面开展也仅是这一二十年的事情，所以我认为在各方面的研究还不够深入的情况下，艺术地理学及其分支的概念与其过分靠拢未必是件好事。很显然，地理学凭借其对象的属性特征与学科特质给这项交叉研究提供了可能性，同时也是一种必然性以及揭示事物本质的根本需要，但这种研究如果不是建立在对两个学科充分认识的坚实基础之上，就很难产生一种双重效应。在有些地理学者看来，地理学其实仅仅是一种方法，而站在传统艺术史研究的基础之上，则要求以一种正确的地理学思想与方法来指导我们的研究，因而深刻认识地理学的研究特质与基本思想是以现代地理科学思维与方法阐释中国文艺问题的前提。但现在常有人借用文化地理学的概念，试图建立艺术地理学某些分支的理论体系，而这其实是学者们向地理学靠拢时极易陷入的一个误区。**艺术地理学的发展和地理学的影响是密切相关的，这也是我做上一期访谈的目的，我看到您也非常重视地理学在这项研究中的作用，但问题也像您指出的那样，文学地理学研究虽然要借鉴地理学的某些理论与方法，但它的目的是要解决文学的问题。那么，您认为艺术地理学应该怎样处理与地理学之间的关系，而在借鉴的同时，又怎样避免简单的概念套用呢？**

曾：艺术地理学这个学科，首先是艺术学这个一级学科的一个二级学科，它与另一个二级学科艺术史在结构上应该是双峰并峙的，虽然现在的它还不够成熟，还没有艺术史那么高大，但是从它的发展趋势和前景来看，它是一定要与艺术史双峰并峙的。在人文社会科学乃至自然科学的许多一级学科里，都有两个双峰并峙的二级学科，一个是"史"，一个是"地理"。例如语言学有语言史，也有语言地理（又称方言地理）；历史学有通史、断代史、专门史，也有历史地理；经济学有经济史，也有经济地理；军事学有军事史，也有军事地理；植物学有植物史，也有植物地理。为什么艺术学有艺术史，而不可以有一门艺术地理呢？艺术地理首先是艺术学的一个二级学科，这一点是必须明确的。

当然，艺术地理也可以说是文化地理的一个分支，甚至可以说是人文地理的一个更小的分支。但是我们的目标，是要把艺术地理作为艺术学的一个二级学科来建设，而不是把它作为文化地理或者人文地理的一个分支学科来建设。理由是：第一，艺术地理以艺术为本位，不是以地理为本位。就像语言地理、经济地理、军事地理、植物地理等等，是以语言、经济、军事、植物为本位，不是以地理为本位一样。艺术地理学要解决的是艺术的问题，不是地理的问题。艺术地理学虽然要借鉴地理学的某些理论和方法，但它本身并不是地理学。第二，地理环境与艺术的关系是非常复杂的，不是简单的影响与被影响，或者表现与被表现，反映与被反映，不像种瓜得瓜种豆得豆那么直接。地理环境对艺术作品的影响必须以艺术家为中介，而艺术家的气质、心理、个性、生活经历、人文积淀、审美倾向等等都是千差万别的，正是这些东西，构成了艺术家和艺术作品的个性特点。研究艺术地理学，必须时刻注意到艺术家和艺术作品的个性与复杂性，不可简单地套用地理学的概念。第三，如今的人文地理学或文化地理学已经成了一个大口袋，艺术与人文社会科学的所有学科，只要是与地理有关的，似乎都可以往这个大口袋里装，这样装的结果，一是给这个大口袋带来不能承受之重，使得它的研究越来越宽泛，越来越不具体，越来越不能落到实处；二是使各有关分支学科失去自己的独立性。第四，正如你所讲的，现代意义上的人文地理学在中国的历史并不长，文化地理学的历史更短，它们能够为艺术地理学的建设和发展提供某些借鉴，但是它们自己也不够成熟，也还在建设和发展之中。在这种情况下，艺术地理学如果没有必要的独立意识，一味地向人文地理学或文化地理学靠拢，甚至唯其马首是瞻，除了束缚自身的建设和发展，还会有什么好的结果呢？

赵：虽说上述诸种评判过于严苛，但现在的艺术地理学研究确实多数不能落到实处，加之急于在分支学科的建设上有所建树，以求填补空白，导致相关的研究只能在大的文化层面上套用文化地理学的叙述模式，而研究者或疏于艺术素养，或非谙熟地理，终致游谈无根。我从中国艺术地理研究的现状分析中看到，这项交叉研究既没有在地理学领域得到充分拓展，也没有给传统的艺术史研究带来实质性的突破。在上一期的访谈中，我曾提到《文化地理学》教材中有论述指出，"从地理学的角度研究艺术，虽然非常的必要，对文化地理学本身的领域也是相当有价值的充实和拓展，但可能受地理学者们自身艺术知识的局限，现有的研究成果十分缺乏，所涉及的艺术形式也比较少"。因而，现实中的研究往往会出现这样一种状况：地理学者的艺术研究在艺术领域中被看作是不专业的，而艺术学者的地理研究在地理学界又被认为是业余的。这里，艺术学者研究的局限是对地理学思想的把握不够精准，上面我们刚好谈了这个问题。而地理学者们则是对艺术的认识不够深入，我发现很多艺术领域的学者在研究中恰恰也出现了这样的问题。归纳起来就是，艺术地理学的研究往往忽视了艺术的本体。拿我研究的美术领域来讲，在刚结束的第三届北京大学美术史博士生国际学术论坛上，我做了一篇关于现代地理科学思想对"美术地理"研究新启示的报告，但结尾我仍强调"图像"始终是美术史研究的核心，这不仅是因为大会的主题是"图像的逻辑及其阐释"，而且美术史终究是"作品的历史"，所以我们要以风格探讨为核心。我们可以看到，在多学科的影响之下，实际上中国艺术史研究的视野也早已不断拓展，而也如我所讲，今天对中国画的研究已不再只专注于风格，甚至出现了一种逐渐偏离作品本身的趋向。**您其实也强调，文学地理学研究必须以文学为本位，以文学作品为本位，那么艺术地理学的发展应该怎样避免上述这种趋势呢，如何把握艺术地理学要解决的根本问题与研究的目的？**

曾： 艺术地理学要解决的根本问题始终是艺术的问题，不是地理的问题。要解决艺术的问题，首先必须真正懂艺术。只有这样，才能避免游谈无根，才能把学问真正落到实处。美术、音乐、戏曲、舞蹈等领域的学者我不是很熟悉，但文学领域的学者我是比较熟悉的。据我所知，研究文学地理学的学者都是懂文学的，许多人在传统的文学史、文学批评、文学理论领域具有较高的造诣与较突出的成就。当然，研究艺术地理学，也必须懂地理，尤其是人文地理。例如，一个从事文学地理学研究的人如果不懂中国的疆域地理和政区沿革地理，他就无法准确地描述中国历代文学家的地理分布；如果不懂气候地理和民俗地理，他就无法解读文学作品所描写的物候现象与民俗事象的地域特点与地域差异。如果有人既不肯花时间和精力去研读文学，也不肯花时间和精力去研读地理学，只是想在两者之间取巧，那是很危险的。真正的学术成果既要经得起当下的检验，更要经得起历史的检验，任何投机取巧的行为迟早都是要失败的。我认为，有志于从事艺术地理学研究的青年学子，最好先从某个具体的问题着手，不要匆匆忙忙地去建什么体系。没有足够的学术积累作支撑的体系，就像建筑方面的豆腐渣工程一样，一推就倒。

赵：接下来要说的问题，我想同样也存在于您所研究的文学地理学领域，这里我仍以绘画为例。那就是像我在上面提到的，中国古代画学地域空间性意识的一个表现就是对区域绘画的关注，《益州名画录》成为地方画史的先声，它与先后出现的《江南画录》、《江南画录拾遗》、《广梁朝画目》等地区性绘画史，成为绘画史编写的一种体格。这种地区画史在后代不断出现，而至明清尤甚，它与中国地方志的发展有密切关系，但传统地方志的综合表述特色又明显缺乏科学方法的记述。所以有人评论说中国古代地域绘画史，多就人论人、就画论画，局限性非常突出，也并未有意识地系统发掘地域性绘画研究的深远意义，更没有意识到这是一个全新的绘画史科目。

这里需要指出的是，今天的地域美术史、绘画史俨然形成了美术研究的一个庞大体系，并同时涉及到了边疆与民族的美术，虽说我们并不否认这种研究的价值与取向，但目前这一类的研究均不受相关地理学思想的影响，所以也难以纳入到我们所探讨的"美术地理"范畴，但这种研究却常常让人误认为是"地理性"的。这就像我们所说，中国画的研究历来不缺乏对地域性的关注和探讨，然而这种研究本身却很少建立在科学的地理学思想之上。换句话说，区域画史的研究至今仍没有和地理学建立某种联系，美术史家在区域绘画史中所论及的"区域"和众多地理学家强调的地理学是研究区域或地域综合体的科学中的"区域"绝然不是同一回事。虽然不能说这种研究和地理毫无关系，但在地域绘画史中作为点缀和背景铺陈的"区域"和绘画本身的联系确实很少，就像有学者指出传统的历史研究往往是见"人"而不见"地"，见"时"而不见"空"；或是只将"地"和"空"无机地作为"人"和"时"的序幕和陪衬；或是见一"小地"而见一"大人"，或是尽全了"时"而无机地择一二"空"作为点缀。现在区域美术史的研究与地理学还没有形成一种学科意义上的共鸣，然而无论是就美术史研究自身科学性的完善，还是对"美术地理学"的实践与充实，这种结合都有明显的必要性，但前提是我们必须掌握一种科学的区域与空间研究模式来进行具体的操作。**我看到您的论著中也指出，一些"地域文学"的研究其实离真正的文学地理学研究还有一段较长的距离，那么您对此有什么看法，我们应该怎样突破这种传统的研究，并将其转化成为艺术地理学的研究呢？**

曾：在文学领域，确实存在与美术领域类似的问题。古代的那些以地域命名的文学选集、总集如《丹阳集》、《会稽掇英总集》、《吴都文粹》、《成都文类》、《严陵集》等，以地域命名的诗话、词话如《豫章诗话》、《西江诗话》、《全闽诗话》、《南浦诗话》、《粤词雅》等，还有 1949 年以后尤其是改革开放以后陆续出版的一些地域性文学史，如《内蒙古自治区文学史》、《东北文学史》、《黑龙江文学通史》、《辽宁文学史》、《山东文学通史》、《山西文学史》、《陕西文学史稿》、《北京文学史》、《上海文学通史》、《浙江文学史》、《江西文学史》、《湖北文学史》、《湖南文学史》、《福建文学发展史》、《岭南文学史》、《云南地方文学史》、《贵州汉文学发展史》、《巴蜀文学史》等，在数量上确实可以和那些地方画录、地方画论、地方画史媲美，甚至有过之而无不及。这些著作体现了人们的较为自觉的地域文学意识，为保存地域文学文献、梳理地域文学线索做出了贡献,这是应该予以肯定的。

需要指出的是,地域文学,既是文学史研究的一项重要内容,更是文学地理研究的一项重要内容。地域文学研究的理想境界,应该是时间与空间的交融,应该是文学史与文学地理的有机结合。可是我们所看到的这些著作,基本上就只有时间意识而没有空间意识,只有"史"的思维而没有"地理"的思维,只有"史"的方法而没有"地理"的方法。由于存在这样一个重要缺陷,所以它们虽然具有一种较为自觉的地域文学意识,但是它们并没有解决地域文学研究所应解决的问题。例如岭南这个地方,向来被人们称为"南蛮之地",但是为什么早在唐代,就出现了像张九龄这样的杰出的诗人?唐代出了张九龄,清代出了屈大均,这是《岭南文学史》引以为自豪的地方。可是从张九龄到屈大均这一千多年间,岭南的地理环境(包括自然环境和人文环境)发生了哪些变化?这些变化对诗人和他们的创作产生了什么影响?这部文学史并没有做必要的探讨。再如巴蜀这个地方,为什么在汉代能产生司马相如,在唐代能产生李白,在宋代能产生苏轼,而在宋代以后,就不能产生像他们这样的全国第一流的文学家了?究竟是自然环境变了还是人文环境变了或者两者都变了?《巴蜀文学史》并没有回答。又比如在现代的浙江绍兴,为什么能够产生鲁迅和周作人这样的兄弟文学家?为什么身处同样的地理环境和家庭环境,经历同样的时代变化和社会变迁,而兄弟两人的文学风格会有如此大的差异?绍兴的地域文化究竟包含了哪些要素?他们兄弟二人各自在哪个层面上接受了绍兴地域文化中的哪些要素的影响?是什么原因使得他们接受了同一地域文化中的不同要素的影响?像这样的一些问题,我们在《浙江文学史》中也是找不到答案的。很显然，要回答上述这些问题，必须具备文学地理学的思维，必须使用文学地理学的研究方法。上述著作缺乏这样的思维和方法，也就解决不了这些问题，甚至发现不了这些问题。从某种意义上讲，它们不过是一部完整的中国文学史的多条切割，如果把各地所编写的地域性文学史合并起来，它们又成了一部完整的中国文学史。

地域文学的研究如此，包括地域文学在内的所有地域艺术的研究，也大抵如此。它们仅仅是艺术史的研究，不是艺术地理的研究，更不是艺术史与艺术地理相结合的研究。它们的成绩不可否认，但是它们顶多只是解决了时间这一维度的问题，没有解决甚至没有发现空间这一维度的问题。也就是说，它们只是完成了"史"的梳理，并没有完成"地理"的观照。它们从实质上讲仍然是一种传统的研究，因此它们满足不了人们对这一类研究的期待。之所以会出现这种偏颇，就在于这些著作的撰写者只有艺术史的思维而没有艺术地理的思维。艺术史是一门成熟的学科，这门学科培养了人们的"史"的思维惯性或思维定势，使得人们即便是面对"地理"的问题，也还是要用"史"的思维。要想突破这种传统的研究模式，真正实现学术的创新，只能从改变这种思维惯性或思维定势入手，而思维惯性或思维定势的改变，重要的不在费时费力，而在他们有没有这种改变的愿望。

赵：下面这个问题我曾多次提到，因为它是现在"艺术地理学"研究中时常会遇到的一个问题，但在这个问题的解决上却极易出现误区，这就是对艺术与地理环境之间关系的探讨。然而这种关系却是最难捕捉的，地球表层系统是复杂的系统，不确定性、非线性和偶然性是地理系统的基本特征。应该说，作为一种文化现象的艺术并不直接作用于环境，文化与环境并无直接的单向关系。文化现象与地理环境之间并不是互逆可推的关系，一种自然环境下可能出现一种对应的文化现象，但也可能没有。从现阶段的研究水平来看，还很难以一种有效的途径在这种关系的探索上取得较大的突破。虽然我们无法否认艺术与地理环境之间的关联，但是这种影响和表现的细微程度与复杂性却超乎我们的想象。文化与自然环境之间存在着多个交织作用的中介，其间存在着复杂的作用与交换，这就造成文化与自然环境必然存在关联，但其作用关系又不是直接的，呈现出微巧关系的特点。在上一期的访谈中，北京师范大学地理学与遥感学院的周尚意教授曾从文化地理学的角度指出，艺术属于意识形态文化，由于生计文化、制度文化和意识形态文化与自然环境的关系是依次减弱的，因此艺术与自然环境的关系比较弱。艺术地理学研究的主要领域应集中在"一横"（文化与文化之间的碰撞）上，而不是"一纵"（文化与自然的关系）。如果过于强调艺术与自然环境的关系，尤其是自然环境对艺术的影响，就会落入环境决定论的窠臼。而且现实社会的实践活动，不太要求我们回答自然环境如何影响了艺术，因为相对于艺术的发展和变化，自然的变化是很小的，对艺术发展的现实影响是恒定的。而现实要求我们回答那些影响了艺术的变化，经济环境、制度环境、价值观环境都会影响到艺术的发展，较之自然环境，它们对艺术发展的影响才更为重要。**应该说对艺术与地理环境之间关系的探索往往是我们开展艺术地理学这项研究的一个动力，因而很多学者会把研究的精力投注于此，但由于某些局限，却使我们在探讨这种关系时难以深入，您也强调文学与地理环境的互动关系是文学地理学的研究对象之一，那么，您是如**

何看待这种研究取向的，我们应该怎样把握艺术与地理环境之间的关系？

曾：对于艺术与地理环境之关系的研究之所以难以深入，原因应该是多方面的，但是有一点是比较明显的，这就是人们对这个问题的理解存在很大的片面性。艺术与地理环境的关系是一个互动关系。一方面，地理环境影响艺术；另一方面，艺术反过来又影响地理环境。

地理环境包括两个层面，一是自然环境，一是人文环境。长期以来，无论是在文学领域，还是在音乐、美术、戏曲、舞蹈等领域，讲到地理环境对艺术的影响时，人们往往侧重于人文环境的影响，而对自然环境的影响则讲得很少。这里有两个原因：一是人们对自然环境对艺术的影响还缺乏深入而细致的研究，二是人们的心里还存有疑虑或者阴影，怕被人家说成是"地理环境决定论"者。

事实上，自然环境对艺术的影响表现在许多方面，例如自然界的声音对音乐的影响，自然界的色彩对绘画的影响，山川、日月、云彩、光线以及动物、植物的各种形态和运动对书法、雕塑、舞蹈等等的影响，这些都是众所周知的事情；至于自然界的地貌、水文、气候、生物、灾害等等对文学的影响，更是一个不容忽视的事实。自然界对艺术的影响，不仅仅表现在它为艺术创作提供了取之不尽用之不竭的素材，也不仅仅表现在它为艺术形式的创造与变化提供了许多鬼斧神工般的借鉴，更表现在它触发了艺术家的激情、灵感和创作欲望。钟嵘《诗品序》讲："气之动物，物之感人，故摇荡性情，形诸舞咏。"这个"气"就是指气候，"物"就是指自然景物。郭绍虞主编的《中国历代文论选》在讲到钟嵘的这四句话时，就是这样解释的："气，气候。这四句说：气候使景物发生变化，景物又感动着人，所以被激动的感情，便表现在舞咏之中。这是讲诗歌产生的原因。"刘勰《文心雕龙·原道》讲："文之为德也大矣，与天地并生者何哉？"所谓"天地"，就是自然。《文心雕龙·明诗》又讲："人禀七情，应物斯感。感物吟志，莫非自然。"刘勰认为：文学是与自然并生的，文学家感物吟志，无不是因为受了自然的启发。据王元化先生统计，《文心雕龙》一书用"物"字凡四十八处，如"感物吟志"、"应物斯感"、"宛转附物"、"情必极貌以写物"、"体物写志"、"品物毕图"、"象其物宜"、"睹物兴情"、"情以物兴"、"物以情观"、"写物图貌"等等，这个"物"字，据王先生的研究，就是"作为代表外境或自然景物的称谓"（王元化《文心雕龙创作论》）。

中国是一个历史悠久的农业大国。中国三千年的文学，至少有两千九百年的文学是在农业社会的土壤中产生的。这种文学与自然的关系原是非常密切的。中国的音乐、美术、舞蹈的历史，比文学的历史还要古老，它们在农业社会生存的时间更长，与自然的关系更为密切。讲艺术和地理环境的关系，如果忽视了自然环境，那就不仅仅是忽视了至少一半的内容，更是忽视了艺术赖以产生的最初的土壤与最初的动因。

事实上，自然环境与艺术的关系不仅不弱，在许多情况下甚至还很强。诚然，自然环境的变化是比较缓慢的，而人文环境的变化则相对急剧一些。但是，环境的变化越是缓慢，对艺术的影响越是深刻；环境的变化越是急剧，对艺术的影响越是肤浅。在这里，我们不妨参考一下法国年鉴学派的代表人物布罗代尔的观点。布罗代尔在他的代表作《历史学和社会科学：长时段》一文中指出：历史学所以不同于其他社会科学，主要体现在时间概念上。历史时间就像电波一样，有短波、中波和长波之分，可以分别称之为短时段、中时段和长时段。所谓短时段，也叫事件或政治时间，主要是历史上突发的现象，如革命、战争等等；所谓中时段，也叫局势或社会时间，是在一定时期内发生变化形成一定周期和结构的现象，如人口的消长、物价的升降、生产的增减；所谓长时段，也叫结构或自然时间，主要指历史上在几个世纪中长期不变和变化极慢的现象，如地理气候、生态环境、社会组织、思想传统等等。短时段现象只构成了历史的表面层次，它转瞬即逝，对整个历史进程只起微小的作用。中时段现象对历史进程起着直接和重要的作用。只有长时段现象才构成历史的深层结构，构成整个历史发展的基础，对历史进程起着决定性和根本的作用。因此，历史学家只有借助长时段的观点，研究长时段的历史现象，才能从根本上把握历史的总体。"革命"、"战争"、"人口的消长"、"物价的升降"、"生产的增减"等等，从历史学的角度来讲，属于"短时段"和"中时段"，从地理学的角度来讲，则属于"人文地理"的构成要素。布罗代尔认为，这些要素对人类所构成的影响往往是表面的、短暂的；而"地理气候、生态环境、社会组织、思想传统"等等，从历史学的角度来讲，则属于"长时段"，从地理学的角度来讲，则分别属于"自然地理"和"人文地理"。它们对人类的影响则是深刻的、漫长的、起决定作用的。布罗代尔的观点表明：就对人类影响的深刻性、漫长性与决定性而言，"革命"、"战争"、"人口的消长"、"物价的升降"、"生产的增减"等人文因素，是不能和"地理气候、生态环境"等自然因素相比的；能够和自然因素相比的人文因素，只有"社会组织、思想传统"。艺术是人类创造的,"地理气候、生态环境"等自然因素既然能够深刻地、漫长地,甚至是决定性地影响人类,为什么就不会影响到人类创造的艺术呢? 由此可见,所谓"艺术与自然环境的关系比较弱"这个说法是值得商榷的。

我认为,讲地理环境对艺术的影响,应该是自然环境与人文环境并重,既不可轻视自然环境,也不可轻视人文环境。当然更重要的原则还是实事求是,既不要厚此薄彼,也不要四平八稳面面俱到地搞平衡。要深入到艺术的内部,要重视个案,具体情况具体分析,不要浮光掠影地讲地理环境对艺术的影响。至于艺术对地理环境的影响,我前面已经讲过了,这里不再重复。

赵:继续上面关于艺术地理学实践的问题,其实对于这项新兴的交叉研究,我认为还是有很多基础性的工作可以做,而且也很重要。简单来说,地理学正是以其空间立场来和其他学科相区别的,那么怎样进行空间研究呢?虽然不同学者对地理学的概念和内涵有各自的解读,但却没有人否认地理学是研究空间分布与空间差异的科学。对地理学的定义尽管并不统一,但同样没有学者否认它是一门研究地理事象"空间分布"的学科。"在何处"始终是地理学者面临的基本问题,保罗·克拉瓦尔坦言,"地理学过去是、现在仍然是在一般人未认知到的空间尺度上研究事物之分布。……它从揭露事物分布的操作开始"。而时至今日,艺术地理学的研究仍没有在地理学的这一核心主题上充分地、科学地展开,而恰恰是这种研究的不足限制了目前在艺术与地理因果关系上的深入探讨。其实我们要说的就是相关艺术要素的地理分布问题,而这其中又以艺术人才的分布复原最为重要。我看到您最初涉入文学地理学研究就是从文学家的分布复原开始。周振鹤曾指出,"文化区的划分往往是文化地理研究的归宿,但划分文化区又是相当困难的工作,如果夸大点说,简直是有多少文化因子,就有多少种文化分区"。对全国或区域的历史文化复原,特别是落实到文化的分区,都要依托于具体到每一项文化因子的复原,而我们在面对诸如文学、美术、音乐等具体的艺术现象时,如何深入地域空间性的相关探讨,我想作为艺术创作的主体,对相关人才地理分布的复原研究显然是考察这种文化地域性的一个重要前提,也应是着力复原的一个重要文化因子。那么此项研究当是基础的、必要的,它包括了对其分布的格局、变迁以及分布规律和原因等方面的研究。我的"美术地理学"研究恰恰也是从画家的分布复原开始的,但正如葛剑雄曾谈到的,"研究中存在人才籍贯统计的指示意义的局限、人才仅仅局限于科举人物和儒家文化圈内、人才绝对数量指示意义的不足的三个缺陷"。虽然他针对的是传统历史人才地理研究的普遍问题,但却提醒我们在研究中一定要充分认识其局限。**对此,您认为对相关艺术人才的分布复原在艺术地理学的整体研究中究竟发挥了怎样的作用,而我们应该怎样认识这种研究的局限与价值呢?**

曾:艺术地理学所讲的人才籍贯,是指人才的出生成长之地,不是指祖籍,更不是指郡望。这一点很重要。中国的历史文献在讲到人才的籍贯时,往往是籍贯、祖籍、郡望不分的,古人非常在意郡望这个东西。这就给我们今天的研究工作带来很大的麻烦。我当初研究中国历代文学家的地理分布,在籍贯、祖籍、郡望的区分上,可以说是费了相当大的精力。历史地理学家周振鹤讲:"籍贯与生长地往往是二而一,所以从人物的籍贯分布又可以窥见环境对于人的影响。"(《中国历史文化区域研究·序论》)这个观点是非常正确的。我们研究艺术家的地理分布，就是为了考察地理环境对艺术家的影响，也就是为了复原他们所成长的地理环境。这种复原就艺术地理学的研究来讲，乃是一项基础性的、前提性的工作，无论如何都是不能省略的。需要强调的是：人才（包括艺术家）的地理分布有两种形式，一种是出生成长地的分布，也就是籍贯的分布，我称它为"静态分布"；一种是迁徙、流动之地的分布，我称它为"动态分布"。相对来讲，"静态分布"好做一点，"动态分布"就比较麻烦了。因为人才的迁徙、流动之地往往不止一处。但是，就对人才的气质、心理、个性、人文积淀、审美倾向等等的影响的久暂与深浅而言，"静态分布"的作用大于"动态分布"。所以我们关于艺术家所处的地理环境的复原，应该把"静态分布"作为基础和重点。

中国古代的艺术家（包括文学家）与当代的艺术家不一样，他们不是那种单打一的人才，他们大都具有多方面的文化素养，经、史、子、集，诗、词、文、赋，琴、棋、书、画，他们大都很在行。他们的著述，往往既有艺术方面的，更有其他方面的。可以说，中国古代的艺术家，也就是社会上受过最好教育的、文化素养最高的、文化底蕴最深厚的那一部分人，他是艺术的创造者，也是文化的创造者，他们是艺术家，更是文化人。他们当中有"科举人物"，但不限于"科举人物"；他们当中有"儒家文化圈内"的人，但不限于"儒家文化圈内的人"。说到艺术家的"绝对数量"的"指示意义"这一点，我在这里要强调一下：只要我们的统计口径是一致的，那么这个"绝对数量"就是可信的，它的"指示意义"是不存在缺陷的。葛剑雄教授所针对的是关于历史人才的统计，历史人才应该包括各种各样的人才。如果把历史人才仅仅限于"科举人物"和"儒家文化圈内"的人，那么这个统计肯定是存在严重缺陷的。艺术地理研究所统计的人才是指艺术人才，这是一种专项统计，只要统计口径一致，就不存在葛教授所说的三个缺陷。

赵：最后我还是想把这种讨论回归到艺术地理学研究的根本目的上。实际上，我认为在"艺术"与"地理"长期的交叉与互动中，艺术地理学能否朝向一个独立的领域发展并不重要，关键在于它能否为中国的文艺研究开启一种空间面向提供可能，而这种取向的选择并不是要抛弃已有的模式，而是与之形成互补，且以解决中国文艺的实际问题为目的。

事实上，中国艺术史研究的视野早已不断拓展，以期改变以往中国艺术史研究格局的诸种尝试与实践仍在继续，而以"空间"视角所进行的阐释正不断介入到中国文艺现象的研究中。然而从已经涌现的众多关于艺术地理学研究方向的倡导、分支与理论的建设或是相关具体实践来看，目前这项交叉研究的许多分支既没有在地理学领域得到充分拓展，也没有给传统的艺术史研究带来实质性的突破。

面对如此的双重冷遇，很显然，现在艺术地理学已经成为某些艺术学科和地理学共同关注的问题，那么这项交叉研究如果不是建立在你所要研究的艺术领域与地理科学之上，就很难使这项研究产生一种双重效应。为使这项研究能够取得某种程度上的突破，我们实际上是在全面反思存在于"艺术"与"地理"之间的诸种问题，虽然这是一项跨学科的研究，但这次的访谈恰恰是在中国文艺研究领域内部展开的。就像我上面所说，在有些地理学者看来，地理学其实仅仅是一种方法，而站在传统艺术史研究的基础之上，则要求以一种正确的地理学思想与方法来指导我们的研究。虽然认识地理学的研究特质与基本思想是以现代地理科学思维与方法阐释中国艺术问题的一个前提，但通过这种反思，我们并不是要将艺术地理学全盘转化成地理学的研究，更不是将其推给其他领域的学者来完成。因为**艺术地理学的根本目的是要解决艺术的本质问题，而所有的借鉴与创新也都是为了艺术自身的发展。那么，很多文艺研究领域的年轻学者就要问，要想开展这项交叉研究，他所要具备的基本条件与前期积累有哪些呢？**

曾：艺术地理的研究之所以会出现你所说的这种"双重冷遇"的局面，关键的原因在于，直到今天，艺术地理并没有一个准确的学科定位与明确的发展目标。我认为，艺术地理应该是一门独立的、可以和艺术史双峰并峙的学科，而不仅仅是艺术史研究的一项补充，更不能永远停留在一个方法的层面。以文学地理为例。目前国内主要有三种意见：一种是把文学地理的研究作为文学史研究的一项补充，一种是把文学地理的研究作为一种方法，一种是把文学地理作为一个可以和文学史双峰并峙的独立学科来建设。我是持第三种意见者。我的意见已经得到国内从事文学地理研究的多数学者的认可。

艺术地理之所以应该成为一门独立的学科，关键在于它有自己的研究对象。如果说，艺术史的研究对象是艺术的历史演变，那么艺术地理的研究对象就是艺术和地理环境的关系。艺术地理的研究对象不是艺术史的研究对象所能取代的，它所要解决的问题也不是艺术史所能解决的。所以它必须成为一个独立的学科。诚然，一部好的艺术史，通常会介绍某一个艺术家是哪里人，某一个艺术作品是在哪里写作的。但是，艺术地理学远远没有这么简单，它的内容比这个要丰富得多，也复杂得多。

艺术地理的研究要想取得真正的突破并且得到长足的发展，必须有一个准确的定位与明确的目标。艺术地理不能仅仅是艺术史的一项补充，更不能成为艺术史的一个附庸。如果是这样，它就不是一个独立自足的存在，它就不可能得到长足的发展，也不可能得到别的学科的承认。

艺术地理作为一种方法，如果从春秋时期季札观乐的时代算起，至少也有2500年的历史了。可是艺术地理的研究并没有达到成熟之境，这是因为艺术地理的方法并没有达到成熟之境；而艺术地理的方法之所以没有达到成熟之境，就因为它没有一个独立的，有自己的内涵、品质和规范的学科做支撑。任何一个没有学科内涵、学科品质、学科规范的方法，永远都是一种不成熟的方法。例如我们大家研究文学，通常会使用文艺学的方法、美学的方法、历史学的方法、哲学的方法、心理学的方法、人类学的方法、民俗学的方法等等，试问这些方法，有哪一个不是一个成熟的方法？又有哪一个不是出自一个独立的，有自己的内涵、品质和规范的学科？所以我主张，艺术地理必须由一种方法上升为一个学科，而且是一个独立的、可以和艺术史双峰并峙的学科。有了这样一个学科做支撑，艺术地理这个方法才能真正达到成熟之境。虽然就目前的情况来看，艺术地理还不成熟，还不能和艺术史双峰并峙。但是，只要我们定位准确，目标明确，再加上不懈的努力，相信不需要太长的时间，它就可以和艺术史双峰并峙了。

文艺研究领域的青年学者要想在艺术地理的研究方面有所成就，首先必须对艺术地理的研究对象、学科定位与发展目标有一个清晰的认识，也就是说，首先要明白自己所从事的研究是一种什么性质的研究，它的意义在哪里，价值在哪里，目标是什么。必须指出，由于艺术地理的理论研究相对滞后，许多人对这些问题的认识还是很模糊的。

说到从事艺术地理研究的基本条件与前期积累，我认为首先要熟悉艺术史。你只有熟悉了艺术史，才会知道有哪些问题是艺术史没有解决和没法解决的，必须借助于艺术地理。而要从事艺术地理的研究，又必须了解地理学，包括自然地理和人文地理。艺术地理研究的根本目的，是为了解决艺术史研究所不能解决或不能较好地解决的问题。为了这个目的，我们必须熟悉艺术史；为了这个目的，我们必须学习和借鉴地理学的理论和方法。

赵：文化转向发生于20世纪80年代和90年代，不过，文化转向的萌动则更早一些。而在"文化转向"的同时，社会学、政治学等亦出现"空间转向"，社会空间问题受到前所未有的关注。有西方学者指出，自20世纪80年代以来，社会科学家愈来愈意识到人类生活的空间面向，人们正在进入一个空间角色渐增的世界。然而，不只是社会科学存在"空间转向"，通过六七十年代地理学与人文社会科学、哲学的结合，一方面地理学家已经具备了良好的人文与社会科学的素养；另一方面，包括历史与文化、文学和艺术以及其他文化形式的传统研究也从不同的角度向着人文地理学、文化地理学方向靠拢与延伸。福柯强调了空间的重要性，"整个的历史需要用空间来写"，后现代主义对"空间"的回归，使这种取向受到众多科学领域的青睐。寓于文化和意识形态的重新变革是后现代对空间的强调与激发的重要途径之一，而在这场风暴中，艺术是作为人类精神文化的重要组成部分而被带入其中的，艺术地理学概念的产生也绝非偶然，至今它已经在文学地理、戏曲地理、音乐地理、美术地理、书法地理等分支中逐渐展开。您曾指出，"文学地理学的研究在我国虽然由来已久，但是它的'学术体系'却一直没有建立起来，这是因为文学地理学的实证研究还不够充分，理论研究还相当滞后，而应用研究则尚未起步"。但相对于其他分支，我们看到文学地理学的发展还是较为充分的，因而我们不仅希望它能够促进艺术地理学理论与学术体系的完善，更希望其能够发挥一定的应用与实践作用。因为在今天艺术快速发展、艺术的形式和种类日益多样化、艺术与人们生活联系日益密切的情况下，如何提高艺术地理学参与社会实践的功能不仅是其未来发展的一个动力，同时也符合现代科学发展的潮流。**那么，以您在文学地理学方面的经验，艺术地理学应该能够解决哪些现实的问题，对于艺术地理学未来的发展您又有何设想呢？**

曾：一个学科能不能得到大家的认同和支持，除了它的学术品质，还取决于它解决现实问题的能力。艺术地理学能够解决的现实问题应该是很多的，我这里只讲几个主要的方面。一是在艺术创作方面。古代艺术家的创作是以天地为师、以自然为师的，他们的作品与自然环境的关系是很密切的，好的作品可以达到天人合一之境，当代艺术家的创作在这一方面就比较欠缺。他们比较重视社会实践而相对忽略自然体验，所以他们的作品往往是社会性掩盖了自然性。由于这个原因，古人所追求的艺术作品的最高境界——天人合一之境，在当代作家的作品中就很难见到了。美国著名的自然写作文学家和生态批评家加里·斯耐德曾在《空间里的位置：伦理、美学与分水岭》一书中写道："普通的好文章就像一座花园。在那里，经过锄草和精细的栽培，其生长的正是你所想要的。你收获的即是你种植的，所谓种瓜得瓜，种豆得豆。

然而真正的好文章却不受花园篱笆的约束。它也许是一排豆角，但也可能是几株罂粟花、野豌豆、大百合、美洲茶，以及一些飞进来的小鸟儿和黄蜂。这儿更具多样性，更有趣味，更不可预测，也包含了更深广得多的智力活动。它与关于语言和想象的荒野的连接，给了它力量。……好文章是一种'野生'的语言。"像这种富于自然性的语言和文学，在中国古代文学中可以说是随处可见，但是在当代文学中就很难见到了。艺术地理学强调艺术与地理环境的关系，地理环境包括自然环境和人文环境，这就可以启发艺术家在从事社会、人文体验的同时，自觉从事自然体验；在追求作品的社会性、人文性的同时，自觉追求作品的自然性，从而达到天人合一之境。

　　二是在艺术鉴赏与艺术教育方面。长期以来，我们的艺术鉴赏与艺术教育就只有时间这一个维度。例如一些从事艺术鉴赏与艺术教育的学者在讲到一个艺术作品时，往往就只讲它产生的时代背景而不讲它产生的地理环境；只讲它的时间结构而不讲它的空间结构。这样对艺术作品的解释就不够合理，不够辩证，而读者或接受者对艺术的感知就不够充分，不够完整。有了艺术地理学，从事艺术鉴赏和艺术教育的学者就可以时空并重地、比较合理与辩证地来讲解艺术作品了，而读者或接受者对于艺术作品的感知就比较充分和完整了，这对于丰富读者或接受者的艺术感觉、健全他们的审美心理结构是有重要的现实意义的。

　　三是在艺术与旅游资源的开发利用方面。以文学为例。我们知道，许多有影响的旅游景观，其实就是一个很有影响的文学景观，如滕王阁、黄鹤楼、岳阳楼、鹳雀楼、阳关、玉门关、山海关、杭州西湖、黄州赤壁、敬亭山、天台山、长江三峡等等，正是这些景观所拥有的丰富的文学遗产，正是它们的文学性，极大地提高了它们的知名度和影响力，使之成为旅游胜地。滕子京《与范经略求记书》写道："窃以为天下郡国，非有山水瑰异者不为胜，山水非有楼观登览者不为显，楼观非有文字称记者不为久，文字非出于雄才巨卿者不成著。"由此可见，景观可以分为四个层级：一是自然景观，即"山水瑰异者"；二是人文景观，即"有楼观登览者"；三是文学景观，即"有文字称记者"；四是著名文学景观，即文字"出于雄才巨卿"者。四个层级的景观，一个比一个高级。只有自然山水而没有人文内涵的景观，是初级水平的景观；有人文内涵而没有文学内涵的景观，是中级水平的景观；既有自然山水，又有人文内涵，更有文学内涵的景观，才是高级水平的景观；既有自然山水，又有人文和文学内涵，更有优质的文学内涵，则是最高级的文学景观。所以天下闻名的旅游景观，往往就是一处天下闻名的文学景观。在我国境内，有丰富价值的、可以作为旅游资源来开发利用的文学景观，可以说是非常多的，这就有待文学地理学研究工作者来进行实地考察和挖掘，然后把自己的研究成果提供给旅游、文化部门。文学地理学研究的一项重要内容，就是文学景观的考察、挖掘与研究。正因为文学地理学具有这样一个功能，所以从它诞生的那一天起，就受到旅游工作者和文化工作者的青睐。需要强调的是，许多著名的文学景观，同时也是著名的艺术景观。景观上的那些杰出的书法、绘画和雕塑作品，包括建筑艺术本身，也极大地提高了它们的知名度和影响力，提高了景观的艺术附加值。

仅此三点，即可看出艺术地理学的巨大的现实价值。因此我设想的艺术地理学，应该是一个与艺术史双峰并峙的、既有优雅的学术品质又有巨大的现实价值的独立学科,是一个可持续发展的学科,它的前景是非常广阔、非常诱人的。

(原刊《文学地理学》第三辑,中山大学出版社2013年版)

七、自述

从实证研究到学科建设
——个人从事文学地理学研究的经历和体会

一、我的学术转向

我从事文学地理学的研究，最初是受了人才学的启发。那是在 1985 年 6 月，我完成了湖北大学古代文学专业唐宋文学方向的硕士学位论文答辩，正等待分配工作。由于比较清闲，我就去图书馆找一些闲书来看。我发现了一本江苏科技出版社出版的《人才学文集》，其中有一篇是雷祯孝写的《人才学概论》，他在这篇文章里提出一个重要观点，即"自己设计自己"。这个观点令我感到震撼。因为在那个计划经济年代讲"自己设计自己"，就意味着可以自己设计自己的人生道路，不必由组织来安排；也可以自己设计自己的学术道路，不必沿着导师的路子走。我后来得知，雷祯孝提出"自己设计自己"，曾受到北京某位在任高官的严厉批评。他说："如果大学毕业生都去自己设计自己，谁还愿意服从组织分配？"不过我觉得他的观点有道理。我想我在本科读了四年文学，接着又在研究生阶段读了三年唐宋文学，究竟是为了什么呢？过去似乎并没有认真考虑过这个问题，基本上都是听老师的。

中学老师说读中文好，我就去读个中文本科；大学老师说唐宋文学好，我就去读个唐宋文学方向的研究生。现在读了雷祯孝的文章，我可以说是得到一声棒喝。我想我得对今后的学术道路有一个自己的设计，应该利用所学到的知识，做一点前人没有做过的事情。

当年9月，我主动要求去中南民族学院中文系任教。也是在这个时候，雷祯孝也应武汉大学校长刘道玉之邀，从北京的一家杂志社到了武汉大学，担任高等教育研究所的人才学研究室主任。我就写信同他联系。雷祯孝约我在武昌卓刀泉一个叫四眼井的村庄见面，他对我讲了很多新观点，其中有一个观点可以说是影响了我一辈子。这就是："不要总是讲孔夫子怎么说，黑格尔怎么说，关键要看你自己怎么说。"他的这个观点，用中国古人的话来讲，就是不要满足于"我注六经"，而要做到"六经注我"。也就是说，要善于利用古人的知识成果，在学术上有新的建树。

我对雷祯孝说，我对人才学也很感兴趣。由于我是学文学出身的，我是否可以利用我所掌握的文学方面的知识和材料来从事文学人才的研究？我所说的文学人才，一是指文学家，二是指文学家在文学作品中所描写的人才。我说我是否可以通过研究文学人才的成败得失来总结人才成长的一般规律？雷祯孝表示赞同。于是我就开始了一段时间的人才学研究，并在大学里开设了"人才学"这门选修课。1986年6月，我和雷祯孝合作，在武汉大学召开了"中国首届人才学研讨会"。同年9月，我又和他联名在《湖北青年》上发表了一篇文章，名叫《人才的道德评价环境》。

1987年，武汉有一家杂志向我约稿，嘱我写一组文学人才方面的文章。我一连写了七篇，包括《中国古代文学家的地理分布》、《中国古代文学家的家族遗传》、《中国古代的文学社团》、

《中国古代的文学沙龙》、《文学追求的内驱力》、《文学家的狂狷性格》、《文学家与山水旅游》。1989年12月，《中国古代文学家的地理分布》一文在《社科信息》上发表，接着被人大复印资料《中国古代、近代文学研究》全文转载。学术界的一些朋友看到这篇文章之后，给了我很大的鼓励，他们认为这个选题很新颖，很有价值，建议我就这个问题做更深入、更系统的研究。于是在1990年6月，我就以"中国历代文学家的地理分布"为题，申报了一个国家社会科学基金项目，年底获得批准。从那个时候开始，我就暂时告别了词学和人才学，正式走上了文学地理学研究之路。

二、考察文学家的地理分布

回顾我28年来的文学地理学研究，可以说是经历了四个阶段。第一阶段，是考察文学家的地理分布；第二阶段，是考察文学作品的地域性与空间结构；第三阶段，是考察文学与地理环境之关系；第四阶段，是倡导并着手建设文学地理学学科。

1993年6月，"中国历代文学家的地理分布"完成结项；1995年10月由湖北教育出版社出版，书名为《中国历代文学家之地理分布》。[1] 这本书把自先秦至民国的6388位有籍贯可考的、在历史上著名的或比较著名的文学家的地理分布，分时段、分地域、分家族做了一个全面的统计和考察，归纳了他们的分布特点，探

---

[1] 2013年11月，《中国历代文学家之地理分布》由商务印书馆出版了修订版。修订版纠正了初版中的某些文字错误，增补了"中国历代文学家族之地理分布"这一章，并在"修订版前言"中回答了读者提出的几个问题，篇幅比初版增加8万余字。

讨了他们的分布成因，总结了他们的分布规律。这本书出版之后，被称为"我国第一部文学地理学研究方面的专著"，它在学术界的反响超过了我的第一本专著《柳永和他的词》（中山大学出版社1990年初版，2001年再版）。《柳永和他的词》也被称为"国内第一部研究柳永的学术专著"，出版25年来一直受到好评，但是它的影响只限于文学界，而《中国历代文学家之地理分布》这本书的影响则超出了文学界。例如著名历史地理学家葛剑雄教授和华林甫教授在《二十世纪的中国历史地理研究》[1]和《中国历史地理学五十年》[2]等论著中即曾一再提到这本书，著名历史地理学家蓝勇教授在"面向21世纪课程教材"《中国历史地理》一书中，将这本书列为"学习参考论著"，并多次引用这本书的观点和材料，其中第十五章之第二节"历代文学家的分布变迁"，即是根据这本书的有关内容改写而成。[3]在文学研究界，引用和评介这本书的论著更多，著名学者黄霖教授甚至认为，"曾大兴的研究相当宏观和富有条理，与明确建构'中国文学地理学'实差一步之遥"[4]。

我曾在拙著《文学地理学研究》（商务印书馆2012年版）的"自序"中写过这样一段话：

> 我很感激历史地理学界和文学研究界的专家以及广大读者对我这项研究的认可，感激大家对文学地理学这门新兴学

---

[1] 葛剑雄、华林甫：《二十世纪的中国历史地理研究》，《历史研究》2002年第3期。
[2] 华林甫：《中国历史地理学五十年》，学苑出版社2001年版，第569页。
[3] 蓝勇编著：《中国历史地理》，高等教育出版社2002年版，第314、319—320、324、335页。
[4] 黄霖：《文学地理学的理论创新与体系建构》，《文学评论》2007年第5期。

科的支持。事实上,拙著《中国历代文学家之地理分布》"与明确建构'中国文学地理学'"这门学科的距离,并非"一步之遥",而是还有一半的路程。[1]

我这样讲,并不是故作谦虚。因为我们考察文学家的地理分布,是为了弄清楚文学家所接受的地理环境方面的影响,进而弄清楚地理环境通过文学家的中介作用对文学作品所构成的影响。完整、系统的文学地理学研究,应该是通过文学家的地理分布,来考察文学作品的地域性与空间结构。而我的这本书,只是考察了文学家的地理分布,对文学作品的地域性与空间结构则很少涉及。这是文学地理学学科建设的阶段性目标和本书的体例所决定的。后来有学者根据我这本书的统计结果,对中国古代文学家的"籍贯与流向"(地理分布)作了某些归纳,同样未涉及对文学作品的地域性与空间结构的考察,就匆忙地宣布"完成了中国文学地理学学术体系的建构"。学术界对这种做法是不表赞同的,有多篇文章提出质疑,我也写过一篇商榷文章在《中国社会科学报》上摘要发表。这篇文章的完整版后来收进了拙著《文学地理学研究》一书,诸君若有兴趣不妨一看。

三、考察文学作品的地域性与空间结构

文学地理学以文学为本位,不是以地理为本位,它的出发点

---

[1] 曾大兴:《文学地理学研究》,商务印书馆2012年版。

和落脚点，都是为了解决文学的问题，而不是地理的问题。因此我们研究文学地理学，仅仅考察文学家的地理分布是不够的，我们应该把重点放在对文学作品的地域性与空间结构的考察上，这样就可以启发读者换一个角度看文学，即由传统的时间维度转向空间维度，在时空结合的层面上重新审视文学，发现文学的丰富性与多样性，领略文学的色彩斑斓之美。

在从事"中国历代文学家的地理分布"这个项目的研究时，我就时刻感受中国历代文学作品的丰富多彩的地域性，这实在是一种诱惑。因此在这个项目结项之前，我就开始了对于文学作品的地域性的考察。我的考察对象首先是中国历代的民歌。我认为，民歌的地域性是最强的，从民歌入手，可以把文学的地域性看得更清楚。我的这一部分成果先是在国内一些大学的学报上发表，然后被《中国古代、近代文学研究》和《高等学校文科学报文摘》等刊物转载，应该说，其学术反响也是不错的。1999年，我出版了《英雄崇拜与美人崇拜》（中国文联出版社）一书，这本书的上篇讨论当代流行歌曲，下篇即讨论中国古代民歌。2012年，我又对这本书的下篇进行补充和修订，收进了《文学地理学研究》一书。

后来我发现，仅仅对文学作品的地域性进行一般性的考察仍然是不够到位的。文学作品的地域性是如何体现的？实际上是通过作品的空间结构，以及相关的空间要素。文学作品的地理空间，是存在于文学作品中的以地理形象、地理意象、地理景观为基础的空间形态，如乡村空间、都市空间、山地空间、大海空间、高原空间、盆地空间等等，这种空间从本质上来讲是一种艺术空间或审美空间，是作家艺术创造的产物，但也不是凭空虚构，而是与现实存在的自然地理空间和人文地理空间有一定的关系。在文学作品里，特别是在叙事性的长篇文学作品如小说、戏剧里，特有的地理空间建构对文学作品的主题表达、人物塑造、艺术结构与审美方式的实现，往往发挥着基础性的作用。在抒情性的短篇文学作品如诗、词、歌、赋里，也有或隐或显的地理空间，它们对文学作品的情感表达也有着重要的价值和意义。因此我们应该由对文学作品地域性的一般性考察深入到对其内部空间结构的分析。

为了深入研究文学作品的内部空间问题，我选择了一部民歌体的《粤讴》作为考察对象。《粤讴》是清代文学家招子庸的代表作，是中国文学史上的一部非常重要的粤语文学作品。著名学者郑振铎先生曾经指出："《粤讴》为招子庸所作，只有一卷，而好语如珠，即不懂粤语者读之，也为之神移。"[1] 1904年，素有"中国通"之称的英国学者金文泰爵士把《粤讴》译成英文，以《广州情歌》为名出版。他对这本书的评价很高，谓"各讴内容，多美丽如画"；又谓《粤讴》可与希伯来诗相比。然金氏又认为："'讴'之弱点，在于单调，其言情题目，各'讴'皆同，翻来覆去，同一意思，同一情感，故每易生厌。"[2] 金氏对《粤讴》的批评，不能说没有他的道理。许多人读《粤讴》时都曾有过类似的感受。但是我认为，如果从文学地理学的角度来读它，感受就不一样了。我先给它来一个空间定位。我发现，《粤讴》各篇所写之内容与所抒发之情感，实际上可归置于两个地理空间：一个是以珠江为背景的水上空间，另一个是以京都为背景的陆上空间。这

---

[1] 郑振铎：《中国俗文学史》，上海书店1984年版，第453页。
[2] 金文泰：《〈粤讴〉英译本序》，引自冼玉清：《招子庸研究》，《岭南学报》1947年第1期。

样一归置，它们就不再是一些零散的作品了，而是彼此之间有了一种逻辑联系，有了一种时空关系；它们也不再是那种"翻来覆去，同一意思，同一情感"，读来"令人生厌"的"单调"作品，而是用活色生香的粤语讲述的一个催人泪下、令人低回不已的爱情故事。

我认为，文学作品的创作与接受过程，实际上存在三组时空关系：一是作品所赖以产生的时空条件，二是作品本身所建构的时空坐标，三是作品在接受过程中形成的时空联想。就《粤讴》来讲，它有其赖以产生的时空条件，它本身也有自己的时空坐标，尤其是空间这一维度，它的轮廓是清晰的，这就是以珠江为背景的水上空间和以京都为背景的陆上空间；它的时间维度看似不太清晰，但逻辑上是存在着的，需要读者去发现，去梳理。因此，解读《粤讴》过程中的时空联想就很重要了。如果我们不能首先找到它的空间位置，我们就没法找到它的时间线索。如果我们既不能找到它的空间位置又不能找到它的时间线索，那么呈现在我们面前的《粤讴》，就会像金文泰所说的那样："各'讴'皆同，翻来覆去，同一意思，同一情感，故每易生厌。"

《粤讴》是一种篇幅短小的抒情歌词，它不可能像长篇叙事文学那样来建构作品的地理空间，因此就其单个的作品来看，它的地理空间是不够完整和清晰的，但是整体地看，也就是把121首作品综合起来看，《粤讴》所建构的地理空间还是比较完整和清晰的。用文学地理学的方法来解读《粤讴》，不仅让我们获得了一种全新的审美体验，也再次证明：文学地理学的空间分析方法，对于解读文学作品来讲，无疑是一种独特的、管用的方法。

一部文学作品放在面前，如果是一个研究文学史的人，他会首先寻找它的时间线索；如果是一个研究文学地理学的人，他会首先寻找它的空间结构。当然，完整的文学研究应该是把时间和空间结合起来。但是文学史的方法与文学地理学的方法是有明显不同的。文学史是从时间的角度来看文学，文学地理学是从空间的角度看文学，角度不一样，方法不一样，审美感受与判断也会不一样。

四、考察文学与地理环境之关系

一个学科能不能成立，关键在于有没有自己的研究对象。文学地理学的研究对象是什么？简要地讲，就是一句话：文学与地理环境的关系。地理环境包括自然环境和人文环境，自然环境又包括地貌、水文、气候、生物、自然灾害等要素，人文环境又包括政治、军事、经济、教育、宗教、风俗、语言等要素。人文环境与自然环境以及它们的各个要素，都能对文学构成影响。但是长期以来，许多学者讲地理环境，往往对人文环境关注较多，对自然环境关注较少。拙著《中国历代文学家之地理分布》也存在这样一个问题，在考察文学家的分布成因时，把主要的篇幅放在了对人文环境的考察上，对自然环境只是略有涉及。这种重人文而轻自然的倾向必须改变。

2007年11月，广州大学从事文艺学研究的罗宏教授和我谈起文学地理学。他问我：文学地理学的研究对象是什么？我说是文学与地理环境的关系。他又问：地理环境包括很多要素，究竟哪一个要素对文学的影响最重要？我说是气候。他问：你能确定吗？我说：基本上可以确定。

其实在回答他的这个问题时，我还只是凭一种感觉，我并没有对文学与气候的关系做过专门的研究。自从这次谈话之后，我就开始着手研究这个问题了。当年12月，我又申报了一个国家社会科学基金项目："文学与气候之关系研究"，第二年6月获得批准。这是我拿到的第二个文学地理类的国家社会科学基金项目。从2008年开始，我又花了三年的时间，集中研究文学与气候的关系。

事实上，早在19世纪，法国著名文学批评家斯达尔夫人就提到了气候影响文学的问题。斯达尔夫人在《论文学》一书里指出："北方人喜爱的形象和南方人乐于追忆的形象之间存在着差别。气候当然是产生这些差别的主要原因之一。"[1] 斯达尔夫人之后，法国另一位著名批评家丹纳在他的《艺术哲学》一书里也提到了这个问题。气候影响文学这一提法，可能是受了古希腊思想家的影响，例如希波克拉底、柏拉图和亚里士多德等人即已注意到人与气候的关系。当然更有可能是受了法国18世纪著名启蒙思想家孟德斯鸠的影响。孟德斯鸠在《论法的精神》一书里，用了很多篇幅来探讨气候对法律的影响，指出人的精神气质和情感因不同的气候而有很大的差别，处于不同气候带的国家之法律因此也有很大的差别。虽然孟氏并没有提到气候对文学的影响，但是他的基本观点可能启发了斯达尔夫人和丹纳等人。

我认为，气候影响文学这一提法，可以说是一个非常重要的发现。这个发现无论是对文学批评来讲，还是对文学创作来讲，都有着不可低估的意义。它从一个全新的角度揭示了自然环境对

---

[1] 斯达尔夫人：《论文学》，徐继增译，人民文学出版社1986年版，第146—147页。

文学的影响,这是应该予以充分肯定的。遗憾的是,斯达尔夫人等人并没有就这一问题进行专门的、深入的研究,他们都只是点到为止。

气候影响文学这个问题,实际上涉及到两个必须回答的具体问题:一是气候影响文学的途径是什么?二是气候影响文学的主要表现是什么?如果这两个具体问题得不到解答,那么气候影响文学的问题就只能是一个或然性的问题;如果解答了这两个具体问题,气候影响文学的问题就成了一个必然性的问题,而且是一个具有世界意义的学术命题。我认为,要解答这两个具体问题,必须借助气候学和物候学的知识,必须借助中国智慧。我通过大量阅读气候学、物候学与中国古代文论方面的著作,通过深入的实证研究,终于找到了答案。

我认为,气候是不能直接影响文学的,它必须以物候为中介;物候也不能直接影响文学,它必须以文学家的生命意识为中介。物候是随气候的变化而变化的。气候有两个突出特点:一是它的周期性,一是它的地域性。气候的周期性,导致物候现象的发生;气候的地域性,导致不同的地区具有不同的物候现象。物候所反映的是季节的迟早和时序的更替,它的实质是个时间问题;文学家的生命意识,是文学家对自身生命和时间的一种自觉,它的实质也是个时间问题。正是"时间"这个节点,把物候和文学家的生命意识有机地联结起来了。

文学是一种生命现象。文学作品所描写的对象,无论是人,还是动植物,都是生命;文学作品所描写的事件,都是以生命个体为中心的事件;文学作品所描写的社会,都是以生命个体为元素的社会。这些对象、事件、社会等等,无不反映了生命的种种状态，无不体现了文学家对于生命状态的种种感受、体验、观察、思考和评价。文学家的生命意识，就包含在他对所有生命状态的种种感受、体验、观察、思考和评价之中。

气候通过物候影响文学家的生命意识，文学家的生命意识影响文学家对生活与写作环境的选择，影响文学家的气质与风格，影响文学家的灵感触发机制，进而影响文学作品的主题、人物和内部景观等等。由于文学家对生活与写作环境的选择、文学家的气质与风格、文学家的灵感触发机制，以及文学作品的主题、人物、内部景观等等，都是受文学家的生命意识所影响、所支配的，所以气候通过物候影响文学家的生命意识，完成了它对文学家进而对文学作品的影响。

我的结论是：气候的变化引起物候的变化，物候的变化触发文学家对时序的感觉（生命意识），文学家对时序的感觉（生命意识）被触发之后，才有文学作品的产生。图示如下：

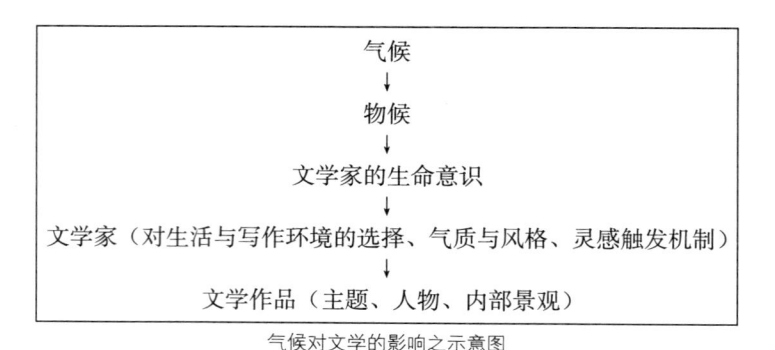

```
气候
↓
物候
↓
文学家的生命意识
↓
文学家（对生活与写作环境的选择、气质与风格、灵感触发机制）
↓
文学作品（主题、人物、内部景观）
```

气候对文学的影响之示意图

我的这个结论，还可以在中国古代文论中找到印证。如陆机《文赋》云："遵四时以叹逝，瞻万物而思纷。悲落叶于劲秋，喜柔条于芳春。"所谓"四时",就是指春夏秋冬四季;所谓"叹逝",就是感叹生命的流逝;所谓"落叶"、"柔条",就是秋天和春天的两种典型的物候。这四句话的意思,就是讲文学家因四时物候的变化,触发了关于生命的或悲或喜的情绪体验,也就是生命意识。又钟嵘《诗品序》云:"气之动物,物之感人,故摇荡性情,形诸舞咏。"这里的"气",就是指"气候";这里的"物",就是指随气候的变化而变化的自然景物,也就是物候。郭绍虞主编的《中国历代文论选》对这几句话的解释是:"气,气候。这四句说:气候使景物发生变化,景物又感动着人,所以被激动的感情,便表现在舞咏之中。这是讲诗歌产生的原因。"[1] 这个解释是正确的。事实上,钟嵘的这四句话,可以说是表述了文学创作的全过程,即气候的变化引起物候的变化(气之动物),物候的变化触发文学家的生命意识(物之感人),文学家的生命意识被触发之后,就会诉诸文学作品(故摇荡性情,形诸舞咏)。只是过去研究《诗品序》的学者多数未能察觉而已。

由于找到了气候影响文学的途径,以及气候影响文学的几个主要方面,解答了斯达尔夫人和丹纳提出但并未加以解答的问题,所以我主持并独立完成的这个国家项目获得学术界的热情肯定和好评,在 2013 年结项时,被评为"国家社会科学基金优秀项目"。

当然,气候影响文学,只是地理环境影响文学的一个方面。事实上,自然环境的其他因素也都能对文学构成影响,只是没有气候的影响这样强大、这样重要而已。自然环境如何影响文学呢?我的结论是:自然环境对文学的影响是以文学家为中介,为

---

[1] 郭绍虞主编:《中国历代文论选》,上海古籍出版社 1979 年版,第 312 页。

前提的。这种影响主要体现在三个方面：一是对文学家的气质与人格的影响，二是对文学创作过程的影响，三是对文学题材、文学地理空间和文学风格的影响。

我考察地理环境对文学的影响，实际上经历了三个阶段。第一阶段是考察人文环境对文学的影响（详见拙著《中国历代文学家之地理分布》，湖北教育出版社1995年初版，商务印书馆2013年修订版），第二阶段是重点考察自然环境中的气候对文学的影响（详见拙著《气候、物候与文学——以文学家生命意识为路径》，商务印书馆2015年版），第三阶段是综合考察地理环境对文学的影响（详见拙著《文学地理学概论》第二章，商务印书馆2017年版）。

回顾我考察气候对文学的影响这一经历，我深切地感受到：朋友之间的讨论和质疑是非常重要的。我的同事罗宏教授虽然不研究文学地理学，但是他问我：在地理环境的各个要素中，究竟哪一个要素对文学的影响最重要？他这一问，引发了我对文学与气候这一问题的思考和探索。如果没有他这一问，我可能就不会特别关注这个问题。如果是这样，那么我对文学与地理环境之关系这一重大问题的思考，就很难引向深入和全面。这件事给我重要的启发。我后来主持召开中国文学地理学会的每一届年会，都要邀请不同专业的学者出席，包括地理学、历史学、哲学、古典文献学、语言学、文艺美学方面的学者。我的理由是，虽然这些学者并不研究文学地理学，但是他们可以从自己的专业视角向文学地理学学者提问，甚至提出质疑。这些提问和质疑，都有助于我们反思，使我们对文学地理学的问题思考得更深入一些，更全面一些，也更周密一些。

五、倡导并着手建设文学地理学学科

　　文学地理学究竟是什么？是一种研究视角？还是一种研究方法？抑或是文学史研究的一种补充？应该说，在文学地理学的定位上，学术界是有不同意见的。我的意见是：文学地理学是一个学科。2011年4月19日，《中国社会科学报》在"文学版"的头条位置发表了我的《建设与"文学史"双峰并峙的"文学地理学"》一文。在这篇文章里，我第一次从学科建设的角度，对文学地理学的研究对象、内容、任务和目标等问题，作了一个简要的说明。有学者认为，我的这篇文章，"实际上就是一份非常简明的文学地理学原理说明"[1]。

　　把文学地理学作为一个学科来建设，使它成为从属于文学这个一级学科的可以和文学史双峰并峙的二级学科，是我多年来的一个愿望。我之前所做的一切实证性研究，包括对文学家的地理分布的考察，对文学作品的地域性与空间结构的考察，对文学与地理环境之关系的考察，还有对文学景观的考察等等，都是在为文学地理学的学科建设做准备。我的想法是，如果实证研究不充分，学术基础不扎实，文学地理学学科是建不起来的。这个道理就像建房子。如果地基不夯实，建筑材料准备得不充足，房子是没法建起来的。

　　为什么要把文学地理作为一个学科来建设呢？我的理由很多，这里主要谈三点：

---

[1] 李仲凡：《文学地理学的学科属性》，《陕西理工学院学报》（社会科学版）2012年第3期。

第一，文学地理的研究，必须由一种方法上升到一个学科。如果从周朝人收集和编定《诗三百》中的"十五国风"及《左传·襄公二十九年》所载吴公子札对"十五国风"的评价算起，文学地理的研究方法在中国，至少也有2500年的历史，可是文学地理的研究本身直到今天也没有达到成熟之境。原因之一，就是人们所使用的这个方法，其实是地理学或者人文地理学的方法，而不是真正的文学地理学的方法。也就是说，真正的文学地理学的方法迄今并没有形成。为什么没有形成？根本的原因就在于它没有一个独立的有自己的内涵、品质和规范的文学地理学学科做支撑，也就是说，文学地理学学科还没有建成。学术史上的无数事实证明，一种研究方法的形成，有待于它所属的那个学科的建成。例如我们今天研究文学，通常要使用文艺美学的方法、文艺心理学的方法，或者文化人类学的方法等等，试问这些方法背后，哪一个没有一个已经建成的学科在做支撑呢？没有文艺美学这个学科，就没有文艺美学的方法；没有文艺心理学这个学科，就没有文艺心理学的方法；没有文化人类学这个学科，就没有文化人类学的方法。现在有些学者经常讲文学地理学的方法，可是文学地理学的学科在哪里呢？实际上是还没有建成。皮之不存，毛将焉附？如果我们不把文学地理学的学科建成，真正的文学地理学的方法又从何谈起？

第二，从空间维度完善文学这个一级学科。世界上几乎所有的人文社会科学学科，都有时间和空间这两个维度，既有史，也有地理。例如历史学有通史、断代史、专门史，也有历史地理；语言学有语言学史，也有语言（方言）地理；军事学有军事史，也有军事地理；经济学有经济史，也有经济地理。但是长期以来，在文学这个一级学科，只有文学史，没有文学地理。从这个角度来讲，文学作为一个一级学科，乃是一个不完整的学科。而文学地理学这个学科的建立，即可以从空间这个维度来完善文学这个一级学科。

第三，中国学者应该在现代学科建设方面对世界学术有所贡献。20世纪以前，中国有学术，但没有学科。现代意义上的学科基本上都是20世纪以来从西方引进的。例如在文学这个领域，文学史是从西方引进的，文学理论（文艺学）是从西方引进的，比较文学与世界文学是从西方引进的，民间文学、儿童文学等等，无一不是从西方引进的。我们没有，当然只有从西方引进。从西方引进，就要经历一个漫长的本土化的过程。有的学科例如文学理论（文艺学），直到今天也没有完成本土化的过程，以致学者们一谈到文学理论（文艺学），就"言必称希腊"。我认为，这种状况必须逐步改变。中国是一个具有五千年文明史的泱泱大国，中国对世界文明的贡献是巨大的，为什么就不能在自己的本土建成一个学科？为什么在学科建设上，在理论问题上，总是要唯西方人马首是瞻？文学地理学的学术资源在中国是最丰厚的，文学地理学的研究历史在中国是最悠久的，中国从事文学地理学研究的学者也是最多的，有关的研究成果也是最丰硕的，既然世界上迄今为止还没有一个文学地理学学科，我们为什么不可以建它一个呢？我们在中国本土把它建起来，然后通过国际性的学术交流，让它逐步走向世界，成为全世界都能共享的一个学科，有何不可呢？

当然，建一个学科，并不像发表一篇论文或者出版一本专著那样简单。首先得对整个学科体系有一个顶层设计，绝不能摸着石头过河。建设文学地理学学科需要做的工作很多,其中有三项是最基本的工作:一是学术体系或知识体系建设,二是课程体系建设,三是广泛的学术交流。

1. 文学地理学学术体系或知识体系建设

关于文学地理学的学术体系或者知识体系,我把它设计为五个板块:一是文学地理学学术史,二是文学地理学原理,三是文学地理学研究方法,四是文学地理学批评,五是各种类型的文学地理。[1]

文学地理学学术史是本学科的文献根基与思想根基。没有学术史的学科是没有根基的学科。文学地理的研究在中国至少有2500年的历史,在国外至少也有190年的历史,文学地理学的文献资料与思想成果是比较丰富的,文学地理学学术史研究的任务,就是对这些成果进行挖掘和整理,从而为文学地理学的学科建设提供借鉴。目前在我国大陆,已经有部分相关成果问世。前几年,我和门下研究生李伟煌完成过一份《文学地理学研究论著目录索引(1905—2011)》。[2] 当然这个索引是有局限的,只收录了中国本土的文学地理学论著。目前首都师范大学的陶礼天教授正在从事这项专门研究,就是挖掘、整理古今中外的文学地理学资源,然后加以研讨。相信不久就会有专著问世。

---

[1] 参见曾大兴、李仲凡:《文学地理学的学科建设——曾大兴教授访谈录》,《学术研究》2013年第8期。

[2] 李伟煌、曾大兴:《文学地理学研究论著目录索引(1905—2011)》,曾大兴、夏汉宁主编:《文学地理学》第一辑,人民出版社2012年版,第342—433页。

文学地理学原理是本学科的学术主体或知识主体。2013年，国家社会科学基金批准了由陕西理工大学文学院副院长李仲凡领衔、我作为主要参与者的一个项目，即"文学地理学的基本理论问题研究"；我的《文学地理学概论》这本专著也已完成初稿，计划2016年由商务印书馆出版。

文学地理学的研究方法是本学科的工具系列。广义的研究方法包括两类：一是指导和规定学术研究应该如何开展的规则和程序，二是从事学术研究的技术方法。台湾中山大学简锦松教授的"现地研究法"值得借鉴。不过总的来讲，文学地理学的研究方法还在探索之中，这一方面的相对成熟的著作，恐怕要等文学地理学学科大体建成之后才能问世。

文学地理学批评是文学地理学的理论与方法在批评实践中的具体应用。文学地理学批评的范围是很广的，所有的作家、作品和文学地理现象，包括大大小小的文学景观，都属于文学地理学批评的对象。在我国，这一方面的成果是很多的。尤其是21世纪以来，这一方面的成果非常丰硕，仅仅是我和夏汉宁研究员共同主编的《文学地理学》这个年刊，每年都要发表40篇左右的相关论文。华中师范大学的邹建军教授和他的团队，在文学地理学批评方面做了不少有益的探索。

所谓各种类型的文学地理，是指文学地理既可按地域来划分（如世界文学地理、欧洲文学地理、中国文学地理、湖北文学地理等），也可按文化区来划分（如基督教文化区文学地理，佛教文化区文学地理、吴越文学地理、燕赵文学地理等），还可按语言来划分（如英语文学地理、法语文学地理、葡语文学地理、华语文学地理等），另外也可以按文体来划分（如小说地理、诗歌地理、戏剧地理等）。总之，可以有各种不同类型的文学地理，可以从各种不同的角度进行研究。江西省社会科学院文学所所长夏汉宁和他的团队，在江西文学地理的研究方面取得了丰硕的成果。2014年，我申报的第三个文学地理类的国家社会科学基金项目"中国文学地理研究"获得批准，由我独立撰写的《中国文学地理》一书也已经完成初稿。

文学地理学学术体系或知识体系的五个板块之间有一种内在的逻辑关系。文学地理学学术史是这门学科的学术根基，文学地理学原理是这门学科的基础理论，文学地理学研究方法是这门学科的学术规范与操作方法，文学地理学批评是这门学科的基础理论与研究方法在实践中的具体应用，各种类型的文学地理是这门学科的终端成果。五个板块相互匹配，有机衔接，由此构成了文学地理学学术体系或知识体系的"整体关联性"。

需要说明的是，文学地理学作为一个新兴的可持续发展的学科，可以不断地激发人们的想象力和创造力，可以不断地容纳新的理论和知识，它的学术体系或知识体系是开放的。我所设计的这个体系，只是就我个人所能想到的而言，并且只能言其大概。相信今后会有人来进一步丰富和完善它。

2. 文学地理学课程体系建设

关于文学地理学的课程建设，我也做了一些基础性的工作。早在2004年，我就开始给广州大学中文专业的研究生讲授"中国文学地理"这门课程，这是中国高校开设的第一门"中国文学地理"课程。这门课程共有72个课时，分两个学期讲授。第一学期讲授"中国文学地理",第二学期讲授"中国区域文学地理"。从2004年到2015年,这门课程在广州大学开设了11年,应该说是比较成熟了。

从2013年开始,我又给广州大学的本科生开设了一门全校性通识类选修课程,名叫"文学地理景观"。这门课程也有72个课时,也需要两个学期才能讲完。

2015年上半年,我又把"中国文学地理"这门研究生课程作为中文本科的选修课程来开设。

"中国文学地理"和"文学地理景观"这两门课程都有完整的讲义,其中"中国文学地理"还由超星学术视频于2012年至2013年拍摄制作成网络公开课程,现在这门课程已可在超星学术网上看到。

无论是"中国文学地理"还是"文学地理景观",都深受学生欢迎。在广州大学,每个学期选修这两门课程的人数都超过300人。

我计划在明后两年,再开设一门"文学地理学概论"。目前《文学地理学概论》这本书的初稿已经完成,只需增加一些复习思考题,即可把书稿变成教材。

需要说明的是,文学地理学的课程建设还只是一个初步,还没有形成一个课程体系。目前国内除了广州大学,其他高校还较少开设这一类的课程。而要让这类课程在全国高校推开,乃至由文学选修课上升为文学基础课,恐怕有待于文学地理学这门学科进入教育部学科目录。按照中国的教育行政管理体制,这个愿望可能需要较长一段时间才能实现。

3. 文学地理学学术交流

文学地理学的学术交流是有成效的。文学地理学作为近年来在中国本土产生的一个新兴学科，能够在这么短的时间内得到老中青三代学者的认同，成为文学领域的一个热门学科，与其成功的学术交流是有关系的。

文学地理学学术交流的平台较多，国内许多大学、出版社、杂志社、报社、网站、论坛等都积极参与文学地理学的学术交流，为文学地理学的传播和推广做出了重要贡献。例如商务印书馆的负责人就表示，系统地出版我个人的文学地理学著作，完成一本出一本，自2012年以来已经出版了三本，还有两本也列入了出版计划。还有《中国社会科学报》，对文学地理学的研究动态和中国文学地理学会的活动一直都很关注，自2011年以来，每年都要发表多篇相关新闻和深度报道。还有超星学术视频，早在五年前就制作了梅新林教授的文学地理学讲座视频，三年前则制作了我的"中国文学地理"课程视频。

我在这里要重点介绍一下"中国文学地理学会年会"这个交流平台。2011年11月11日至13日，由广州大学中文系和江西省社会科学院文学研究所联合主办的"中国首届文学地理学暨宋代文学地理研讨会"在南昌召开，来自全国各高校和社会科学院的60多位学者一致联名倡议建立"中国文学地理学会"，并按照程序选举产生了学会的组织机构。从此，"中国文学地理学会年会"就成了文学地理学学科建设的一个重要的学术交流平台。2012年12月，广州大学副校长徐俊忠教授和江西省社会科学院院长汪玉奇研究员提议把"中国文学地理学会年会"建成一个文化品牌，于是我和夏汉宁研究员就设计了一个"2+1模式",即每届年会都由广州大学和江西省社会科学院牵头主办,另外再找一家机构(大学、社会科学院、出版社、杂志社等)作为新的合作伙伴,三家共同主办。这个"2+1模式"的好处,就是可以保证年会的年年召开,既稳定,又不至于封闭,因为每一届都要找一个新伙伴。2011年以来,我们已经成功地主办了四届年会。每届年会闭幕之后,我们都要编辑出版一本《文学地理学》年刊,随时向社会发布文学地理学研究的最新成果。

"中国文学地理学会年会"是一个开放型、创新型的学术年会,任何国家、任何地区、任何学术机构的学者,只要提交文学地理学方面的论文,就可以受到邀请出席年会;任何出席年会的学者,只要其论文具有新观点,或者新视角、新材料、新方法,就可以在会上发言。不搞论资排辈,也无门户之见。2014年暑假,陕西有一位副教授由于申报教授而不能参加在兰州举行的第四届年会,特意给我写了一封信,他在信中说:"中国文学地理学会年会是我所参加的所有学术会议中,唯一不搞论资排辈、唯一没有门户之见的会议。"这是大实话。文学地理学作为一个新兴学科之所以能够在中国本土产生,最根本的原因就在"创新"二字。作为学会的负责人,我一再强调:中国文学地理学会必须以极大的热情和多方面的措施鼓励学术创新,时刻注意发现新人,着力培养新人,绝不允许"论资排辈"、"门户之见"这一类的陋习浸染本学会。

出席"中国文学地理学会年会"的学者具有比较广泛的代表性。据统计,自第一届年会以来,历二、三、四届年会,全国除西藏以外的各个省、市、自治区(含港澳台)都有学者与会,与会人数最多时达230余人。自第二届年会开始，每届年会都有日本、韩国的学者与会。在第四届年会上，韩国学者竟多达九位。第五届年会定于2015年8月在日本福冈举行。从这一届年会开始，"中国文学地理学会年会"将尽可能多地在国外举行。通过在国外举行年会，逐步扩大文学地理学在国际上的影响。

总之，文学地理学作为一个在中国本土产生的新兴学科，还在建设之中，还有许多不完善之处。文学地理学学科的真正建成，还需要一些时间，还需要大家的共同努力。衷心感谢母校对文学地理学的关心和支持！本文若有不当之处，请专家、学者、老师和同学们批评指正！

（原刊《中文论坛》第2辑，长江出版社2015年版）

《文学地理学概论》写作前后
——个人从事文学地理学研究的主要经历

《文学地理学概论》是我自2012年3月以来在商务印书馆出版的第四本文学地理学专著,责任编辑告诉我,这本书自2017年3月面世以来,发行情况比较好,已经重印。《博览群书》的总编董山峰先生约我写一篇文章,谈谈这本书的写作缘起,同时讲讲我从事文学地理学研究的经历和体会。我很感激。我想借此机会,向读者诸君作一个简要的汇报。

一、最初受了人才学的启发

经常有人问我:你从事文学地理学的研究,最初是否受了西方人文地理学的影响?我说不是。

我从事文学地理学的研究,最初是受了人才学的启发。那是在1985年6月,我完成了湖北大学古代文学专业唐宋文学方向的硕士学位论文答辩,正等待分配工作。由于比较清闲,我就去图书馆找一些闲书来看。我发现了一本江苏科技出版社出版的《人才学文集》，其中有一篇是雷祯孝写的《人才学概论》，他在这篇文章里提出一个重要观点，即"自己设计自己"。这个观点令我感到震撼。因为在那个计划经济年代讲"自己设计自己"，就意味着可以自己设计自己的人生道路，不必等待组织来安排；也可以自己设计自己的学术道路，不必沿着导师的路子走。我想我在本科读了四年文学，接着又在研究生阶段读了三年唐宋文学，究竟是为了什么呢？过去似乎并没有认真考虑过这个问题。现在读了雷祯孝的文章，可以说是得到一声棒喝。我想我得对今后的学术道路有一个自己的设计，做一点自己想做而前人又没有做过的事情。

当年9月，我主动要求去恢复不久的中南民族学院中文系任教。也是在这个时候，雷祯孝也从北京的一家杂志社到了武汉大学，担任该校高等教育研究所的人才学研究室主任。于是我就写信同他联系。雷祯孝约我在武昌卓刀泉一个叫四眼井的村庄见面，他就租住在那个村庄的一栋二层小楼里。他对我讲了很多观点，其中有一个观点可以说是影响了我30多年。这就是："不要总是讲孔夫子怎么说，黑格尔怎么说，关键要看你自己怎么说。"他的这个观点，用中国古人的话来讲，就是不要满足于"我注六经"，而要做到"六经注我"。也就是说，要善于利用古今中外的知识成果，在学术上有新的建树。

我对雷祯孝说，我对人才学也很感兴趣。由于我是学文学出身的，我是否可以利用我所掌握的文学方面的知识和材料来从事文学人才的研究？我所说的文学人才，一是指文学家，二是指文学家在文学作品中所描写的人才。我说我是否可以通过研究文学人才的成败得失来总结人才成长的一般规律？雷祯孝表示赞同。于是我就开始了一段时间的人才学研究，并在大学里开设了"人才学"这门选修课。1986年6月,我协助雷祯孝在武汉大学召开了"中国首届人才学研讨会"。同年9月,我又和他联名在《湖北青年》上发表了一篇文章,题目叫《人才的道德评价环境》。

1987年,武汉有一家杂志向我约稿,嘱我写一组文学人才方面的文章。我一连写了七篇,包括《中国古代文学家的地理分布》、《中国古代文学家的家族遗传》、《中国古代的文学社团》、《中国古代的文学沙龙》、《文学追求的内驱力》、《文学家的狂狷性格》、《文学家与山水旅游》,但是等我把这几篇文章交给这家杂志时,他们又说我把文章写成了学术性的文章,而他们要的是随笔。于是这一组文章就只能搁在抽屉里了。两年以后,武汉市社会科学院主办的一个内部刊物《社科信息》向我约稿,我就把《中国古代文学家的地理分布》这篇文章交给他们,因此这篇文章在冷藏了两年之后,才得以在《社科信息》1989年第12期上发表。由于《社科信息》只是个内部刊物,我就没怎么把这篇文章当回事,发过就算了,不再去想它。没想到4个月后,这篇文章被人大复印资料《中国古代、近代文学研究》1990年第4期全文转载,反响还不错。学术界几位朋友看到这篇文章之后,给了我很大的鼓励,他们认为这个选题很新颖,很有价值,建议我就这个问题做更深入、更系统的研究。于是在1990年6月,我就以"中国历代文学家的地理分布"为题,申报了一个国家社会科学基金项目,年底获得批准。从那个时候开始,我就暂时告别了词学和人才学,正式走上了文学地理学研究之路。

后来有人问我研究文学地理学是从哪个时候开始的,我想应该是1987年。在写这篇文章的时候,我还没有接触到西方人文地理学,更谈不上受它的影响。

二、"咱俩想到一块去了"

1990年9月至1991年6月，我作为改革开放以后的首批国内访问学者，在北京大学中文系研修了一年。到校第二天，我去拜访著名学者陈贻焮先生。陈先生问我来北大准备做什么课题，我说想做"中国历代文学家的地理分布"。陈先生说："这个选题很好，很有分量。学问本是小道，如果选题再小，那就是小道的小道了。"陈先生这话给我留下了深刻的印象，因为他这话，与吴组缃先生讲的完全不一样。1983年暑期，我的导师曾昭岷先生带我们几个研究生进京访学，先后拜访了夏承焘、曾彦修、吴组缃等几位前辈。吴先生对我们说："学术选题不要怕小，在生物学界，还有人研究苍蝇呢。"

1990年9月28日傍晚，我去拜访另一位著名学者袁行霈先生。袁先生也问我来北大准备做什么课题，我说想做"中国历代文学家的地理分布"。袁先生说："这是一个很诱人的题目，很有价值，但是非常复杂。"我那时年轻，未免血气方刚。我说："复杂我倒不怕，只要有价值就行。"袁先生笑了。接着他又问我，有没有发表过这一方面的论文？我说有一篇不成熟的文章，叫《中国古代文学家的地理分布》，最初发表在武汉的《社科信息》上，后来被人大复印资料转载过。袁先生又问：发表在哪一年？哪一期？我说是1989年，第12期。袁先生笑着说："咱俩想到一块去了。"接着他就从书房里拿出一本书来给我看。这就是他刚在高等教育出版社出版的《中国文学概论》。袁先生这本书，原是他在日本爱知大学讲学时的讲义，1987年10月由香港三联书店出版，但是在大陆不易见到。也就是在那个傍晚，在袁先生的客厅里，我拜读了这本书的第三章：中国文学的地域性与文学家的地理分布。

正是在陈贻焮先生和袁行霈先生的热情鼓励之下，我才开始一门心思地从事中国历代文学家的地理分布研究。一方面大量收集中国古代文学家的传记资料，一方面研读梁启超、丁文江、谭其骧等人的历史地理学论著。与此同时，我还经常去地理系听侯仁之等先生的课。也正是在北大研修期间，我开始接触西方人文地理学。

1993年6月，"中国历代文学家的地理分布"这个项目完成结项；1995年10月，这项成果由湖北教育出版社出版，书名为《中国历代文学家之地理分布》。这本书把自先秦至民国的6388位有籍贯可考的、在历史上比较有影响的文学家的地理分布，分时段、分区域、分家族做了一个全面的统计和考察，归纳了他们的分布特点，探讨了他们的分布成因，总结了他们的分布规律。这本书出版之后，被学术界称为"我国第一部文学地理学研究方面的专著"，著名历史地理学家葛剑雄教授和华林甫教授在《二十世纪的中国历史地理研究》（《历史研究》2002年第3期）和《中国历史地理学五十年》（学苑出版社2001年版）等论著中一再提到这本书，著名历史地理学家蓝勇教授在"面向21世纪课程教材"《中国历史地理》（高等教育出版社2002年版）一书中，将这本书列为"学习参考论著"，并多次引用这本书的观点和材料，其中第十五章之第二节"历代文学家的分布变迁"，即是根据这本书的有关内容改写而成。在文学研究界，引用和评介这本书的论著更多，著名学者黄霖教授甚至认为，"曾大兴的研究相当宏观和富有条理，与明确建构'中国文学地理学'实差一步之遥"（黄霖《文学地理学的理论创新与体系建构》，《文学评论》2007 年第 5 期）。

三、气候如何影响文学？

我研究文学家的地理分布，有一个明确的目的，就是考察地理环境对文学的影响。地理环境包括自然环境和人文环境，自然环境又包括地貌、水文、气候、生物、自然灾害等要素，人文环境又包括政治、军事、经济、教育、宗教、风俗、语言等要素。人文环境与自然环境的各个要素，都能对文学构成影响。但是长期以来，许多学者讲地理环境，往往对人文环境关注较多，对自然环境关注较少。拙著《中国历代文学家之地理分布》也存在这样一个问题，在考察文学家的分布成因时，把主要的篇幅放在了对人文环境的考察上，对自然环境只是略有涉及。这种重人文而轻自然的倾向必须改变。

2007 年 11 月的一天，我的一位从事文学理论研究的同事罗宏教授和我谈起文学地理学。他说："文学地理学可以对文学理论形成倒逼之势，因为文学理论并不涉及文学地理。"他问我："文学地理学的研究对象是什么？"我回答说："是文学与地理环境的关系。"他又问："地理环境包括很多要素，哪一个要素对文学的影响最重要？"我说是气候。他追问："你能确定吗？"我说："基本上可以确定。"

其实在回答他的这个问题时，我还只是凭一种感觉，我之前并没有对文学与气候的关系做过专门的研究。自从这次谈话之后，我就开始着手研究这个问题了。当年 12 月，我又申报了一个国家社会科学基金项目:"文学与气候之关系研究",第二年 6 月获得批准。这是我拿到的第二个文学地理类的国家社会科学基金项目。从 2008 年开始,我又花了三年的时间,集中研究文学与气候的关系。

我通过阅读发现,早在 19 世纪,法国著名文学批评家斯达尔夫人就在《论文学》一书里提到气候影响文学的问题。斯达尔夫人之后,法国另一位著名批评家丹纳在他的《艺术哲学》一书里也提到了这个问题。但是他们都没有就这个问题进行专门的研究。例如:气候影响文学的途径是什么?气候影响文学的主要表现是什么?他们都没有解答。我认为,如果这两个具体问题得不到解答,那么气候影响文学的问题就只能是一个或然性的问题;如果解答了这两个具体问题,气候影响文学的问题才是一个必然性的问题,而且是一个具有世界意义的学术命题。我以为,要解答这两个具体问题,必须借助气候学和物候学的知识,必须借助中国智慧。我通过大量阅读气候学、物候学与中国古代文论方面的著作,通过深入的实证研究,终于找到了答案。

我认为,气候是不能直接影响文学的,它必须以物候为中介;物候也不能直接影响文学,它必须以文学家的生命意识为中介。物候是随气候的变化而变化的。气候有两个突出特点:一是它的周期性,一是它的地域性。气候的周期性,导致物候现象的发生;气候的地域性,导致不同的地区具有不同的物候现象。物候所反映的是季节的迟早和时序的更替,它的实质是个时间问题;文学家的生命意识,是文学家对自身生命和时间的一种自觉,它的实质也是个时间问题。正是"时间"这个节点,把物候和文学家的生命意识联结起来了。

气候通过物候影响文学家的生命意识，文学家的生命意识影响文学家对生活与写作环境的选择，影响文学家的气质与风格，影响文学家的灵感触发机制，进而影响文学作品的主题、人物和内部景观等等。由于文学家对生活与写作环境的选择、文学家的气质与风格、文学家的灵感触发机制，以及文学作品的主题、人物、内部景观等等，都是受文学家的生命意识所影响、所支配的，所以气候通过物候影响文学家的生命意识，完成了它对文学家进而对文学作品的影响。

我的结论是：气候的变化引起物候的变化，物候的变化触发文学家对时序的感觉（生命意识），文学家对时序的感觉（生命意识）被触发之后，才有文学作品的产生。图示如下：

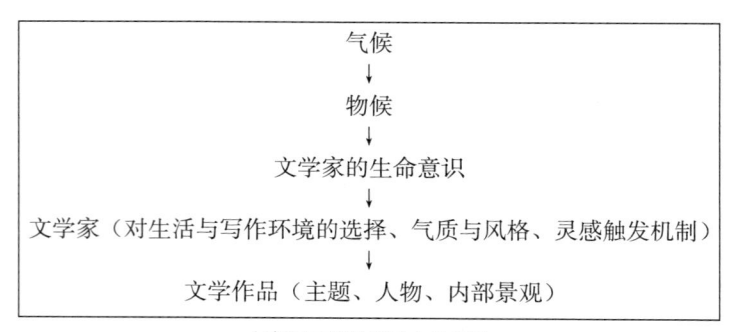

```
气候
 ↓
物候
 ↓
文学家的生命意识
 ↓
文学家（对生活与写作环境的选择、气质与风格、灵感触发机制）
 ↓
文学作品（主题、人物、内部景观）
```

气候对文学的影响之示意图

由于找到了气候影响文学的途径，以及气候影响文学的几个主要方面，解答了斯达尔夫人和丹纳提出但并未加以解答的问题，所以我主持并独立完成的这个国家项目获得学术界的热情肯定和好评，著名学者朱寿桐教授指出："曾大兴揭示的规律具有自身的理论内涵，他从一个完全不同的维度——空间维度揭示了生命意识对气候、物候感应的规律,他因此证实了甚至可以以自己的名字进行命名的那种文学的地域性定律。"(朱寿桐《〈气候、物候与文学——以文学家生命意识为路径〉序》)2013年11月,"文学与气候之关系研究"这个项目结项时,被评为"国家社会科学基金优秀项目"。

当然,气候影响文学,只是地理环境影响文学的一个方面。事实上,自然环境的其他因素也都能对文学构成影响,只是没有气候的影响这样重要而已。

回顾我考察气候对文学的影响这一问题的经历,我深切地感受到:朋友之间的讨论和质疑是非常重要的。我的同事罗宏教授并不研究文学地理学,但是他问我:"地理环境包括很多要素,哪一个要素对文学的影响最重要?"他这一问,引发了我对气候与文学的关系这个问题的深入思考和探索。如果没有他这一问,我可能就不会特别关注这个问题。如果我不特别关注这个问题,那么我就不可能在《文学地理学概论》一书中,解决地理环境影响文学的途径和机制问题。如果地理环境影响文学的途径和机制问题得不到解决,那么地理环境影响文学的问题就只能是一个或然性的问题。如果地理环境影响文学的问题是一个或然性的问题,那么文学地理学这个学科能不能成立就是一个或然性的问题了。因此拙著《气候、物候与文学——以文学家生命意识为路径》的意义,就不仅仅是解决了气候影响文学的途径与机制问题,而是由此而启发我解决了整个地理环境影响文学的途径和机制问题,这个问题乃是文学地理学的一个最根本的问题。

这件事给了我重要启发。我后来主持召开中国文学地理学会的每一届年会,都要邀请不同专业的学者出席,也就是说,除了邀请文学学者，还要邀请其他学者，包括地理学、历史学、哲学、古典文献学、语言学、美学、艺术学方面的学者。我的理由是，虽然这些学者并不研究文学地理学，但是他们可以从自己的专业视角向文学地理学学者提问，甚至质疑。这些提问和质疑，都有助于我们反思，使我们对文学地理学的问题思考得更深入一些，更全面一些，也更周密一些。

四、给学术界一个交代

文学地理学究竟是什么？是一种研究方法？还是一个学科？应该说，在文学地理学的定位问题上，学术界是有不同意见的。我的意见是：应把文学地理学作为一个学科来建设。2011年4月19日，《中国社会科学报》在"文学版"发表了我的《建设与"文学史"双峰并峙的"文学地理学"》一文。在这篇文章里，我第一次从学科建设的角度，对文学地理学的研究对象、内容、任务和目标等问题，做了一个简要的说明。

这篇文章发表之后，有学者表示赞成，认为这篇文章"实际上就是一份非常简明的文学地理学原理说明"（李仲凡《文学地理学的学科属性》，见《中国文学地理学会第二届年会论文集》，2012年，广州）。也有学者认为，似乎没有必要建一个文学地理学学科。例如，2014年7月，在兰州举行的中国文学地理学会第四届年会上，我在开幕式上有一个发言，题目是"丝绸之路上的文学景观"。有一位从事文学理论研究的学者就对我讲："研究文学景观就很好嘛，很有意义嘛，为什么一定要建一个文学地理学学科呢？"

于是我就在当天下午的小组会议上回答他，为什么要建一个文学地理学学科。

第一，文学地理的研究，必须由一种方法上升到一个学科。如果从周朝人收集、整理和编定《诗三百》中的"国风"及《左传·襄公二十九年》所载吴公子札对"国风"的评价算起，文学地理的方法在中国，至少也有2500年的历史，可是文学地理的研究并没有达到成熟之境。原因之一，就是人们所使用的这个方法，其实是地理学或者人文地理学的方法，而不是真正的文学地理学的方法。也就是说，真正的文学地理学的方法并没有形成。为什么没有形成？根本的原因就在于它没有一个独立的有自己的内涵、品质和规范的文学地理学学科做支撑，也就是说，文学地理学学科还没有建成。学术史上的无数事实证明，一种研究方法的形成，有待于它所属的那个学科的建成。例如我们今天研究文学，通常要使用社会学的方法，或者美学的方法，或者心理学的方法等等，试问这些方法背后，哪一个没有一个已经建成的学科在做支撑呢？没有社会学这个学科，就没有社会学的方法；没有美学这个学科，就没有美学的方法；没有心理学这个学科，就没有心理学的方法。现在有些学者经常讲文学地理学的方法，可是文学地理学的学科在哪里呢？皮之不存，毛将焉附？如果我们不把文学地理学的学科建起来，真正的文学地理学的方法又从何谈起？

第二，从空间维度完善文学这个一级学科。世界上几乎所有的学科，都有时间和空间这两个维度，既有史，也有地理。例如历史学有通史、断代史、专门史，也有历史地理；语言学有语言学史，也有语言（方言）地理；军事学有军事史，也有军事地理；

经济学有经济史，也有经济地理；植物学有植物史，也有植物地理。但是长期以来，在文学这个学科，就只有文学史，没有文学地理。从这个角度来讲，文学作为一个一级学科，乃是一个不完整的学科。而文学地理学这个学科的建立，就可以从空间这个维度来完善文学这个一级学科。

第三，中国学者应该在现代学科建设方面对世界有所贡献。20世纪以前，中国只有传统的学术，没有现代意义上的学科。现代意义上的学科都是20世纪以来从西方引进的。例如在文学这个领域，文学史是从西方引进的，文学理论（文艺学）是从西方引进的，比较文学与世界文学是从西方引进的，民间文学、儿童文学等等，无一不是从西方引进的。我们没有，当然只有从西方引进。从西方引进学科，就要经历一个漫长的本土化的过程。有的学科例如文学理论（文艺学），直到今天也没有完成本土化的过程，以致学者们一谈到文学理论（文艺学），就"言必称希腊"。我认为，这种状况必须逐步改变。中国是一个具有五千年文明史的大国，中国对世界文明的贡献是巨大的，为什么就不能在自己的本土建成一个学科呢？当然，西方也有文学地理学研究，但是西方的文学地理学研究基本上停留在地理批评即文本研究这一点上，文本研究虽然很重要，但也只是文学地理学的一部分，真正的文学地理学学科要比地理批评丰富得多，它不仅包含文本研究，更包含作家的地理分布研究、作品所产生的地理环境研究、作品的空间传播与接受研究、文学景观研究和文学区研究，还包含文学地理学研究方法、文学地理学批评、文学地理学学术史等等，也就是说，它包含文学地理学本体论，也包含文学地理学方法论。换句话说，西方的文学地理学研究只是文学作品这一个点，而中国的文学地理学研究则是由环境、作家、作品、接受者、文学景观、文学区等组成的一条线。中国的文学地理学研究历史既悠久，研究成果也最为丰富，从事这方面研究的学者又多，既然西方迄今为止还没有一个文学地理学学科，中国为什么不可以建它一个呢？我们在中国本土把它建起来，然后通过国际性的学术交流，让它逐步走向世界，成为全世界都能共享的一个学科，又有什么不可以呢？

我这样一讲，他就明白了。但是到了吃晚饭的时候，又有一个学者过来问我：为什么要建一个文学地理学学科呢？我说我今天下午已经在小组会议上讲过了。他说我不在你那个小组，你能不能再讲一下？于是我只有放下碗筷，把下午在小组会议上讲过的话再对他讲一遍。这一遍讲下来，我就有些疲惫了，连饭都吃不下去了。

这时候，咸阳师范学院的王渭清教授就走到我跟前，笑着对我说："你可记得《离骚》中的这两句话？"我问哪两句话？她念道："众不可户说兮，孰云察余之中情。"她接着说："中国那么多学者，你能挨家挨户去解释吗？"

正是她这话，使我萌生了写作《文学地理学概论》这本书的想法。而在晚饭之后，在房间里聊天时，华中师范大学的张三夕教授也对我讲："你应该写一本书，完整地表述文学地理学的基本内容、基本理论、基本概念，文学地理学讲了这么久了，但是到底什么是文学地理学？你应该对学术界有一个交代。"

他这一讲，使我感到，《文学地理学概论》这本书不写不行了。

适好在这一届年会召开前夕，即 2014 年 6 月，我又申请到了第三个文学地理类的国家社会科学基金项目，名叫"中国文学地理"。我认为，要想讲清楚中国文学地理，也必须先把文学地理学的基本内容、基本理论、基本概念讲清楚。

因此我写《文学地理学概论》这本书，既是对我多年来从事文学地理学的实证研究和理论研究的一个总结，也是为了向学术界作一个汇报，作一个交代。感谢30年来一直关心和支持我从事文学地理学研究的老师、同学和朋友！

（原刊《博览群书》2017年第10期，题为《这本书不写不行了——我与文学地理学学科背后的事》，本书恢复原标题）

后　记

　　我的文学地理学研究成果，主要收录在商务印书馆出版的《文学地理学研究》（2012）、《中国历代文学家之地理分布》（2013修订版）、《气候、物候与文学——以文学家生命意识为路径》（2016）和《文学地理学概论》（2017）这四本书里，本书收录的是我自2011年以来应刊物编辑和朋友之约写作的、上述四本书没有收录的22篇文章，8篇序言，3篇访谈和2篇自述。由于这些文字所讨论的问题主要是文学地理学的学科建设问题，因此命名为《文学地理学学科建设》。

　　文学地理学的学科建设问题，是近年来学术界比较关注的一个问题。一般认为，一个学科的建立，必须满足三个条件：一是有自己的研究对象，二是有自己的理论体系，三是有一批从事这方面研究的专门学者。按照这三个条件来衡量，可以说，文学地理学这个学科已经在中国初步建立。但也只是"初步建立"，并没有达到成熟之境。原因在于：文学地理学学科建设的时间并不长，它的理论体系、话语体系还有待于时间的检验，有待于国内外学术同行的广泛认可。从这个意义上讲，文学地理学的学科建设仍在进行中。

正是出于这种考虑，我愿意把这些文字集中起来，交付出版。我希望并且相信，那些既有敏锐的学术眼光，又有开阔的学术视野，同时又具有扎实的实证研究和理论研究之功力的学术同行，将会通过这些文字，发现我在文学地理学学科建设方面所做的努力以及所存在的问题，从而提出批评和补正。我认为，只有大家共同努力，不断地发现问题，提出问题，解决问题，文学地理学学科才有可能真正达到成熟之境。

曾大兴
2020 年 12 月 9 日于广州世纪绿洲寓所